Manfred Hoffmann
Der Fliegende Holländer

Als Kind träumt Barend Fokke davon,
auf eigenem Schiff zu den Gewürzinseln
zu segeln, das Kap der Stürme hinter sich
zu lassen, neue Seewege zu erschließen.

Als Mann kann er sich diesen Traum
erfüllen. Sein Schiff hat er als Wassergeuse
im Kampf gegen die Spanier erbeutet.
Doch weil er um dieses Schiff kämpfte,
kam er zu spät zur Schlacht, seinetwegen
wurde sie fast verloren. Die Geusen haben
ihn ausgeschlossen. Ruhelos fährt Barend
Fokke über die Meere. Er baut sich ein
neues Schiff, das alle anderen hinter sich
läßt, er lernt es, Seeströmungen und
Stürme zu nutzen.

Aber Reichtum und Erfolg geben ihm
nicht die Heimat zurück, er findet keinen
Hafen mehr, überall begegnet man ihm
mit abergläubischer Furcht.

Manfred Hoffmann

Der Fliegende Holländer

Verlag Neues Leben Berlin

Illustrationen: Werner Ruhner

ISBN 3-355-00437-5

© Verlag Neues Leben, Berlin 1975
5. Auflage, 1987
Lizenz Nr. 303 (305/255/87)
LSV 7503
Einband: Werner Ruhner
Typografie: Uschi Kosa
Schrift: 11 p Sabon
Lichtsatz: Grafischer Großbetrieb Völkerfreundschaft Dresden
Offsetrotationsdruck: (52) Nationales Druckhaus Berlin
Buchbinderische Weiterverarbeitung: INTERDRUCK Leipzig
Bestell-Nr. 641 960 8
00690

Der Kapitän und die Gestalt aus den Wolken

Vorzeiten war ein graues Schiff, das jagte einmal im Sturm auf das Kap der Guten Hoffnung zu, daß die Wanten sangen und die Spanten ächzten. Blutrot leuchteten seine Segel in der Abendsonne. Die Männer des Schiffes hatte die Angst erfaßt, nur Barend Fokke, den Kapitän, rührte das nicht. Er stand vor dem Besan wie festgenagelt, die Tonpfeife im Mund und einen Krug Bier in der Hand. Ihn rührten weder die Bitten seines Steuermanns noch die Beschwörungen seiner Mannschaft, die Segel zu bergen und beizudrehn. Er war ein Kerl wie ein Großmast und pfiff auf das Wetter. Sein Gesicht war finsterer als die dunklen Wolken, Bart und Haar waren zerzaust und schwärzer als die schwarze Nacht, und der große schwarze Pudel neben ihm mißachtete das Wetter und die angstzitternde Mannschaft genauso wie sein Herr.

Und als die Segel rissen und die Masten brachen, da lachte der Kapitän sein schreckliches Lachen, das von keinem irdischen Menschen zu stammen schien. Er stand am Mast und rauchte seine Pfeife, als gäbe es nichts Wichtigeres auf der Welt.

Die Mannschaft wollte ihn zwingen, Schutz zu suchen vor dem Sturm, aber da drohte er, den ersten, der sich ihm nahte, über Bord zu werfen. Er fluchte entsetzlich und schwor, er werde stärker sein als das Kap der Guten Hoffnung, mit heilem Schiff oder mit unheilem. Und als das letzte Wort noch nicht ganz aus dem Mund heraus war, da ballten sich die finsteren Wolken noch finsterer zusammen, wurden Gestalt, und die Gestalt kam an Bord und trat auf den Kapitän zu, und es war der himmlische Vater selbst, der da an Bord gekommen war.

Die Seeleute verkrochen sich voller Angst, aber der Kapitän blieb vor dem Besan, als wär er angenagelt, nahm die Pfeife nur aus dem Mund, um einen Schluck Bier zu trinken, wischte, die Pfeife in der Hand, mit dem Handrücken über den Mund und sah die Gestalt aus den Wolken erwartungsvoll an.

„Was bist du nur für ein Mensch, Barend Fokke?" sagte die Gestalt aus den Wolken und schüttelte den Kopf. Die Gestalt sprach leise, aber eindringlich, und während sie sprach, hörte der Sturm auf zu pfeifen, dröhnten die Wellen nicht mehr. Die Segelfetzen klatschten weiter an die Maststümpfe, doch kein Laut war dabei zu vernehmen, nur die leise Stimme der Gestalt aus den Wolken.

Der Pudel knurrte, als wolle er der Gestalt an die Kehle fahren, eine Handbewegung des Kapitäns brachte das Tier zum Schweigen. „Und was bist du für ein unverschämter Kerl, daß du mir ungebeten mein Schiff betrittst? Scher dich zum Teufel, oder ich jag dir eine Kugel durch den Kopf!"

Die Gestalt aus den Wolken zuckte die Schultern und lächelte, als der Kapitän seine Pistole zog: Die Kugel ging fehl, sie zerschmetterte dem Kapitän selbst die Hand.

Fluchend hob er die Hand, um nach der Gestalt zu schlagen, aber der Arm war gelähmt; Schimpfworte sprudelten von seinen Lippen. Und die Gestalt aus den Wolken sagte: „Verflucht seist du, Kapitän; in alle Ewigkeit verflucht! Weil du vermessen bist und gesündigt hast wider Herkommen und Gebot, sollst du auf immer segeln und nie einen Hafen finden, der dich aufnimmt, nie Ankergrund. Keine Reede wird dich vor dem Wetter schützen und keine stille Bucht. Weder Bier noch Tabak sollst du haben – nichts als bittere Galle auf deinem Teller, und dein Priem wird glühendes Eisen sein. Ein Schiffsjunge nur sei dein Begleiter, und er wird Hörner auf der Stirn tragen und das Maul eines Tigers haben, und seine Haut wird rauher sein als die eines Seehunds. Ewig sollst du Wache gehn, nie schlafen, und wenn du doch einmal die Augen schließt, dann wird dich ein scharfes Schwert durchbohren. Du wirst der Teufel des Meeres sein, und jedem, der dir begegnet, wirst du Unglück bringen!"

Den Arm vermochte der Kapitän nicht zu bewegen, solange die Gestalt aus den Wolken vor ihm stand, aber er konnte lachen, und er lachte sein schreckliches finsteres Lachen. Und als die Gestalt aus den Wolken sich wieder in Nichts auflöste, als die Wellen wieder dröhnten, der Sturm wieder heulte und die Schiffsspanten ächzten, da war auch die Mannschaft verschwunden, und aus dem Pudel war ein gehörnter Schiffsjunge geworden. Der Kapitän fluchte entsetzlich und rief der Gestalt aus den Wolken nach, die nicht mehr zu sehen war: „Ich pfeife auf dich und auf deine ganze himmlische Sippschaft!"

Und seitdem segelt Barend Fokke, der Fliegende Holländer, der Nachtkreuzer, nur von seinem gehörnten, tigermäuligen, seehundshäutigen Schiffsjungen begleitet, durch alle Meere der Welt. Wem er begegnet, dem bringt er Unglück.

Teil 1

Der Teufelsbrenner von Antwerpen

Kapitel eins

Als Kind hieß Barend Fokke ganz einfach der Schwarze, und das nicht, weil es in Zwartewaal, dem Fischerdorf an der Brielschen Maas, drei, vier Stunden unterhalb Rotterdams gelegen, nur Flachsblond gegeben hätte. Er hatte jedoch eine so tiefschwarze, nicht zu bändigende Haarmähne, daß er daran schon von weitem zu erkennen war – und obendrein überragte er seine Altersgenossen fast um einen Kopf. Die Mähne hatte er vom Vater, und er war dem Vater wie aus dem Gesicht geschnitten. Mit dreizehn allerdings hatte er den Vater an Größe schon eingeholt, und bald danach war er ein gutes Stück größer.

Der Vater litt unter diesem schwarzen Haarwust, auch wenn es ein unnötiger Ärger war. Hispan nannten ihn die Zwartewaaler, und sie munkelten, im Scherz natürlich, da müsse doch irgendwann einmal ein Spanier ... Und je mehr sie merkten, daß das dem alten Fokke mißfiel, desto hartnäckiger munkelten sie. Dabei konnten sie ihn gut verstehen. Mit dem Spanier wollte in diesen Zeiten niemand etwas zu tun haben, denn der Spanier war schlimmer als der Böse, und der Spanier war schlimmer als die Pest.

Die Mutter nahm die Sticheleien lächelnd hin, wie sie so vieles lächelnd hinnahm. Der Bruder Barends, Frederik, der zwei Jahre jünger war und blond wie die Mutter und die noch jüngere Schwester Cornelia – Neeltje –, prügelte sich mit den anderen, wenn er das Schimpfwort hörte. Barend aber trug es gelassen, ja, trug es geradezu als Auszeichnung. Mit den Spaniern mochte natürlich auch er nichts zu tun haben, aber er fühlte sich durch die Spötteleien aus der Menge herausgehoben, es war etwas Besonderes, mit dem nicht jeder aufzuwarten hatte. Es war nichts anderes als kindlicher Stolz, auch wenn der Spanier seine ganze Kindheit überschattete.

Wie oft hatte es geheißen, wenn er irgendwo herumgestrolcht war und erst spätabends wieder auftauchte: „Du treibst es noch so lange, bis dich der Spanier mitnimmt!" Der Spanier war das Schreckgespenst seiner Kindheit, er war etwas Fremdes, Unberechenbares. Plötzlich waren sie da: Ein Beamter in steifer Halskrause, ein Papier in der Hand, stellte Forderungen, oder ein paar zerlumpte Soldaten tauchten von irgendwoher auf, und wenn es dunkelte, dann gab es Geschrei im Dorf. Waren sie zahlreich genug, dann nahmen sie etwas mit, ein paar Stücke Vieh, Geld, was sie kriegen konnten. Waren sie weniger zahlreich, erhielten sie Prügel, und später kamen dann mehr und rächten sich dafür.

Was das mit ihrer kleinen Kirche zu tun hatte, das verstand Barend nicht. „Wart, bis du größer bist!" hieß es, aber er ließ mit seinen Fragen nicht nach, seine Neugier war groß, warum sollte er nicht verstehen, worum es ging? „Sie wollen, daß wir weiter nach ihrem Glauben beten", sagte man ihm schließlich; „wir dürfen nicht tun und denken, was uns gefällt. Aber wir sind Holländer, keine Spanier, wir wollen dem spanischen König keine Steuern mehr zahlen."

Heimlich schlich Barend den Spaniern nach, beobachtete sie, aus großer Entfernung zunächst, lief, schlug einen Bogen, überholte sie, legte sich in ein Gebüsch, ließ sie an sich vorbeiziehn, hörte die fremden, ihm unverständlichen rauhen Laute, ärgerte sich, daß er nicht verstand, was sie da sagten, sah, wie sie jetzt lachten, wie richtige Menschen auch, wie die Leute im Dorf – so lacht doch der Teufel nicht, sagte er sich –, und kam völlig durchnäßt und verschwitzt und aufgeregt nach Hause und wunderte sich, daß ihm der Vater Schläge androhte und die Mutter angstvolle Augen machte.

Die Leute im Dorf schwatzten gern ein Weilchen mit ihm. Er sah ihnen bei der Arbeit zu, half, ließ sich erklären, achtete auch ein halbes Stündchen auf die Gänse, wenn man ihn darum bat, oder holte die Kuh von der Weide, obwohl das nicht gerade seine liebste Beschäftigung war. Viel lieber noch trieb er sich auf der kleinen Werft herum, sah zu, wie die Doggboote und die Bojer gebaut wurden, mit denen die Zwartewaaler auf der Doggerbank Heringe fingen, strich mit der Hand über Spanten und Planken, kroch hinein in so ein neues Boot – ein neues Boot sah immer so aus, als wär es für die Ewigkeit gebaut, als könne ihm kein Sturm und kein Brecher je etwas anhaben. Erzählte er dann dem Vater davon, sagte er, das ist für den oder für den, dann wurde der Vater nachdenklich, nickte und schwieg.

Auf der Werft ließ Barend sich Holzabfälle geben, Brettchen, auch alte Werkzeuge und begann zu basteln. Das erste Doggboot – sein Vater fuhr ebenfalls ein Doggboot – geriet ihm gar nicht, es sah plump aus und ungefüg. Und als er es trotzdem aufs Wasser setzte, bekam es so sehr Schlagseite, daß es beim ersten leisen Wind kenterte; die Mutter hatte ihm aus der Flickenkiste ein paar Leinenfetzen geben müssen, als Segel. Aber Barend war hartnäckig und wie besessen, hatte er erst einmal etwas begonnen: Er gab nicht nach, er baute ein neues. Wenn der Vater vom Fang heimkehrte, sollte es fertig sein. Das zweite gelang ihm und brachte ihm Bewunderer, nicht nur die Mutter und die Schwester – die verstand ja noch nichts davon –, der Bruder neidete es ihm. Frederik gönnte dem älteren nie etwas, vor allem nicht den Erfolg. Und als an Barends Doggboot eines Tages die Takelage zerrissen war, argwöhnte er, daß Frederik an das Boot gegangen war. Er sagte jedoch nichts, brachte die Takelage wieder in Ordnung und stellte das Boot bei Lambert Hinlopen in den Schuppen.

Es war ein eigenartiges Verhältnis zwischen den beiden Brüdern. Der eine ging dem andern aus dem Weg, und niemand von beiden wußte mehr recht, warum eigentlich, und das machte es fast noch schlimmer. Der eine glaubte vom andern, daß dieser schuld daran sei. Dabei war das nicht von Anfang an so gewesen. Als Frederik gerade laufen gelernt hatte, da wurde er von Barend überallhin mitgeschleppt. Denn Barend war stolz darauf, einen Bruder zu haben – weil er als Ältester ein paar Jahre lang allein gewesen war. Es gab kaum jemanden unter seinen Freunden, der keine Geschwister hatte, und nun vermochte er endlich auch da mitzureden. Aber bald zeigte Frederik seinen eigenen Kopf, er wollte seine Ruhe haben. Und Barend mißfiel, daß der Bruder viel weniger unternehmungslustig war als er selbst. Wenn die Mutter Frederik ermahnte, nicht so faul herumzuhocken, zog Frederik nur die Mundwinkel herab, glaubte sich zurückgesetzt und war wütend auf Barend, der, so meinte er, von den Eltern viel besser behandelt wurde. Er zahlte das Barend heim, wo er das ohne viel Aufwand konnte, Barend wehrte sich, schlug auch manchmal den jüngeren Bruder dafür und bekam es vom Vater oder von der Mutter zurück. Und gab Frederik die Schuld, daß er von den Eltern Schläge erhielt. Ein ständiger Kleinkrieg erwuchs daraus, und dabei wäre Barend so gern mit seinem Bruder im Guten ausgekommen, wie er eben mit allen Jungen im Dorf im Guten auskam: Suchte man ihn, man brauchte nur dorthin zu gehen, wo die Jungen beieinander waren. Was Barend bei dem Bruder nicht fand, das fand er bei Lambert Hinlopen. Lambert Hinlopen wohnte dicht am Wasser, an der Brielschen Maas, am Rande des Dorfes; sein Vater war Seiler und arbeitete in der Werft. Lambert Hinlopen war einer der ganz großen Bewunderer Barends, Jacob Cambys der andere. Sie waren beide gleich alt, ein Jahr jünger als Barend Fokke. Mit ihnen und mit den anderen Dorfjungen hockte Barend zusammen, sooft es ging, mit ihnen suchte er Möweneier, nahm Elsternester aus, wagte er die ersten Versuche, allein zu segeln. Barends Basteleien jedoch waren den meisten zu mühselig, sie guckten höchstens zu, und sie machten sich lustig, als das erste Boot kenterte. Nicht so Hinlopen und Cambys; sie wichen Barend nicht von der Seite, versuchten, auch so etwas fertigzubringen, und als ihnen das nicht gelang, beschränkten sie sich darauf, Barend zu helfen und ihn zu bewundern. Die beiden brauchten einen Anführer, der rothaarige Lambert Hinlopen, der immer erst mit dem Ärmel über die Nase fuhr, bevor er etwas sagte, geräuschvoll hochzog und dann ausspuckte – seine Stimme klang ständig verschnupft –, und der kurzbeinige Jacob Cambys, dessen weißblonde Mähne nicht dicht genug war, die großen roten Ohren zu verdecken. Zog Hinlopen hoch, machte es Cambys nach und hielt die Nase zu, um genauso verschnupft zu sprechen wie Hinlopen, was den fuchsteufelswild machte, und was er damit quittierte, daß er mit den Ohren wackelte, worüber wiederum Cambys in Wut geriet. Das Ende war jedesmal, daß sie sich prügelten und anschrien: „Welscher Hund!" – „Verdammter Spanier!" – „Satansknochen!" – „Teufelsohr!" – „Hexenbalg!" – „Sohn des Papstes!" Und das so lange, bis sie nicht mehr konnten vor Lachen und Friede und Eintracht wiederhergestellt waren. Bei einer dieser Prügeleien hatte Cambys einen Schneidezahn eingebüßt, und seitdem hatte er Mühe, nicht zu lispeln. Hinlopen zeichnete sich dadurch aus, daß er alles, was Barend tat, sofort verbreitete. Er schmückte es aus und entwickelte dabei eine unerschöpfliche Phantasie. Wenn die drei einen Spanier nur von weitem gesehen hatten, kam am Ende dabei heraus, daß sie ihn – oder auch manchmal er sie, wie es sich gerade am besten machte – halbtot geschlagen hatten. Zuweilen hörten sich die Prahlereien Hinlopens so glaubwürdig an, daß Barend deshalb zu Hause Vorhaltungen – wenn nicht mehr – über sich ergehen lassen mußte. So berichtete Hinlopen einmal haarklein von einem Boot, das sie den Spaniern unter den Händen gestohlen hätten, beschrieb genau, wie es aussah, daß die beiden Spanier nur einen winzigen Augenblick am Ufer gewesen wären – der eine habe versucht, in eine Mühle einzubrechen, der andere habe sich derweilen hinter einen Busch gesetzt, die Hosen herabgezogen und ... Hier lachte Hinlopen, und die anderen lachten mit, und Hinlopen spann seine Geschichte weiter. Dann verschwand er für ein paar Sekunden, kam mit einem Bootsriemen zurück, zeigte ihn triumphierend her, zählte auf, was in dem Boot alles drin gewesen sei und wie die Spanier hinter ihnen her geschimpft hätten, als sie sahen, daß sie das Boot los waren. Der Anstifter wäre natürlich – wie immer – Barend gewesen.

Im Dorf genoß Barend bald einen Ruf, der zu Lachen, Kopfschütteln und manchmal auch zu Unwillen Anlaß gab. Gab es Unwillen, dauerte es jedoch niemals allzulange, dazu mochten sie „den Schwarzen" viel zu sehr.

„Der wird einmal anders als sein Vater", hieß es dann, „das ist kein Hispan." Und sie übersahen, daß zum Teil sie selbst durch ihre Spötteleien schuld daran waren, wenn der alte Fokke sich knurrig zurückzog.

Als Barend dreizehn, vierzehn war, nahm ihn der Vater mit auf See. Mit der „Trijntje" fischten sie auf der Doggerbank, zusammen mit den übrigen Zwartewaalern. Hier auf See behandelte ihn der Vater anders als zu Hause, hier gab er sich freier und ungezwungener. Und er nahm Barend jetzt schon mehr für einen Erwachsenen.

Am schlimmsten waren Barend stets die langen Wintermonate vorgekommen, wenn die Fischer nicht hinaus konnten; dann wurde der Vater immer unleidlicher und gedrückter. Jetzt konnte Barend das besser verstehen. Und ihm wurde auch klar, daß nicht allein die Zwartewaaler und ihre Spötteleien die Ursache waren, wenn sich der Vater zurückzog: Die „Trijntje" war zu alt. Den Fokkes ging es kaum schlechter als all den andern, sie lebten, sie hatten ihr Auskommen. Aber der Vater versaß nicht die langen Winterabende im Krug, er brachte auch nie, wie das zuweilen einmal geschah im Dorf, einen ganzen Ballen Stoff angeschleppt, ein paar Ellen Brüsseler Spitzen dazu, knallte das großsprecherisch der Frau zu Hause auf den Tisch und sagte: „Nun laß dir was davon machen!" Es reichte aber trotzdem nicht zu einem neuen Boot. Und das war es, was dem alten Fokke zu schaffen machte.

Der Vater hätte seiner Frau gern etwas mehr gegönnt, schon deshalb, weil sie aus der Stadt stammte, aus Enkhuizen, weil sie in etwas großzügigeren Verhältnissen aufgewachsen war – ihr Bruder war ja sogar Kapitän eines Kauffahrers und für die Leute im Dorf fast ein gelehrter Mann, weil er sich mit Astronomie und Mathematik beschäftigt hatte. Aber die „Trijntje" war kaum noch die Reparaturen wert. Sie leckte mehr, als die Pumpen schafften. Bald waren es die Segel, die erneuert werden mußten, bald das Tauwerk oder die Masten. Darum wurde alles Geld für ein neues Doggboot beiseite gelegt.

Die Mutter verlangte zwar nicht nach Extravaganzen, und dennoch sah es ihr Barend Fokke an, daß sie nicht nein gesagt hätte, wenn der Vater auch einmal etwas Besonderes mitgebracht hätte. Doch es würde noch lange dauern, ehe sie eins kaufen konnten. Der Vater hatte auf der ersten Fahrt, die sein Sohn zusammen mit ihm machte, davon erzählt:

Jeden Pfennig hatte er beiseite gelegt, er hatte geglaubt, im Schuppen ein sicheres Versteck zu haben. Und eines Nachts – der Vater war auf See – hatten ihnen die Spanier einen Besuch abgestattet, hatten ein paar Hühner mitgenommen und das Geld dazu.

Barend erinnerte sich der Nacht, sie war merkwürdig still gewesen, kein Lüftchen hatte sich geregt, kein Blatt. Plötzlich begannen die Hühner wie toll zu kakeln. Der Marder ist im Stall, dachte Barend; so früh schon, es ist ja kaum Mitternacht. Er stand auf, er fühlte sich verantwortlich für das, was im Hause geschah, wenn der Vater nicht da war, griff nach einem Schürhaken, war aber doch noch ein bißchen verschlafen, stolperte über einen Wasserzuber, warf ihn um, die Mutter rief, Neeltje war ebenfalls wach geworden und kreischte. Barend lief hinaus, den Marder zu erwischen, und da mußte er feststellen, daß der Marder zwei Spanier waren, die eilends die Flucht ergriffen. Barend hatte danach nicht begriffen, warum die Mutter wegen der paar Hühner so sehr verstört gewesen war; nun wußte er es, und nun haßte er die Spanier noch mehr.

Der Vater erzählte weiter, daß er die Hoffnung nicht aufgeben wolle, es doch noch zu einem neuen Boot zu bringen, daß aber die Reparaturen für die „Trijntje" das wenige verschlängen, was erübrigt werden konnte.

Es war nicht nur der schlechte Zustand der „Trijntje" allein, der den Wunsch nach einem neuen Boot wachhielt. Manchmal murrte zwar die Besatzung schon, mit so einem lecken Kahn würden sie nicht mehr ausfahren, und der alte Fokke mußte gut zureden mit Argumenten und mit Hokuspokus – er kratzte dreimal am Mast, bevor er ausfuhr, spuckte dreimal in den Wind, murmelte unverständliche Sprüche, und Barend lachte verlegen, als er das sah, aber den abergläubischen Seeleuten brachte das ein bißchen neue Zuversicht. Nur Hinlopen machte gleich wieder eine Geschichte daraus: Der alte Fokke könne hexen, und Barend gucke fleißig zu, damit er's auch bald lerne, das werde ja eines Tages was geben mit ihm, wenn er so weitermache.

Der andere Grund, sich ein neues Boot zu wünschen, kam von einem alten Brauch in Zwartewaal: Den Ton bei den Fischern und im ganzen Dorf gab der an, der bei der ersten Ausfahrt im Jahr vor allen anderen mit vollen Heringstonnen wieder zurück war. Um als erster wieder zurück zu sein, mußte man ein guter Fischer und ein guter Seemann sein und natürlich ein gutes Boot haben. Der alte Fokke war ein guter Fischer und Seemann, und er war auch mehrmals als erster wieder heimgekommen. Aber das war lange her. Damals hatte er gerade geheiratet, und sein Schiff war noch in Ordnung gewesen. Er hatte es nach seiner Frau „Trijntje" genannt. Später hatte ihm ein anderer den Rang abgelaufen, ein Jüngerer, Govert Witsen. Er war nicht besser als Fokke, aber sein Boot war es. Mit kurzen Unterbrechungen hielt er sich als erster. Die übrigen im Dorf sahen natürlich, worum es dem alten Fokke zu tun war, und auch deshalb verspotteten sie ihn ein bißchen und bemerkten nicht, wie sehr ihn das kränkte. Und wenn sie es merkten, machte es ihnen nur noch mehr Spaß.

Die Fahrten mit dem Vater waren für Barend Fokke ein Ereignis. Sein Vater war ein guter Lehrmeister – allerdings auch ein strenger, der zuweilen mit dem Tauende nachhalf, wenn ihm Barend nicht schnell genug zu begreifen schien. Doch viel Gelegenheit dazu verschaffte ihm Barend nicht. Er war wißbegierig, mußte alles selbst unter den Fingern gehabt haben: Tauwerk, das zu spleißen war, Netze, die geflickt, Planken, die gedichtet werden wollten, die ganze tägliche Arbeit an Bord.

In dieser Zeit verlor er Hinlopen und Cambys etwas aus den Augen, erst im Winter war er wieder mit ihnen zusammen, und sie sorgten dafür, daß man es bald in Zwartewaal wußte: Barend Fokke hatte diesmal den Fang ganz allein eingebracht, und nicht mehr lange, dann würde wieder die „Trijntje" als erstes Boot nach Hause kommen, dafür werde Barend schon sorgen. Die Zwartewaaler hörten es und lächelten. Sie hätten es dem Jungen gegönnt, schon seines knurrigen Vaters wegen. Doch damit hatte es noch lange Weile.

Auch Govert Witsen mochte Barend. Er ließ ihn bereitwilligst an Bord, wies ihn auf dies hin und auf das, schwatzte mit ihm wie mit einem Erwachsenen, brachte ihm ein paar Kniffe bei, Segelstellung, Ruderführung, und Barend nickte und ließ die Augen wandern, weil er hoffte, auf Witsens Boot etwas zu entdecken, was besser war als auf der „Trijntje" und was er auf der „Trijntje" einführen konnte.

Als erster zu Hause zu sein, daran dachte auch Barend häufig in dieser Zeit, aber es war ein Strohfeuer, das bald wieder erlosch, nicht zuletzt deshalb, weil ihm die Fangfahrten zur Doggerbank allmählich eintönig wurden. Bald kannte Barend die Handgriffe, die zu tun waren, seine Wißbegier trieb ihn weiter. Oft stand er am Ufer der Brielschen Maas, schaute den Schiffen nach, die nach Ostindien fuhren oder Amerika – jedes Schiff fuhr für ihn nach Ostindien oder Amerika –, und genauso stand er manchmal am Schanzkleid, wenn sie einem Kauffahrer begegneten, träumte sich zu ihm an Bord, fuhr mit ihm zu fernen Küsten, in ferne Länder, und der Vater mußte ihn in die Gegenwart zurückholen.

14

Zu Hause gab es fast Streit zwischen den Eltern seinetwegen, die Mutter jedoch setzte es in ihrer ruhigen, beharrlichen Art durch, daß er mit ihrem Bruder, dem Kapitän, ein paar Reisen machen durfte. Frederik sei ja nun auch alt genug, daß ihn der Vater mit auf die „Trijntje" nehmen könne, und vorläufig sei es wohl besser, die beiden nicht zusammen an Bord zu haben — sie waren immer noch wie Hund und Katze.

Mit der Mutter fuhr Barend nach Amsterdam, sie benutzten die vielen Kanäle und Fließe, mußten ein paarmal von einem Boot ins andere umsteigen, und die Mutter war genauso unruhig wie Barend; sie, weil sie ihren Bruder seit vielen Jahren nicht mehr gesehen hatte, und er, weil er endlich ein richtiges Schiff betreten sollte.

Im vergangenen Winter hatte er, wenn die Fließe nicht zugefroren waren und sie nicht Schlittschuh laufen konnten, viel in der Werft gesteckt und an dem Modell eines Kauffahrers gebaut, einer Hulk, wie sie der Onkel befehligte. Er glaubte den Schiffstyp in- und auswendig zu kennen, und jetzt sollte er auf solch einem Schiff eine Reise mitmachen, und er konnte kaum noch die Zeit abwarten, daß sie Amsterdam erreichten.

Die Mutter lächelte über seinen Eifer: Als sie im Hafen waren, erklärte er ihr, was da alles für Schiffe lagen. Aber als sie vor dem Onkel standen, wurde er still und sah ihn nur ehrfürchtig an, den Kapitän Willem van Wassenaer, der für das Haus van Beerstraten in Amsterdam die „Mevrouw van Muiden" führte. Onkel Wassenaer war rundlich wie die Mutter und braungebrannt, er lachte breit und zufrieden, als Barends Mutter von dem Eifer ihres Sohnes berichtete, strich sich den grauen Bart — links, rechts, links, rechts — und führte sie dann durch das Schiff. „Du wirst ja noch viel Zeit haben, es kennenzulernen."

Barend wunderte sich, als einer der Herren des Handelshauses an Bord erschien, die Ladelisten mit dem Kapitän durchging und der eine Verbeugung nach der andern machte. „Ja, mein Junge, so ist das", sagte der Onkel hinterher, „sie gucken mir ganz schön auf die Finger. Aber draußen, da bin ich der Herr an Bord."

Wann sie denn nach Indien aufbrächen, fragte Barend, nachdem sich die Mutter verabschiedet hatte. „Nach Indien!" Willem van Wassenaer lachte. „Erst geht es nach Hamburg, von dort nach London und anschließend ins Mittelmeer. Auf der Rückreise wahrscheinlich noch nach Cadiz. Reicht dir das nicht?"

Und dann waren sie unterwegs. Hamburg bot ihm Neues und Altvertrautes zugleich. Die Sprache war ihm fremd, manchmal verstand er ein paar Brocken, manches reimte er sich zusammen, nicht immer ganz richtig. Er war schließlich froh, als es weiterging. Der Himmel wurde allmählich anders: blauer, leuchtender spiegelte er sich im Meer, in den langen Wogen der Biskaya, die sich ruhig hoben und senkten.

Willem van Wassenaer ließ seinem Neffen freie Hand, Barend durfte in allen Winkeln des Schiffes herumkriechen, so daß er es bald genauestens kannte vom Bugspriet bis zur Rudergalerie und vom Eselshaupt am Großmast bis zum Kielschwein. Mehr noch interessierten ihn die Land- und Seekarten, die der Onkel vor ihm ausbreitete. Es dauerte zwar ein Weilchen, bis Barend begriff, bis er sich vorzustellen vermochte, daß das, was da vor ihm auf dem Tisch in der Kapitänskajüte lag, eigentlich die Oberfläche einer Kugel war, der Erdkugel. Spätestens seit Magellan vor knapp fünfzig Jahren die Erde umsegelt hatte, stand ja unumstößlich fest, daß die Erde wirklich eine Kugel war, selbst wenn es immer noch Leute gab, in Rom, beim Heiligen Vater, die das nicht hören mochten. Später, als sie im Mittelmeer waren und Melonen bekamen, bemühte sich Barend, die Umrisse der Kontinente in eine Melone einzuritzen.

Von Kopernikus erzählte ihm der Onkel, von dem Mann, der noch weiterging und behauptete, nicht die Erde stehe im Mittelpunkt der Welt, sondern die Sonne, um *sie* herum bewege sich alles. Und das vor bestimmten Leuten in schwarzen Röcken zu wiederholen sei fast lebensgefährlich. Und dann gingen sie hinaus auf das Achterkastell, hinaus in die Nacht, der Wind rauschte leise in der Takelage, die Segel standen wie ein geisterhaftes Gewölbe über ihnen und schienen bis in den Himmel zu reichen. Blöcke knarrten. Willem van Wassenaer legte Barend einen Arm um die Schulter, mit der andern Hand wies er ihm die Sternbilder. Einige kannte Barend schon, nach dem Polarstern zum Beispiel richteten sich auch die Fischer. Aber der Onkel kannte viel mehr, nannte sie ihm, zeichnete sie ihm auf, als sie wieder in der Kajüte saßen, damit Barend sie sich einpräge.

Das Wetter war gut, Willem van Wassenaer hatte viel Zeit für seinen Neffen; alles, was er an Wissen besaß, versuchte er Barend zu vermitteln. Es dauerte nicht lange, da konnte der mit Kompaß, Jakobsstab und Astrolabium den Schiffsstandort einigermaßen genau bestimmen. Und immer wieder saß er über den Landkarten, vergaß seine Umgebung darüber, folgte den Konturen mit dem Finger, ließ sich vom Onkel alles erzählen, was der über Indien wußte und Amerika – es war nicht viel –, machte sich selbst ein Bild zurecht von diesen Ländern, in denen die

Menschen schwarz oder braun aussahen und nichts oder nicht viel anhatten, weil es so warm war, und bunte Federn auf dem Kopf trugen statt eines Hutes. Niemand brauchte zu arbeiten, alles wuchs von selbst, nur warten mußte man, bis es reif war; nichts war nötig, als die Hände aufzuhalten, und schon war man reich. Dort hinfahren, träumte er, mit einem eigenen Schiff. Dann würde es gar nicht lange dauern, und er hätte das Geld zusammen, das der Vater zu einem neuen Doggboot brauchte.

Willem van Wassenaer lachte über diese Träume. „Wo willst du denn ein Schiff hernehmen?" fragte er ihn, und Barend antwortete: „Du hast doch auch eins!" Und Willem van Wassenaer erinnerte Barend an Mijnheer van Beerstraten, mit dem zusammen er in Amsterdam die Ladelisten durchgegangen war, der ihm die Aufträge erteilt hatte und auf den Pfennig genau Abrechnung verlangen würde – wie er da zu einem eigenen Schiff kommen wolle? – „Dann muß ich mir eben eins erobern!"

Als sie die Meerenge von Gibraltar hinter sich hatten, warteten sie, bis mehrere Schiffe beieinander waren, ein einzelnes Schiff war gegen die Piraten des Mittelmeers machtlos. Barend hoffte insgeheim, einem Piraten zu begegnen; sie sahen auch einmal Segel am Horizont, aber die Piraten, wenn es welche waren, zogen es vor, Abstand zu halten. Sieben Schiffe waren es, die sich zusammengefunden hatten, außer ihnen Spanier, Venezianer, Genuesen.

Dann tauchten Delphine auf, Barend war aufgeregt und rief den Onkel herbei, als er sie am Horizont sah, in ganzen Schwärmen sprangen sie aus dem Wasser, mit elegantem Schwung, kamen näher heran, umkreisten das Schiff und setzten sich dann vor dessen Bug. Barend kletterte zum Bugspriet, sah, wie sie vor dem Schiff herschwammen, scheinbar ohne jeden Flossenschlag, so dicht vor dem Steven, als ließen sie sich von dem Schiff schieben.

Der erste Hafen im Mittelmeer, den sie anliefen, war Ragusa in Dalmatien. Barend war in die Großmars gestiegen und betrachtete das Land: die vorgelagerte kleine kegelige Insel, die sie passieren mußten, Lokrum; die kalkig weißen, schrundigen Felsen; von der Sonne verbranntes Grün, leuchtendrote Dächer dazwischen. Das war etwas von der Fremde, in die er sich so oft hineingeträumt hatte. Dann die dicken Türme der Befestigungsanlagen, die den Hafen schützten, die Stadtmauern, auf denen man bequem spazierengehen konnte, die ineinandergeschachtelten Häuser der Stadt.

Und als er von Bord gegangen war, sah er auch einen Schwarzen. Er bestaunte ihn geradezu, und er war ein bißchen enttäuscht, daß der Schwarze aussah wie ein anderer Mensch auch, nur daß er eben eine andere Hautfarbe hatte und in buntgestreifte wehende Tücher gekleidet war. Er war eben noch nicht dort, wo er sich hinsehnte, in Indien, in Amerika. Aber er würde dort sein, eines Tages. Nur ein eigenes Schiff brauchte er, er wollte einmal sein eigener freier Herr sein, nicht abhängig wie der Onkel, der Mijnheer van Beerstraten Rechenschaft schuldete.

Bis nach Venedig fuhren sie, dort wartete ein spanischer Herr auf ein Schiff nach Amsterdam. Er kannte Indien, zumindest sagte er das, und erzählte Wunderdinge. Zunächst war die Verständigung mehr als schlecht, er radebrechte niederländisch nur, aber Barend gab sich Mühe, ließ sich jeden Satz auf spanisch sagen, dann auf niederländisch, und nach einiger Zeit verstand er den spanischen Kaufmann schon ganz gut. Von den neuesten Entdeckungen war die Rede, und der Spanier war mehr als selbstbewußt: Ihnen gehörte die Welt, nun ja, den Portugiesen auch ein bißchen, aber wer waren schon die Portugiesen! Und Barend begriff, daß die Welt erst hinter Spanien begann, hinter dem Kap der Guten Hoffnung. Die Welt hieß Indien, und die Welt hieß Amerika. Sie gehörte den Spaniern und den Portugiesen – die Niederländer jedoch besorgten ihnen zu einem großen Teil den Handel. Und denen, die den Handel besorgten, so hatte ihm der Onkel gesagt, denen gehöre die Welt richtig. Eines Tages würde er einer von ihnen sein. Er würde sich um keinen Piraten scheren und um keinen Spanier oder Portugiesen, er würde kein Abenteuer scheuen und keine Gefahr. Der Onkel lächelte über Barends Eifer, und der Spanier fühlte sich geschmeichelt, weil der Junge nicht aufhörte, ihn auszufragen.

Der Kaufmann war anders als die Soldaten, die Barend kennengelernt hatte, er unterhielt sich mit ihm wie mit einem Gleichgestellten – Barend gehörte ja zum Kapitän –, aber er machte auch keinen Hehl daraus, daß seiner Ansicht nach Spanien berufen war, die Welt zu beherrschen. Barend fand, daß dieser Kaufmann am Ende doch genauso war wie die Soldaten, nicht so grob, aber genauso zugreifend, und er sagte sich: Es ist richtig, wenn die Leute zu Hause dem spanischen König keine Steuern mehr zahlen. Was geht uns der spanische König an. Sind wir denn Spanier?

Als Barend kurz vor dem Winter wieder zu Hause war, da staunte die Mutter: „Junge, was hast du dich verändert in der kurzen Zeit!" Barend war fünfzehn, aber er war erwachsen geworden; er hatte mehr von der Welt gesehen als die meisten Zwartewaaler. Und die ließen sich gern von ihm berichten. Lärmend hefteten sich Hinlopen und Cambys an seine Fersen und verbreiteten seinen Ruhm.

In den folgenden Jahren nahm ihn der Vater wieder mit auf die Doggerbank, ihn und Frederik, und Barend wurde ein Fischer und ein Seemann, der sich mit allen anderen in Zwartewaal messen konnte. Er tat seine Arbeit, flickte mit dem Vater und mit Frederik zusammen an der „Trijntje" herum, im stillen allerdings dachte er an sein eigenes Schiff und an die Schätze Indiens, die er damit heimholen wollte. Der Onkel hatte ihn an seine Bücher herangelassen, weil er sah, wie begierig Barend nach Wissen war, hatte ihm erzählt, was entdeckt worden war und wieviel mehr wahrscheinlich noch darauf wartete, entdeckt zu werden. Und das war es, was Barend reizte, etwas Neues zu entdecken. Wie wenige waren es, die diese Welt kannten, die hinter dem Kap der Guten Hoffnung begann, aber er würde einer von ihnen sein. Und schon wieder träumte er; der Vater mußte ihm die Arbeit in Erinnerung rufen, die Netze flickten sich nicht von selbst.

Kapitel zwei

Als Kind hieß Barend Fokke ganz einfach der Schwarze, später dann nannten sie ihn den Westplaat-Pirat. Aber das war, als er Stine schon kannte, Stine van Dale, deren Vater Fischer war wie der alte Fokke auch. Er fuhr einen Enkhuizer und schwor darauf, der Enkhuizer sei das beste aller Boote, aber es unterschied sich kaum von den Bojern und Vliebooten und Doggbooten, war weder größer noch schneller. Barend hatte Stine natürlich schon gekannt, als sie beide noch Kinder waren, aber da kennt man eben ein Mädchen nicht, auch wenn es einem tagtäglich über den Weg läuft. Wie ein aufgescheuchtes Küken war Stine damals im Hafen herumgehuscht, hatte sich auf die Duckdalben gehockt, die Beine baumeln lassen und heimlich nach den Jungen geschielt, ob die auch bemerkten, daß sie als einziges Mädchen dort hinaufkletterte. Aber die Jungen hatten kein Auge für sie gehabt. Als sie älter wurde, stakste sie nicht mehr mit gerafftem Rock und auf langen Beinen durch das flache Wasser zu den Duckdalben, um dort auf den Vater zu warten, wenn die Fischer vom Fang heimkehrten. Da stand sie mit den anderen Frauen und Mädchen zusammen am Bollwerk, ließ die Haubenbänder flattern, dribbelte höchstens voller Ungeduld in den Holzschuhen herum, wenn sich die Boote immer noch nicht zeigten.

Dort sah sie Barend Fokke, als er mit dem Vater vom Fang zurückkehrte, und er meinte, er habe sie noch nie gesehen. Sie stand mit ihrer Mutter zusammen und mit Neeltje und mit seiner Mutter, und ohne daß er es so richtig merkte, schaute er mehr nach ihr als nach denen, die auf ihn, auf den Vater und auf Frederik warteten. Er winkte, wie sie alle winkten, wenn sie heimkehrten, und die Frauen winkten zurück, wie sie das ebenfalls immer taten, wenn wieder ein Boot festmachte. Aber Barend Fokke sah nur Stine, und er hätte jeden ausgelacht, der ihm abgestritten hätte, daß Stine ihm zuwinkte. Wie selbstverständlich begrüßte er, als er an Land war, die van Dales, nachdem er Mutter und Schwester begrüßt hatte, schwatzte ein bißchen mit ihnen, und Stine schwatzte munter mit, gar nicht mehr wie ein huschiges Küken, aber auch nicht geziert und steif, sondern so, als könne es gar nicht anders sein. Sie hatte braune Sprenkel in den grauen Augen, und sie schien ein bißchen spottlustig. Während ihre Mutter sich nach dem Fang erkundigte, pustete sie mit vorgeschobener Unterlippe eine Haarsträhne zurück, die der Wind unter der Haube hervorgeblasen hatte – ein paar Fransen hingen ihr ständig in die Stirn –, pustete immer wieder, weil die Haarsträhne hartnäckig war, machte ein komisches, handfest-resolutes Gesicht dabei, und mit einemmal lachten sie sich beide an, und Barend Fokke fragte sich, wieso er die Stine noch nicht früher beachtet hatte.

Maurits van Dale, Stines Vater, war einer der letzten, die heimkehrten. Barend Fokke hatte lange vorher schon alle Arbeiten erledigt – um den Verkauf des Fangs kümmerte sich der Vater –, und nun war ein bißchen Zeit: Er schlenderte wieder zur wartenden Stine. Und sie sah ihn kommen und ging ihm entgegen, und er erzählte ihr, wie es diesmal draußen gewesen war, und sie hörte ihm zu, warf manchmal etwas ein. Und plötzlich stellte er fest, daß er wie mechanisch redete, daß er gar nicht mehr überlegte, was er sagte, sondern daß er sie ansah, von oben bis unten, die widerspenstige dunkle Haarsträhne, die grauen Augen, die sich ein wenig abzeichnenden Wangenknochen, das schmale Kinn, das ganze freundliche Gesicht, die Verzierungen am Mieder, den weit im Wind flatternden Rock. Sie war groß und schlank, und dennoch war er einen Kopf größer. Und als eine kleine Verlegenheitspause eintrat, als auch sie spürte, wie er sie von oben bis unten betrachtete, da lachte sie wieder, und sie hatte durchaus nichts dagegen, am Abend ein Stück mit ihm zu gehen, „aber erst, wenn Vater auch heim ist, vorher hab ich keine rechte Ruhe." Und nach einer kleinen Pause, und ein bißchen verlegen jetzt doch: „Und wenn sonst niemand auf dich wartet." Barend sah sie groß an, lachte dann und schüttelte den Kopf und fühlte sich geschmeichelt, weil sie annahm, da müßten noch mehr auf ihn warten.

Seitdem guckte Stine, wenn sie mit den anderen Frauen am Hafen stand, mehr nach Barend als nach ihrem Vater. Mit niemand hatte Barend Fokke bisher über seine Pläne und Träume gesprochen, mit Stine konnte er das; sie träumte mit, brachte ihn aber immer wieder auf den Boden der Wirklichkeit zurück. „Von Träumen wirst du nicht satt", sagte sie, aber sie verstand ihn und ließ ihn sich aussprechen.

Solange es draußen noch warm war, schlenderten sie abends am Ufer der Brielschen Maas entlang oder gingen ein Stück landein, an ein, zwei Windmühlen vorbei, überquerten eine der vielen Zugbrücken, legten sich irgendwo ans Ufer, waren miteinander allein, hatten den Abend für sich und manchmal auch die ganze Nacht. Als es dann auf den Winter zuging, setzten sie sich in den Stall, wenn das Vieh gefüttert worden war; ihn mit in ihre Kammer zu nehmen, das wagte Stine nicht. Sie ließen die Tür offen, ein dünner Regen rauschte leise in den letzten Blättern, nicht weit vor dem Haus der van Dales floß die Brielsche Maas, und manchmal flimmerte ein Licht auf dem Wasser. Barend wußte genau, ob das ein Bojer war oder ein Vlieboot oder ein Enkhuizer. Zuweilen auch glitt eine Hulk vorbei, eine Krawel, eine spanische Galeone, und fremde Düfte wehten herüber von Pfeffer, Ingwer, Muskat, Sandelholz. Und Stine kuschelte sich bei ihm ein, während er von seinen Träumen erzählte, vom Kap der Guten Hoffnung, von den Meeren des Ostens, bog seinen Kopf zu sich herab, lachte, wühlte in seiner schwarzen Haarmähne und küßte ihn. „Wie lange bist du dann fort, wenn du zu den Gewürzinseln fährst!" sagte sie voller Vorwurf. Und er versprach: „Wenn ich erst mein eigenes Schiff habe, nehme ich dich mit."

Barend raffte sich schließlich auf und trug dem Vater seinen Wunsch vor, auf einen Kauffahrer zu gehen, um mehr von der Welt zu sehen. Doch der war nicht einverstanden, er brauchte ihn auf der „Trijntje". Halb und halb sah das Barend Fokke auch ein, aber das machte ihn nicht froher.

Und dann schien alles ganz anders zu kommen, dann nannten sie ihn den Westplaat-Pirat. 1567 war es, als er sich diesen Namen verdiente. Der Aufstand gegen Spanien war kurz vorher ausgebrochen, und die niederländischen Bauern hielten sich in der Heide und in den Mooren

22

versteckt und griffen von dort aus die spanischen Truppen an, um sie aus dem Land zu werfen. Sie nannten sich jetzt Geusen. Die Fischer lauerten mit ihren Doggbooten, Bojern und Vliebooten dem Spanier auf, kamen in der Nacht und verschwanden wieder in ihren Schlupfwinkeln an der englischen Küste.

Westplaat-Pirat hieß Barend Fokke, weil er den Spaniern ein Schnippchen geschlagen hatte, das sie so bald nicht wieder vergaßen. Er hatte ihnen ein Schnippchen geschlagen, das ihm weder der Vater noch Govert Witsen, noch irgendein anderer zugetraut hatte.

Eine Wegstunde unterhalb Zwartewaals lag die kleine Stadt Brielle an der Brielschen Maas. Weil sie gut befestigt war, hatten sich die Spanier in ihr festgesetzt, hatten mehr und mehr Truppen zusammengezogen und beherrschten von hier aus nicht nur einen der Zugänge nach Rotterdam, sondern auch ganz Südholland und Seeland. Was die Spanier zu ihrer Versorgung brauchten und nicht aus den Niederlanden herauspressen konnten, wurde mit dem Schiff von Spanien hergebracht. Seit der Aufstand ausgebrochen war, hatten die dickbauchigen spanischen Urcas vor allem Soldaten Philipps zu transportieren, die die Truppen Herzog Albas, des spanischen Statthalters in den Niederlanden, verstärken sollten.

Das zu verhindern – oder doch zumindest zu erschweren – war Barend Fokkes Absicht. Er hatte auf die Älteren, auf den Vater und auf Govert Witsen, eingeredet, mit ihren Booten auszufahren und die spanischen Transporter anzugreifen, wenn sie im Konvoi herankamen – ein Schiff allein war ihm zuwenig. Aber schließlich mußte er den Männern recht geben: Dazu waren sie wirklich zu schwach. Vor den spanischen Galeonen brauchten sie sich hier in ihren Küstengewässern nicht zu fürchten, denen entschlüpften sie allemal, wenn es brenzlig werden sollte. Aber der Spanier hatte aus den Angriffen der Geusen gelernt, er schützte seine Konvois nun auch mit Galeeren, und die waren flach und schnell und wendig wie die Vlieboote; und wenn diese Galeeren in der Übermacht waren, dann hatten die Geusen keine Aussichten.

Barend Fokke grübelte und grübelte, und dann hatte er den Einfall. Vor der Mündung der Brielschen Maas lag die Westplaat, eine langgezogene Sandbank, deren höchste Stellen zwei flache, kaum das Wasser überragende Inseln waren. Diese Sandbank hatte schon so manches Schiff auf dem Gewissen, und die Spanier unterhielten auf dem Nordende der einen und auf der Südspitze der andern Insel Leuchtfeuer, um ihre Schiffe vor den gefährlichen Untiefen zu warnen. Barend Fokke brauchte also nur auf eine günstige Gelegenheit zu warten, um die Spanier – und zwar möglichst viele auf einmal – in die Falle zu locken.

Als er sich seinen Plan zurechtlegte, dachte er an die räuberischen Soldaten, die ihnen eines Nachts das Geld für das neue Boot gestohlen hatten, an die Steuerbeamten, die ins Dorf gekommen waren und gedroht hatten, ihnen die Boote wegzunehmen, wenn sie ihre Abgaben nicht lieferten, an die Pfaffen, die mit Soldaten und Steuerbeamten gemeinsame Sache machten, und auch an den Kaufmann, mit dem zusammen er auf dem Schiff des Onkels gefahren war. Barend Fokke war sich sicher, daß sein Plan gelänge, gelingen mußte – ein bißchen Glück brauchten sie freilich auch.

Es kostete ihn nicht viel Mühe, in Zwartewaal vier, fünf junge Burschen zusammenzubringen, die mit ihm fahren würden. Der jüngste war fünfzehn, fast zehn Jahre jünger als Barend Fokke, und es war Govert Witsens Sohn Adriaen, der sich heimlich davonschlich und erst ein Stück von Zwartewaal entfernt in das Boot stieg, weil ihm der Vater verboten hatte, sich zu beteiligen, mit der Begründung, er wäre für solche Sachen noch zu jung.

Eigentlich war es dieses Verbot, das Adriaen mit Barend zusammenbrachte. Adriaen fühlte sich zu Barend hingezogen, weil ihn das lockte, was ihm verboten worden war. Er wollte mittun bei dem Kampf gegen Spanien. Von Barend wurde er ernst genommen, der Vater behandelte ihn immer noch als Kind – Witsen hatte spät geheiratet, es war bei dem einen Kind geblieben. Hinzu kam, daß Adriaen mit Gleichaltrigen nicht allzuviel im Sinn hatte. Er war zu ernsthaft veranlagt, als daß er noch Freude an Jungenstreichen gehabt hätte, er wollte etwas Richtiges tun. Und diese Gelegenheit bot sich ihm hier. Barend gefiel der bedingungslose Ernst, mit dem sich ihm Adriaen anschloß. Und als er später, als sie sich besser kannten, feststellte, daß Adriaen ihm gar nicht immer so bedingungslos recht gab, gefiel ihm Adriaen noch mehr.

Früh am Morgen segelten sie los, mit Proviant für ein paar Tage und einem Wasserfäßchen versehen, mit zwei Musketen, auf die sie sich jedoch weniger verlassen wollten als auf ihre Seemannsmesser und Enterbeile. Sie fuhren nicht stromab, an Brielle vorbei, sondern entgegengesetzt, um nichts zu riskieren: In der Nähe der Festung kontrollierte der Spanier auch das unbedeutendste Boot. Später bogen sie in die Oude Maas, dann in den Spui und von dort in das meilenbreite Haringvliet mit seinen vielen Inseln und Untiefen. Hier konnte ihnen kein Spanier etwas anhaben, hier entschlüpften sie, wenn sie Verdacht erregten.

25

Spätabends erreichten sie unangefochten die Nordsee. Nachdem sie die Landspitze von Voorne hinter sich gelassen hatten, sahen sie die Feuer von Westplaat. Sie hielten genügend Abstand und legten sich auf die Lauer, sie warteten auf den Zufall und auf das Glück. Nordwestwind war nötig und Flut, und wenn sich dann ein spanischer Konvoi zeigte, und es war Nacht, dann würden ihnen die Spanier in die Falle gehen.

Zwei Tage warteten sie, kein Konvoi ließ sich blicken; am dritten Tag tauchten im Südwesten Segel auf, vier, fünf, sechs; die Schiffe nahmen Kurs auf die Einfahrt zur Brielschen Maas, aber noch vermochten sie nicht einzulaufen, noch war Ebbe, sie mußten weit draußen kreuzen, und der Nordwestwind frischte ständig mehr auf – Barend und seine Begleiter rieben sich vor Freude die Hände, das war das Wetter, das sie brauchten.

Als es zu dämmern begann, schlichen sie von der Landseite an die kleinere der beiden Inseln heran, sie hofften, daß sich der spanische Wachposten, der das Leuchtfeuer bediente, mit den Urcas draußen auf See beschäftigte und nicht darauf achtete, was in seinem Rücken geschah.

Sie hatten weiter Glück: Ungehindert kamen sie an die drei Spanier heran, die tatsächlich nur Augen für die Transportschiffe hatten. Im Nu waren sie überwältigt, die Musketen hatten die Zwartewaaler gar nicht gebraucht, ihre Seemannsmesser hatten genügt.

Und dann durften sie keine Sekunde Zeit verlieren. Sie nahmen an Pech und Teer, was sie zu tragen vermochten, brachten es zu ihrem Boot, fuhren zu der größeren Nordinsel hinüber, suchten trockenes Gras zusammen, häuften es an der Südspitze auf und warteten nun darauf, daß auf der Nordspitze das Feuer aufflammte, dann mußten sie das ihre auch anbrennen, sie mußten es ein bißchen kleiner halten als das richtige, damit die Spanier auf der Nordspitze den Betrug nicht merkten – es lag zwar für sie in genau derselben Richtung, aber sie sollten nicht feststellen, daß es jetzt näher an sie herangerückt war. Und als das Feuer an der Nordspitze sichtbar wurde, zündeten die Zwartewaaler das ihre an, und dann warteten sie wieder. Es war inzwischen dunkel geworden, die Flut begann zu steigen, und an den Positionslichtern der Schiffe draußen sahen sie, daß diese sich anschickten, in die Brielsche Maas einzulaufen. Die Schiffe richteten sich nach dem falschen Feuer. Die Zwartewaaler legten noch einmal nach und verschwanden dann. An der Landspitze von Voorne blieben sie dicht unter der Küste liegen und beobachteten: Drei Schiffe rannten auf Grund, und der Nordwest rammte sie so fest, daß nicht einmal die weitersteigende Flut sie wieder flottmachte. Die Brandung und der Wind sorgten sehr schnell dafür, daß aus den Schiffen Wracks wurden. Glücklich, weil mit Erfolg, kehrten sie heim, und Anerkennung und Achtung klangen mit, wenn nun vom Westplaat-Pirat die Rede war. Hinlopen hatte das Wort aufgebracht, und Barend Fokke war es fast schon peinlich, wie beide, Cambys und Hinlopen, sein Lob sangen und jedem erzählten, daß sie fast die ganze spanische Armada auf den Grund geschickt hatten. Selbst Govert Witsen hatte nun nichts mehr gegen seinen Sohn einzuwenden, da sich Adriaen gut gehalten hatte, wie ihm Barend Fokke versicherte. Er ließ ihn für den Älteren schwärmen und zwei Fahrten auf der „Trijntje" mitmachen, als die Zwartewaaler Boote ausliefen, um einzelnen Spaniern draußen vor der Küste aufzulauern.

Lange jedoch dauerte es nicht, dann ebbten die Kämpfe wieder ab, und die Boote fuhren wieder, wie immer, auf Fang zur Doggerbank. Barend Fokke und seine Freunde träumten den Tagen des Geusenlebens nach. Das Leben als Fischer war ihnen zu geruhsam, zu gleichförmig. Den Spanier jagen war aufregender gewesen; der tollkühne Einsatz, das war es, was ihn reizte; das prickelnde Gefühl: wird es gelingen; die immer wechselnde Situation, in der er zeigen konnte, was er gelernt hatte; die Beherrschung von Boot, Wetter und Meer. Und obwohl Govert Witsen die letzten Jahre als erster nach Hause gekommen war und bei den Zwartewaaler Fischern den Ton angab, hörte man Barend Fokke an und ließ seine Argumente gelten, wenn sie zusammensaßen und über die bösen Zeiten redeten: Die Pfaffen hatten sie davongejagt, aber dennoch ließen es die Spanier nicht, zu versuchen, ihnen die Pfaffen wieder aufzuzwingen, weil sie die Niederländer damit besser in der Hand hatten. Es genügte jedoch nicht, nur die Pfaffen davonzujagen, der Spanier selbst sollte gehen, die Ungleichheit wollten sie beseitigen, eine weltliche Obrigkeit wie diese brauchten sie nicht. Nicht nur die Bauern und die Fischer wollten das, auch das Volk in den Städten, viele der reichen Handelsherren sogar. Und jedesmal, wenn sie von draußen kamen, von See, war ihre erste Frage: „Was macht der Spanier, was macht der Geus; wann geht es wieder los?" Aber zu wenig wußte einer vom andern, zu wenig Verbindungen gab es zu den übrigen Provinzen der Niederlande, zu den Städten.

Zwei Träume träumte Barend Fokke in dieser Zeit: gegen die Spanier zu kämpfen, sich frei zu machen von ihrer Bevormundung, die Enge zu überwinden, in die sie von den Spaniern hineingepreßt wurden, und das

Kap der Guten Hoffnung hinter sich zu lassen, die Welt kennenzulernen, auf eigene Faust zu leben, Erfolg zu haben, Neues zu entdecken. Er war ehrgeizig, wie das sein Vater auch war. Und gerade weil es sein Vater nicht schaffte: ein neues Boot bauen zu lassen, damit er wieder als erster vom Fang heimkehrte, damit er wieder mehr galt im Dorf, gerade deshalb träumte Barend diese Träume. Er träumte sie am Tag, und er träumte sie in der Nacht. Sie waren sein Leben, und er wußte, er würde sie eines Tages wahr machen. Was sein Vater nicht schaffte, würde er erreichen, koste es, was es wolle. Er war jung, und er hatte die Kraft dazu. Und sollten sie ihn verspotten, würde ihn das nur noch mehr anstacheln.

Kapitel drei

Ein paar Jahre später nannten sie Barend Fokke dann nur noch den Schiffer; das war 1570.

Sie waren damals, wie immer, auf der Doggerbank, ein paar Tage erst, und die Heringe füllten gerade acht, zehn Tonnen, da kam Sturm auf, Nordwest, den die Fischer seit alters her verfluchten, vor allem, wenn er so plötzlich kam wie jetzt. Auf den anderen Booten richteten sie schon Fock- und Großmast auf, um vor dem Sturm zu fliehen, nur auf der „Trijntje" warteten sie noch. Der alte Fokke ging zwar lieber kein Risiko ein, er wußte, daß er das Boot nicht verlieren durfte, aber er mochte auch wiederum nicht auf Fang verzichten, der ihm zu einem neuen Boot verhelfen konnte.

Als der Sturm jedoch von Minute zu Minute stärker wurde, gab er schließlich den Befehl, die Masten aufzurichten und Schutz unter Land zu suchen. Die anderen Boote waren schon außer Sicht, als sie die Sturmsegel setzten.

Und dann gab es Streit zwischen dem alten Fokke und Barend. Der alte Fokke hatte Frederik befohlen, auf Südwestkurs zu gehen, er wollte an die englische Küste, in den Humber, um dort den Sturm abzuwarten; Barend dagegen meinte, man solle die Friesischen Inseln anlaufen, Texel, und ins Ijsselmeer hinein.

„Bist du verrückt, Barend, da kriegen wir die Seen genau von achtern, die zerschlagen uns das Durk, wir laufen voll Wasser, und dann ist es vorbei. Es bleibt beim Südwestkurs", schrie der alte Fokke. Er schrie, weil er den Sturm übertönen mußte und weil er wütend war, daß es Barend besser wissen wollte als er, der Schiffer.

„Und was ist, wenn der Sturm plötzlich dreht, wenn wir im Humber sind oder kurz davor, dann schmeißt er uns an Land, und dann ist es erst recht vorbei – sieh dir doch nur die Wolken an!" Barend glaubte sich seiner Sache sehr sicher. Auf den ersten Blick mochte der Vater zwar recht haben, daß der Wind nicht umschlug. Aber da waren kleine Windgangeln, noch kaum zu bemerken, noch tief am Horizont, und die machten Barend Fokke Sorgen. Willem van Wassenaer, der Onkel, hatte ihm gesagt: „Junge, verlaß dich nicht auf dein Gedächtnis, ein Seemann darf sich nicht irren, schreib dir alles auf, was mit Wind und See zu tun hat, und vergleich immer wieder!" Und er hatte ihm gezeigt, wie er das machte, sein Schiffstagebuch nannte er das. Barend hatte damals begonnen, auch eins zu führen, und später hatte er das weiter getan, heimlich fast, denn einmal hatte ihn jemand gehänselt: „Schreibst du schon wieder Liebesbriefe?"

Barend Fokke versuchte den Vater zu überzeugen. „Wenn wir ein Reff aus dem Sturmsegel nehmen, werden wir ein bißchen schneller, gerade so viel, daß wir schneller sind als die Wellen, und dann kann uns gar nichts passieren. Im Ijsselmeer mag der Wind wehen, woher er will, dort sind wir auf jeden Fall geschützt!"

Frederik, der am Ruder stand, wurde unsicher, ein Blick des Alten jedoch befahl ihm, es bei dem Südwestkurs zu lassen; die andern vier Mann hielten sich da heraus, sie betrachteten das Ganze mehr als eine Art Familienangelegenheit, in die sie sich nicht einzumischen hatten. Im übrigen war ja der Alte der Schiffer, und der schien sich nicht dreinreden lassen zu wollen. Er tat zwar so, als überlege er, ein Blick zum Himmel, ein Blick in die singenden Stagen und Wanten, in das zum Zerreißen stehende Segel, auf die Geschwindigkeit der Wellen, auf die gewaltigen Brecher, die gischtsprühend heranzogen, und er entschied, daß der Sturm beständig bleiben werde.

„In den Humber!" rief er Frederik zu und ging in das Durk hinein, wo seine kleine Kammer war, um sich endlich sein Sturmzeug anzuziehen, er war schon naß durch und durch.

Die „Trijntje" arbeitete schwer, sie mußte die Wellen und die Brecher von dwars nehmen, sie tanzte, aber sie richtete sich stets wieder auf. Barend blieb draußen, es kümmerte ihn nicht, daß er keinen trockenen Faden mehr am Leibe hatte. Er betrachtete besorgt den Himmel und warf dann und wann einen Blick zu Frederik, aber der hielt sich ganz gut, nun, da er einen klaren Befehl vom Vater hatte.

Später, der Sturm hatte ein wenig nachgelassen, trat der Vater aus dem Durk heraus und stellte sich zu Frederik ans Ruder. Barend wandte beiden den Rücken zu und beobachtete den Horizont, wo bald die englische Küste auftauchen mußte.

Der Wind wurde böig, er schralte, und als sie Spurn Head voraus hatten, wurde er wieder beständig. Aber es war das eingetroffen, was Barend Fokke befürchtet hatte: Jetzt blies er aus Nordosten; nicht gerade als Sturm, aber stark genug, der „Trijntje" die Einfahrt in den Humber unmöglich zu machen. Sie schaffte es zwar noch, die lang und spitz auslaufende Landzunge von Spurn Head zu umrunden, kam aber trotz aller Manöver nicht mehr gegen den Wind an, sondern wurde auf die andere Seite des Humber getrieben und lief unterhalb Grimsbys auf Grund.

Der Stoß war heftig: Der Gaffelbaum des Besans brach, stürzte herab und traf den alten Fokke am Kopf. Er war sofort tot.

Die Heimkehr war schrecklich. Fast jedesmal blieb einer der Zwartewaaler draußen, aber das war eben ein anderer, selbst wenn man ihn gekannt und gemocht hatte. Neeltje verkroch sich in ihre Kammer und weinte ihren Kummer um den Vater aus. Die Mutter versuchte ein Lächeln, es mochte wohl heißen: Du hast bestimmt keine Schuld daran, Barend; aber dieses verkrampfte Lächeln war schlimmer als alle Tränen und als alles Jammern.

Und nun war er der Schiffer. Er war der Älteste, und er mußte für die Familie sorgen. Die Träume von Indien und Amerika mußte er vergessen, das waren Jugendspielereien. Barend richtete alle Energie auf die „Trijntje", das war jetzt seine Zukunft – die „Trijntje" und Stine.

Er fand sich mit der neuen Lage ab. Und sie weckte einen neuen Wunsch in ihm, der immer stärker wurde: Im nächsten Jahr, nach der ersten Ausfahrt, wollte er als erster heimkehren. Er sagte es sogar Govert Witsen, als sie eines Abends in der Schenke beisammensaßen. Sie hatten alle den Kopf gehoben, hatten sich angestoßen und erstaunt zu Barend Fokke geblickt, als der eingetreten war. Der alte Fokke hatte sich so gut wie nie hier sehen lassen. Barend tat, als bemerke er das Erstaunen nicht, setzte sich wie selbstverständlich neben Govert Witsen, machte einen Witz, redete ein bißchen schneller und ein bißchen mehr, als es sonst seine Art war. Wenn er auch nicht viel Geld zu vertrinken hatte, so wollte er doch wenigstens dabeisein, und er fühlte sich bald wohl im

Kreis der anderen Schiffer und Fischer, und er wurde nicht nur deshalb Mittelpunkt, weil er hier noch neu war. Die Mutter hatte ihm empfohlen, hierherzugehen, und er hatte zunächst den Kopf geschüttelt: „Nein, dazu ist mir mein Geld zu schade!" Aber sie hatte ihm dann klargemacht, daß viele Schwierigkeiten des Vaters ihre Ursache darin gehabt hatten, daß er sich von den anderen abschloß. Und als er mit Stine darüber sprach – in der heimlichen Hoffnung, daß sie dagegen wäre, weil er dann weniger Zeit für sie hätte –, redete sie ihm zu. Er solle ruhig ab und zu einen Abend dort versitzen, sich mit ihrem Vater anfreunden und mit den anderen. Er lachte, fuhr sich in übertriebener Verzweiflung mit den Händen durch seine wilde schwarze Mähne und sagte: „Was macht ihr Weibsbilder bloß für eine verkehrte Welt. Da heißt es immer, die Frauen versuchten, den Männern die Schenke zu verleiden. Ihr aber – bei euch beiden ist es genau umgekehrt!"

Govert Witsen lachte auch, er lachte, weil ihm Barend Fokke den Rang ablaufen wollte, dann wiegte er den Kopf und sagte: „Da wirst du dich aber tüchtig dranhalten müssen, Barend!" Und Barend antwortete: „Ich schaffe das schon, wenn mich die ‚Trijntje‘ nicht im Stich läßt."

Seitdem verfolgte ganz Zwartewaal gespannt Barends Vorbereitungen für die erste Ausfahrt. Die Meinungen waren geteilt im Dorf; die Jüngeren gönnten Barend den Erfolg und waren felsenfest davon überzeugt, daß er es schaffen würde, die Älteren nannten ihn Grünschnabel, aber auch sie trauten es ihm halb und halb zu. Witsen bemühte sich, gelassen zu erscheinen, aber es war doch zu spüren, daß nicht einmal er sich seiner völlig sicher war.

Den ganzen Winter über arbeitete Barend Fokke an der „Trijntje". Alles verfügbare Geld kratzten er und seine Mutter zusammen, machten sogar Schulden, nur um das Boot einigermaßen in Ordnung zu bekommen. Stine beklagte sich schon, er habe gar keine Zeit mehr für sie. „Und die Schenke?" fragte er darauf, mehr im Scherz, ließ ein Weilchen Boot Boot sein, war bei ihr, aber selbst da sprach er von nichts anderem als von der „Trijntje", und Stine wünschte sich nur eins: daß es endlich Frühling wurde, daß die Fischer hinausfuhren und von ihrer ersten Fahrt wieder heimkehrten. Und es war ihr fast schon gleich, ob Barend dann als erster festmachte oder nicht.

Am meisten Sorgen bereitete Barend der Großmast. Lange kratzte er an ihm herum, klopfte, guckte, prüfte, überlegte. Hinlopen, der ihm oft ein Weilchen zusah und zuweilen auch bei der Arbeit half, spann schon wieder Geschichtchen und verbreitete überall, jetzt fängt der Barend tatsächlich zu hexen an wie sein Vater. Er zwinkerte den Leuten zu, meinte vielsagend, na ja, na ja, wer weiß mit wem sich da der Barend eingelassen habe, und man werde ja sehen … Und die einen nahmen es ernst, und die anderen grienten breit, vor allem, wenn sie das finstere Gesicht sahen, das Barend Fokke zu diesen Redereien machte – nur die wenigsten spürten, daß er mühsam das Lachen unterdrückte. Das Gesicht wirkte noch finsterer durch den schwarzen Bart, den er sich seit einiger Zeit stehen ließ.

Als es fast so weit war, daß die Boote ausliefen, überlegte Barend, wen er auf diese Fahrt mitnehmen solle. Er versuchte, mit Frederik darüber zu sprechen, doch als er merkte, wie gleich das dem Bruder war, zog er die Mutter zu Rate. Ihm ging es nicht um den fehlenden Mann an Bord, die Frage war schon gelöst: Er würde Adriaen mitnehmen. Der hatte schon zugesagt. Auch Govert Witsen hatte endlich zugestimmt und gesagt: „Nun ja, sonst denkst du womöglich noch, ich habe Angst vor dir. Und ein bißchen was lernen wird er hoffentlich auch bei dir, Barend.“

Darum also ging es Barend Fokke nicht, sondern um die beiden Alten an Bord, die ihm nicht mehr unternehmungslustig genug waren. Er sagte „die beiden Alten“, und die Mutter schüttelte lachend den Kopf, so alt seien sie denn nun auch noch nicht, aber dann wurde sie ernst und meinte, das könne er nicht machen, sie einfach nicht wieder nehmen, sie seien seit Jahren auf der „Trijntje“ gefahren. Barend Fokke jedoch gab nicht nach, und bald hatte er die Mutter so weit, daß sie erklärte, sie werde das mit den beiden auf anständige Art regeln. An ihre Stelle traten Hinlopen und Cambys, die beiden versprachen Barend, an ihnen werde es ganz bestimmt nicht liegen, wenn er nicht als erster heimkomme.

Und dann war es soweit, daß sie die Leinen loswarfen und die Segel setzten, alle sieben Boote aus Zwartewaal. Die Frauen standen am Bollwerk und winkten, Stine unter ihnen, die Männer winkten zurück, und der Alltag auf See begann. Barend Fokke war zum erstenmal als Schiffer draußen. Als sie die Doggerbank erreicht hatten, wurden die Netze klargemacht, wurden ausgeworfen, die ersten Tonnen gefüllt. Barend Fokke beobachtete die Männer seiner Besatzung. Frederik tat seine Arbeit dickfellig und ohne Begeisterung, aber er tat sie, als wäre nicht Barend der Schiffer, sondern der Vater wie eh und je. Adriaen versuchte es Barend Fokke in allem recht zu machen, war immer schon zur Stelle, noch bevor Barend etwas gesagt hatte, nur Cambys und Hinlopen schienen alles als einen Spaß zu betrachten, und Barend ärgerte sich zuweilen über sie und sah schon seinen Erfolg gefährdet. Dabei arbeiteten die beiden tüchtig, aber wenn das Netz an Bord geholt worden war und die Heringe sortiert und in die Tonnen verpackt werden mußten, legten sie eine Pause ein. Beim erstenmal hatte Barend Fokke nichts gesagt, sondern hatte nur selbst um so tüchtiger zugepackt. Als Hinlopen dann schon wieder mit der Wacholderflasche auftauchte, mit dem Ärmel über die Nase fuhr, hochzog und ausspuckte, dann einen tüchtigen Zug nahm und danach Barend Fokke die Flasche hinhielt und sagte: „Nimm auch einen Schluck!", griff Fokke nach der Flasche und warf sie über Bord. Hinlopen und Cambys sahen sich verdutzt an. Adriaen stand im Hintergrund und grinste schadenfroh. Barend Fokke hob die Hand, wie um Hinlopens Einwand zu stoppen, und sagte: „Bloß daß ihr Bescheid wißt: Wenn gearbeitet wird an Bord, dann wird nicht gesoffen. Und jetzt wird gearbeitet. Wenn wir einen Schnaps trinken, dann tun wir das alle, und dann tun wir das abends. Und wenn wir einen Schnaps trinken, dann kriegt ihr ihn von mir. Und nun los, macht die Netze klar!"

Seitdem guckten sich Cambys und Hinlopen immer erst um, ob auch Barend Fokke nicht in Hörweite war, wenn sie Witze reißen wollten. Aber Barend Fokke war meistens in der Nähe, denn er griff selbst mit zu, mehr, als das die anderen Schiffer taten.

Der Fang versprach gut zu werden, das Wetter hielt sich, nur der Wind frischte manchmal zu sehr auf, so daß die Seen über Bord spülten. Barend manövrierte die „Trijntje" dann so geschickt, daß sie sich die schwere Arbeit an den Pumpen weitgehend sparen konnten.

Je mehr sich die Tonnen füllten, desto unruhiger wurde Barend Fokke. In den ersten Tagen auf der Doggerbank hatte er noch gemahnt: „Wir müssen die ersten sein!" Als er jedoch sah, wie sich alle mühten, die Netze so schnell wie möglich hereinzuholen, sie zu leeren, wieder klarzumachen, da schenkte er sich die Worte und erhöhte einfach am Abend die Schnapsration. Schließlich – wer zuerst zurück war, hatte nicht nur die Ehre für sich und den Ruhm, sondern erzielte auch die besten Preise, und am Erlös des Fangs hatte jeder seinen Anteil.

Unruhig verfolgte Barend, wie es bei den anderen Booten aus Zwartewaal stand. Manchmal verloren sie einander aus den Augen, je nachdem, wie Wind und Strömung sie trieben; drei Tage lang sahen sie auf der „Trijntje" keine Mastspitze der anderen, dann wieder trieben sie

bis in Rufweite aufeinander zu; Erfahrungen wurden ausgetauscht, wo
der Hering am dichtesten zog und wo kein Sprottenschwänzchen zu
finden war. Und regelmäßig die Frage der anderen: „Hast du bald volle
Ladung, Barend?" Und wenn Barend Fokke dann nicht wußte, ob er
lachen oder fluchen sollte, dann wurde auch noch angefügt: „Der
Govert Witsen hat wieder mal das Glück mit seinen Netzen hochgezogen, weiß der Teufel, wie das zugeht!" Daraufhin mischte sich Hinlopen
ein, und Cambys unterstützte ihn mit Kopfschütteln und Augenzwin-
kern: „Wenn's der Barend darauf ankommen lassen wollte, wer am
besten auf diese Art und Weise fischt – na, ich weiß ja nicht, da wären
wir am Ende schon lange wieder zu Hause. Aber diesmal hat er gesagt,
nichts da mit unrechten Dingen, und da müssen wir halt doppelt ran.
Verlaßt euch drauf, wir schaffen's zur Not auch ohne den Teufel!"

An einem ruhigen Abend hatten sie Govert Witsen ein Weilchen
längsseits. Barend und Govert machten ein freundliches Gesicht und
einen langen Hals, um zu sehen, wie weit der andere war. Witsen fragte
schließlich seinen Sohn ganz direkt: „Wieviel Tonnen fehlen euch noch,
Adriaen?" Und Adriaen lachte und sagte: „Wie ich dich kenne, Vater,
fehlt uns höchstens eine Tonne mehr als dir, und das machen wir morgen
wett!" „Viel Glück auf den Weg!" schrie Witsen, „und wenn's auch nur
eine Tonne ist, als erster zurück bin ich. Trotzdem Glück und guten
Fang!"

Barend Fokke machte Witsens Ruhe unruhig. War Witsen so sicher,
oder spielte er die Sicherheit nur?

Und dann waren es nur mehr ein paar Tonnen, die noch leer waren.
Augenzwinkernd fragte Cambys: „Vielleicht stopfen wir die Tonnen
nicht allzu fest, dann schaffen wir's mit diesem Netz!" Aber Barend
Fokke fuhr ihn an: „Betrogen wird bei mir nicht! Laßt die Heringe jetzt
sein, einsalzen können wir sie auch eine Stunde später, werft das Netz
wieder aus."

Die anderen Boote lagen in Sichtweite. Noch waren keine Anzeichen
festzustellen, daß eins von ihnen volle Ladung hatte. Barend Fokke lief
nervös von back- nach steuerbord, während sie das Netz hinter sich
herschleppten und auf der leichten Dünung vor dem Wind trieben. Vor
allem Witsen beobachtete er, der ein gut Stück backbord achteraus lag.
Barend Fokke verfolgte, was sie auf Witsens Boot taten. An den Arbeiten
dort glaubte er jetzt zu sehen, daß sie zur Heimfahrt rüsteten, obwohl
auch sie das Netz noch draußen hatten.

„Los, holt das Netz ein, nun wird's genügen!" Als das Netz herein war, als seine Leute sich daranmachten, das Netz zu leeren, befahl er: „Alles stehen und liegenlassen, und ran an den Großmast!"

Groß- und Fockmast wurden während des Fangs umgelegt, sie wieder aufzurichten war schwerer noch als die Arbeit mit dem vollsten Netz. Sie schufteten sich ab, daß sie bald nicht mehr wußten, ob sie so schweißnaß waren, oder ob es von dem Spritzwasser war, das über das Schanzkleid kam. Aber das war ihnen jetzt gleich. Barend Fokke ließ sich nicht einmal mehr Zeit, zu Witsen zu blicken, offensichtlich waren sie dort doch noch nicht ganz soweit.

Nachdem der Mast stand und Stagen und Wanten eingehakt und befestigt waren, wurde der Fockmast aufgerichtet. Es war dieselbe Schinderei. Nun sah er doch einmal zu Witsen hinüber und zu den anderen Booten. Bei Witsen begannen sie ebenfalls, die Masten aufzustellen, die übrigen Boote waren noch beim Fang.

„Lambert, Jacob, das Großsegel anschlagen!" rief er, „den Rest hier am Fockmast schaffen wir allein, und dann los, den Kurs kennst du ja!" Das letzte galt Frederik, der am Ruder stand.

Es dauerte Barend Fokke zu lange, aber das Großsegel war schwer und unhandlich, die beiden mühten sich unsäglich. Endlich knatterte das Großsegel, dann fing es Wind, und langsam nahm die „Trijntje" Fahrt auf.

Dann stand auch der Fockmast, und dann wurde die Fock gehißt, und am Bug begann es zu rauschen. Der Wind war steif geworden, aber Barend Fokke hatte befohlen, kein Fetzchen Stoff zu sparen. Drüben bei Witsen ging jetzt das Großsegel hoch.

„Haben wir uns nun einen Extraschnaps verdient?" fragte Hinlopen.

„Klar", antwortete Barend Fokke und lachte, er war zufrieden mit der Arbeit und mit dem Fang. „Nun brauchen wir nur noch ein bißchen Glück zu haben, dann schaffen wir's!"

Kapitel vier

„Du verdammter Neungeschwänzter, hast du denn keine Augen im Kopf?" Barend Fokke schrie seinen Bruder Frederik an, der am Ruder stand. Im selben Augenblick schon tat es ihm leid, daß er so unbeherrscht gewesen war. Er hatte bis lange nach Mitternacht am Ruder ausgeharrt und hatte sich dann von Frederik ablösen lassen, um ein paar Stunden zu schlafen. Aber kaum daß es draußen hell geworden war, hatte ihn die Unruhe wieder wach gemacht. Er hatte sich einen Eimer Seewasser über den Kopf gegossen und war dann nach oben gegangen, zu Frederik, hatte in die Runde geschaut und am westlichen Horizont einen langen dünnen Strich gesehen mit ein paar Spitzen: Sie hatten Yarmouth querab, sie waren zu weit nach Westen hinübergeraten.

Frederik drehte das Ruder betont langsam nach backbord, so, als wär ihm das alles völlig gleich. Barend kribbelte es in den Fingern, aber er nahm sich zusammen, griff zum Ruder und sagte: „Willst du, daß wir als letzte heimkommen, willst du vielleicht jetzt sogar nach Texel hinüber, weil du das verdammte Ruder nicht wieder zurücknimmst?"

Er korrigierte den Kurs, und er war sich sicher, daß sie nun haargenau die Westplaat anliefen.

Frederik stand unschlüssig herum, er hatte die Hände in die Taschen gesteckt und sah den Möwen zu, die das Schiff begleiteten. Und nun war es mit Barends Ruhe doch vorbei: „Nimm gefälligst das Ruder, und wehe, wenn wir auch nur einen Strich weiter von der Einfahrt weg sind als unbedingt nötig!" Dann ging er zurück in seine Kammer.

Als er nach dem Frühstück wieder nach draußen trat, gab es ihm einen Stich: Hinter ihnen, es war gerade erst über der Kimm zu sehen, tauchte ein Segel auf. Mein Gott, dachte er, wenn das Govert Witsen ist! Er blickte zu Frederik, aber der interessierte sich nicht für das, was hinter ihm auf See passierte, und das war auch nicht seine Aufgabe. Barend war sich dessen durchaus bewußt, und ohne Vorwurf sagte er: „Da haben wir jetzt die Bescherung." Aber noch während er das sagte, verließ ihn die Ruhe, heftiger fuhr er fort: „Hättest du heute morgen besser aufgepaßt, dann wär uns der Witsen noch nicht auf den Fersen." Er wies nach achteraus, und Frederik wandte sich nun um.

„Adriaen!" rief er dann, und Adriaen kam aus dem Durk heraus. „Adriaen, steig in den Großmast, guck dir mal den dahinten an, vielleicht kannst du erkennen, wer es ist!"

„Klar, Schiffer!" Adriaen schwang sich auf das Schanzkleid und enterte den Großmast auf. Die „Trijntje" schlingerte heftig, die Spitze des Großmastes beschrieb Kreise, aber das kümmerte Adrian wenig.

„Was ist?" fragte Barend ungeduldig, „kannst du was erkennen?" Er hatte den Eindruck, als wäre das Segel größer geworden.

„Und wenn du mich dafür brätst, Schiffer, ich glaube, das ist mein Vater!"

„Verdammter Heiliger Vater, neungeschwänzter!" fluchte Barend, „das habe ich nur dir zu verdanken!" Er ließ offen, wem er sein Pech zuschrieb.

Inzwischen waren auch die vier andern herausgetreten, stellten sich auf den schmalen Gang hinter dem Schanzkleid und begannen zu debattieren, wie die Aussichten standen. Das störte Barend Fokke. Er knurrte sie an: „Was steht ihr hier herum, macht euch zu schaffen!" Er blickte in die Takelage, prüfte die Windrichtung und befahl dann: „Zieht gefälligst die Fockschoten an, und das Großsegel muß ein bißchen angeluvt werden. Muß man euch denn jedes einzeln sagen?" Und zu Frederik gewandt, fügte er leise hinzu: „Und das alles deinetwegen, du verschlafener Kerl!"

„Nun hör endlich damit auf!" Frederik begehrte so laut und heftig auf, daß die andern aufmerksam wurden. „Mich interessiert überhaupt nicht, ob du der erste wirst oder nicht. Will ich der Stine van Dale imponieren, oder willst du das? Ich bestimmt nicht, ich nicht!"

Barend lief rot an, er sprang auf Frederik zu, packte ihn am Rock und schüttelte ihn. Frederik hielt sich am Ruder fest, aber Barends Griff war stärker, die Hände ließen das Ruder los, es schlug herum, die „Trijntje" verlor Fahrt, doch dafür hatte Barend Fokke jetzt keinen Gedanken. „Was geht dich die Stine an", keuchte er, während er Frederik schüttelte. „Tu deine Arbeit und sonst nichts!"

Er war wütend, weil die andern Zeuge wurden, wie sie sich hier stritten. Er wollte keinen Streit mit dem Bruder, er wollte endlich diese kindlichen Reibereien vergessen, aber was sollte er tun, wenn Frederik ihn so bloßstellte, und nicht nur bloßstellte, sondern sogar den Erfolg gefährdete. „Wenn dir was nicht paßt, dann verschwinde hier, wir kommen auch ohne dich nach Hause!"

Frederik schob die Hände in die Taschen und ging langsam und wie unberührt ins Durk, und Barend forderte Adriaen, der inzwischen das Ruder genommen und die „Trijntje" wieder auf Kurs gebracht hatte, mit einer Handbewegung auf, ihm den Platz am Ruder zu überlassen, und der räumte bereitwilligst das Feld.

Barend Fokke wich nicht vom Ruder, aber er blickte mehr nach achteraus als nach vorn. Es war tatsächlich Govert Witsen, der da langsam, aber sicher gegen ihn aufkam. Barend hielt seine Leute den ganzen Tag über in Bewegung. Er wußte zwar genau, daß die „Trijntje" nicht schneller werden konnte, ganz gleich, was er auch tat, aber dennoch gab er nicht auf. Er ging ein bißchen mehr an den Wind, fiel wieder ab, zog die Großschoten an, holte das Großsegel so dicht wie möglich, hätte am liebsten noch einen Notmast gesetzt.

Und Govert Witsen holte weiter auf.

Es wurde Mittag, die andern aßen, Barend jedoch lehnte ab, als Adriaen ihn ablösen wollte, es war ihm unmöglich, auch nur einen Bissen hinunterzubringen.

Am Nachmittag frischte der Wind auf, wurde zur steifen Brise, fast zum Sturm. Der Himmel wurde finster, aber Barend Fokkes Gesicht hellte sich auf, dieses Wetter gefiel ihm, dieses Wetter war seine Chance, dieses Wetter würde Witsen hoffentlich veranlassen, Segel wegzunehmen. Er dagegen war entschlossen, weiterzumachen. Die „Trijntje" würde es aushalten. Der Sturm wehte aus Nordnordwest, sie hatten ihn fast von achtern. Das Boot begann zu stampfen, es nahm bedenklich viel Wasser über.

„Sollen wir pumpen?" fragte Hinlopen, aber Barend entschied: „Nein, laßt das Wasser, bleibt hier. Wenn ihr doch plötzlich an die Segel müßt, entscheidet jede Sekunde!"

Die Wellen schlugen höher, Witsen war nur noch zu sehen, wenn sie sich beide gerade auf einem Wellenberg befanden. Er hatte keine Segel weggenommen und kam ständig weiter auf.

Wolkenfetzen zogen über die „Trijntje" dahin, schneller als das Boot, dunkelgrau; manchmal blitzte die Sonne durch ein Loch in den Wolken. Barend Fokke hielt immer noch das Ruder selbst, aber ein paarmal schon hatte er Adriaen gerufen und es ihm für wenige Augenblicke übergeben, dann war er ein Stück in die Wanten hinaufgeklettert und hatte nach Witsen Ausschau gehalten. Viel vermochte er nicht zu sehen, er wollte nicht allzu hoch, die „Trijntje" schwankte und stampfte zu sehr.

Adriaen bot ihm an: „Ich kann ja am Ruder bleiben, kümmere du dich derweilen um meinen Vater." Aber das war Barend Fokke auch nicht recht, er stellte sich wieder selbst ans Ruder. Frederik blieb auch weiterhin im Durk, trotz der schweren See.

Der Sturm nahm noch an Stärke zu. Voller Sorge blickte Barend

Fokke in die Takelage, er hoffte, daß sie es aushielt. Die Stagen sangen, die Brassen waren vom Sturm steif gebogen, und die Segel rissen an den Legeln. Wieder holte er Adriaen ans Ruder und sah nach den Halterungen der Wanten und Stagen. Lange hielten die das nicht mehr aus. Er verfluchte im stillen das alte Boot, das das Geld für die Werft nicht mehr wert war. Dieses eine Mal noch, flehte er wortlos, dieses eine Mal noch! Ein Brecher warf ihn gegen das Schanzkleid, er kriegte ein Tauende zu fassen und hielt sich krampfhaft fest, wartete, bis das Wasser abgelaufen war, rappelte sich wieder auf, ging zum Ruder zurück, sagte nichts.

Das Boot ließ ihm keine Ruhe, und Witsen ließ ihm keine Ruhe. „Kümmert euch ein bißchen um die Takelage!" befahl er seinen Leuten, die die Nase aus dem Durk herausstreckten und nach dem Wind zu gucken vorgaben.

Unter ihm, am Backbordschanzkleid, dort, wo die Brecher das Boot trafen, machten sich seine Leute an den Großpüttings zu schaffen. Er konnte nicht sehen, was dort los war. „Was ist?" brüllte er hinunter. Michiel Klaeszoon – er war jetzt der Älteste an Bord, obwohl er nur ein paar Jahre älter als Barend war –, Michiel Klaeszoon formte die Hände zum Trichter und rief zurück: „Sieh dir das selbst an, Schiffer, sonst glaubst du's uns nicht; lange hält das nicht mehr!"

Barend Fokke winkte Adriaen ans Ruder, eilte hinunter, beugte sich über das Schanzkleid. Eine Welle brandete heran, er war von einem Schwall Wasser geblendet. Als sie dann über einem Wellental waren, sah er die Bescherung: Die Großpüttings lockerten sich, der Sturm drückte mit solcher Gewalt in die Segel, daß es zuviel für die Befestigungen der Wanten wurde. „Heilige Jungfrau, die du uns alle ins Unglück bringst!" fluchte er, „da ist doch dein Großvater, der Teufel, im Spiel, und sein Urgroßvater ist ein verdammter Spanier gewesen!" Michiel Klaeszoon machte eine Kopfbewegung – hoch, runter, links, rechts, als schlüge er in Gedanken das Kreuz. „He", sagte Barend gedehnt, „ich habe doch nicht etwa einen Papisten an Bord?" Und Klaeszoon, groß wie Barend, aber von doppeltem Umfang, täppisch scheinend, aber flink und sicher in seinen Bewegungen, murmelte in sich hinein: „Kann er denn nicht anders fluchen, wenn er schon fluchen muß?" Sie standen so dicht nebeneinander, daß Barend es hörte. Er grinste und antwortete: „Du weißt doch, hier an Bord bin ich der Schiffer, und da fluche ich auch, wie's mir gefällt." Und beugte sich wieder über das Schanzkleid. Aber alles Gucken und alles Rütteln half nichts, die Großpüttings wurden davon nicht fester.

40

„Schiffer, du mußt Segel wegnehmen, wenn du *mit* deinen Masten nach Hause kommen willst", mahnte Klaeszoon, „da hilft auch das beste Fluchen nichts! Festlaschen müßte man das können, aber wie?"

Barend Fokke überlegte. „Los, schnell, holt mir ein paar Taue, die dicksten, die wir haben!"

„Laß lieber die Segel verkürzen!" mahnte nun auch Cambys, und Hinlopen und Klaeszoon nickten dazu.

„Was steht ihr noch herum, wartet ihr darauf, daß der Pfaffe Amen sagt? Taue sollt ihr mir holen!"

Die drei verschwanden im Laderaum und kehrten nach kurzer Zeit zurück, sie brachten ein paar dicke Taue. „Was soll denn das nun werden?" fragte Hinlopen.

„So, nun tut euch den Gefallen und nehmt ein bißchen von den Segeln weg", sagte Barend, aber er ließ nur ungern die Segel verkürzen, er wurde dadurch langsamer. „Gebt mir noch zwei dünnere Taue", rief er und schwang sich aufs Schanzkleid, als sie sich in einem Wellental befanden.

„Bist du verrückt geworden, bleib auf Deck!" mahnte Cambys, aber Barend Fokke enterte schon auf, nachdem Klaeszoon ihm zwei dünnere Taue gegeben hatte. Was er vorhatte, war gefährlich, deshalb auch hatte er das niemand von seinen Leuten überlassen: Er wollte ein paar Taue spannen, die den Mast zusätzlich halten sollten, damit die Wanten entlastet wurden, die die Püttings herauszureißen drohten.

Der Sturm zerrte an ihm, warf ihn fast herunter. Manchmal hing er weit über dem Wasser, dann hatte er wieder das Boot unter sich, er blickte nicht nach unten, sondern konzentrierte sich auf seine Arbeit.

„Sind die Steuerbordpüttings noch fest?" schrie er, als er fertig war, und als ihm Cambys bejahend zunickte, nahm er sich Zeit, nach Witsen Ausschau zu halten. Ein gutes Stück hinter sich sah er ihn, und er hätte jubeln mögen vor Freude: Der Abstand war wieder größer geworden, Witsen hatte auch Segel weggenommen.

Nach einer halben Stunde knallte es, erst einmal, kurz darauf noch einmal: Die Taue, die er so mühselig gespannt, auf die er so große Hoffnungen gesetzt hatte, waren gerissen, der Großmast ächzte in seinem Fuß.

„Raus!" schrie er nach unten, aber sie kamen schon von ganz allein, auch Frederik war dabei. „Das Großsegel weg, und dann ein Reff in die Fock und in den Besan. Schnell, Leute, schnell, sonst geht uns der Großbaum über Bord!"

Alle sechs Mann stürzten sich auf das Großsegel, sie schafften es kaum, seiner Herr zu werden, und Barend Fokke rief: „Wenn ihr's nicht kriegt, laßt es einfach fliegen, das Boot ist wichtiger!"

Sie bargen es aber doch, auch wenn es sie unendliche Mühe kostete, und schlugen dann ein Reff in die Fock und in den Besan. Die „Trijntje" schlingerte und stampfte zwar noch genauso wie vorher, aber das gequälte Ächzen, das aus allen Spanten und aus den Mastfüßen gekommen war, hörte auf.

Als sie die Westplaat sichteten, geriet auch Govert Witsen wieder in ihr Blickfeld. Adriaen hatte wortlos nach hinten gewiesen, und Barend Fokke biß die Zähne zusammen. Nun war doch alles umsonst gewesen, und er mußte zusehen, wie der Abstand zu Witsen ständig kleiner wurde. Bald war Witsen sichtbar, auch wenn man gerade in einem Wellental steckte.

Als Govert Witsen an ihm vorbeizog, guckte Barend Fokke starr geradeaus. Witsen war keine zwei Faden von ihm entfernt, er winkte freundlich herüber, dann hob er wie bedauernd die Hände, zuckte die Schultern, als wolle er sagen: Da hast du eben Pech gehabt, Barend, mit deinem Großbaum.

Es war die erste Niederlage, die Barend einstecken mußte, und deshalb wog sie besonders schwer. Am liebsten hätte er die „Trijntje" in den Grund gebohrt, hier auf der Westplaat, wo, ein Stückchen weiter südlich, die drei spanischen Urcas auf Grund gelaufen waren.

Er rief nach Adriaen und übergab ihm das Ruder. Der guckte Barend Fokke verständnislos an. Das hatte es bis dahin noch nicht gegeben, daß nicht der Schiffer am Ruder stand, wenn es in den Hafen ging.

Barend verkroch sich in seiner Kammer, griff nach der Wacholderflasche und verfluchte sich und die „Trijntje" und Gott und alle Welt.

Als sie vor Brielle waren, steckte Hinlopen den Kopf durch den Türspalt. „Da kommen schon die nächsten Boote auf, Schiffer; was sollen wir tun, sollen wir ein bißchen mehr Zeug setzen? — Und in Brielle, beim Spanier, scheint sich auch was zu tun!"

Barend Fokke knallte die Faust auf den Tisch und schrie ihn an: „Scher dich zum Satan, und macht, was ihr wollt!" Hinlopen verließ schleunigst die Kammer des Schiffers, nahm jedoch das Reff aus der Fock und aus dem Besan, so daß sie wenigstens noch als zweite den Hafen erreichten.

Barend Fokke hockte vor der Wacholderflasche und brütete vor sich

hin. Ich schmeiße ihnen alles hin, dachte er und gab sich keine Rechenschaft darüber, wem er alles hinschmeißen wollte. Ich suche mir ein Schiff, das nach Ostindien fährt. Und da waren sie wieder, die Träume und die Hoffnungen, die nicht zuletzt durch den Onkel geweckt worden waren, durch Willem van Wassenaer, Kapitän auf der „Mevrouw van Muiden". Sollte sich doch Frederik mit der „Trijntje" herumquälen.

Vor Enttäuschung über die Niederlage redete sich Barend Fokke wieder in seine alten Träume hinein, aber mit jeder Minute wurde es ihm mehr ernst damit. Und was wird aus Stine? fragte er sich, und selbst das war ihm in diesem Augenblick gleich. Er wollte weg aus Zwartewaal, von den Leuten, die Zeuge seiner Niederlage gewesen waren, am liebsten weg aus den Niederlanden, wo er immer nur so ein elendes Boot fahren würde, auf Routen, deren er längst überdrüssig war.

Adriaen schaute in Barends Kammer, riß ihn aus seinen Gedanken. „Hab ich dir nicht das Ruder übergeben?" fuhr ihn Barend Fokke an, aber Adriaen kümmerte sich nicht darum.

„Wir sind gleich da, Schiffer, du solltest jetzt wirklich selbst am Ruder stehen." Und nach einer Pause – Barend Fokke rührte sich nicht vom Fleck – noch einmal: „Nun komm schon!"

Müde erhob sich Barend und ging ans Ruder. In ein paar Minuten würden sie anlegen, Witsen machte gerade fest, und dicht hinter der „Trijntje" folgten drei weitere Boote. Dann nahm er das Bild auf, das sich ihm immer bot, wenn er vom Fang zurückkam: Das flache Land – Voorne –, die Windmühlen, die das Wasser aus dem Land pumpten, ein, zwei Zugbrücken, ein paar mächtige alte Weiden, Pappeln und Erlen, den dünnen, spitzen Kirchturm von Zwartewaal, die Häuser, ziegelrot und strohgedeckt, eins der ersten war das der van Dales, das Bollwerk, die Menschen dort. Er sah es wie einer, den das alles schon nichts mehr angeht.

Gleich mußte er wenden, seine Leute legten die Festmacherleinen bereit, er brauchte kein Wort zu sagen. Wie durch ein Wunder waren auch schon die Aufkäufer da, sie schienen es stets zu riechen, wenn es soweit war, daß die Boote heimkehrten.

Die Mutter winkte, Neeltje winkte, und Barend winkte zurück, ohne Freude. Selbst als er Stine sah, wurde er nicht froher. Auch sie winkte. Er lächelte ihr zu, was konnte sie dafür?

Dann waren die Leinen fest, eine Planke wurde zum Bollwerk hinübergelegt, und Mutter und Schwester betraten das Boot. „Wie war's, Barend, wie ist der Fang?"

„Ganz gut, Mutter." Und er ging von Bord, einen Aufkäufer suchen.

Und dann fremde Geräusche, fremde Laute, spanische Befehle: Ein Trupp spanischer Soldaten, der einen Beamten begleitete, drängte sich durch die Menge am Hafen.

Kapitel fünf

Als die Spanier in Zwartewaal auftauchten, wurde es still am Hafen. Die Kinder, die auf dem Bollwerk und auf dem Hafenplatz herumgelärmt hatten und zu den Booten gelaufen waren, die heimkehrenden Väter und Brüder begrüßten, versteckten sich hinter ihren Müttern und riskierten höchstens ein Auge, die Mädchen verschwanden, die Fischer scharten sich enger um die Aufkäufer, Angebot und Zustimmung wurden nur noch geflüstert – das Dorf verschloß sich vor den Spaniern.

Barend Fokke hatte im Vorbeigehen Stine begrüßt, er hatte ihr gesagt, daß er heute abend zu ihr käme, dann ein paar Sekunden Pause und ein schneller Entschluß: Vielleicht spreche ich heute noch – spätestens morgen, wenn es heute nichts mehr werde – mit ihrem Vater, um endlich alles klar zwischen ihnen zu machen. Stine lief zu ihrer Mutter, um der die Neuigkeit zu erzählen – sie warteten schon lange auf seinen Besuch.

Barend Fokke mußte manche Bemerkung einstecken: „Du hättest es ja fast geschafft!" und: „Um fünf Minuten ist es gegangen!" und: „Woran hat es denn gefehlt?", und das hob weder seine Stimmung, noch beseitigte es seine Entschlußlosigkeit. Er war sich schon wieder nicht mehr ganz sicher, was er eigentlich wollte, wenn mit Stine und den van Dales alles klar war: Ein Schiff suchen, mit dem er seinen Träumen nachjagte, hierbleiben, abwarten, was anderes tun, irgend etwas.

Witsen schien mit seinem Aufkäufer schon handelseins, er sah kurz auf, als Barend Fokke neben ihm vorbeiging, hob die Hand, lachte ihm zu, aber Barend Fokke übersah es, übersah auch das Schulterzucken Witsens, das heißen mochte: Du wirst dich schon wieder beruhigen.

Aber dann faßte ihn einer der Aufkäufer am Ärmel, nannte sein Angebot, fragte nach der Qualität, nach der Menge, und sie begannen zu feilschen.

Barend Fokke war nicht recht bei der Sache, mit einem kurzen Blick nahm er wahr, daß Cambys und Hinlopen mit den Männern von

Witsens Boot zusammenstanden, sie gestikulierten heftig, und er bezog es wieder auf sich, wurde noch ärgerlicher, wünschte die beiden zum Teufel. Dann sah er jedoch, daß es nicht um ihn ging – sie schäkerten mit ihren Mädchen, zwei Schwestern, deren Bruder auf Witsens Boot fuhr. Deshalb also, dachte er, blickte zur Anlegestelle, suchte nach van Dales Boot; van Dale aber war noch nicht zurück. Er sah das Menschengewühl auf dem Hafenplatz, sah, daß bei fast allen die Stimmung der seinen entsprach, weil die Spanier nicht wichen, aber auch nichts sagten, sondern nur die Augen aufsperrten und genau verfolgten, was sich hier am Hafen tat, vor allem, wie die Ladung beschaffen war.

Er ging mit dem Aufkäufer zur „Trijntje", sie stiegen in den Laderaum hinab, der Aufkäufer wühlte ein bißchen in den Heringstonnen herum, mehr pro forma, er wußte, daß er bei den Fokkes nicht betrogen wurde. Sie wollten eben den Kauf mit einem Handschlag besiegeln, da wurde draußen Johlen und Pfeifen laut.

Mit einem Satz war Barend Fokke auf Deck – der Aufkäufer blieb verblüfft stehen –, sprang über den Steg an Land, mitten in das Gewühl auf dem Hafenplatz hinein. Er mußte einfach seine Wut austoben, und hier schien sich ihm eine willkommene Gelegenheit zu bieten.

Mit einemmal hatte die Menge auf dem Hafenplatz einen Mittelpunkt, und dieser Mittelpunkt waren die Spanier, zehn, zwölf Mann in geschlitzten Kniehosen, bunten Wämsern, den Helm auf dem Kopf, zwei mit Musketen, die anderen mit Hellebarden und Degen. Sie standen schützend um einen Beamten in Schwarz mit weißer Halskrause und spitzem hohem Hut, der eine Proklamation in der Hand hielt.

Man hatte ihn nicht zu Ende lesen lassen, die ersten Worte hatten genügt, die Absicht der Spanier zu erklären: Überall in den spanischen Niederlanden wurde auf Befehl König Philipps die Alcabala eingeführt. Seit zwei Jahren schon drohte Don Fernando Álvarez de Toledo y Pimentel, Herzog von Alba, Statthalter des spanischen Königs in den Generalstaaten, mit dieser Steuer. Bis jetzt war es gelungen, die Einführung dieser Steuer gegen eine jährliche Zahlung von zwei Millionen Gulden hinauszuschieben – nun wurde sie doch von Herzog Alba verlangt. Alcabala hieß: zehn Prozent Steuer auf alle bewegliche und unbewegliche Habe, fünf Prozent bei Verkauf eines jeden unbeweglichen Gutes, zehn Prozent bei jedem Handelsgeschäft mit beweglichen Gütern. In Spanien selbst galt dieses Steuersystem schon lange. Jetzt sollte es auch in den Niederlanden eingeführt werden. Die Spanier hatten den besten Zeitpunkt dafür ausgesucht: Die Fischer waren von

ihrem ersten Fang in diesem Jahr zurück, sie brauchten dringend Geld, und nun war der Spanier da und hielt die Hand auf. Die zwei Millionen Gulden waren von den Generalstaaten gezahlt worden. Das hatte dem einzelnen nicht direkt weh getan. Die Alcabala jedoch mußte von jedem selbst entrichtet werden, und das brachte die Wut zum Überlaufen.

Barend Fokke hatte schnell verstanden, worum es ging, er teilte die Menge, stieß sie rücksichtslos auseinander; er sah auch schon ein paar Knüppel, die geschwungen wurden, hörte den Ruf: „Wo ist der Geus, hoch der Geus, der Geus soll leben!" Er verstand spanische Kommandos, bemerkte, wie die Musketiere sich Platz für ihre langen Musketen zu verschaffen suchten, wie sie die Gabeln, auf denen sie die Musketen auflegen mußten, in den Boden rammten, wie die andern die Hellebarden umdrehten und mit den Schäften die Menge zurückdrängten. Und mit einemmal war all seine Wut verflogen, hatte sich in Freude verwandelt, weil er gleich dreinschlagen konnte.

Er schrie: „Jagt die verdammten Spanier zum Teufel, dort gehören sie hin!" Er schrie: „Wo sind die Geusen, heraus mit ihnen, damit es endlich vorbei ist mit den Spaniern in unserm Holland!" Er schrie: „Keinen Pfennig kriegen sie von uns, das einzige, was sie haben können, sind Prügel!" Und er schrie: „Los, drauf auf sie!"

Er hörte Beifall, aber er fühlte auch, wie ihn jemand am Arm festhielt; mit einem Ruck riß er sich los und drängte weiter nach vorn. Neben ihm tauchten Cambys und Hinlopen auf, sie grienten ihn breit an, Hinlopen fuhr sich vor Eifer mit dem Ärmel über die Nase. Die Spanier hatten keinen Platz mehr, ihre Musketen aufzulegen, so drückte und drängte die Menge gegen sie an.

Ein Schuß ging los, einer der Fischer schrie auf, der Schrei pflanzte sich fort, Frauen kreischten, und nun waren die Zwartewaaler nicht mehr zu halten. Barend Fokke hatte sich bis zu den Spaniern durchgekämpft, Cambys und Hinlopen waren dicht hinter ihm. Die untergehende Sonne blitzte auf Degen und Hellebardenspitzen; die Zwartewaaler hatten auf einmal alle Seemannsmesser in der Hand. In dem Gedränge und Geschiebe waren die Zwartewaaler besser dran als die Spanier, die kaum Raum hatten, ihre sperrigen Waffen zu gebrauchen.

Barend Fokke fuhr dem Musketier, der den Schuß abgegeben hatte, an die Kehle, er spürte einen Stoß in der Seite, achtete nicht darauf, rang mit dem Spanier, den er um einen Kopf überragte, neben ihm schlugen sich Cambys und Hinlopen mit anderen. Die Degen und Hellebarden

48

bedeuteten kaum Gefahr, da die Spanier nur zaghaft Gebrauch davon machten. Der Beamte lamentierte: „Aufhören, sofort aufhören im Namen meines Königs und des Herzogs von Alba!" Er sprach in seiner Angst spanisch, aber es achtete ohnehin niemand auf ihn, weder die Zwartewaaler noch die Spanier, die am liebsten abgezogen wären.

Barend Fokke wand dem Musketier schließlich das Gewehr aus den Händen, hieb damit um sich, ganz gleich, wen es traf, verschaffte sich Luft: Die Spanier wurden überwältigt, ein paar rissen aus, nur der Beamte stand noch da, hielt seine Proklamation in den Händen – wenigstens einen Fetzen davon, der Rest war weg, zerrissen –, stand unschlüssig, gottverlassen und gottergeben und wagte sich nicht zu rühren. Einige Verwundete wälzten sich am Boden.

Die Zwartewaaler kosteten ihren Triumph aus. „Sollen sie nur wiederkommen, die spanischen Hunde, dann werden wir sie genauso nach Hause schicken wie jetzt!" riefen sie, und Barend Fokke packte die erbeutete Muskete beim Lauf, um sie an einem der Poller am Ufer zu zerschmettern. Aber Hinlopen hielt ihm den Arm fest und sagte: „Bist du verrückt, Barend, das Ding werden wir bald gut gebrauchen können!" Da wich der Rausch des Sieges kühlerer Überlegung. Sie hatten zwar die Spanier davongejagt – aber die würden wiederkommen, und dann würden sie in der Übermacht sein.

Auf beiden Seiten hatte es Verwundete gegeben, die Frauen bemühten sich schon um sie, auch die Spanier erhielten einen notdürftigen Verband. Um den Beamten kümmerte sich niemand. Die ersten bedenklichen Stimmen meldeten sich, es waren ein paar ältere Fischer, Familienväter. Govert Witsen jedoch schwieg, er schien zu überlegen.

Auch Barend Fokke dachte nach. Er hatte das begonnen, und er mußte einen Ausweg finden.

Er sah, wie die verwundeten Spanier verbunden wurden, und er sah auch den Beamten, der immer noch wie vergessen in der Menge stand und sich an seiner zerrissenen Proklamation festzuhalten schien. Barend Fokke rief Witsen zu: „Ich werde mit dem Beamten reden", ging zu ihm und winkte die verwundeten Spanier heran. Dann sagte er, und er sagte es auf spanisch, um zu zeigen, daß er die Sprache beherrschte und daß es für die Spanier keinen Sinn hätte, irgendwelche Absprachen zu treffen: „Ihr bleibt jetzt hier als unser Gefangener. Die Soldaten verfügen sich dorthin, wo sie hergekommen sind, und melden, daß es dem da" – er wies mit dem Daumen auf den Beamten –, „schlecht geht, wenn noch einmal spanische Truppen bei uns auftauchen. Wir haben Äste genug und Rahen, und an einer von ihnen wird er dann hängen – am Halse. Und nun verschwindet, bevor wir es uns anders überlegen!"

Der Beamte protestierte, drohte mit Herzog Alba und dem König und dessen Soldaten, die überall seien in den spanischen Niederlanden und jede Widersetzlichkeit streng bestrafen würden. Und die neue Steuer, die Alcabala, würde doch eingeführt werden, da kämen sie nicht drum herum. In allen anderen Dörfern und Städten sei sie ebenfalls schon verkündet. Aber Barend Fokke winkte ab und mahnte die Soldaten, die unschlüssig herumstanden, ihren Offizieren genauestens auszurichten, daß man in Zwartewaal nicht spaßen würde und daß sie den Beamten nicht lebend wiederbekämen, wenn sie keine Ruhe gäben. Die Soldaten nickten bedächtig, es war auf ihrem Gesicht zu lesen, daß es nicht an ihnen liegen würde, und dann machten sie sich auf den Weg.

„Was hast du da mit ihnen verhandelt?" wurde Barend Fokke gefragt, und er gab wieder, was er den Spaniern gesagt hatte. Die Stimmung war geteilt. Nun mischte sich auch endlich Govert Witsen ein, und es wurde ruhiger. Govert Witsen besaß die Autorität in Zwartewaal – seit heute erneut –, und er zeigte, daß er guthieß, was Barend Fokke da begonnen hatte.

„Die Schiffer gehen jetzt in die Schenke", sagte er, „dort werden wir gemeinsam überlegen, was zu tun ist. Den Beamten nehmen wir mit, er wird dort in den Keller gesperrt. Die andern machen sich daran, die Ladung zu löschen, sofort, in der Nacht noch, aber nur zur Hälfte; wahrscheinlich werden wir wieder nach England verschwinden müssen, und dann ist es ganz gut, wenn wir dort auch noch ein bißchen zu verkaufen haben. Du kommst mit, Adriaen, und du und du, euch brauche ich ebenfalls." Das letzte galt zwei jungen Burschen, sie waren sechzehn, siebzehn und waren stolz darauf, daß Govert Witsen gesagt hatte, er brauche sie.

Dann gingen sie zur Schenke, sie waren sieben, mit den drei jungen Burschen zehn. Inzwischen hatte auch Maurits van Dale Zwartewaal erreicht, und Barend Fokke dachte an Stine und an den Besuch, den er eigentlich heute ihren Eltern abstatten wollte.

Als Govert Witsen in der Schenke lachend für alle bestellte und auch ein Fäßchen nach draußen bringen ließ, gab es Barend Fokke wieder einen Stich. Das hättest jetzt eigentlich du tun wollen – wenn du als erster zurückgekehrt wärst, dachte er, aber das verdammte Scheißboot hat es nicht ausgehalten. Sogar der spanische Beamte erhielt einen Becher und wurde dann in den Keller geführt.

50

Nachdem der Spanier weg war, gebot Witsen Ruhe. „Das wichtigste", begann er, „ist, daß wir erfahren, ob es sich wirklich so verhält, wie der Beamte behauptet hat: Ob sie überall gewesen sind oder nur bei uns. Ihr beiden macht euch sofort auf den Weg, ihr lauft nach Neenvliet, Geervliet, Abbenbroek, Nieuwenhoorn und De Tinte. Ich will wissen, ob die Spanier dort gewesen sind; wenn es möglich ist, will ich erfahren, was die Leute vorhaben, ob sie wieder in den Busch gehen, ob wir vielleicht zusammen etwas unternehmen können. Macht euch auf die Beine, ihr werdet die ganze Nacht zu tun haben. Und du, Adriaen, nimmst unser Beiboot und fährst zum andern Ufer hinüber und siehst dich in Brielsche Heuvel und in Rozenburg um. Versuch auch, etwas zu erfahren über Maassluis, das ist mir das wichtigste. Rotterdam ist ja zu weit für diese Nacht. Bis morgen früh haben wir hoffentlich Ruhe."

Darin waren sich alle einig, die hier zusammensaßen: Wenn die Spanier wollten, könnten sie schon in drei Stunden in Zwartewaal sein, aber dann wär es Nacht, und in der Nacht würden sie nicht angreifen. Aber vorbereitet mußte man sein, deshalb wurden zwei Mann ein gutes Stück die Straße nach Brielle hin geschickt; sie sollten sich am Weg verbergen, um die Spanier sofort zu melden, falls sie wider alles Erwarten noch in der Nacht erschienen.

Am Hafen wurde bei Fackelschein schwer gearbeitet. Die sieben Schiffer gingen, nachdem das Wichtigste besprochen worden war, ebenfalls zu ihren Booten, um dort mit Hand anzulegen. Witsen hatte Barend Fokke auf dem Weg beiseite genommen, und der hatte sich schon gewundert, er hatte gedacht, jetzt käme etwas über die Wettfahrt, aber Witsen hatte anderes im Sinn: „Ruf ein paar Mann, Barend, damit wir unsere beiden Kanonen an Bord bringen, ich die eine und du die andere."

Die beiden Kanonen, leichte Stücke, Drehbassen, Einpfünder, stammten aus den Kämpfen vor vier Jahren, sie hatten sie einem Kauffahrer weggenommen. Viel Munition dazu besaßen sie freilich nicht. „Die werden wir uns schon holen, wenn es nötig ist", sagte Barend zu Witsen, ehe er mit Cambys, Hinlopen und zwei, drei anderen loszog, um die Kanonen aus dem Versteck, einem alten, baufälligen Schuppen, zu holen.

Die Zeit verstrich rascher, als es den Zwartewaalern angenehm war; sie hatten viel zu tun, und bis der Morgen anbrach, mußten sie alles erledigt haben. Proviant wurde herangeschleppt, frisches Wasser in die Fässer gefüllt. Ohne daß sie viele Worte machten, legten sie fest, wieder nach Burnham on Crouch zu gehen, unweit der Themsemündung, wo sie vor vier Jahren schon Unterschlupf gefunden hatten. Die Nähe Londons bot ihnen die besten Möglichkeiten für ihren Unterhalt. Noch wußten sie ja nicht, wie lange ihr Aufenthalt in England diesmal dauern würde. Zwischendurch würden sie auf Fischfang auslaufen, und diesen Fang konnten sie in London schnell absetzen. Außerdem erreichten sie alle Nachrichten, auf die sie dringend angewiesen waren, dort am ehesten.

Waffen wurden zusammengetragen, das Kreischen der Schleifsteine erfüllte die Nacht: Enterbeile und Seemannsmesser wurden geschärft. Es war die Arbeit der Alten, die zu Hause blieben. Auch ein paar Frauen und Mädchen standen bei den Schleifsteinen, drehten die Kurbel, brachten Wasser, damit die Waffen nicht ausglühten. Es war keine hektische Stimmung, dennoch lag Spannung über dem Dorf und seinen Bewohnern.

Zwischendurch fand Barend Fokke ein paar Minuten Zeit, bei den van Dales vorbeizugehen. Stine ließ ihn ein; Barend Fokke schaute erstaunt auf, als er sie sah, sie hatte ihren Feiertagsstaat angelegt: Unter der schwarz-weiß gestickten Unterhaube das schmale goldene Ohreisen, an dem die Haube befestigt war, mit Spitzen und Münzen verziert; ein weißes Hemd mit schwarzen gestickten Rändern an Hals und Ärmeln; eine rote Unterjacke und ein rotes Umschlagtuch; ein mit Rosen besticktes Mieder; lila Überärmel; blauer Rock mit rotem Saum und eine Latzschürze; das Halstuch mit glasperlenverzierten Quasten, die Holzschuhe mit Ornamenten ausgeschnitzt und bunt bemalt.

Stines Mutter brachte ihm einen Schluck zu trinken. „Wir hatten uns diesen Abend eigentlich anders vorgestellt", sagte sie und blickte ihre Tochter an, die traurig lächelte. „Du mußt heil wieder heimkommen, Barend", sagte Stine, setzte sich jedoch nicht zu ihm, sondern kramte im Hintergrund in einem Schrank, um die Tränen nicht zu zeigen. Und ihre Mutter fügte hinzu: „Es ist alles klar zwischen dir und uns, Barend, nur den Hochzeitstag können wir wohl jetzt nicht festlegen, er sollte nach der Heimkehr vom nächsten Fang sein."

Stine lief plötzlich aus der Stube, die Holzschuhe polterten auf den Dielen. Barend Fokke nickte zu den Worten von Stines Mutter. Dann sagte er: „Die Hochzeit wird sein, wenn wir vom nächsten Fang heimkehren, nur werden wir dann etwas anderes gefangen haben als Heringe. Ich hoffe, wir werden einen guten Fang tun."

Er verabschiedete sich bald, und draußen fiel ihm Stine um den Hals und schluchzte, lachte aber auch und ging mit ihm bis zum Hafen, wo ihnen Neeltje begegnete und neugierige Fragen stellte, die Barend Fokke abwehrte: „Laß dir von Stine erzählen, Schwester."

Es war gegen drei am Morgen. Über der Brielschen Maas rötete sich der Himmel; die Windmühlen standen mit hochgereckten Armen schwarz vor dem Morgenrot, spiegelten sich in dem leicht unruhigen Wasser, so daß es aussah, als stünde das Spiegelbild in züngelnden Flammen. Adriaen kam zurück, und bald darauf kamen auch die beiden andern, die Govert Witsen ausgeschickt hatte, um zu erkunden, wie es in den Dörfern der Umgebung aussah. Witsen rief die Schiffer zusammen, und da die nötigsten Vorbereitungen fast beendet waren, gesellten sich auch viele der übrigen Männer zu ihnen. Der spanische Beamte hatte nicht übertrieben: Überall waren die Soldaten Philipps aufgetaucht und hatten die neuen Steuern verlangt. Und überall war es ähnlich abgelaufen wie in Zwartewaal, überall hatte es Tumult gegeben, überall waren sie bereit zum Losschlagen, aber überall warteten sie auch auf ein Zeichen.

Der eine der beiden jungen Burschen, der in den Dörfern nahe Brielle gewesen war, berichtete, daß die Leute dort ziemlich gedrückt gewesen wären, sie mußten damit rechnen, als erste von den Spaniern angegriffen zu werden. Sie hatten wieder die schwerste Last zu tragen, aber auch sie würden selbstverständlich mitmachen, wenn es soweit wäre. Überall waren sie auf spanische Wachen gestoßen, und der andere erzählte, daß es ihm beinahe schlecht ergangen wäre, weil er einer der Wachen nicht mehr ausweichen konnte. Die hätten keinen schlechten Schrecken gekriegt, als er da wie vom Himmel gefallen vor ihnen stand.

Von Maassluis wußte Adriaen nicht gerade Ermunterndes zu sagen. Es wäre eben das alte Lied: Wenn es soweit sei, schlösse sich in der Stadt jeder von jedem ab, keiner wollte vom andern etwas hören, keiner fühle sich für den andern verantwortlich, keiner nehme die Leitung des Kampfes in die Hand und bringe richtiges Kriegswesen hinein. Wäre das anders, wäre den Spaniern wohl viel besser beizukommen. Govert Witsen nickte dazu, ein paar andere nickten auch, aber einige schüttelten den Kopf, und Barend Fokke machte sich zu ihrem Sprecher: „Wir brauchen keine hochmögenden Herren, keine Admirale, keine Generale. Haben wir nicht vor fünf Jahren verkündet, daß wir alle frei sein wollen, daß wir keine Herren mehr über uns dulden? Haben wir nicht den Papst für uns abgeschafft, und nun schreit ihr nach einem neuen Papst? Wir sind freie Geusen, wir führen den Geusenkrieg nach Geusenweise, dazu brauchen wir keinen Admiral, hier ist jeder sein eigener Admiral, so sind wir noch immer am besten gefahren!"

Die Jungen spendeten ihm Beifall, nur Adriaen war nicht einverstanden. „Einzeln sind wir zu schwach, Barend", sagte er. Barend Fokke beschwichtigte ihn, so habe er das nicht gemeint, er habe nur an die Herren aus der Stadt gedacht, die kaum etwas von ihnen wußten und die Situation für sich ausnutzten, indem sie sich den Geusen aufdrängten – es hatte das schon vor vier Jahren gegeben, und wer wollte in solche Leute hineinschauen und sagen, wo in ihnen die Grenze verlief zwischen Eigennutz und Gemeinsinn. Es war Barend Fokke klar: Man brauchte sie, die Reeder und Handelsherren zum Beispiel, die mit den Spaniern weiterhandelten, als wäre nichts geschehen. Sie gaben ihnen, den Geusen, die nötigen Waffen, das nötige Geld, damit sie gegen die Spanier kämpfen konnten. Was sie dabei in ihre eigenen Taschen steckten, das banden sie niemandem auf die Nase; wenig war es sicherlich nicht, und obendrein hatten auch die Spanier ihren Vorteil aus dieser Handlungsweise. Das alles ging Barend Fokke durch die Gedanken und auch den anderen; sie redeten sich die Köpfe heiß, wie sie sich verhalten, mit wem sie Verbindung aufnehmen sollten, gelangten aber nur zu dem Schluß, erst einmal abzuwarten, alles übrige werde sich schon zeigen.

Sie redeten noch lange, und Barend Fokke wurde das untätige Herumsitzen allmählich leid, er ging zur „Trijntje", um sich dort zu schaffen zu machen. Frederik hatte sich mit Michiel Klaeszoon und einem anderen über die Püttings hergemacht, mit Bolzen und Laschen hatten sie ihnen festen Halt gegeben. Barend Fokke griff mit zu, rüttelte an den Wanten, sie mochten wieder fest sein.

Inzwischen war es heller Morgen geworden, gegen sieben war es, und sie waren alle jämmerlich müde. Als Barend Fokke zu Maurits van Dale hinüberschlenderte – dessen Enkhuizer lag am Ende des Hafens an den letzten Duckdalben vertäut –, rannte einer der Burschen heran, die an der Straße nach Brielle Wache stehen sollten. Er schwenkte schon von weitem die Arme und rief: „Sie kommen!"

Jetzt ging es also los. Im stillen hatte jeder gehofft, daß es ohne Kampf abgehen würde.

„Wie weit sind sie?" fragte Govert Witsen den Wachposten.

„Wir haben noch ein bißchen Zeit, wir waren fast bis vor Brielle, sie sind eben erst ausmarschiert, aber es sind eine ganze Menge!"

Govert Witsen war die Ruhe selbst. Wie ein alter Soldat gab er seine Anweisungen. Er wies auf zwei, drei Männer und befahl ihnen: „Ihr sagt den Frauen Bescheid, daß sie mit den Kindern und dem Nötigsten verschwinden" – sie waren schon öfter in dem Versteck im Busch gewesen, ein breites Fließ mußten sie vorher überqueren –, „und wir postieren uns hinter dem Dorf; wenn es Kampf gibt, können sie zwischen den Häusern ihre Musketen nicht so gut gebrauchen, und wir haben bessere Deckung."

Die Männer holten ihre Waffen herbei, hauptsächlich Enterbeile und Dolchmesser, aber auch ein paar Musketen, die ersten Frauen zogen mit den Kindern und dem Gepäck davon, da lief der andere der beiden Posten herbei und rief: „Es ist noch nicht soweit, sie sind nach Nieuwenhoorn abgebogen, und in Brielle scheint alles ruhig!"

Unschlüssig standen die Männer herum, sie glaubten nicht recht, daß es diesmal an ihnen vorbeigehen sollte. Es war ein Sommermorgen wie so viele andere, die Junisonne blitzte hell, die ersten weißen Wolken zogen von Nordwesten heran, drüben am andern Ufer begannen sich die Windmühlenflügel zu drehen, eine Hulk glitt hochbordig, unbeladen, die Brielsche Maas hinab, Barend Fokke folgte ihr mit den Augen, wie er schon so vielen Schiffen mit den Augen gefolgt war, die ausfuhren, irgendwohin, an eine ferne Küste. Und dann sah er sie, und dann kam doch alles ganz anders.

Kapitel sechs

Mit ein paar Sprüngen war Barend Fokke auf der „Trijntje", die Männer sahen ihm erstaunt nach. Er kletterte in die Wanten, um sich einen besseren Überblick zu verschaffen. Dann erkannte er sie; eine Zabra, wie sie die Spanier für Aufklärungszwecke und für schnelle Jagden verwandten, dahinter vier, fünf, sechs Wachboote. Ein Windstoß entfaltete das Banner mit dem Löwen von Leon und den kastilischen Türmen.

Am Hafen hatten sie die Schiffer inzwischen auch bemerkt. Sie riefen Barend zu: „Was ist es denn?" Und: „Wollen die etwa was von uns?"

Barend Fokke kletterte herunter, trat zu Govert Witsen und sagte: „Ich glaube, jetzt geht es tatsächlich los!"

Noch war es nicht entschieden, ob die spanischen Schiffe wirklich nach Zwartewaal wollten. Sie änderten leicht den Kurs, auf Zwartewaal zu, aber auch das sagte noch nichts, denn unterhalb des Dorfes verengte sich die Brielsche Maas, da mußten sie den Kurs sowieso ändern. Noch waren sie ein gutes Stück vom Dorf entfernt.

„Das gilt uns, oder der Teufel und seine heilige Großmutter sollen mich holen!" rief Barend Fokke, und nach ein paar Sekunden des Überlegens: „Los, alles an Bord, alles in die Boote, aber laßt euch nicht sehen von den Spaniern, keinen Menschen dürfen sie sehen. Alles in die Laderäume, und mucksmäuschenstill, kein Wort, nichts!" Mit knappen Worten entwickelte er ihnen seinen Plan.

Die andern guckten abwartend zu Govert Witsen hin. Witsen stimmte zu. „Nur schade, daß die Frauen schon weg sind", sagte er, „den Spaniern wird auffallen, daß es so ruhig ist am Hafen. Ein paar Mann bleiben draußen auf dem Hafenplatz, damit es nicht gar zu ungewöhnlich aussieht. Vielleicht gehen sie uns auf den Leim."

Die Männer schlichen gebückt an Bord, stiegen in die Laderäume hinab, drückten sich an die Bordwände, als wollten sie so besser erlauschen, wie weit die Spanier noch wären. Oben kam langsam und wie schläfrig hier einer an Deck und dort, sah nach dem Wetter, sah nach den fremden Schiffen, widmete ihnen so wenig Aufmerksamkeit wie möglich. Die Festmacherleinen wurden gelöst, Segel aufgezogen, alles ohne Hast, um den Spaniern ein Bild des Friedens vorzuspielen.

In Barend Fokke wuchs die Spannung. Langsam näherten sich die Zabra und die Wachboote. Auf der Zabra fielen die Marssegel, dann das Groß- und das Focksegel, ein Signal wurde gehißt – Barend Fokke kannte seinen Sinn nicht. Was vorbereitet werden mußte, war vorbereitet. Jetzt noch so zu tun, als interessiere er sich nicht für die Spanier, wäre auffällig. Er lehnte sich ans Schanzkleid und sah zu der Zabra hinüber. Es kostete ihn Mühe, ruhig zu bleiben. Aber er zwang sich dazu, still zu stehen, an das Schanzkleid gelehnt, er zwang sich dazu, ruhig, Zug für Zug, Rauchwölkchen aus seiner Pfeife in die Luft zu paffen. Er wagte einen schnellen Blick zu den anderen Zwartewaaler Booten: Dort standen sie ähnlich wie er am Schanzkleid, Witsen unterhielt sich ganz gemütlich mit einem seiner Männer, deutete zu den Wachbooten hinüber, schüttelte den Kopf, so, als stritten sich beide ohne Eifer über die fremden Boote.

Eins der Wachboote schien auf das Signal zu reagieren, es ging längsseits der Zabra, eine Strickleiter wurde über Bord geworfen, ein Mann im Harnisch kletterte schwerfällig die Leiter hinab, stieg auf das Wachboot über. Es wird ein Offizier sein, dachte Barend Fokke. Alles schien ihm unerträglich langsam vor sich zu gehen: Wie das Wachboot wieder ablegte, sich an die Spitze der anderen setzte, wie sie ganz langsam Kurs auf den Hafen nahmen. Nie noch war ihm das Kreischen der Möwen so sehr auf die Nerven gegangen wie jetzt. Sie schossen um die Mastspitzen der Boote herum, stürzten zum Wasser hinab; wo eine war, waren sofort mehrere; sie schrien, wenn eine einen Fisch ergattert hatte, versuchten ihr ihn abzujagen, schossen in die Sonne hoch, stürzten zurück, Flügel blitzten weiß, und sie machten Barend Fokke damit nur noch bewußter, daß er hier zur Untätigkeit und zum Stillstehen verurteilt war.

Jetzt waren die Wachboote in Rufweite, näherten sich noch mehr. Drüben der Offizier rückte sich den Helm zurecht, der gerade noch die Augen frei ließ, ein Kinnbart machte das Gesicht lang und eckig, die Backenknochen traten spitz hervor, die scharf rasierten Wangen schimmerten dunkel. Er stemmte sich mit beiden Armen auf das Schanzkleid seines Bootes, rückte noch einmal den Helm zurecht, als hinge davon das Wohl und das Wehe seiner Mission ab, und rief dann zu den Zwartewaalern hinüber: „Wer von euch ist der Mann, der spanisch spricht, ich habe mit ihm zu reden. Ich bin der Kapitän seiner apostolischen Majestät Philipps II. von Spanien, Beauftragter des Herzogs von Alba, Statthalters Seiner Majestät des Königs und Abgesandter des Befehlshabers in Brielle, Kapitän Don Juan Gomez de Cabeza y Pela!"

„Und wenn du noch ein paar Ys dranhängst, mit deinem Rattenschwanz von Titeln und Namen imponierst du mir noch lange nicht", knurrte Barend Fokke in sich hinein, dann rief er auf spanisch zurück: „Und ich bin der Schiffer Barend Fokke aus Zwartewaal in Holland; was gibt es, daß Ihr Euch zu uns bemüht?"

Die Wachboote kamen noch näher, sie verteilten sich so, daß jedes von ihnen einem Zwartewaaler Boot gegenüberlag. Nur eins, das von Maurits van Dale, hatte kein Gegenüber. Barend Fokke hörte Stimmen, unterdrücktes Fluchen und Eisenklirren. Wenn es doch nur erst losginge, dachte er.

Kapitän Cabeza, das sah Barend Fokke jetzt ganz gut, war ein drahtiger kleiner Kerl. Er ruckte an seinem Harnisch herum, ehe er wieder begann: „Ich mache es kurz, Herr Schiffer, ihr habt euch gestern schwer gegen euern Herrn, die spanische Majestät, und seine Diener vergangen. Und das werdet ihr büßen. Wir sind da, um die Steuern auf euern Fang, den ihr gestern gelandet habt, zu erheben, und zur Strafe für euer Aufbegehren werde ich eure Boote für den König von Spanien beschlagnahmen, jedenfalls" – und jetzt bemühte er sich um einen iro-

nisch-hämischen Ton —, „jedenfalls soweit sie für seine Majestät, den König, gut genug sein sollten. Brennholz haben wir, dazu brauchen wir eure Kähne nicht!"

Auf den Zwartewaaler Booten herrschte gespannte Aufmerksamkeit. Niemand verstand, was Barend Fokke da mit Kapitän Cabeza verhandelte, aber die Gesten und der Tonfall waren deutlich genug, um zumindest ahnen zu lassen, worum es ging. Noch immer herrschte Ruhe auf den Booten, für den Unbeteiligten hätte es aussehen können, als handele es sich um ein nichtssagendes, wenn auch keineswegs freundliches Gespräch von Bord zu Bord.

„Wenn Ihr unsere Boote haben wollt, müßt Ihr sie Euch schon holen!" Cabeza war nur noch drei, vier Schritte von ihm entfernt; ein paar Sekunden noch, und die „Trijntje" würde mit dem Wachboot Bord an Bord liegen. Die übrigen Wachboote waren ebenso dicht an die Zwartewaaler Boote herangetrieben.

Kapitän Cabeza schrie etwas, auf seinem Boot und auf den anderen tauchten Soldaten auf, Musketen wurden aufgelegt, Schüsse krachten. Barend Fokke war zurückgesprungen, die andern auf dem Deck ebenfalls, sie griffen zu ihren Waffen. Dann gab es einen heftigen Ruck, und das spanische Wachboot lang längsseits der „Trijntje". Der erste, der herübersprang, war Kapitän Cabeza, er schwang seinen Degen, seine Soldaten folgten ihm.

Der Umgang hinter dem Schanzkleid war schmal, er bot den Spaniern kaum Platz, sich zu bewegen, sie drängten sich gegenseitig in den Laderaum hinab, die Niederländer, die oben geblieben waren, halfen tüchtig nach. Die Soldaten kamen gar nicht erst richtig auf die Beine, da waren die Geusen schon über ihnen. Wer nicht sofort tot war, erstochen mit dem Seemannsmesser, erschlagen mit dem Enterbeil, der wurde, wenn er überwältigt worden war, mit seiner eigenen Fangschnur gebunden. Wild und verbissen tobte der Kampf in den Laderäumen der Boote. Die Spanier waren in der Übermacht, aber die Geusen hatten das Moment der Überraschung für sich.

Oben auf Deck spielte sich nicht allzuviel ab. Für die Besatzung auf der Zabra, die dem Kampf aus der Ferne zuschaute, gab es anscheinend keine Notwendigkeit zum Eingreifen. Wie hätte sie auch eingreifen sollen? Ihre Kanonen hätten die eigenen Boote und die eigenen Leute gefährdet.

Kapitän Cabeza war auf Barend Fokke zugestürzt, er schwang seinen Degen. Fokke ließ das Enterbeil fallen, nach dem er gegriffen hatte, und nahm eine schwere, fast mannslange Handspake. Er hatte die Wand des

Durk im Rücken, ein, zwei Spanier hielten sich hinter ihrem Kapitän. Der tänzelte mit seinem Degen vor Barend Fokke herum, versuchte es mit einer Finte, noch einmal, noch einmal, schrie grell auf beim Zustoßen, wich zurück – Barend Fokkes Handspake war länger als der Degen: Cabeza kam nicht an Fokke heran.

Über ihm auf dem Durk polterte es, dann fiel ihm ein Spanier vor die Füße und regte sich nicht mehr. Hinlopen sprang herab und stellte sich neben Barend. Er lachte ihn siegessicher an und fuhr sich mit dem Ärmel über die Nase. Ein paar Sekunden standen sich die Geusen und der Kapitän mit seinen Soldaten regungslos gegenüber, sie belauerten sich, und Barend Fokke nahm das Gesicht seines Gegners bis in alle Einzelheiten in sich auf: die vor Wut funkelnden Augen, die spitzen Wangenknochen, die ganze schmächtige, sehnige Gestalt. Langsam bewegte Barend Fokke seine Handspake, der Kapitän folgte mit dem Degen den Bewegungen. Dann ein leises Zischen des Kapitäns, und seine Soldaten schnellten vor, aber sie vermochten Fokke und Hinlopen nicht zu überlisten. Die Handspake kreiste, erwischte einen der Soldaten, Hinlopens Enterbeil traf den andern, und mit dem nächsten Schlag war der Kapitän entwaffnet. Barend Fokke ließ die Handspake fallen, rief, zu Hinlopen gewandt: „Der gehört mir!", sprang auf ihn zu, faßte ihn, aber wie eine Katze entwand sich ihm der Kapitän, sprang über Bord und verschwand im Wasser. Er hatte noch etwas geschrien, ehe er über Bord sprang. Barend Fokke hatte es so geklungen wie: „Warte, du Hund, dich krieg ich noch, ich komme wieder!"

„Der ist hinüber!" rief Hinlopen, „sein Harnisch zieht ihn auf den Grund."

Doch Hinlopen täuschte sich. Ein Stück von der „Trijntje" entfernt tauchte der Kapitän wieder auf, nestelte an seinem Harnisch herum, streifte ihn ab und begann zu schwimmen, auf die Zabra zu. Barend Fokke griff nach einer Muskete, zielte lange und drückte dann ab. Er traf Cabeza auch, das Wasser rötete sich, Cabezas Schwimmbewegungen wurden langsamer, er änderte die Richtung zum Land hin, seine Bewegungen wurden immer träger und kraftloser, und dann verschwand er hinter einem Landvorsprung.

„Haben wir ihn nun, oder haben wir ihn nicht?" fragte Barend Fokke, und Hinlopen antwortete: „Klar, Schiffer, wir haben ihn, der kommt nicht mehr weit." Aber Barend Fokke hatte Cabeza nur am Arm getroffen, und der Kapitän erreichte ein Stück unterhalb des Hafens das Ufer und schleppte sich nach Brielle zurück.

Kapitän Cabeza war nicht nur ein drahtiger Kerl, er war auch ein echter spanischer Hidalgo, dem seine Ehre über alles ging. Und in dieser Ehre war er von Barend Fokke aufs schwerste getroffen worden. Wie schwer er getroffen worden war, das wurde ihm erst nach Tagen klar, als er seinem Vorgesetzten berichtete, wie alles gekommen war, als er zu hören kriegte, wie jämmerlich er versagt hatte, als er hinnehmen mußte, daß er seinen einträglichen Posten als Seekommandant von Brielle verlor. Man sagte ihm, daß natürlich Seine Majestät, König Philipp II. von Spanien, von diesem Versagen unterrichtet werden würde. Nur bei den nächsten Kämpfen könne er seinen Ruf und seine Ehre wiederherstellen.

Die Niederlage und der Verweis fraßen in Cabeza. Er wollte sich nicht damit begnügen, den nächsten Kampf siegreich zu bestehen, er wollte diesen baumlangen schwarzen Kerl, diesen Geusen, zur Hölle schicken. Als er allein in seinem Zimmer in der Festung Brielle war, küßte er das Bild der Jungfrau Maria und schwor sich, diesen schwarzen Satan zu fangen, so oder so. Erst wenn er ihn hatte, würde seine Ehre wiederhergestellt sein. Er wußte, daß nun der Kampf mit den Geusen wieder beginnen würde. Er würde auskundschaften, wo sie sich aufhielten, was sie vorhatten, wann sie kämen, er würde auf dem Posten sein. Er würde seinen General um ein paar verwegene Kerle bitten – das dürfte der ihm nicht abschlagen –, mit ihnen würde er die Schlupfwinkel der Geusen ausspionieren, er würde Spanien große Dienste leisten damit und sich selbst den größten. Und wenn dieser teufelsschwarze Kerl noch schwärzer und noch wilder wäre: Er würde ihn fassen und seine Ehre zurückholen.

Im Laderaum der „Trijntje" war der Kampf zu Ende, die ersten Geusen stiegen herauf, Barend Fokke jedoch winkte ihnen, unten zu bleiben. „Zieht euch die spanische Kleidung an", befahl er, „wir haben es noch nicht ganz geschafft!" Und dann rief er das auch den Geusen in den anderen Booten zu, wo sie inzwischen ebenfalls die Spanier überwältigt hatten. Auch er ging nach unten, legte das Wams eines der Toten an, setzte sich einen Helm auf, probierte lange, bis er einen halbwegs passenden fand – er war ihm immer noch ein wenig zu klein –, stellte sich in Positur, fragte seine Leute: „Na, wie gefalle ich euch?", lachte, aber es war ein Lachen, das nichts Gutes verhieß für die auf der Zabra.

„Los, und jetzt hoch, und dann ein bißchen Siegesgeschrei, damit sie drüben denken, unsere Boote gehörten ihnen, und dann die verfluchten kastilischen Türme gehißt; die Zabra muß weg, sonst kommen wir nicht aus dieser Mausefalle heraus!"

Während ein paar von ihnen, die sich bereits umgezogen hatten, die Arme schwenkten und zu der Zabra hinüberwinkten, ging Barend Fokke zu dem Boot Witsens; Adriaen folgte ihm, um zu sehen, wie es bei seinem Vater an Bord ausgegangen war, sie selbst hatten zwei Tote und ein paar Verwundete. Die übrigen Schiffer erschienen ebenfalls einer nach dem andern, und nun besprachen sie, was sie weiter tun wollten.

Dann kramten sie in den Wachbooten nach spanischen Flaggen und hißten sie unter lautem Gejohl auf ihren eigenen Booten. Auf der Zabra böllerten sie blind Salut, die Geusen stiegen auf die Wachboote über, nahmen ihre Doggboote und Bojer in Schlepp und fuhren auf die Zabra zu, die ein Signal setzte, das niemand von den Geusen verstand. „Hoffentlich fallen wir jetzt nicht herein", sagte Barend Fokke.

Sie hatten verabredet, die Zabra back- und steuerbords zur selben Zeit anzugreifen. Govert Witsen sollte den Angriff auf der Backbordseite führen, Barend Fokke den auf der Steuerbordseite. Auf halbem Wege fiel Barend Fokke mit seinen Booten etwas ab, er mußte das Heck der Zabra umrunden. Dort wurde es lebendig, sie wendeten, setzten erneut ein Signal, offenbar kam ihnen das Manöver der Wachboote sonderbar vor. Viele Augen waren auf die Geusen gerichtet, aber diese winkten immer noch freundlich zu der Zabra hinüber. Sie waren schon ziemlich dicht heran.

Auf der Zabra gellten Pfeifensignale, die Segel wurden gehißt, Füßetrappeln war zu hören. „Jetzt haben sie Lunte gerochen", sagte Adriaen und rieb sich vor Freude die Hände, „das wird eine schöne Rauferei geben!" Michiel Klaeszoon wiegte bedenklich den Kopf und sagte: „Wir hätten fünf Minuten eher hier sein müssen!" Und Barend Fokke antwortete ihm: „Unke nicht, Michiel, unke nicht!"

Sie umrundeten das Heck der Zabra und hielten sich so dicht wie möglich an dem Schiff. Von der Rudergalerie aus wurden sie angerufen, Barend Fokke schrie irgend etwas zurück, er sah entsetzte Gesichter: Erst jetzt hatten die Spanier ihren Irrtum erkannt. Langsam kam er auf bis mittschiffs. Er hielt seine Leute zurück, sie sollten sich nicht dem aufflackernden Musketenfeuer aussetzen. Hatten die Spanier erst einmal ihre Musketen abgefeuert, waren diese nicht so schnell wieder geladen, und dann waren die Geusen schon an Bord der Zabra; vor den

63

Kanonen fürchteten sie sich nicht, die vermochten auf so kurze Entfernung nichts auszurichten.

Musketenfeuer prasselte auf die Geusen herab, fetzte Holzsplitter aus der Bordwand und aus den Aufbauten. Barend Fokke hob die Hand. Noch zehn Fuß, noch acht, noch fünf. „Die Enterhaken!" schrie er. Drei, vier Enterhaken flogen. Drüben auf der Zabra versuchten sie, die Enterhaken zurückzuwerfen, zwei neue wurden geworfen. Barend Fokke lauerte mit seiner Muskete, daß sich beim Gegner ein Kopf zeige, aber die Spanier waren vorsichtig, sie hielten sich hinter dem Schanzkleid versteckt. Das zweite Wachboot legte sich an seine Seite, das dritte blieb hinter ihm und warf ebenfalls seine Enterhaken. Jetzt waren sie fest, sie zogen sich dicht an den Spanier heran, Barend Fokke hob noch einmal den Arm: „Los, Geusen, drauf!" schrie er. Er klomm an der Bordwand empor, neben sich die Gefährten, sie schrien alle, wurden von unten emporgehoben, damit die nächsten nachfolgen konnten. Barend Fokke spürte für einen kurzen Moment etwas Heißes am Arm, achtete nicht darauf, riß das Enterbeil aus dem Gürtel, sah, daß sie von der anderen Bordseite unterstützt wurden, und hieb wild um sich.

Der Kapitän der Zabra stand auf dem Achterkastell, er hatte den Degen aus der Scheide gerissen und schrie Kommandoworte, auf die niemand achtete. Ein paar Seeleute hatten sich um ihn geschart, sie hielten Musketen in den Händen, aber niemand von ihnen wagte, sie abzufeuern, sie hätten auch die eigenen Leute getroffen. Immer mehr Geusen kletterten an Bord, der Kampf tobte in höchster Erbitterung, Gefangene gab es nicht, Verwundete und Tote wurden einfach über Bord geworfen. Und dann gehörte das Schiff ihnen.

Nach einer kurzen Atempause machten sich die Geusen an die Arbeit. Die Zabra mitzunehmen war zu gefährlich, sie wären nicht an Brielle – oder, hätten sie den Weg durch den Scheur versucht, an den Befestigungen von Maassluis – vorbeigekommen. Außerdem waren ihnen ihre Doggboote, Bojer und Vlieboote lieber als solch größeres Schiff, mit dem sie nicht so gut zu manövrieren vermochten, mit dem sie nicht so leicht über die vielen Untiefen hinwegschlüpfen konnten, wenn es nötig war, um blitzschnell zu verschwinden. Aber sie nahmen, was irgend brauchbar war: Kanonen, Munition, Musketen, Proviant.

Sie zogen ihre eigenen Boote längsseits und begannen zu schuften, denn die Zeit drängte. In Brielle warteten sie sicher schon auf Nachricht von den Schiffen. Die Kanonen waren ihre kostbarste Beute, jeder erhielt zwei Vierpfünder auf sein Boot. Mittags hatten sie alles übernommen.

64

Sie schwitzten und waren hungrig und warfen sich einfach aufs Deck, aber Govert Witsen trieb sie wieder hoch: „Los, Leute, los, wir sind noch nicht fertig!"

Sie aßen von dem Proviant der Spanier, tranken erbeuteten Wein dazu. Und dann besprachen sie, wie es weitergehen sollte. Was sollte aus der Zabra werden und aus den Wachbooten, was aus den Gefangenen, die noch in den Booten der Geusen lagen, was aus dem gefangenen Beamten von gestern?

Die meisten waren mit Barend Fokke der Meinung: ins Wasser schmeißen, nur ein toter Spanier war keine Gefahr mehr, aber Govert Witsen setzte sich durch: Da sie die Frauen und die Kinder in Zwartewaal allein und ungeschützt zurückließen, wäre es besser, die Gefangenen nach Brielle zurückzuschicken. Die Spanier wurden schließlich alle gefesselt auf die Zabra gebracht und unter Deck gesteckt, die Luken wurden fest verkeilt, Barend Fokke fuhr an Land, um auch den Beamten zu holen – eine ganze Anzahl Frauen und Kinder hatte sich inzwischen am Hafen eingefunden, und Stine schrie auf, als sie Fokke verwundet sah, blutig und verdreckt, sie lief nach Verbandszeug, aber dafür hatte er keine Zeit. Er fuhr gleich zurück.

Sie bemannten notdürftig die Zabra und die Wachboote und taten so, als führen sie mit ihren eigenen Booten in deren Schlepp. Die Fahnen mit dem Löwen von Leon und den kastilischen Türmen wehten weiter von den Bojern und Doggbooten. Langsam segelten sie die Brielsche Maas hinab. Rechts und links glitten die niedrigen Ufer Südhollands an ihnen vorüber, kein Schiff, kein Boot zeigte sich auf dem Wasser, ein Anzeichen dafür, daß die Spanier überall im Land gegen die Niederländer vorgegangen waren. Südwind wehte, und der war ihrem Plan günstig.

Vor ihnen tauchten die Türme von Brielle auf. Govert Witsen gab den Geusen an Bord der Wachboote ein Zeichen: Diese schlugen die Wachboote leck, dumpf hallte es aus dem Bootsinnern heraus. Als sie die Stadt querab hatten, entstand Bewegung im Hafen, Flaggensignale wurden aufgezogen, zwei weitere Wachboote liefen aus, ihnen entgegen. Witsen deutete auf sie, und Barend Fokke lachte und sagte: „Die werden sich gleich wundern!"

Die Geusen verließen die Zabra und die Wachboote, sie hatten sich kaum ein paar Klafter entfernt, da legte der Beamte die Hände an den Mund und schrie zu den beiden Wachbooten hinüber: „Laßt sie nicht entkommen, holt Verstärkung, sie haben uns in eine Falle gelockt!"

Aber die Soldaten auf den Wachbooten waren zu verwirrt, sie konnten sich nicht erklären, was das alles bedeutete: Die Wachboote, die mit der Zabra ausgefahren waren, sanken immer tiefer, kein Mensch zeigte sich an Bord, und die Zabra selbst bewegte sich mit vollem Zeug auf die Hafeneinfahrt zu; kein Segel wurde gerefft, der Kurs war um ein paar Strich falsch, sie mußte gleich auf Grund rennen.

Die Geusen schrien vor Freude, als das dann wirklich geschah, und nun erst wurden die spanischen Flaggen eingeholt, und zunächst auf Witsens Boot und danach auf allen andern die schwarze Flagge mit dem silbernen Bettelnapf der Geusen gehißt, der aussah wie der türkische Halbmond.

Jeder Fetzen Zeug wurde gesetzt, jetzt kam es darauf an, ungeschoren an den Batterien von Oostvoorne vorbeizugelangen. Die Brielsche Maas beschrieb hier einen weiten Bogen nach Norden; schickten die Spanier einen Reiter nach Oostvoorne, dann konnte es dort einen heißen Empfang geben. Die Reihe der Boote zog sich etwas auseinander, sie fuhren an das andere Ufer heran, soweit es die Sandbänke an der Maasmündung erlaubten. Als sie an den Befestigungsanlagen vorbeikamen, begannen tatsächlich die Kanonen zu donnern, aber die Kugeln schlugen weitab von ihnen ins Wasser. Dann hatten sie das offene Meer erreicht, die Westplaat lag hinter ihnen, und die Boote schlossen wieder dicht auf.

Vor der südlichen Einfahrt stand ein großer Segler, und Barend Fokke schrie zu Govert Witsen hinüber: „Wollen wir den nicht noch mitnehmen?" Witsen jedoch winkte lachend ab: „Kannst du denn den Hals nie voll kriegen, Barend? Den heben wir uns auf fürs nächstemal!"

Es war später Nachmittag geworden, die See war ruhig, der Wind blies stetig aus Süden; wenn sie so weiterfuhren, waren sie in sechs, sieben Stunden in Burnham. Aber dann war es dunkel, und sie wollten lieber am Tage dort landen, denn sie kannten die Einfahrt nicht so gut wie ihre eigenen Gewässer, auch wenn sie sich vor vier Jahren eine ganze Zeitlang dort aufgehalten hatten. Darum nahmen sie Segel weg.

Barend Fokke fand ein bißchen Zeit, sich um die „Trijntje" zu kümmern. Klaeszoon und Frederik hatten gute Arbeit geleistet, das Boot war wieder seetüchtig. Zehn Mann hatte Barend jetzt an Bord. Überall waren sie mehr, als sonst zur Besatzung gehörten. Nicht nur die Fischer waren Wassergeusen geworden – alle, die in Zwartewaal mit Waffen umzugehen verstanden, hatten sich ihnen angeschlossen.

Gemächlich dümpelten die Boote auf den leichten Wellen, ab und zu lugte die Sonne hinter den Wolken vor, der Südwind war lau. Sie begegneten einer Krawel, die vollbeladen mit Holz aus Norwegen oder aus der Ostsee kam, es war ein Schiff aus Antwerpen, sie riefen es an und übermittelten ihm die letzten Ereignisse in den Niederlanden.

Barend Fokke winkte die Männer heran, die nicht zu seiner Besatzung gehörten, sie sollten ihm die Drehbasse auf dem Durk aufstellen. Dazu mußte das Dach versteift und dann ein Loch hineingeschnitten werden, in das die Gabel eingelassen wurde, die die Drehbasse trug. Die beiden von der Zabra erbeuteten Kanonen konnten sie erst im Hafen richtig montieren.

Barend hatte Adriaen ans Ruder geschickt, zu ihm hatte er am meisten Vertrauen.

Es wurde Abend, Nacht, die grünen Wasser der Nordsee wurden schwarz, der Wind schlief fast ein, müde klatschten die Segel an die Masten, am Bug hatte es schon lange aufgehört zu rauschen. Leise knarrten die Verbände im Bootsrumpf. Barend Fokke hatte das gern, das leise Knarren, es war ihm, als atme sein Boot, als sei es ein lebendiges Wesen.

Die Nacht verging, und als der Morgen graute, hatten sie die englische Küste vor sich, die Einfahrt in den Crouch. Die Boote aus Zwartewaal schlossen wieder dicht auf, als sie die schmale Einfahrt erreicht hatten. Es war dort so, als kämen sie nach Hause: Das Land war flach wie Südholland, wie Voorne. Aber die Windmühlen fehlten und die Zugbrücken; sie waren eben doch nicht zu Hause.

Kapitel sieben

Einige Wochen waren vergangen, seit sie Zwartewaal verlassen hatten. Sie waren zunächst im Hafen von Burnham untergekommen, hatten sich ganz gut mit den Engländern vertragen, aber dann gab es Streit. Einige der älteren schoben das sofort auf Barend Fokke, und nun wußte der, daß Adriaen recht gehabt hatte, als er ihm von allerlei Sticheleien gegen die Jungen und ihren Anführer berichtet hatte.

Govert Witsen teilte die Vorurteile der älteren Schiffer nicht. Er zog Barend immer hinzu, wenn er sich mit den anderen beraten wollte. Witsen war schon ein paarmal in London gewesen, wo er mit englischen

Herren und auch mit niederländischen, die sich wie sie selbst in England aufhielten, verhandelt hatte, um gemeinsame Aktionen zu planen und vielleicht alle Geusen unter einen Oberbefehl zu stellen.

Govert Witsen also hatte mit den Mißhelligkeiten nichts zu tun, die aus einer Prügelei entstanden waren. Cambys und Hinlopen hatten mit ein paar Mädchen aus Burnham angebändelt, hatten es allzu offensichtlich getrieben, hatten sogar vor den Männern aus Burnham damit geprahlt, und am Ende gab es eine Schlägerei. Zunächst bezogen Cambys und Hinlopen Prügel, die andern auf den Booten merkten das, griffen ein, und Barend Fokke hatte schmunzelnd zugesehen, die Hände in den Taschen, wie jetzt die Engländer Gefahr liefen, nach Hause geschickt zu werden, bis sich der Konstabler eingemischt hatte, der den Streit mühsam schlichtete.

Burnham war ein verschlafenes kleines Städtchen, das seine Ruhe liebte. Schwarzes, verräuchertes Fachwerk auf weißgekalktem Lehm, bunte Butzenscheiben, wuchernde Rosenstöcke, die an den Hauswänden emporrankten, kleine leuchtendgrüne Rasenflächen, Winkelgassen, die alle zu dem winzigen Fischerhafen führten, eine Kirche mit einem wuchtigen dicken kurzen Turm, der die übrigen Häuser kaum überragte. Burnham war in seiner Ruhe von den Geusen aufgestört worden. Wenn in der Stadt Streitigkeiten aufflackerten, gaben die Bewohner alle Schuld den Männern mit silbernem oder kupfernem Bettelnapf an Hut oder Gürtel. Überall in England gab es noch Papisten. Sie hatten ihre Verbindungen und warteten auf den Tag, da Maria Stuart endlich aus ihrer Gefangenschaft befreit werden würde. Sie waren es, die Streit schürten und heimlich gegen die Geusen hetzten.

Sie blieben nicht ohne Erfolg mit ihren Bemühungen. Die Burnhamer verlangten schließlich, daß die Geusen das Feld räumten. Der Streit drang bis nach London. Von dort aus legten sich hohe Herren ins Mittel, denn zu dieser Zeit verhandelte Wilhelm von Oranien mit England – und auch mit Frankreich – um Unterstützung für den Kampf gegen Spanien.

Zu dieser Zeit wollte Wilhelm von Oranien ein unabhängiger Reichsfürst, ein Kurfürst von Brabant, werden. Wilhelm von Oranien besaß zwar die Unterstützung der niederländischen Handelsherren, er besaß auch die Unterstützung des niederländischen Volkes, weil er es verstand, mit dem Bauern und mit dem Fischer umzugehen, er war die große Gestalt auf dem Felde der Politik der Sieben Provinzen. Aber um seine Politik zum Erfolg zu führen, benötigte er England und Frankreich, die beide sehr daran interssiert waren, Spanien nicht noch mächtiger werden zu lassen um ihrer eigenen Ziele willen. Dennoch forderten sie einen hohen Preis. Für die Hilfe, die Wilhelm dringend brauchte, verlangte England die niederländischen Provinzen Holland und Seeland und Frankreich Hennegau, Artois und Flandern. Die Verhandlungen sollten nicht durch irgendwelche zweitrangigen Mißhelligkeiten gestört werden. Also reiste ein englischer Herr aus London nach Burnham – vierspännig und zwei bewaffnete Diener hinten auf dem Bock –, um die erhitzten Gemüter zu beruhigen und die Herren Geusen freundlichst zu bitten, ob sie ihren Bootsliegeplatz nicht ein wenig unterhalb Burnhams aufschlagen wollten. Sie wären im übrigen in Ihrer Majestät Königreich gern gesehene Gäste, man wisse um die Mühseligkeiten und Schwierigkeiten des Lebens in der Fremde und werde ihnen deshalb und um der Freundschaft willen, die sich zwischen den beiden Ländern anbahnte, einiges nachsehen, aber ... Und er hob wie bedauernd die Hände, quälte sich ein säuerliches Lächeln ab. Er tat sich wohl selbst leid, daß er wegen dieser Geusen den weiten Weg von London hierher hatte kommen müssen. Wegen dieser Geusen: Er dachte das Wort so, wie es Graf Berlaymont zu Margarete von Parma, ehemals Statthalterin des spanischen Königs in den Niederlanden, 1566 gesagt hatte, als ihr die Niederländer eine Bittschrift überreichten: „Ce ne sont que des gueux – das sind ja nichts als Bettler!" Stieg wieder in seine Kutsche, fuhr noch einmal bei dem Konstabler und bei dem Mayor vor und beeilte sich dann, nach London zurückzukehren.

Die Schenken von Burnham aufzusuchen hatte man den Geusen wohlwollend erlaubt – viel Geld zu vertrinken hatten sie allerdings nicht –, und Provianteinkäufe tätigten sie ebenfalls in Burnham, wenn sie auch in der Hauptsache von dem Fisch lebten, den sie nach ihren Streifzügen fingen. Ein paar von denen, die nicht zur Stammbesatzung gehörten, waren auf dem einen und dem andern Boot verschwunden, ohne sich zu verabschieden, weil sie das eintönige Leben satt hatten. Zum Teil waren sie auf englische Kriegsschiffe gegangen und hatten es dort nicht besser, zum Teil hatten sie sich nach Zwartewaal durchgeschlagen, und es war den Geusen recht, denn auch in Zwartewaal mußte das Leben weitergehen.

Die meiste Zeit allerdings waren die Geusen unterwegs, trieben sich vor der niederländischen Küste herum, lagen auf der Lauer, warteten auf spanische Schiffe, beobachteten, was sich in den Häfen tat, in Antwerpen, Rotterdam, Brielle, in den Tiefwasserhäfen, in denen die

Überseeschiffe direkt anlegen konnten. Waren sie wieder zurück, dann galt es Schäden auszubessern, denn auch die Geusen blieben nicht ungerupft. Größere Verluste hatte es bisher ebensowenig gegeben wie größere Erfolge. Barend Fokke wurde es schon leid, er schimpfte: „Da hätten wir auch gleich auf der Doggerbank bleiben können. Warten, immer warten! Bis uns die hohen Herren gnädigst erlauben, etwas Richtiges zu unternehmen. Wer soll denn das aushalten!"

Sie saßen in der Schenke, in der sie immer saßen, wenn sie etwas tranken. Niemand wußte, weshalb es gerade diese war, die eine war so gut wie die andere. Es war Abend. An den Wänden der Schenke hingen ein paar Kienfackeln, sie qualmten mehr, als daß sie Licht verbreiteten, und die Männer sorgten mit ihren Steinpfeifen dafür, daß die Luft in der Schenke noch undurchdringlicher wurde. Am Vormittag waren drei weitere Geusenboote zu ihnen gestoßen, sie stammten aus der Nähe von Antwerpen. Govert Witsen war wieder in London.

„Spiel dich nicht so auf, Barend, oder willst du zeigen, wer du bist?" sagte einer der älteren Schiffer, und er sagte es nicht einmal unfreundlich, sondern mit gutmütigem Spott in der Stimme.

Aber Barend Fokke reagierte gereizt, knallte die Faust auf den Tisch, daß die Bierkrüge wackelten und die Rauchschwaden in träge Bewegung gerieten. „Du willst mir doch nicht etwa das Maul verbieten, du verdammter heiliger Hundsfisch, du?" Barend Fokke erhob sich halb von seinem Schemel, stützte sich mit beiden Händen auf den Tisch und beugte den Oberkörper weit vornüber. Von beiden Seiten redeten sie auf ihn ein, um ihn zu besänftigen: Maurits van Dale von rechts und Adriaen von links.

Jetzt wurde auch der andere lauter, sein Gesicht rötete sich. „Die ganze Zeit schon sehe ich das mit an. Heute gilt das wohl den Neuen, willst ihnen zeigen, wer du bist, solange Govert nicht da ist, was? Siehst dich wohl schon an seiner Stelle?"

Die Männer von den drei neu hinzugekommenen Booten steckten die Köpfe zusammen, sie spürten, daß es nicht nur um sie ging. Sie taten deshalb das beste, was sie tun konnten: Sie hielten sich aus dem Streit heraus, blieben vorläufig für sich und warteten ab, wie sich das alles entwickelte.

Und weil der Alte sah, daß er einen guten Teil der Zwartewaaler Geusen für sich hatte, griente er breit und sagte: „Du mit deinem lecken Holzschuh von einem Boot, was bist du schon!"

Barend Fokke hörte, wie hier und da ein dünnes Lachen aufflackerte, ein Lachen auch, das dem Gesagten die Schärfe nehmen sollte. Aber sie hatten seinen wunden Punkt getroffen, und der hieß „Trijntje" und damit Niederlage.

Barend Fokke bezwang sich. Er stand auf und verließ die Schenke. Langsam schlenderte er durch Burnhams Winkelgassen. Es war später Abend, hier und da blinkte ein Licht durch ein kleines Fenster, ein Hund kläffte hinter einer Tür, der Nachtwächter machte seine Runde. Barend Fokke nickte ihm kurz zu, als er an ihm vorüberging. Dann noch ein gutes Stück Wegs durch die Wiesen. Ein paarmal blieb er stehen, weil er meinte, es folge ihm jemand. Aber immer, wenn er sich umdrehte, war es still. Die Wasser des Crouch waren schwarz und ruhig, die Flut hatte ihren höchsten Stand erreicht. Ein paar Minuten später war er am Liegeplatz der Zwartewaaler Boote. Er suchte nach seinem Beiboot, ruderte zur „Trijntje" hinüber und setzte sich in seine Kammer. Nebenan hörte er Frederik schnarchen.

Der Alte hatte ja recht, mit der „Trijntje" war wirklich nichts mehr los, da mochte er ausbessern und flicken bis ins Unendliche. Barend kippte einen Wacholder nach dem andern hinter, und als er nach langer Zeit hörte, daß die andern zurückkehrten, löschte er schnell das Licht und legte sich so, wie er war, auf seine Koje.

Einige Zeit später mußten sie den Konstabler bemühen. War es an jenem Abend nur das Gefühl gewesen, daß da jemand hinter ihm herschlich, wurde es Barend bald zur Gewißheit. Er sagte niemandem etwas davon, als er ein und dasselbe Gesicht ein paarmal hinter sich auftauchen sah, aber er hielt sich absichtlich öfter abseits, die andern begannen schon darüber zu reden.

Er wollte seiner Sache ganz sicher sein. Darum wartete er eines Nachmittags, bis alle die Boote verlassen hatten, schlug einen Weg durch die Wiesen ein, im großen Bogen um Burnham herum, der Weg führte zu einem unübersichtlichen Gelände, einer menschenleeren Gegend. Den Dolch trug Barend griffbereit im Gürtel, für alle Fälle. Er tat harmlos, schaute nicht links und nicht rechts, bückte sich aber manchmal, brach einen Zweig ab, schnipselte an ihm herum und beobachtete dabei die Umgebung aus den Augenwinkeln.

Und dann sah er ihn wieder, es konnte kein Zufall sein hier draußen: rotes Gesicht, dünner roter Schnurrbart, rötliche Haare. Die Kappe trug der Mann weit ins Genick geschoben. Barend Fokke ging seinen Weg weiter, bis der Rote hinter einer Bodenwelle verschwunden war. Dann schlug er einen Bogen, um in den Rücken des Roten zu gelangen, und versteckte sich dann hinter einem Busch. Der Rote stand spähend da, er gab sich alle Mühe, den Verschwundenen wiederzufinden. Mehr wollte Barend Fokke nicht wissen. Er hatte lange überlegt, was er tun sollte. Dem Verfolger den Dolch zwischen die Rippen jagen? Doch dieser Rote mußte, da er nur immer hinter ihm herlief, irgend etwas vorhaben; das herauszukriegen wäre besser. Außerdem befand er sich hier in England, und die Engländer fackelten nicht, er wollte ihnen keine Gelegenheit geben, ihre Rechtsprechung an ihm auszuüben.

Barend Fokke erzählte Govert Witsen und Adriaen von dem Roten, und sie hießen gut, wie er sich verhalten hatte. Dann weihte er auch Cambys und Hinlopen ein. Sie beschlossen, zum Angriff überzugehen, und suchten eine Schenke nach der andern auf, irgendwo würden sie schon auf ihn stoßen. Und sie fanden ihn auch, er saß mit anderen zusammen, denen er kräftig spendierte. Die Geusen taten, als nähmen sie keine Notiz von den Engländern, nur irgendwann passierte es Cambys in dem rauchdunklen Raum, daß er stolperte und aus Versehen einen derer anstieß, die mit dem Roten zusammensaßen. Sofort begann eine derbe Rempelei. Die Engländer waren in der Überzahl, es mußte also jedem unwahrscheinlich vorkommen, daß die Niederländer mit Absicht Streit gesucht hatten. Einer der Geusen lief nach draußen und rief nach dem Konstabler, was die Engländer mit Hohnlachen quittierten. Als der Konstabler erschien, genügte es, daß Govert Witsen dem ein paar Worte zuflüsterte, und er nahm sie alle mit, die Engländer, die Niederländer und den Roten.

Sehr schnell war es heraus, daß der Rote fremd in Burnham war, daß er Gesellschaft bei den Papisten gefunden hatte, und auf Betreiben Witsens wurde der Rote dann eindringlicher verhört, als das normalerweise bei einer Rauferei der Fall war. Um sein Leben zu retten, erzählte der Rote schließlich alles, was er wußte: Ein spanischer Herr hatte ihn über Mittelsmänner gegen gute Bezahlung dazu vermocht, daß er den Geusen nachspionierte. Dem Spanier war es am meisten zu tun um so einen baumlangen schwarzen Kerl, der gar nicht zu verkennen wäre, und der Rote hatte ihn auch bald herausgefunden. Er hatte sich viel Mühe gegeben, es ging ja darum, in England wieder den Katholizismus einzuführen, und um der Seelen Seligkeit willen und eines guten Beutels wegen war man bereit, einiges zu wagen. Und wenn England nicht sobald wieder katholisch wurde, dann waren nicht zuletzt diese verdammten Niederländer dran schuld. Der Rote verschwor sich hoch und teuer, daß er niemandem ans Leder gesollt habe, nur die Augen aufmachen und alles berichten. Und als er sich von der dringlichen Befragung einigermaßen erholt hatte, konnte er schon wieder über sein ganzes rotes Gesicht grinsen und sagen, diesen baumlangen schwarzen Kerl wolle sich wohl dieser Herr Spaniole selbst holen, Cowbeatha oder so ähnlich heiße er.

Die Gesprächigkeit half dem Roten am Ende nicht. Um der guten Freundschaft willen, die sich zwischen England und den Niederlanden anbahnte und weil er im protestantischen England für das katholische Spanien spioniert hatte, wurde er ohne viel Federlesens aufgehängt.

Als Kapitän Cabeza davon erfuhr, kränkte ihn das nicht weiter, er hatte noch mehr Eisen im Feuer. Immerhin wußte er nun schon ganz gut über die Geusen in England Bescheid und war dabei, sich bei seinen Vorgesetzten wieder einen Namen zu machen. Cabeza sah seine Chancen und würde schon einen gangbaren Weg finden, seinen Privatkrieg gegen Barend Fokke mit dem Anliegen seines Königs zu verbinden. Er war sogar bereit, wieder nach England zu gehen, obwohl ihm dieser Boden recht heiß unter den Füßen geworden war.

Für die Geusen war diese Geschichte Anlaß genug, in Zukunft vorsichtiger zu sein. Sie sprachen in der Schenke nie mehr über ihre Vorhaben, und als Govert Witsen wieder nach London fuhr, hieß es, es ginge noch immer um den Roten. Als er zurückkehrte, berichtete er jedoch, sie wollten nun alle verfügbaren Kräfte zusammenziehen und einen großen Schlag gegen die spanischen Schiffe führen. Wie und wo, das stünde noch nicht fest. Er kündigte ihnen an, ein, zwei Kauffahrer würden aus Amsterdam kommen und ihnen Proviant und vor allen Dingen Munition bringen, und dann ginge es richtig los.

Anschließend nahm er Barend Fokke auf die Seite und machte ihm einen Vorschlag: „Hör zu, Barend, mir soll dann die Führung aller hier in der Nähe befindlichen Boote übertragen werden. Und da brauche ich jemanden, auf den ich mich verlassen kann. Ich denke, Barend, du bist dafür der richtige Mann, du giltst ja sogar den Spaniern schon so viel, daß sie einen Spion hinter dir herschicken." Er reichte ihm die Hand hin. „Schlag ein, Barend!"

Barend Fokke überlegte. Er dachte an das, was ihm Adriaen von den Alten berichtet hatte. „Nein, Govert, das ist nichts für mich! Du weißt, das könnte Zwietracht geben in unseren Reihen." Sie sollten ihm nicht nachsagen, er drängele sich in eine Führerrolle hinein, die ihm nicht zustand. Daß er ihr gewachsen war – nun, da war er sicher. Und fast schon tat es ihm wieder leid, daß er nicht zugesagt hatte. –

Ein paar Tage darauf lief ein Schiff aus Texel in den Crouch ein und brachte, was die Geusen dringend brauchten, Proviant und Munition. Einen Tag später zeigten sich noch einmal Segel vor der Einfahrt. Der Wind stand ungünstig, das Schiff mußte Anker werfen, und Barend Fokke, der gerade mit seiner Arbeit fertig geworden war, wollte wissen, ob Govert Witsen recht hatte: Es waren ihnen noch Geschütze angekündigt worden. Er lichtete den Anker und fuhr dem Schiff, von dem sie nur die Mastspitzen ausmachen konnten, entgegen.

Bald konnten sie mehr erkennen, und Barend Fokke wurde unruhig – das Schiff kam ihm bekannt vor, die Takelage, die Marsen.

„Was ist los, Barend?" fragte ihn Adriaen, und Barend Fokke sagte: „Auf diesem Schiff bin ich schon gefahren!" Es war die „Mevrouw van Muiden", das Schiff, das lange Jahre der Onkel befehligt hatte, das Schiff, das ihm noch immer Indien und Amerika bedeutete.

Während sie sich dem Schiff näherten, erzählte Barend Fokke Adriaen von der Reise, die er als Junge gemacht hatte, und von den Träumen, die ihn seitdem nicht mehr losließen, trotz aller Mühe, sie zu vergessen. Und Adriaen lächelte dazu. Es war das erstemal, daß Barend Fokke mit einem andern als mit Stine über seine Träume und Wünsche sprach.

Sie kamen dem Schiff immer näher, jetzt vermochte Barend schon alle Einzelheiten zu erkennen, sogar die Galionsfigur, die ihn, als er sie das erstemal sah, ein bißchen irritiert hatte mit ihren zwei Gesichtern: Von weitem gesehen zeigte der springende Löwe ein scheußliches Grinsen, eine Fratze, vor der man sich fast fürchten konnte. Dabei grinste er gar nicht, sondern trug den Kopf nur ein wenig gesenkt, und man konnte ihm auf den Kopf gucken, und der Bildschnitzer hatte die Mähne des Löwen so gelegt, daß sie von weitem wie ein grinsendes Gesicht aussah. Tatsächlich blickte der Löwe eher friedlich ins Wasser, als sähe er den Fischen zu.

Barend Fokke ließ die Segel wegnehmen und wendete, um längsseits der „Mevrouw van Muiden" zu gehen. Er legte die Hände vor den Mund und rief: „Schiff ahoi!"

Ein paar Leinen flogen von der „Trijntje" zur „Mevrouw van Muiden", und dann lag das Doggboot festgemacht, und Barend Fokke kletterte die Strickleiter hoch.

Breit und behäbig und sehr selbstsicher trat der Kapitän auf Barend Fokke zu und streckte ihm die Hand hin. „Willkommen an Bord!" – „Dank für den Willkommen!" Dann auf einmal, wie auf Verabredung, musterten sich beide, und schließlich hieb der Kapitän Barend Fokke

74

die Hand auf die Schulter. Er reckte sich dabei auf die Zehenspitzen, weil ihn Barend Fokke um mehr als einen Kopf überragte, und rief: „Mensch, bist du denn das wirklich, Barend?", zog ihn mit sich zum Achterkastell, sagte, als er die Tür zu seiner Kajüte öffnete: „Das müssen wir begießen, Barend!" und lud ihn, breit und behäbig und sehr selbstsicher, zum Setzen ein.

Der Kapitän war Elias Duijn, der Segelmeister seines Onkels, ein windiger Bursche damals, spindeldürr und den Kopf voller Flausen, in jener Zeit vielleicht so alt wie Barend heute. Unter dem Vorwand, dem Jungen das Schiff zu zeigen, war er mit ihm in die Getränkelast hinabgestiegen, und sie hatten so lange an den Fässern herumgepolkt, bis sie eins erwischten, aus dem sie ein paar Becher Wein abzapfen konnten, und Elias Duijn gab Barend Fokke anstandshalber und um gegebenenfalls das Donnerwetter des Kapitäns nicht auf sich allein zu ziehen, auch ein bißchen ab.

In der Kapitänskajüte hatte sich nichts verändert. Auf dem Sofa, dessen Gurtbänder leise ächzten, als sich Barend Fokke niederließ, hatte er schon oft gesessen; alles war wieder da, was fünfzehn Jahre und mehr zurücklag. Er strich mit der Hand über den Tisch, während Elias Duijn Krug und Becher aus einem kleinen Wandschrank holte, der zu des Onkels Zeiten Arzneischrank gewesen war, fuhr mit den Fingern die Einlegearbeit der Tischplatte nach: eine Windrose, mit Hilfe derer ihm der Onkel die ersten Begriffe der Navigation erklärt hatte.

Von draußen hörte er Stimmengewirr, Befehle, ein paar Blöcke quietschten, Holz knarrte, und über ihm polterten Schritte über die Decksplanken. Barend Fokke nahm das alles fast mit Wehmut wahr. Ja, so ein Seeschiff, das würde ihn schon reizen, das war etwas anderes als die lecke „Trijntje". Er nahm die Kapitänskajüte in sich auf, ihr altersschwarzes Holzgetäfel. Er drehte sich um und blickte aus den Heckfenstern. Hier war er hoch über den Wellen, fast so hoch wie im Großmast der „Trijntje"; der Horizont war weit entfernt.

„Na denn Prost!" sagte Elias Duijn und riß Barend Fokke damit aus seiner Versunkenheit.

„Ihr habt ein schönes Schiff, Kapitän, auf Euer Schiff!" Und sie tranken ihre Becher aus.

„Ein schönes Schiff, na ja; sagen wir ein gutes." Duijn füllte noch einmal nach. Und dann machte er einen Vorschlag: „Ein gutes Schiff, wenn auch ein altes Schiff. Du bist der Schiffer des Doggboots draußen, und ich bin sicher, du gäbest einen guten Steuermann auf der ‚Mevrouw van Muiden' ab, die Anfangsgründe hat dir ja noch Willem van Wassenaer beigebracht. Was hältst du davon?"

Barend Fokke schaute ihn überrascht, aber auch etwas unsicher an, der Vorschlag kam zu plötzlich. Seine Finger zogen wieder die Linien der Windrose auf dem Tisch nach. Nahm er an, würde er vom Hause van Beerstraten abhängig sein, das wollte er nicht, auch wenn das Schiff gewaltig zog und lockte. Und außerdem ging es ja bald richtig los, dem Spanier ans Leder, mit allen Booten, mit englischer Unterstützung, mit Erfolg bestimmt, auch für ihn.

„Ich habe als ganz gewöhnlicher Seemann angefangen, Barend; als du an Bord warst, war ich Segelmeister, und jetzt bin ich Kapitän. Du könntest als Steuermann beginnen, mir ist es ernst, van Beerstraten läßt mir da freie Hand. Und wer weiß, wie bald du Kapitän auf einem eigenen Schiff wärst!"

Barend Fokke lachte. „Was denn nun, Kapitän Duijn; sucht Ihr einen Steuermann oder einen Nachfolger? Und wie ist das mit dem eigenen Schiff? Ist die ‚Mevrouw van Muiden' etwa Euer eigenes Schiff?"

Elias Duijn wiegte den Kopf. „Wenn du unbedingt ein Schiff willst, das dir selbst gehört, dann mußt du dir eben eins holen, vom Spanier meinetwegen. Aber das ist leichter gesagt als getan, und mein Angebot gilt. Überleg es dir, Barend."

Sie tranken noch einen Becher leer, Barend Fokke hatte genügend Zeit zum Nachdenken. „Nein, Kapitän Duijn, das ist nichts für mich, Dank für das Angebot, aber Ihr müßt Euch schon einen andern suchen. Und deshalb bin ich ja auch gar nicht hergekommen."

Dann gingen sie in den Laderaum, und Barend Fokke fuhr mit der Hand über die Geschützrohre und dachte: Vielleicht verhelfen dir diese Geschütze zu einem eigenen Schiff.

Als er wieder auf der „Trijntje" war, als sie die Leinen losgeworfen hatten und gegen den Wind zurückkreuzten, sagte er zu Adriaen: „Den Schiffer kannte ich auch, er hat mir angeboten, bei ihm als Steuermann zu fahren." Cambys und Hinlopen standen in der Nähe, waren sofort neben Barend und sagten: „Da sind wir dabei!"

Barend Fokke tat, als habe er das überhört, und sagte ausschließlich zu Adriaen: „Aber ich habe das Angebot des Kapitäns abgelehnt."

„Und deine Träume, Barend?" fragte Adriaen, und in der Frage schwang ein Unterton leiser Ironie.

„Jetzt müssen wir erst einmal mit dem Spanier fertig werden, alles andere danach."

76

Kapitel acht

„Ich gehe meinen Weg ohne das Haus van Beerstraten, Kapitän Duijn", sagte Barend Fokke noch einmal zu dem einstigen Segelmeister seines Onkels, nachdem die „Mevrouw van Muiden" endlich nach Burnham hatte einlaufen und ihre Ladung an die Boote der Geusen hatte abgeben können, schwere Bronzegeschütze, Achtzehnpfünder, die für die Bojer und Doggboote fast schon zu gewaltig waren, samt allem Zubehör, vor allem genügend Munition.

In den nächsten Tagen gab es eine Menge Arbeit: Die Geschütze mußten an Bord gebracht, vertäut und verbolzt werden, Geschützpforten wurden in das Schanzkleid eingeschnitten, und auch ein Geschützmeister war mit der „Mevrouw van Muiden" gekommen, der den Geusen den Umgang mit den schweren Kanonen beibringen sollte, denn keiner von ihnen kannte sich damit aus. Es hatte den Anschein, als würde der Kampf gegen die Spanier nun richtig beginnen. Reihum exerzierte der Geschützmeister die Geusen auf den einzelnen Booten ein, die jetzt ganz gut bewaffnet waren für ihre Größe: Je zwei Achtzehnpfünder standen vor dem Durk, je zwei langrohrige Vierpfünder, die sie von der Zabra erbeutet hatten, als Jagdkanonen vorn am Bug, und Barend Fokke und Govert Witsen verfügten noch über je eine leichte Drehbasse, die auf dem Durk aufgestellt worden war. Außerdem waren auf jedem Boot mehrere Musketen, aber die nahm niemand ernst, sie waren zu unhandlich. Manchmal schossen einige der jüngeren damit durch die Gegend. Zum Üben, entschuldigten sie sich, als Govert Witsen und Barend Fokke sie zur Rede stellten, und unterdrückten ein Grinsen dabei. Natürlich hätten sie nur aus Versehen getroffen, versicherte Hinlopen immer wieder, nachdem er sich mit dem Ärmel über die Nase gefahren war, die Kappe abgenommen und verlegen in seinem roten Schopf herumgewühlt hatte, denn er war es gewesen, der einer Kuh auf der Weide eins aufs Fell gebrannt hatte. Nun verlangten Mayor und Konstabler Entschädigung. Sie wurde ihnen auch zugesagt, aber erst für den Fall, daß sie bei den Spaniern Beute machten, und die stand ja nun in Aussicht. „Klar", versicherten Cambys und Hinlopen gleichzeitig, „wir werden schon dafür sorgen, daß der Spanier ordentlich gerupft wird, und dann können sie sich gleich eine ganze neue Herde anschaffen!" Und damit war der Fall für sie erledigt.

Die weiteren Schießübungen jedoch wurden ein gutes Stück vor der Mündung des Crouch abgehalten, damit sie nicht in die Fischgründe vor der Flußmündung gerieten und noch mehr Ärger heraufbeschworen. Weit draußen – das Land war nur noch ein schmaler Strich – kreuzten die Boote, sie hatten einen lecken Kahn mitgenommen, der eigentlich keines Schusses mehr bedurfte, um auf Grund zu gehen, ein zerschlissenes Segel auf ihm gehißt, damit der Kahn wenigstens noch zu sehen war, und schossen nun auf ihn nach den Anweisungen des Geschützmeisters.

Sie hatten es sich alles so einfach vorgestellt, hatten ihre Witze über den Geschützmeister gerissen, der maßlos wichtigtat und Würde durch Bauch ersetzen zu wollen schien und ununterbrochen von der holden Kunst der Arteglieria sprach, was sich so anhörte, als rede er über die Kochkunst, über spanische, denn das war das einzige, was die Geusen von der Arteglieria verstanden, nämlich daß es ein spanischer Ausdruck war. Er spitzte den Mund dabei, winkelte die Arme an, spreizte die Finger, und nach einigem Üben verstanden es Cambys und Hinlopen zwar, ihn ausgezeichnet zu karikieren – wenn er auf ein anderes Boot übergestiegen war –, aber die Kugeln, die von ihnen abgefeuert wurden, klatschten so weit entfernt von dem lecken Kahn ins Wasser, daß sich der Geschützmeister voller Verzweiflung die Haare raufte.

Barend Fokke schob Cambys und Hinlopen schließlich wütend beiseite. Er hatte ohnehin die später an Bord Gekommenen an die Kanonen stellen wollen, um für die Segelmanöver eingeübte Leute bereit zu haben – und das waren Cambys und Hinlopen. Er hatte es auch Adriaen abgeschlagen, die Geschütze zu kommandieren – Barend Fokke hatte ihm gesagt: „Du bleibst am Ruder, Adriaen, du führst das Kommando an Bord, wenn ich nicht da bin!" Barend hatte lange überlegt, ob er Adriaen auf diese Weise herausstellen sollte, Frederiks wegen, dem diese Stelle ja eigentlich zugekommen wäre. Sie gingen sich beide aus dem Wege wie eh und je, es machte nicht den Eindruck, als wolle sich da etwas ändern. Er hatte auch mit dem Bruder darüber sprechen wollen, aber Frederik hatte nur auf seine dickfellige Art geschwiegen, sein Gesicht hatte sich gerötet, und er hatte sich hinter einem unmotivierten Lachen versteckt. Und da hatte Barend Fokke eben getan, was er für richtig hielt.

Auf den anderen Booten waren die Schießergebnisse nicht besser als auf der „Trijntje", zumal der Wind ein wenig zugenommen hatte und die Boote schlingerten und stampften. Und allmählich kamen die Geusen dahinter, daß der Geschützmeister doch mehr als nur ein kauziger Alter sein mußte, der mit unverständlichen Worten um sich warf und in cholerische Raserei verfiel, weil „mein schönes Pulver" und „meine schönen Kugeln" umsonst verschossen wurden.

Geduldig, wenn auch unter komischen Wutausbrüchen, erklärte und zeigte er die nötigen Handgriffe, warnte davor, dem Brooktau zu nahe zu kommen, einem schweren Tau, stark wie die Wanttaue, das durch die Seitenwangen der Lafette geschoren, mit schweren Bolzen am Schanzkleid befestigt war und den Rückstoß des Geschützes auffing, wies auf die Markierungen des hölzernen Richtkeils, der auf einem Querbalken zwischen den Wangen der Lafette saß, auf dem wiederum das hintere Rohrende auflag, visierte umständlich, verschob den Keil noch ein bißchen, zielte wieder, verschob noch einmal. Dann befahl er, das Geschütz zurückzuziehen und zu laden. Aber er tat das dann doch lieber selbst, zeigte und erklärte ganz genau, noch einmal und noch einmal. Er legte die Kartusche, einen mit grobem Pulver gefüllten Leinwandbeutel, auf die Ladeschaufel, schob sie von vorn in das Rohr hinein, schob die Kugel hinterher, stopfte einen Wergpfropfen davor, damit die Kugel nicht wieder aus dem Geschützrohr herausrollte, und rannte das Geschütz wieder aus – ganz allein, wie die Geusen bewundernd feststellten. Nun zielte er erneut und sagte: „Jetzt kommt's drauf an!", zog die beiden Seitentakel nach, die an der Lafette und an der Bordwand befestigt waren, um das Geschütz seitlich zu richten. Dann verlangte er nach dem Luntenstock, an dessen unterem Ende die Raumnadel eingelassen war, und fluchte erbärmlich, als ihm einer anstelle des Luntenstockes den Zieher reichte, der so ähnlich aussah, schimpfte: „Ihr werdet's ja doch nie begreifen!", holte sich selbst den Luntenstock, fuchtelte dem, der ihm den Zieher gegeben hatte, damit vor der Nase herum, daß die Lunte, eine mit Salpeter getränkte Leinenschnur, die in die Gabel des Luntenstockes eingeklemmt wurde, wie ein Schweineschwänzchen wackelte, schrie: „Das ist der Luntenstock, das ist er!" und pikte ihm die Spitze in den Bauch; stach dann durch das Zündloch die Kartusche an, schüttete feinkörniges Pulver auf Zündloch und Pfanne, brannte die Lunte an der bereitstehenden Laterne an, verschaffte sich und der Kanone mit weit ausgreifenden Armbewegungen Platz, wartete, bis das Boot gerade lag, und hielt dann die Lunte an das Zündloch, sprang im selben Augenblick beiseite, machte einen Satz wie ein Tanzmeister, daß ihm der Bauch wackelte. Es krachte gewaltig, das Geschütz fuhr höllisch polternd zurück, zerrte am Brooktau, als wolle es das ganze Schanzkleid einreißen, und brachte die „Trijntje" zum Schwanken. Und als die Pulverqualmwolke, die alle zum Husten und

Krächzen veranlaßte, endlich verflogen war, sahen sie, wie das zerfetzte Segel des Kahns noch mehr in Fetzen gegangen war.

„Seht ihr, ihr Kerle, so macht man das!" Und der Geschützmeister spreizte sich stolz und fügte hinzu: „Aber schneller muß das gehen. Der Spanier wartet nicht, bis ihr euch endlich ausgeschlafen habt. Pulver ist teuer, und Kanonenkugeln ebenfalls: Ihr müßt das üben, auch ohne Pulver und Kugeln zu verschwenden. Los, weiter!"

Und als er die Reihe wieder herum und erneut auf der „Trijntje" war, als nach dem dritten Schuß – von den Leuten an Bord gerichtet und abgefeuert – die Planken des Kahns durch die Luft flogen und alle anderen neidisch zur „Trijntje" herüberwinkten, da strahlte er übers ganze Gesicht und versprach ihnen auf seine Rechnung einen vergnügten Abend in einer der Schenken von Burnham. Und Barend Fokke war noch stolzer als der Geschützmeister, weil es die „Trijntje" gewesen war, die den Kahn in den Grund gebohrt hatte, er spendierte sofort eine Runde für alle, auch für die, die nur zugesehen und Witze gerissen hatten.

Eines Tages war es heraus, Antwerpen war das Ziel, die Höhle des Löwen. Govert Witsen hatte den Auftrag aus London mitgebracht. Deshalb also hatten sie die Kanonen erhalten: Einen großen Schlag sollten sie führen. Govert Witsen hatte sich ausbedungen, mit seinen Schiffern darüber zu reden, ob sie das Unternehmen für möglich hielten.

Und nun waren die Herren aus London sogar bei ihnen erschienen, Roelof van Gendt, der Niederländer, und Sir Wedmore, der Engländer. Van Gendt war vierschrötig und deshalb um einen besonders vornehmen Ton bemüht, solange der schmale, nervöse Sir Wedmore zugegen war. Verließ Sir Wedmore den Raum, wurde van Gendt sofort lauter. Er war für Dreinschlagen, fühlte sich jedoch in Sir Wedmores Gegenwart etwas unsicher, zauderte, was dann so aussah, als zögere er eine Entscheidung hinaus. Aber Wilhelm von Oranien hatte ihn nun einmal nach England geschickt, damit er die Interessen der Niederlande dort vertrete und gleichzeitig den Einsatz der Geusen leite, und er bemühte sich sehr, mit Sir Wedmore auszukommen, den die Königin damit beauftragt hatte, den Niederländern in allem zur Seite zu stehen, jedoch so, daß die Interessen Englands nirgends vergessen wurden.

Nach langem Hin und Her waren die Schiffer übereingekommen, es müsse möglich sein, den Spanier in Antwerpen zu überraschen, gerade deshalb, weil in der Scheldemündung noch mehrere andere lohnende Ziele lagen, Vlissingen und Terneuzen zum Beispiel, und weil die Spanier

sicher nicht damit rechneten, daß sich die Geusen so weit vorwagen würden. Den Ausschlag hatte Barend Fokke gegeben: „Wir müssen das tun, was die Spanier am wenigsten von uns erwarten, das, was sie uns am wenigsten zutrauen. Und was trauen sie uns am wenigsten zu?" Und als er merkte, daß er mit seiner Herausforderung, besonders bei den Älteren, fast zu weit gegangen war, verbesserte er sich: „Was erscheint euch selbst am verwegensten?"

Er wartete ein paar Augenblicke, weil niemand etwas sagte, und fügte dann hinzu: „Wenn ihr den Spaniern eins auswischen wollt, dann müßt ihr eben auch so denken wie die Spanier, euch in ihre Lage versetzen!"

Govert Witsen pflichtete ihm bei, es leuchtete ihm ein, was Barend Fokke gesagt hatte. Aber es gefiel ihm noch aus einem anderen Grund. Er formulierte es so, daß zumindest Barend Fokke verstand, worum es ihm ging. Und der verstand es auch: Er hörte erneut das Angebot aus Govert Witsens Worten, sein Unterführer zu sein, und im Hintergrund blitzte ihm der Gedanke durch den Kopf, warum eigentlich nur sein Unterführer? Kannst du nicht genausoviel wie er?

Van Gendt und Sir Wedmore nickten eifrig, ihnen gefiel es, wie Barend Fokke argumentierte. Sie sagten den Geusen noch einmal ausdrücklich die Führung dieses Unternehmens zu. Mit ihren zehn Booten waren sie die größte zusammenhängende Gruppe; weitere zehn oder zwölf Boote, die an verschiedenen Orten in der näheren und weiteren Umgebung von London Unterschlupf gefunden hatten, sollten sie unterstützen und in Zukunft mit ihnen zusammen operieren.

Barend Fokke war zunächst nicht allzu begeistert gewesen von einem gemeinsamen Oberbefehl. Zu Hause hatten sie nichts mit den Herren im Sinn gehabt und diese Herren nicht mit ihnen. Denen ging es um Macht, und ihnen ging es um die Freiheit und um die Unabhängigkeit von Spanien. Bei den Engländern, sagte sich Barend Fokke, würde es nicht viel anders sein. Hinzu kam da noch, daß diese, selbst wenn sie Niederlande sagten, am Ende doch immer England meinten. Nun jedoch hatte Barend Fokke gespürt, daß diese Herren auf ihn aufmerksam geworden waren, daß sie seine Argumente für brauchbar hielten. Und er sagte sich, wollen sie aus uns Nutzen ziehen, warum dann nicht auch wir aus ihnen. Und er übersah dabei, daß er für sich selbst die Möglichkeit gefunden hatte, sich durchzusetzen, ohne das Gefühl haben zu müssen, von Govert Witsen begönnert zu werden. Was er nicht mehr übersah, das waren die Chancen, die sie mit einer wesentlich größeren Streitmacht, unter einem gemeinsamen Oberbefehl zusammengefaßt, hatten. Er träumte schon davon, wie das wäre, mit zwanzig Booten oder vielleicht noch mehr die offene Seeschlacht zu suchen, die Spanier anzugreifen, einen ganzen Konvoi zu vernichten, ihm nicht nur vor der niederländischen Küste aufzulauern, nein, weit draußen, auf hoher See, ihn zu erwarten, den großen Halbmond aus Galeonen und Galeeren aufzubrechen, der die Kauffahrer schützen sollte, ihn niederzukämpfen; noch während des Kampfes müßte dann eine zweite Linie von Geusenbooten auftauchen, von hinten, um den fliehenden Kauffahrern den Weg abzuschneiden, und dann würde einer nach dem andern auf den Grund geschickt werden. Er sah sich selbst womöglich schon an der Spitze dieser Boote, und das machte ihn warm.

Barend Fokke spürte, daß er unaufmerksam geworden war, und sofort war er hellwach.

„Die Spanier werden leicht zu überrumpeln sein", sagte van Gendt. „Aber es dauert seine Zeit, eine Reihe von Schiffen zu versenken. Und eh ihr ein, zwei Schiffe in Brand geschossen habt, ist die Mausefalle zu, und ihr sitzt drin. Und was dann?"

Es trat eine Pause ein, es war richtig, was da eben gesagt worden war.

Barend Fokke überlegte, konnte man das nicht auch anders machen, ohne sich selbst zu sehr zu gefährden. Was, wenn man auf die erste Überraschung eine zweite setzte?

„Wir werden die Schiffe nicht in Brand *schießen*, wir werden sie in Brand *stecken*, und zwar so, daß wir wieder fort sind, noch bevor die Spanier richtig begriffen haben, was wir wollen."

„Drückt Euch deutlicher aus", sagte Sir Wedmore; sie hatten sich alle etwas vorgebeugt, sie warteten auf eine Erklärung, und Sir Wedmore hatte von oben herab gesprochen, ungläubig, skeptisch.

„Wir brauchen ein paar alte Boote, die man opfern kann, denen man aber ihre Gebrechlichkeit nicht auf den ersten Blick ansieht. Und mit denen fahren wir in den Hafen von Antwerpen hinein, stecken sie in Brand, und ehe sich die Spanier besonnen haben, sind wir schon wieder weg!"

Mit einemmal redete alles durcheinander. Der Plan rundete sich ab und schien ausführbar. Nur die Frage nach genügend Booten, die als Brander verwendet werden konnten, war noch ungeklärt, sie wollten nicht mit zwei, drei Booten losfahren, sondern mit zehn, zwölf, wenn es irgend möglich war.

Sir Wedmore, dem die Kühnheit des Plans und seine Erfolgsaussichten zusagten, versprach schließlich, sein Bestes zu tun.

Ein Boot wurde nach Amsterdam geschickt, eins nach Texel, um Unterstützung aus den Niederlanden herbeizuholen. Andere Boote waren unterwegs, um Weg und Möglichkeiten auszukundschaften, auch Barend Fokke war mit der „Trijntje" draußen, fuhr in die Oosterschelde hinein, ging südlich von Bergen op Zoom an Land und machte den weiten Weg nach Antwerpen zu Fuß – eine ganze Nacht verging darüber –, schnüffelte tagsüber im Hafen herum, fragte hier, erzählte dort, sprach mit den Trägern, die die Schiffe beluden und entluden, und erhielt so ein Bild von dem, was sich jetzt und in der nächsten Zeit dort tun würde, prägte sich die Örtlichkeiten des Hafens ein. Vorsichtig versuchte er, die Lade- und Hafenmeister auszuholen und sie zu beeinflussen, daß sie die Schiffe dorthin dirigierten, wo es für die Geusen am günstigsten war. Nachdem er erfahren hatte, was er wissen wollte, verschwand er wieder.

In der folgenden Nacht machte er sich auf den Rückweg. Damit die „Trijntje" nicht auffiel, hatte er Adriaen, der solange das Kommando an Bord führte, aufgetragen, um Walcheren herumzufahren, durch das Oostgat die Westerschelde hinauf, um ihn in der Nähe von Kloosterzande wieder an Bord zu nehmen. Dabei sollte er sich nach Sperren und Befestigungsanlagen umsehen.

Er war zu früh an dem Ort, wo er sich mit seinen Leuten treffen wollte, und während er wartete, konnte er feststellen, daß die Spanier auch nicht sorglos waren: Wachboote kreuzten in der Westerschelde, dem Zugang nach Antwerpen. Nebel müßte sein, wenn wir kommen, dachte er und: Ach was, die kriegen wir schon!

Dann sah er die „Trijntje", und er war froh darüber. Das Boot war alt und hatte ihm schon Kummer genug bereitet, trotzdem war es jetzt seine Heimat.

Die Segel fielen, zwei Mann sprangen in das Beiboot, an dem roten Schopf erkannte er Hinlopen, und langsam kam es heran, knirschte mit dem Kiel auf den Sand, und Barend Fokke sprang hinein.

„Ihr laßt mich ja ewig warten", sagte er im Scherz.

Und als wollten sie zeigen, was sie konnten, legten sich Hinlopen und Cambys so sehr in die Riemen, daß die sich durchbogen. Beide waren sie hochrot im Gesicht, keuchten vor Anstrengung und lachten dennoch dabei, und Barend Fokke mußte mit der Pinne etwas gegenhalten, weil der kleine Cambys kräftiger durchzog als der größere Hinlopen.

Als er an Bord war, lachten sie sich beide an, Barend Fokke und Adriaen, dann gähnte Barend gewaltig, reckte sich, daß die Gelenke

knackten, und sagte: „Jetzt bin ich jämmerlich müde, Adriaen; du wirst auch allein den Weg zurück finden, aber du weckst mich, sollte was Besonderes sein."

Nachdem er ein paar Stunden geschlafen hatte, ging er zu Adriaen ans Ruder und fragte ihn: „Wo stehen wir jetzt?"

Der Wind blies frisch, die „Trijntje" machte gute Fahrt, kleine Schaumköpfe hockten auf den Wellen, seine Leute lehnten am Schanzkleid, ein paar mit Schnüren in der Hand – sie angelten. Ringsum war kein Land mehr zu sehen.

„Vor einer guten Stunde haben wir das Oostgat hinter uns gebracht", antwortete Adriaen.

„Hm", Barend Fokke sah nach dem Himmel – der Wind schien stetig zu bleiben –, sah nach der Sonne – es war später Nachmittag geworden, in zwei Stunden würde sie untergehen – und sagte zu Adriaen: „Nimm das Ruder hart steuerbord!" Er wollte Zwartewaal einen kurzen Besuch abstatten. Er dachte an seine Mutter, an Neeltje. Und er dachte an Stine. Sie hatten sich so lange nicht gesehen. Er mußte wissen, wie es ihr ging, er wollte sie in den Armen halten. Gegen Abend könnten sie dort sein. Und das hieß, er hätte Zeit für sie bis lange nach Mitternacht.

Adriaen sah ihn erstaunt an. „Was soll das, Barend, wohin willst du?" Und hielt die „Trijntje" auf ihrem alten Kurs, Richtung Burnham.

„Hör mal, Adriaen", sagte Barend Fokke, und in den Augenwinkeln saß ein Lächeln, das um Einverständnis warb, „solange ich nicht an Bord war, warst du der Schiffer; aber jetzt bin ich wieder hier. Und nun nimm endlich das verdammte Ruder herum!"

Adriaen packte das Ruder fester. „Du bist hier der Schiffer, klar, aber ich will wissen, was du vor hast, wir fahren schließlich nicht spazieren!" Die andern wurden schon aufmerksam.

Barend Fokke spürte den Widerstand. Er schob die Hände in die Taschen, als gäbe er sich selbst den Befehl, ruhig zu bleiben. Dann sagte er wie beiläufig: „Hast du denn etwas dagegen, Zwartewaal einen kurzen Besuch abzustatten?" Und so, als rede er einem Kind zu: „Auf ein paar Stunden mehr oder weniger kommt es doch nicht an!"

Vom Deck her hörte Barend Fokke zustimmendes Gemurmel, Cambys und Hinlopen, dachte er, und das war ihm gar nicht recht. Er drehte sich um, sah Klaeszoon, sah an dessen Gesicht, daß der nicht mit ihm einverstanden war, sah, daß die andern nur neugierig guckten, und wandte sich wieder zu Adriaen.

Der machte ein verschlossenes Gesicht, und Barend wurde klar,

Adriaen würde nicht nachgeben. „Mit deinen Eigenmächtigkeiten bin ich nicht einverstanden, Barend", sagte er. Auch er hatte bemerkt, daß sie Zuhörer gefunden hatten, und deshalb sprach er noch leiser. Und Barend Fokke antwortete genauso leise, aber mit aller Schärfe: „Soll ich dich kielholen lassen, verdammt noch mal, oder nimmst du jetzt das Ruder herum?"

„Und wenn du mich kielholen läßt, Schiffer, ich tu's nicht", sagte Adriaen. Versöhnlich fügte er hinzu: „Wir dürfen nichts riskieren, Barend, jedenfalls nicht, weil du zu Stine willst!"

Fast verlegen stand Barend neben dem Ruder und suchte nach einem halbwegs guten Abgang. Langsam drehte er sich um, langsam lief er ein paar Schritte hin, ein paar Schritte zurück, beide blickten sie aneinander vorbei. Wie zufällig führten Barend die Schritte beim Hin- und Herlaufen mehr und mehr in Richtung auf den Niedergang, beim nächstenmal hatte er ihn erreicht, blieb einen Augenblick wie unschlüssig stehen, legte die Hand auf das Geländer, sah noch einmal zum Himmel, als wär er nur herausgekommen, um nach dem Sonnenstand zu sehen, und verschwand, erst langsam, dann mit immer schnelleren Schritten, in seiner Kammer.

Kapitel neun

Barend Fokkes Bericht brachte die Entscheidung, zwei Tage nach seiner Rückkehr wollten sie aufbrechen, um ihren großen Schlag gegen den Hafen Antwerpen zu führen. Alles war vorbereitet. Sie hatten nicht mit Teer gespart, die Boote würden bis nach Antwerpen kommen, und sie würden gut brennen. Man hatte sie mit Stroh gefüllt und mit Steinen und mit allen möglichen alten Eisenteilen. Pulversäcke lagen in dem Stroh, auf einigen der Brander befanden sich sogar ein paar alte gesprungene Kanonenrohre, auch sie waren mit Pulver gefüllt und mit Eisenschrot.

Vor der Mündung des Crouch würden sie sich mit den anderen Booten, die aus der Nähe von Southend und Margate kamen, treffen, Govert Witsen würde die Aktion leiten. Gegen Mitternacht mußten sie Vlissingen passieren, dann wären sie kurz vor dem Morgengrauen im Hafen von Antwerpen. Neunzehn Geusenboote waren es und elf Brander.

Das schwierigste und das unberechenbarste war das Wetter. Seit Tagen wehte leichter Nordostwind, und das paßte ihnen gar nicht, weil sie damit rechnen mußten, daß der Wind nach Westen drehen und dann stärker werden würde, als es für die Brander, die kaum noch seetüchtig waren, gut war. Immer wieder schauten sie zum Himmel, die Zeit zum Auslaufen war heran, und noch immer wehte der Wind aus Nordosten. Mit den Brandern waren schwierige Segelmanöver so gut wie ausgeschlossen; waren sie unterwegs und änderte sich dann der Wind, war das Unternehmen in Frage gestellt.

Als die Zeit heran war, als sie nicht länger warten konnten, gab Govert Witsen den Befehl zum Auslaufen. Am Ufer hatte sich eine Menge Menschen angesammelt, sie alle waren heilfroh, daß die gefährlichen Boote endlich aus der Nähe von Burnham verschwanden. Denn obwohl die Geusen versucht hatten, ihre Absichten geheimzuhalten, waren die Vorbereitungen doch nicht verborgen geblieben. Vorsichtig setzten sich die Boote in langer Kiellinie in Fahrt, als erster Govert Witsen, ihm folgte Barend Fokke mit der „Trijntje", einen Brander im Schlepp, Hinlopen an dessen Ruder und an seiner Seite natürlich Cambys.

Sie kamen nur langsam voran wegen des Nordostwinds, aber das mußten sie in Kauf nehmen, er war ihnen immer noch lieber als eine steife Brise aus Nordwest.

Als sie die Crouchmündung erreicht hatten, sahen sie schon die anderen Boote, die zu ihnen stoßen sollten, ihre Segel leuchteten rötlich in der Spätnachmittagssonne. Sie fuhren dicht an sie heran, Govert Witsen erteilte ihnen die letzten Anweisungen, und dann zogen sie sich wieder auseinander, formierten sich zu einem lockeren Keil, Witsen an der Spitze, Barend Fokke dicht hinter ihm, ohne daß so etwas vorher ausgemacht oder abgesprochen worden wäre. Und er dachte: Sollen sie ruhig darüber reden, die Alten.

Der Wind blieb stetig, die Geusen waren nicht zu früh aufgebrochen, ihre Boote machten nur wenig Fahrt, und Barend Fokke überlegte voller Bedenken, ob das das beste Wetter für sie war. Bei diesem leichten Wind hatten sie allerdings die spanischen Schiffe nicht zu fürchten, die schwerfällig waren und mehr Wind brauchten, um überhaupt einigermaßen Fahrt zu machen. Gefährlich wurde es nur, wenn sie auf Galeeren trafen, denn die waren unabhängig vom Wind.

Barends Unrast wuchs. Er mußte seine schlechte Laune irgendwie austoben, so war es ihm eigentlich recht, als er sah, daß der Brander, den er in Schlepp hatte, nach steuerbord ausgeschert war. Er legte die Hände als Trichter vor den Mund und brüllte, die Worte lang hinziehend, zu Cambys und Hinlopen hinüber: „Soll ich euch mit meinem neungeschwänzten Heiligen Vater kommen, ihr verfluchten Spanier, oder wollt ihr endlich anluven und das Ruder herumnehmen, daß ihr in meinem Kielwasser bleibt?"

Cambys und Hinlopen winkten fröhlich zurück, Hinlopen ließ sogar das Ruder fahren, turnte über die Stroh- und Steinladung hinweg bis zum Bug des Bootes, formte ebenfalls die Hände zum Trichter und rief: „Einverstanden, Schiffer, aber schick uns lieber eine seiner Töchter!" Dann luvten sie etwas an und korrigierten den Kurs, und langsam setzte sich der Brander wieder sauber hinter die „Trijntje".

Es wurde Nacht, und die Nacht verging, und der Nordostwind blieb stetig. Die Fahrt war eintönig und langweilig, nur einmal signalisierte das am weitesten nördlich laufende Boot „Segel in Sicht", und sie wichen nach Süden aus, um sich nicht entdecken zu lassen. Dann wurde es wieder Nacht, sie mußten jetzt bald vor der Scheldemündung stehen. Die Boote zogen sich dicht zusammen, soweit das die Brander erlaubten, und hielten auf die Westspitze von Walcheren zu, um so lange wie möglich vor Beobachtern zu verbergen, ob die Ooster- oder die Westerschelde ihr Ziel war.

Als sie Vlissingen backbord voraus hatten, tauchte plötzlich ein Schatten aus der Nacht. Es war ein spanisches Wachboot. Die Boote, die keinen Brander im Schlepp hatten, nahmen es sofort in ihre Mitte, es fand keine Gelegenheit mehr zur Flucht. Blitzschnell waren die Geusen an Bord, es gab ein kurzes Handgemenge, einer der Spanier war gerade dabei, ein Signalfeuer in einer Eisentonne zu entzünden, um seinen Gefährten an Land den Überfall anzuzeigen, aber noch ehe das Feuer aufflammte, hatte er schon einen Dolch im Rücken. Keiner der Spanier überlebte, doch auch zwei Geusen wurden erschlagen. Die Bodenplanken des Wachbootes wurden aufgehackt, und langsam lief es voll Wasser. Die übrigen Geusenboote hatten ihre Fahrt nicht einmal unterbrochen.

Als sie Vlissingen querab hatten, kreuzten sie zur anderen Seite hinüber, sie hatten Glück, sie begegneten keinem weiteren Wachboot mehr. Später gingen sie dann wieder dicht an das Nordufer zurück. Langsam folgten sie dem gewundenen Lauf der Schelde.

Gegen Sonnenuntergang bemerkte Barend Fokke die ersten hohen Schleierwolken, lang hingewischte Striche, die Enden wie zu Widerhaken gebogen: Er war sich sicher, daß der Wind bald umschlagen würde, aber noch war nichts davon zu verspüren. In der Nähe von Graauw versteckten sie sich für ein Weilchen in einer der Buchten, weil sie wieder etwas Verdächtiges bemerkt hatten. Eins der Boote, die hier aus der Nähe stammten, suchte vorsichtig die Umgebung ab, und als sie meinten, das Fahrwasser wäre wieder frei, schlichen sie weiter, immer so dicht unter Land, daß sie höchstens noch einen Fuß Wasser unter dem Kiel hatten.

Äußerste Stille und auf keinen Fall Licht war befohlen worden. Barend Fokke war nervös wie alle andern auch. Ein, zwei Leute, die sich unter Deck befanden, fuhr er an, sie sollten sofort ihre Pfeifen ausmachen – und zündete sich dann selbst eine an, so daß ihm Adriaen in die Seite stieß. Wütend, weil er sich ertappt sah, klopfte er die Pfeife aus, löschte sorgfältig die Glut und verzog sich dann und war doch gleich wieder da.

Die Segel hörten bald auf zu klatschen, der Wind wurde stärker, aber er blies weiter aus Nordosten. Der Morgen kündigte sich an, Nebeldunst zog sich dicht über dem Wasser zusammen. Über dem Nebelstreifen wurde es hell. Sie waren kurz vor Antwerpen.

Plötzlich tauchte eine Mastspitze über dem Nebel auf, dann ein Schemen: ein Boot. Mehrere Boote. Spanische Kommandos. „Schleppleine kappen!" schrie Barend Fokke, ähnliche Rufe von den anderen Vliebooten und Bojern, Musketenschüsse krachten, Geschützdonner rollte polternd, beizender Pulverqualm mischte sich mit den Nebelschwaden; die schwarze Geusenflagge stieg an den Masten empor.

„Wir müssen durch, auf jeden Fall!" schrie Barend Fokke, und das galt nicht nur seinen Leuten auf der „Trijntje", sondern auch den andern. Die Leute auf den Brandern wußten, was sie zu tun hatten, sie zogen sich hinter die Vlieboote und Bojer zurück. Sie waren jetzt am meisten gefährdet.

Eins der Wachboote drohte längsseits der „Trijntje" zu gehen. „Schießt doch endlich, worauf wartet ihr noch?" schrie Barend seine Leute an und richtete selbst die Drehbasse auf dem Durk, zielte auf den Mast des Spaniers, traf jedoch nur die Rah, aber die zersplitterte, brach herunter, nahm das Segel mit, deckte damit einen Teil der Spanier zu. Dann krachte auch der Achtzehnpfünder, riß ein großes Leck in die Bordwand des Wachbootes. Der Geschützmeister hätte sich voller Entsetzen die Haare gerauft, hätte er gesehen, auf welch kurze Entfernung sie geschossen hatten; sie selbst waren genauso gefährdet gewesen

wie ihre Gegner. Doch sie hatten Glück und ließen das Wachboot hinter sich. „Ja, Leute!" schrie Barend Fokke, „gut, Leute, jetzt sind wir durch!"

Dann aber knallte es mehrmals kurz hintereinander, roter Feuerschein zuckte durch die Nebelschwaden, und sie wußten nicht, war das nun einer ihrer Brander gewesen, der da in die Luft geflogen war, oder ein Spanier.

Die Wachboote blieben in ihrem Kielwasser, vermochten allerdings nicht zu verhindern, daß die Geusen in den Hafen einbrachen, Barend Fokke versuchte zu zählen, aber er war sich nicht sicher, er glaubte zehn Brander erkannt zu haben. Zielstrebig bewegten sie sich auf die Schiffe im Hafen zu. An den Mastspitzen, die hoch über die Nebelschwaden hinausragten, sahen sie, welchen Kurs sie halten mußten. Die Geusen bedrängten die Wachboote und machten den Brandern den Weg frei. Sie waren in der Überzahl, und die Spanier hatten offensichtlich ihren Plan noch nicht erfaßt, denn keins ihrer Boote griff die Brander an, wahrscheinlich weil von dort keine Gegenwehr kam.

Als die Spanier endlich merkten, was die Geusen vorhatten, war es zu spät. Auf den Schiffen im Hafen wurden Leinen losgeworfen und Segel gesetzt, aber schon flackerten die ersten Brände auf, krachten Explosionen. Die restlichen Brander legten sich mit dumpfem Poltern längsseits der Kauffahrer.

Die Männer auf den Brandern waren längst ins Wasser gesprungen, nachdem sie die Lunte angezündet und das Ruder gerichtet und festgebunden hatten. Lachend kletterte Cambys an Bord der „Trijntje", schüttelte sich, sah sich nach Hinlopen um, aber der war noch nicht da. Cambys hörte auf zu lachen und machte ein bedenkliches Gesicht. Es war jedoch keine Zeit mehr zu warten und zu suchen.

Während im Hafen von Antwerpen ein Inferno losbrach, hatten sich die Geusenboote erneut auf die Wachboote gestürzt, um sich den Weg nach draußen frei zu kämpfen. Keiner auf den Booten hatte Zeit, sich nach dem umzusehen, was im Hafen geschah: Die Brander standen in hellen Flammen, immer noch krachten die Explosionen, schleuderten brennende Planken und Eisenstücke hoch in die Luft, die die Segel der Kauffahrer in Brand setzten und Löcher in die Bordwand der Schiffe rissen. Die Leute darauf kamen nicht dazu zu löschen, weil die glühend gewordenen Kanonen auf den Brandern losgingen und Tod und Verderben spien. Hatte sich das Feuer bis zu der Hauptpulverladung durchgefressen, die mit Steinen umdämmt war, dann war es auch um die

Kauffahrer geschehen, wenn der Brander nur an der richtigen Stelle lag. Und die Geusen hatten gute Arbeit geleistet, hatten den Kurs gut berechnet. Die Spanier versuchten zwar hier und dort, die Brander mit langen Stangen von ihren Schiffen abzustoßen, aber sie ließen es bald bleiben und brachten sich in Sicherheit, um dem Kartätschenhagel zu entgehen, der ihnen um die Ohren pfiff. Acht Schiffe brannten bereits, und sie lagen so dicht beieinander, daß es sicher nicht bei diesen acht bleiben würde.

Es wurde heller Morgen, der Nebel lichtete sich, und der Wind frischte immer mehr auf. Sie hatten zwei Wachboote versenkt, andere kampfunfähig geschossen, der Rückweg war frei. Barend Fokke zählte die Geusenboote – er kam auf siebzehn, also fehlten zwei –, und auf einem Boot entdeckte er einen roten Schopf. Er stieß Cambys an und deutete hinüber. Cambys, der Hinlopen schon verloren gegeben hatte, strahlte.

Als sie die Batterien von Vlissingen querab hatten, steckten sie alle Leinwand aus, über die sie verfügten, und bevor die Wachboote sie richtig gesehen hatten, waren sie schon weg. Ohne weitere Zwischenfälle erreichten sie am andern Tag die Crouchmündung.

Kapitel zehn

Hinlopen brachte das Wort auf: „Der Teufelsbrenner von Antwerpen", der nächste gab es weiter, der Name setzte sich fest: Die Freunde gebrauchten ihn voller Bewunderung, die Feinde bekreuzigten sich, wenn sie ihn hörten, blickten sich scheu um, ob er nicht hinter ihnen sei, der Gottseibeiuns – denn ein anderer konnte ja nicht am Ruder gestanden haben, als die Geusen in den Hafen von Antwerpen einbrachen und Tod und Verderben brachten, wem anders als dem Teufel gelang so etwas? Und alle, die diese Nacht mitgemacht hatten, führten auf der schwarzen Flagge eine rote züngelnde Flamme über dem weißen Bettelnapf. Wenn ein spanisches Schiff meldete, daß es diese Flamme gesehen habe, war das Meer rundum wie leer gefegt.

Es gab manchen, der Barend seinen Ruf neidete. Besonders die Alten sagten: Nun tut er gerade so, als wär er das allein gewesen, er spielt sich auf, als wären wir zu Haus geblieben. Wenn jemandem der Erfolg zu verdanken ist, dann Witsen und nicht diesem jungen Hitzkopf. Witsen ist unser Anführer, er soll leben! Und sie tranken einen Becher nach dem andern auf den Erfolg und wurden von Becher zu Becher lauter. Und nun klang es schon so, als wäre Barend Fokke zu Haus geblieben. Das wiederum veranlaßte Cambys und Hinlopen, Barend Fokkes Loblied lauter zu singen, als es nötig gewesen wäre. Barend hörte davon, und er hörte es mit gemischten Gefühlen, er sprach mit Adriaen darüber, ließ sich von ihm sagen, daß dessen Vater ihm den Erfolg durchaus nicht neide, und war halbwegs beruhigt und halbwegs weiter aufgebracht wegen der „Alten" und schwor sich, er werde sie schon noch überzeugen. Und hieß weiterhin „der Teufelsbrenner von Antwerpen" und war stolz auf diesen Namen.

Cabeza hatte den Kampf nicht mitgemacht, aber er hatte bald heraus, wer sich hinter dem Namen „Teufelsbrenner von Antwerpen" verbarg. Wenn es ihm gelang, Barend Fokke zur Strecke zu bringen, war ihm die Gunst des Königs sicher. Freilich wußte Cabeza nicht, wie er jemals an seinen Gegner herankommen sollte, wenn ihm nicht der Zufall dabei half. Er mühte sich jedenfalls redlich, diesen Zufall herbeizuführen. Manchmal fuhr er sogar nach England hinüber mit einem winzigen Boot und ging irgendwo in einer versteckten Bucht in der Nacht an Land, um sich mit Mittelsmännern zu treffen. Die Nachrichten aus England, die er brachte, waren für Spanien immerhin schon so wichtig geworden, daß Cabeza direkt vor den Statthalter geführt wurde. Unmerklich war Cabeza in eine Rolle hineingeraten, die ganz und gar nicht zu dem Haudegen paßte, der den offenen Kampf liebte: In die Rolle des Spions, der leise und vorsichtig auftreten mußte. Aber er tat das um seines Zieles willen.

Der Statthalter wußte nicht, was Barend Fokke für Cabeza bedeutete. So viel immerhin war ihm bekannt, daß er einer der gefährlichsten und draufgängerischsten Führer der Geusen in England war, dafür hatte Cabeza gesorgt, er hatte ihn bedeutender gemacht, als er tatsächlich war, immer in der Hoffnung, Leute zu erhalten, um irgendeinen Handstreich wagen zu können, der ihm Barend Fokke ans Messer lieferte. Aber man verlangte nun Nachrichten von ihm, und die Spione, mit denen er zusammenzuarbeiten hatte, waren für seinen Privatkrieg ungeeignet, das hatte sich schon bei dem Roten gezeigt. Er mußte Einzelheiten über die Absichten Englands in den Niederlanden bringen, Einzelheiten über die Vorhaben der Geusen.

Es wurde Winter, die Aktionen der Geusen schliefen ein, weil der Nordwest die Spanier vom Meer fegte. Die Niederländer nannten sie deshalb verächtlich „Sommerschiffer". Langeweile verbreitete sich bei den Geusen und mit der Langeweile Streitigkeiten. Barend Fokke hatte alle Mühe, seine Leute zu bändigen, und er hatte auch mit sich selbst zu tun wegen Frederik, der sich völlig isoliert hatte. Selbst Michiel Klaeszoon hatte die Geduld verloren und machte einen Bogen um ihn, und der hatte sich noch am ehesten um ihn gekümmert. Barend Fokke hatte schon mit Govert Witsen über seinen Bruder gesprochen und mit Maurits van Dale, ob sie ihn nicht an Bord nehmen wollten, beide jedoch hatten das abgelehnt. Frederik galt als untüchtig, obwohl er die festgelegten Arbeiten an Bord erledigte, ohne zu murren.

War Barend Fokke ursprünglich dagegen gewesen, die Boote alle zusammenzufassen und gemeinsam etwas zu unternehmen, paßte es ihm jetzt, nachdem es mit den gemeinsamen Unternehmungen vorläufig vorbei war, jedenfalls solange der Winter dauerte, auch wieder nicht: Sie waren übereingekommen, daß jeder freie Hand haben sollte. Ein paar hatten sich schon nach Zwartewaal gewagt, auf Schleichwegen natürlich, denn die Spanier kontrollierten die Küste und die Wasserstraßen; spanische Patrouillen und spanische Marodeure durchzogen ständig das Land.

Barend Fokke paßte es ganz und gar nicht, daß sie so nutzlos Menschen und Boote aufs Spiel setzten. Er hatte erlebt, was eine größere Streitmacht vermag, und er wollte diese Streitmacht nicht für Läppereien zerschlagen lassen. Was nicht hieß, daß er nicht auch selbst vorhatte, nach Zwartewaal zu fahren: Er mußte Stine wiedersehen. Er hatte sogar schon mit Maurits van Dale über seine Pläne gesprochen, hatte ihm vorgeschlagen, mit ihm zusammen zu fahren, jedoch noch nicht gesagt, daß er auf eine Gelegenheit hoffte, Stine zu heiraten. Maurits van Dale hatte in sich hineingeschmunzelt, er hatte ihn wohl auch ohne Worte verstanden.

Maurits van Dale war zwar auch einer von den Älteren, aber zu den „Alten" zählte ihn Barend Fokke nicht – Maurits versuchte stets zu vermitteln. Adriaen hatte Barend Fokke geraten, sich hinter ihn zu stecken, es war ihm lieber, wenn das ein anderer täte als sein Vater.

Vorläufig wurde nichts aus der Fahrt nach Zwartewaal. Mal war es das Wetter, die Stürme, die ein Auslaufen unmöglich machten, dann wieder war Barend Fokke unterwegs nach London. Es gefiel ihm gar nicht in dieser Stadt, die ihm kalt und abweisend erschien. Er mußte schmutzige, enge Gassen passieren, er begegnete zerlumpten Bettlern, die ihm die offene Hand hinhielten. Je mehr er sich der Themse näherte, dem Zentrum der Stadt, änderte sich das jedoch. Reiter überholten ihn, elegante Kutschen. Links und rechts an der Straße lagen die Wohnsitze der großen Sirs und Lords. Auch Sir Wedmore hatte hier irgendwo sein Haus. Und dieses Haus war Barends Ziel. Zuerst hatte er sich mühsam zu ihm durchgefragt. Von weitem schon hatte er die gewaltigen schmucklosen Würfelbauten des Towers gesehen, deren Schwere durch die zierlichen Turmhelme kaum gemildert wurden. Königin Elizabeth wohnte hier, wenn sie sich nicht auf einem ihrer vielen Schlösser außerhalb Londons aufhielt. Hier mußte er vorbei, wenn er zu Wedmore wollte.

Barend Fokke blieb auch diesmal ein paar Minuten stehen, musterte den Tower, hoffte, daß die Königin vielleicht herausgefahren käme. Aber die Tore blieben verschlossen. Es sah so aus, als wäre kein Leben in diesem alten Schloß. Dann überquerte er die Brücke; die Themse war voller Schiffe. Drüben ragten die wuchtigen Türme der Westminsterabtei in den Himmel, der grau war und regenschwer, die Türme waren wuchtig und doch fein ziseliert, mit Figuren und Säulen überladen, an ihren Ecken von schlanken Spitzen gekrönt wie von Eselsohren.

Nun mußte er das Haus des Sir Wedmore bald erreicht haben. Er war neugierig. Sie hatten diesmal die Einladung sehr dringlich gemacht, und Govert Witsen hatte ihm, gutmütig lächelnd, auf die Schulter geklopft, als er sich von ihm verabschiedete. Ob Witsen da seine Hand im Spiel gehabt hatte, fragte er sich, als er von einem Diener eingelassen wurde, oder ob er es nur nicht verhindert hat?

„Da seid Ihr ja, Sir Teufelsbrenner", empfing ihn Wedmore jovial und führte ihn vor den Kamin in der Halle, in dem die Buchenscheite prasselten. Van Gendt saß in einem schweren geschnitzten Stuhl, und auch Barend Fokke mußte sich in einem solchen Ungetüm niederlassen. Er saß unbequem und rutschte darauf herum, bis der Diener zu trinken brachte.

Sir Wedmore erwies sich als gewandter Plauderer, und doch hatte Barend Fokke nach einer Weile das Gefühl, er werde examiniert. Er bemühte sich, mit seinen Antworten den Engländer zufriedenzustellen, und Sir Wedmore wurde immer freundlicher, selbst auf van Gendt hatte die gelöste Stimmung Einfluß, er verlor allmählich seine mühsam gestelzte Redeweise und sprach nun natürlich und geradezu polternd, wie es seine Natur war. Etwas später erschienen zwei Engländer und ein Niederländer. Es ging recht lebhaft zu vor Sir Wedmores Kamin.

War es der Wein, war es der Whisky – jedenfalls sagte Sir Wedmore direkt und ohne Umschweife, daß er mit Barend viel lieber verhandele als mit dem zaghaften Witsen, der zu sehr zaudere und überlege – immer erst die andern fragen wolle. Er klopfte Barend Fokke dabei freundlich das Knie. Auch van Gendt meinte, mit ihm könnten sie schneller ans Ziel gelangen. Sie ließen durchblicken, daß sie ihn dazu ausersehen hätten, später eine wichtigere Rolle im Kampf gegen Spanien zu übernehmen. Vielleicht hier in London, wo die Fäden zusammenliefen, vielleicht auch als Führer einer größeren Gruppe. Barend Fokke nickte und überlegte schon, wie er ihnen beweisen könne, daß ihr Vertrauen in ihn gerechtfertigt war. Ihnen und den „Alten", und Witsen dazu.

Barend Fokke mußte noch öfter nach London. Den einen und den anderen lernte er dabei kennen, Leute von Einfluß, Niederländer wie Engländer, deren Überlegungen er nicht immer folgen konnte, manchmal auch nicht folgen wollte. Persönliches floß zuweilen ein in die Gespräche, die Herren gaben sich Mühe, Interesse zu zeigen, und Barend Fokke sprach von den Schwierigkeiten, zu Hause nach dem Rechten zu sehen, woran ihnen allen lag, sprach von den Schwierigkeiten, mit denen die zu Hause zu kämpfen hatten, von den Spaniern, die keine Gelegenheit vorübergehen ließen, den Leuten aus der Tasche und aus dem Stall zu holen, was sie nur irgend des Mitnehmens für wert erachteten, und daraus erwuchs schließlich der neue Plan.

Noch legte man keine Einzelheiten fest, aber so viel war klar, im Frühjahr wollte man einen noch empfindlicheren Schlag führen als den gegen Antwerpen. Und das Frühjahr war nicht mehr weit, denn das neue Jahr war inzwischen angebrochen, das Jahr 1572.

Ausgangspunkt für den Plan wurde die Überlegung: Was kann man tun, um den Leuten zu Hause ein bißchen das Leben zu erleichtern und ihnen die Spanier vom Halse zu schaffen? Ein wichtiger Stützpunkt der Spanier war Brielle. Darum wollten sie den Spaniern in der Festung Brielle nicht nur einen schweren Schlag versetzen, sie wollten ihnen Brielle wegnehmen. Dann würden die Niederländer das südliche Holland und Seeland fest in ihren Händen haben. Die Engländer unterstützten diesen Plan. Brielle war einer der Häfen, von denen aus sie ihren Handel mit dem Kontinent abwickelten. Und daß die Spanier darin saßen und kontrollierten, was dort ein- und ausging, das behagte ihnen nicht, sie hätten viel lieber Handel getrieben, ohne daß ihnen dabei jemand auf die Finger guckte. Die Niederländer waren liebe Freunde – und abhängig. Sie würden großzügig sein.

Oberstes Gebot für das Gelingen des Planes, betonte Sir Wedmore und erinnerte an die spanischen Spione, war strikte Geheimhaltung, außer Barend Fokke sollte nur Govert Witsen eingeweiht werden. Sir Wedmore sagte den Geusen zu, England werde dieses Unternehmen großzügig unterstützen – und Barend Fokke lächelte in sich hinein, inzwischen hatte er begriffen, was den Engländern Brielle wert war.

Landtruppen könne er ihnen natürlich nicht zur Verfügung stellen, meinte Sir Wedmore, und Barend Fokke hielt dagegen, das werde auch nicht nötig sein, die Buschgeusen würden diese Aufgabe übernehmen. Er hatte dabei einen Hintergedanken: Du wirst nach Holland hinüberfahren und alles mit ihnen vorbereiten, und dann kannst du auch Stine besuchen. Und als habe man seine Gedanken erraten, sagte Sir Wedmore: Dann müsse aber er derjenige sein, der das alles in die Hand nehme, schon damit keiner weiter von dem Vorhaben erfahre.

Es war spät geworden an diesem Abend, und Sir Wedmore bot Barend Fokke freundlich an, er möge doch bei ihm bleiben über Nacht. Und da Sir Wedmore sich die ganze Zeit über sehr entgegenkommend und liebenswürdig gezeigt hatte, meinte Barend Fokke, das nicht abschlagen zu können.

Nachdem sie beide allein waren, zeigte sich, daß Wedmore offenbar Gelegenheit für ein Gespräch gesucht hatte. Barend sei doch ein ehrgeiziger junger Mann, tatkräftig, entschlußfreudig, das habe er lange bemerkt. Er würde ihn gern näher an sich heranziehen, habe sogar schon der Königin von ihm berichtet. „Im Vertrauen gesagt", fuhr Sir Wedmore fort, „Euer van Gendt ist ein guter Kerl – ich will Euch als Niederländer ja nicht beleidigen, aber er ist mir ein bißchen zu langsam. Er und Witsen, die mögen zusammenpassen. Aber ich, ich ziehe Euch vor, dem einen wie dem andern. Ich weiß nicht, warum Oranien gerade Gendt nach London geschickt hat. Wenn Ihr mögt, verwende ich mich für Euch bei ihm, mein Verhältnis zu ihm ist nicht schlecht."

Barend Fokke wurde es warm. Das war mehr, als er je erhofft hatte. Er sah sich schon als den Vertrauten Wilhelms von Oranien, als den Vertreter der Niederlande in England, in Audienz bei der Königin. Aber gleichzeitig sagte er sich: Wenn dir Wedmore solche Angebote macht, dann hat er irgend etwas mit dir vor; sei vorsichtig, Barend! Und er sagte sich: Hat er seine Absichten, hast du schon lange die deinen. Wir werden sehen, wer hier zum Ziel kommt. Er könne doch sogar Spanisch, meinte Sir Wedmore, damit sei etwas anzufangen.

Barend Fokke argwöhnte, daß er die Aufgaben eines Spions übernehmen sollte. So weit sei es mit seinem Spanisch auch nicht her, daß es lohne, davon ein Aufhebens zu machen. Für einen Spanier könne er sich nicht ausgeben.

„Nun ja, nun ja." Sir Wedmore ließ offen, was er damit meinte. Es wäre natürlich gut, wenn man im Bericht über ihn noch mit irgendwelchen größeren Erfolgen aufwarten könne. Van Gendts Plan, Brielle zu erobern, sei langweilig und einfallslos wie er selbst. „Hier ist Euer Feld, Sir Teufelsbrenner", sagte er, „laßt Euch etwas einfallen, das diesen Plan ein wenig würzt. Ihr habt doch schon öfter einen guten Gedanken gehabt. Etwas Verwegenes, etwas Kühnes muß es sein, etwas, womit ich Euch ins beste Licht rücken kann. Wenn Ihr dazu Hilfe braucht – meine Unterstützung habt Ihr!"

Barend Fokke überlegte. Ging es Sir Wedmore etwa darum, bei der Eroberung Brielles größere Anrechte für England herauszuschlagen? Er wurde sich nicht klar darüber, England unterstützte die Niederländer, also konnte es so schlimm nicht sein. Warum sollte er nicht tun, was ihm Wedmore da antrug. Hatte er Erfolg, konnte er endlich die kleinlichen Sticheleien und Eifersüchteleien hinter sich lassen, die Enge und Langeweile von Zwartewaal. Van Gendt – er hatte nichts gegen ihn; warum also gegen ihn intrigieren. Aber er selbst brauchte ein größeres Wirkungsfeld. Mitreden wollte er. Die Welt wollte er kennenlernen. War das hier der Schlüssel dazu? Er mußte die Gelegenheit ergreifen. Für die Alten war er Schiffer eines lecken Kahns, ein Mann, der wenig Anspruch auf Achtung hatte. Und so würde es bleiben, wenn er die Möglichkeit ausschlug, die sich ihm jetzt bot.

„Ich werde dem Angriff eine Bresche schlagen", sagte er, „ich weiß zwar noch nicht, wie ich das mache, aber es wird sich schon Rat finden, wenn ich in Holland drüben bin." Und Sir Wedmore klopfte ihm ermunternd die Schulter.

Es dauerte lange, bis Barend einschlief. Doch sein Plan stand in groben Zügen fest. Er sprach mit Wedmore nicht mehr über Einzelheiten, vielleicht brauchte er dessen Hilfe gar nicht. Niemand sollte sagen können, er habe es für England getan.

In den Tagen darauf wurden Mittelsmänner nach den Niederlanden hinübergeschickt, die dort Verbindungen für Barend Fokke anknüpften und ihn als den Mann ankündigten, mit dem die Einzelheiten über den nächsten großen Schlag gegen die Spanier zu besprechen wären. Er erhielt ausführliche Instruktionen und Vollmachten, und dann begab er sich auf den Weg. Eines Tages im Februar, kurz vor Einbruch der Dunkelheit, warf er die Leinen los und hob den Anker.

Er hatte niemandem außer Govert Witsen vorher etwas davon gesagt, daß er auslaufen würde, auch seinen Leuten nicht, er hatte ihnen nur befohlen, den ganzen Nachmittag an Bord zu bleiben.

Und so geschah es, daß Maurits van Dale in sein Beiboot stieg, als er Barend Fokkes Vorbereitungen zum Auslaufen bemerkte, und zur „Trijntje" hinüberruderte. Sie hätten doch ausgemacht, zusammen nach Zwartewaal zu fahren, ob er das vergessen habe.

Barend Fokke nahm ihn mit in seine Kammer, fragte ihn: „Woher weißt du denn überhaupt, daß ich nach Zwartewaal fahre?"

Maurits van Dale sah ihn an, erstaunt zuerst, dann mehr und mehr böse, und schließlich warf er ihm an den Kopf: „Also stimmt das, was sie sagen: Du hast hier ein Mädchen. Pfui Teufel, Barend! Und bei Stine läßt du dich besser nie wieder sehen!" Er erhob sich und wollte die Kammer verlassen.

Barend Fokke war betroffen. Er hatte nicht geahnt, daß man seine Reisen nach London so ausdeuten würde. Er hielt Maurits van Dale am Ärmel fest. „Ich darf dir nicht sagen, wohin ich fahre. Bitte, Maurits, kein Wort weiter dazu. Und wenn sie mir hier was mit einem Mädchen angehängt haben, dann kann es mir eigentlich nur recht sein. Auch darüber kein Wort mehr. Du jedoch solltest es besser wissen." Und nach einer Pause fügte er hinzu: „Wenn ich Stine sehe, grüße ich sie von dir."

Maurits van Dale schüttelte den Kopf, sah Barend Fokke groß an, dann lächelte er und hielt ihm die Hand hin, und Barend Fokke lachte auch und schlug ein. „Glück und gute Wiederkehr", sagte Maurits van Dale und ging.

Die See war schwer, als sie draußen waren. Die „Trijntje" hatte mit Brechern zu kämpfen, die schräg von achtern gegen die Bordwand dröhnten, das Schanzkleid zuweilen überwuschen und den Aufenthalt an Deck unmöglich machten. Es war kalt, und hier und da setzte sich Eis an das Takelwerk. Barend Fokke befahl sehr bald, die Segel zu kürzen. Triefnaß verkrochen sich die Leute wieder unter Deck, als das getan war.

„Was hast du eigentlich vor?" fragte Adriaen, als Barend Fokke sich zu ihm ans Ruder gesellte. Sie liefen Ostnordostkurs, und allen an Bord mußte klar sein, daß die Brielsche Maas ihr Ziel war. Barend Fokke zögerte. Nein, auch Adriaen durfte er nicht alles sagen. „Wir gehen ins Haringvliet, und du setzt mich auf der Plaat van Scheelhoek ab, etwa gegenüber Stellendam. Und zwar zu einem ganz bestimmten Zeitpunkt. Ihr fahrt sofort zurück nach Burnham, und genau vierzehn Tage später holt ihr mich an derselben Stelle wieder ab. Und im übrigen: Ihr haltet den Mund über alles, was ihr hier gemacht und gesehen habt."

Adriaen sah ihn erstaunt an. „Was soll das heißen?"

Beide sahen sie geradeaus, richteten ihre Aufmerksamkeit, so schien es, nur auf die See. Ein Brecher zog von hinten heran, hob die „Trijntje", knallte gegen die Bordwand, daß es dröhnte, Adriaen gab dem Boot Hilfe mit dem Ruder, manövrierte den Brecher aus, so gut das ging, und das war wenig genug, die Seen waren zu schwer.

„Ich darf es dir nicht sagen, Adriaen. Nur soviel: Es geht um etwas Großes. Vergiß, was neulich hier in dieser Gegend war, und frag, wenn du zurückkommst, meinetwegen deinen Vater, ob das, was ich hier vorhabe, richtig ist oder nicht."

Adriaen nickte, sie sahen sich voll an. Und nach einer kleinen Pause: „Ich werde meinen Vater nichts fragen." Und damit war alles erledigt.

Die Nacht verging, der nächste Tag, und sie standen vor Goeree, mußten einen großen Bogen schlagen, weil sie am Horizont ein Segel sichteten – sie wollten vermeiden, jemandem zu begegnen. Dann wendeten sie nach Süden, folgten der Küstenlinie, die ein schmaler Strich war, liefen in das Haringvliet ein, und Adriaen änderte den Kurs, um mehr auf die Küste und damit auf die schmale Fahrstraße zur Plaat zuzuhalten, aber Barend Fokke wies ihn an, die Plaat van Scheelhoek zu umrunden.

„Ich denke, du wolltest in der Nähe von Stellendam an Land?"

„Ja, schon", antwortete Barend Fokke, „aber wir gehen von hinten herum an die Plaat."

Es wurde bald dunkel, und Barend Fokke wurde unruhig, bei Einbruch der Dunkelheit sollte er da sein. Endlich hatten sie die Ostspitze der Plaat erreicht und wendeten. Nun ging es doppelt langsam. Der Wind stand ungünstig, sie mußten andauernd kreuzen. Barend schaute forschend zum Ufer der Plaat hinüber und suchte nach dem vereinbarten Zeichen.

„Geh ein bißchen dichter heran", sagte er dann zu Adriaen, „ich glaube, wir haben die Stelle erreicht."

Dicht am Ufer ragten zwei Stangen aus dem Wasser, wie sie gebraucht werden, um Stellnetze zu markieren. An der einen Stange war der Strohwisch schlecht befestigt und deshalb fast bis zum Wasser hinuntergerutscht.

„Wir haben kaum noch Wasser unterm Kiel!" schrie Hinlopen vom Bug, und Adriaen warf das Ruder herum. Am Ufer war weit und breit niemand zu sehen, kein Haus, nur ein paar Sträucher und hier und da ein kümmerlicher Baum. Die Plaat van Scheelhoek schien menschenleer, und Cambys und Hinlopen wunderten sich sehr, als sich Barend Fokke von ihnen zum Ufer rudern ließ. Noch mehr wunderten sie sich allerdings als Barend Fokke ausstieg und ihnen befahl, zur „Trijntje" zurückzukehren. Verblüfft starrten sie hinter ihm her, wie er landein stapfte. Sie schüttelten den Kopf und ruderten zur „Trijntje" zurück – sie sahen sie kaum noch vom Ufer aus, so dunkel war es inzwischen geworden.

Barend Fokke ging einfach drauflos. Man hatte ihm gesagt, er werde hier von jemandem erwartet werden. Er hatte den Zeitpunkt eingehalten, also machte er sich keine Sorgen, daß der Betreffende nicht da sein könnte. Die Plaat war kahl, sie ragte nur wenig über das Wasser hinaus; ein paar niedrige Dünen mit Strandhafer, ein paar Sträucher, ein, zwei Bäume. Die Dunkelheit verbarg, was es sonst hier geben mochte.

Ein ganzes Stück war Barend Fokke schon landein gelaufen – das hatte man ihm in London gesagt. Nur geradeaus laufen – da glaubte er plötzlich Schritte zu hören. Dann tauchte eine Gestalt aus der Dunkelheit, rief ihn an: „Wer bist du, was suchst du hier?" Barend Fokke nannte seinen Namen, worauf ihm der andere die Hand entgegenstreckte.

„Bist pünktlich gewesen; wenn alles so weitergeht, wirst du dich nicht beklagen können!"

Barend Fokke versuchte, sich ein Bild von dem Mann zu machen, der da neben ihm durch die Dunkelheit trottete; Pieter Wolfert heiße er, hatte er gesagt. Er mochte ein paar Jahre älter sein als Barend, gut einen Kopf kleiner und schmächtig. Er schien struppig und verwildert, lachte bei jedem Wort, das er sagte; ein bißchen zu unvermittelt, überlegte Barend Fokke.

„Daß sie gerade dich hierher geschickt haben", sagte Pieter Wolfert, als sie eine kleine Hütte, eigentlich nur ein Erdloch mit einem notdürftigen Dach darüber, erreicht hatten, „das wundert mich."

„Weshalb sollten sie mich nicht schicken?" fragte Barend Fokke und sah sich in dem kleinen Raum um: In einer Ecke war hartes Dünengras aufgeschüttet zum Lager; an einem Balken, der das Dach abstützte, klemmte eine Kienfackel, die heftig rußte und qualmte.

Pieter Wolfert kramte in einer Ecke herum, holte Brot, Fleisch und Schnaps hervor, bot Barend Fokke davon an, lachte und sagte: „Das ist eben der Nachteil, wenn man so bekannt ist wie du. Die Spanier

102

würden etwas darum geben, wenn sie wüßten, daß du dich hier aufhältst. Besonders ein Kapitän Cabeza. Was hast du denn dem getan? Ihm sein Mädchen weggenommen?"

Beide kauten sie und tranken zwischendurch von dem scharfen Schnaps. „Wieso bin ich so bekannt?" fragte Barend Fokke. Pieter Wolfert lachte, lachte, als habe Barend Fokke einen tollen Witz gerissen. „Ihr habt wohl in England noch nichts gehört vom Teufelsbrenner von Antwerpen – oder? Ein gewisser Barend Fokke soll sich hinter diesem Namen verbergen – meint man jedenfalls; vielleicht weißt du's auch besser, dann will ich natürlich nichts gesagt haben."

Barend Fokke hatte nicht erwartet, daß sein Ruhm sogar schon bis hierher gedrungen war. Er war es zufrieden, aber es gab ihm auch zu denken. Wenn Cabeza nun wieder einen Spion hinter ihm hergeschickt hatte? Pieter Wolfert beruhigte ihn: „Nun ja, die Spanier schlafen nicht, aber hier bist du sicher, hier vermutet kein Mensch ein Versteck, selbst bei Tage sieht man die Hütte kaum. Dafür ist es hier allerdings auch ein bißchen ungastlich."

„Hältst du dich etwa immer hier auf?" fragte Barend Fokke.

Pieter Wolfert lachte wieder, stemmte die Hände in die Seite und sah Barend Fokke verschmitzt an. „Du mußt nicht soviel fragen, Barend. Wenn ich hier sein muß, dann bin ich hier, manchmal bin ich auch woanders. In den nächsten Tagen werden ein paar Leute herkommen, zu dir; dann jedenfalls werde ich nicht in der Hütte sein. Ich sorge nur dafür, daß es auch die richtigen Leute sind. Alles andere ist deine Angelegenheit. Genauso wie meine Angelegenheiten eben meine Angelegenheiten sind."

„Was denn?" fragte Barend Fokke erstaunt und enttäuscht, er sah seinen Plan, sich zwei, drei Tage in Zwartewaal aufzuhalten, in Gefahr. „Soll ich etwa die ganzen vierzehn Tage in diesem verdammten Loch hocken? Ich hatte gehofft, daß ich mich ein bißchen umsehen kann."

Pieter Wolfert schien sich ausschütten zu wollen vor Lachen. Dann blinzelte er Barend Fokke verschwörerisch an und fragte: „Ist sie blond oder schwarz wie du?"

Barend Fokke paßte die Frage nicht. „Wie wär es, wenn du dich ein bißchen mehr an deine eigenen Ratschläge hieltest?"

Pieter Wolfert spielte den Bestürzten. „Na, na, na, nun verlier nicht gleich den Mut; wer sagt denn, daß du die ganze Zeit hierbleiben sollst. Für ein paar Tage wirst du nach Katwijk gehn, es ist alles vorbereitet. Mehr als eine Nacht hast du kaum für die Blonde oder Braune."

Barend Fokke schwieg ein Weilchen. Endlich sagte er: „Wenn du schon alles mögliche machst, dann besorg mir für diese Nacht einen Prediger."

„Was soll ich?" fragte Wolfert gedehnt. „Also gut, auch der Prediger soll zur rechten Zeit an Ort und Stelle sein. Weiß denn das Mädchen wenigstens von seinem Glück?"

„Es wird genügen, wenn sie's durch den Prediger erfährt. Sie ist bestimmt damit einverstanden."

Am anderen Tag, am späten Nachmittag, wurde Pieter Wolfert unruhig. Er ging nach draußen, kam zurück, lief wieder weg und steckte Barend Fokke fast an mit seiner Unrast. Als es dunkel wurde, meldete er Barend Fokke schließlich: „Gleich geht's los, mir war's so, als hätte ich ein Boot gesehen."

Er wollte wieder davonrennen, aber Barend Fokke hielt ihn fest und fragte ihn: „Kannst du mir irgend jemanden nennen, der zuverlässig ist, jemanden, der über Leute verfügt, die etwas besonders Schwieriges zu tun bereit sind?"

„He, was soll das?" fragte Pieter Wolfert erstaunt. „Ich mag von alledem nichts wissen. Aber ich weiß natürlich trotzdem so allerhand. Und was du da fragst, das klingt mir reichlich seltsam."

Barend Fokke brauchte Leute, um den Plan zu verwirklichen, den er sich in London zurechtgelegt hatte. Der Plan war riskant, er war mehr als kühn, aber gerade deshalb war Fokke sicher, daß er gelingen würde. „Ich brauche viele Leute, und sie dürfen den Teufel nicht fürchten. Nenn mir jemand, der das vermitteln kann."

Pieter Wolfert überlegte, schien unschlüssig. „Übermorgen, der aus Oudenhoorn", sagte er schließlich und verschwand dann in den Dünen.

Barend Fokke war unangenehm berührt von der Reaktion Pieter Wolferts, es paßte ihm nicht, daß der nicht sofort auf sein Vorhaben eingegangen war. Was kümmert's dich, sagte er sich schließlich, was der Wolfert davon denkt; du tust, was du dir vorgenommen hast, du läßt dich von Pieter Wolfert nicht von deinem Ziel abbringen.

Dann raschelte draußen trockenes Gras, Schritte wurden laut, die Tür öffnete sich, Pieter Wolfert ließ zwei Männer eintreten und war wieder weg.

Barend Fokke beschränkte sich auf das Nötigste, er ließ sich sagen, wieviel Mann sie mitbringen konnten, nannte ihnen Zeit und Ort, wo sie angreifen sollten, erläuterte mit knappen Worten den Gesamtplan, und nach einer guten Stunde war besprochen, was zu besprechen war.

Die Männer gingen wieder. Wolfert schien nicht weit gewesen zu sein, kaum waren die beiden draußen, war er auch schon zur Stelle und brachte sie zum Ufer. An diesem Abend und den nächsten kamen noch mehrmals Besucher, einer fand sich auch am Tag ein, was Pieter Wolfert nicht paßte. Und dann kam der aus Oudenhoorn.

Barend Fokke ließ sich erzählen, was sie alles schon unternommen hatten. Er war zufrieden. Mit diesem Mann und seinen Leuten würde er seinen Plan durchführen können. Er sagte dem Besucher, seine Leute seien dazu ausersehen, den entscheidenden Handstreich zu führen. Barend Fokke hatte vor, sich von den Geusen abzusondern, voraus-zusegeln und vor Brielle zu sein, bevor der Angriff begann. Dann wollte er zusammen mit den Leuten aus Oudenhoorn die Befestigungen an der Hafeneinfahrt im Handstreich nehmen und so den Hauptangriff der gesamten Streitmacht erleichtern.

Während er mit dem Oudenhoorner alles besprach – es dauerte wesentlich länger als bei den anderen –, lauschte er ständig nach drau-ßen; einmal glaubte er, es vor der Hütte rascheln zu hören, er lief hinaus, schaute sich um. Hatte Pieter Wolfert ihn belauscht? Er blieb ein paar Sekunden stehen, horchte, konnte aber in der Dunkelheit nichts bemer-ken.

„Was war?" fragte der Oudenhoorner, nachdem Barend Fokke wieder hereingekommen war, aber Barend Fokke winkte wortlos ab. Sie rede-ten noch ein paar Minuten miteinander. Dann brachte Barend den Oudenhoorner hinaus. Er sagte sich: Wenn Pieter Wolfert jetzt nicht gleich da ist wie sonst, dann hat er dich belauscht, dann will er dir zeigen, daß er nicht da gewesen ist. Aber es verstrichen nur ein paar Sekunden, und Pieter Wolfert war da, verhielt sich wie immer, lachte, schwatzte, fragte nicht nach dem, was verhandelt worden war, und verschwand mit dem Oudenhoorner.

Zwei Tage später, gegen Abend, überraschte Wolfert Barend Fokke mit der Mitteilung „Jetzt mußt du nach Katwijk!" und erklärte ihm ganz genau den Weg, „nur für alle Fälle, ich komme mit."

„Und was ist mit Zwartewaal?" fragte Barend.

Pieter Wolfert lachte. „Sei beruhigt, Barend, es ist alles vorbereitet; wenn du von Katwijk zurückkehrst, dann kannst du mit dem Prediger und auch mit deinem Mädchen machen, was du willst – eine ganze Nacht lang."

Pieter Wolfert brachte Barend Fokke nach Katwijk, wo der mit eini-gen Leuten aus der näheren und weiteren Umgebung verhandelte wie

106

auf der Plaat van Scheelhoek. Es fiel Barend schwer, seine Aufmerksamkeit ganz den Gesprächen zu widmen, und wenn er sah, wie sich Pieter Wolfert über seine Unrast amüsierte, war er nahe daran, die Selbstbeherrschung zu verlieren.

Schließlich war es soweit. Über Rotterdam gingen sie nach Zwartewaal, querten die Maas, machten Umwege, die Barend Fokke unnütz erschienen, aber Pieter Wolfert wies ihn zurecht, er sei für Barends Sicherheit verantwortlich, und dann erreichten sie endlich Zwartewaal. Wolfert sagte: „Nun tu, was du nicht lassen kannst. Morgen früh Punkt sieben hol ich dich ab!"

„Wo bleibst du?" fragte Barend Fokke.

„Das laß nur meine Sorge sein!" Pieter drehte sich um und war gleich darauf in der Dunkelheit verschwunden.

Ein eigentümliches Gefühl erfaßte Barend, als er vor seinem Haus stand. Es war dunkel darin und still. Ein Stückchen weiter kläffte ein Hund, schien aber sofort beruhigt zu werden. Das ganze Dorf war still. Er ging ins Haus, rief nach der Mutter, nach Neeltje – es war niemand da. Mein Gott, dachte er, was mag hier passiert sein. Er verließ das Haus wieder, ging langsam durch die Straße zum Haus van Dales am Ende des Dorfes, registrierte wie mechanisch: Hier brennt Licht, hier nicht und hier nicht. Auch bei den van Dales war es dunkel. Doch als er näher heran war, sah er, daß durch einen Türspalt ein Lichtstrahl hindurchbrach. Die Fenster waren sorgfältig verhängt. Drinnen hörte er Stimmen. Er klopfte, wartete, trat von einem Fuß auf den anderen.

Vorsichtig wurde die Tür geöffnet. „Stine!" Er nahm sie in die Arme, küßte sie, drückte sie, streichelte sie, hielt sie ein wenig von sich ab, zog sie wieder an sich, küßte sie, merkte nicht, wie von drinnen Leute herankamen, Stines Mutter, seine Mutter, Neeltje, der Prediger. Es störte ihn so wenig wie Stine. Erst als sich der Prediger bemerkbar machte, löste sich Stine etwas verschämt von Barend und zog ihn ins Haus.

Von allen Seiten redeten sie auf Barend Fokke ein, aber er hatte nur Augen für Stine. Ein Becher wurde ihm gereicht, eine Hühnerkeule, ein Stück Hammelbraten. Er wußte nicht, was er zuerst tun sollte. Stine hatte sich dicht neben ihn gesetzt, versuchte die andern abzuwehren, die ihn alle auf einmal mit ihren Fragen bestürmten. Um niemanden zu beleidigen, wandte sich Barend an den Prediger und erzählte, was seit ihrem Weggang von Zwartewaal geschehen war, stellte dann selbst Fragen. Stine sah ihn nur an, hatte sich bei ihm untergehakt, hatte glänzende Augen.

Es war nicht leicht gewesen für die zu Hause. Ein paar Frauen und Mädchen fehlten im Dorf, die Spanier hatten sie mitgenommen, keiner wußte, was aus ihnen geworden war. Ein paar alte Männer und ein junger Bursche, dreizehn war er erst gewesen, waren erschlagen worden, als sie sich den Räubereien der Spanier entgegengestellt hatten. Barend hätte ihnen gern ein bißchen Hoffnung gemacht, greifbare Hoffnung. Aber er mußte schweigen.

Es ging auf Mitternacht, da klopfte der Prediger mit dem Becher auf den Tisch. „Es ist das erstemal, daß ich zwei zu mitternächtlicher Stunde zusammengebe, als müßten wir das Tageslicht scheuen. Hoffen wir, daß das bald ein Ende hat." Er verließ als erster das Haus, einer nach dem andern folgte ihm, in geringem Abstand; sie schlichen zu der kleinen Kirche von Zwartewaal. Barend Fokke und Stine waren die letzten, die die Kirche betraten. In der Dunkelheit legte der Prediger ihre Hände ineinander und segnete sie. Er sprach leise, als fürchte er, daß Spanier vor der Tür lauern könnten.

Als die kurze Zeremonie vorüber war und sie beide die Kirche verließen, fragte Stine erstaunt: „Wo willst du hin, Barend?" Zum Haus der van Dales ging es links herum, und Barend Fokke ging nach rechts. „Ich muß morgen früh um sieben wieder fort", sagte er und legte den Arm um sie. „Und du bist jetzt bei mir zu Hause. Sollen die andern ruhig weiterfeiern. Ich will dich jetzt für mich allein haben." Stine nickte nur, legte den Kopf an seine Schulter und ging mit ihm zum Haus der Fokkes.

Am andern Morgen stellte sich pünktlich Pieter Wolfert ein, Barend blieb kaum noch Zeit, sich von Stines Mutter zu verabschieden, Wolfert drängte und lachte und riß Witze und zog ihn fast aus dem Haus. Stine begleitete ihn, am Dorfausgang jedoch meinte Wolfert, nun sei es wohl besser, wenn die junge Frau umkehre. Barend Fokke strich ihr noch einmal über den Kopf, vor Wolfert mochte er sich keine weiteren Zärtlichkeiten erlauben.

Als Stine nicht mehr zu sehen war, sagte Wolfert: „Na, war denn nun der Prediger unbedingt nötig?" Aber Barend Fokke antwortete nur: „Was verstehst du schon davon!" und es klang ein wenig traurig.

Wieder machten sie einen weiten Umweg. Irgendwo am Haringvliet wartete ein Boot auf sie, brachte sie zur Plaat van Scheelhoek, und viel Zeit war dann nicht mehr. Barend Fokke setzte sich ans Ufer und hielt Ausschau nach der „Trijntje". Kurz nachdem die Sonne untergegangen war, sah er sie, zwei Mann bestiegen das Boot, ruderten es heran, Barend Fokke sprang hinein, hob noch einmal die Hand zu Pieter Wolfert hinüber, der einen Augenblick später in den Dünen verschwand, und dann überfielen ihn Cambys und Hinlopen mit ihren Fragen. Er wich aus. Adriaen sagte er nur, es habe alles bestens geklappt. Erst als sie auf See waren, rückte er damit heraus, daß er Stine geheiratet habe. Adriaen hieb ihm kräftig auf die Schulter, und es dauerte nicht lange, da hatte es sich herumgesprochen auf der „Trijntje". „Wenn wir weit genug draußen sind, gibt es was zu trinken", sagte Barend.

Kapitel elf

„Was guckst du mich bloß die ganze Zeit so merkwürdig an?" Und nach einer Pause, da sich Michiel Klaeszoon unschlüssig abgewandt hatte, fragte Barend Fokke noch einmal: „Was hast du nur, nun red endlich!" Aber Klaeszoon schwieg beharrlich, und Barend Fokke verstand nicht, was das heißen sollte.

Sie waren auf der Heimfahrt. Während sie die Hochzeit feierten, war Barend nichts aufgefallen. Aber dann schien es ihm, als seien die andern seltsam zurückhaltend, am deutlichsten hatte sich das bei Michiel Klaeszoon gezeigt. Nur Adriaen, Hinlopen und Cambys gaben sich wie immer.

Bevor sie Burnham erreichten, wurde es Abend, Barend Fokke und Adriaen standen am Ruder beieinander. Barend fragte Adriaen, ob *er* denn nicht wisse, was mit der Mannschaft los sei. Und Adriaen erzählte ihm, daß Hinlopen und Cambys an allem schuld seien. Und Adriaen lächelte etwas merkwürdig dabei, als er Barend Fokke davon berichtete, lächelte, als wäre auch er sich seiner Sache nicht so ganz sicher. „Womöglich trägst du aber selbst die meiste Schuld", sagte er. „Nachdem die beiden dich auf der Plaat abgesetzt hatten, drucksten sie herum, machten komische Gesichter und erzählten allen Ernstes, kaum habest du das Land betreten, habest du dich einfach in Luft aufgelöst, seiest verschwunden gewesen, einfach fort, weg, nicht mehr da. Wie vom Teufel geholt."

„Wer glaubt denn solchen Quatsch?"

Adriaen zuckte nur die Schultern, als wolle er damit sagen, das ist deine Geheimniskrämerei, sonst nichts. Und dann berichtete er weiter, wie die beiden in Burnham diese Geschichte mehr und mehr ausgeschmückt hätten. Es sei auf der ganzen Fahrt schon nicht recht geheuer zugegangen, dreimal hätte Barend die Plaat van Scheelhoek umrundet, natürlich nicht, ohne geheimnisvolle Sprüche zu murmeln und den Papst um Beistand anzuflehen, den Papst und alle seine Kinder und alle ihre Großmütter. „Mein Vater hat dazu nur gelacht und gesagt, das wäre schon ganz in der Ordnung, ich solle sie ruhig erzählen lassen."

Barend stellte Hinlopen zur Rede. Der machte ein unschuldiges Gesicht, versuchte es jedenfalls, drückte mühselig das Grinsen in die Augenwinkel zurück, puffte Cambys an, was heißen sollte, nun rede du doch; und schließlich sagte er: „Ich habe nur das erzählt, was ich mit eigenen Augen gesehen habe, nicht mehr und nicht weniger, Schiffer, bei allen Engeln, die noch unsere Prise sein werden!" Barend ließ ihn stehen und versuchte noch einmal, mit Michiel Klaeszoon zu reden, aber dessen Augen zeigten Unsicherheit, ja sogar ein bißchen Angst.

Michiel Klaeszoon war jedoch nicht der einzige, der das alles für bare Münze nahm. Und schuld daran war Hinlopen ganz allein. Sie hatten beide von Barend Fokkes merkwürdigem Verschwinden berichtet. Als Hinlopen, der Gewitztere von beiden, spürte, daß Cambys selbst nicht weit davon entfernt war, das zu glauben, was sie angeblich gesehen haben wollten, da legte er noch ein bißchen zu, beendete jeden Satz mit einem „Das stimmt doch, nicht?", und mit jedem Satz mehr wurde Cambys' Gesicht beklommener, während es Hinlopen von Satz zu Satz schwerer fiel, ernst zu bleiben. Schließlich überließ er es Cambys, zufrieden mit dem, was er erreicht hatte, weiterzuspinnen, und Cambys tat ungewollt sein Bestes, Barend Fokke mit dem Teufel in Verbindung zu bringen. Es waren nicht wenige, die daran glaubten. Cambys hatte es ja selbst erlebt.

Als Barend Fokke wieder in Burnham war, bekam er auch dort zu spüren, was Hinlopen und Cambys angerichtet hatten. Govert Witsen lachte zwar über das Gerede, die andern jedoch betrachteten Barend Fokke scheu von der Seite. Nur Maurits van Dale freute sich. Jedem, dem er begegnete, ob er's nun schon wußte oder nicht, erzählte er, daß der Barend und die Stine geheiratet hätten, mitten in der Nacht, in der grabdunklen Kirche. Und er tat so, als hätten sie dem Spanier damit wer weiß was für ein Schnippchen geschlagen.

In der nächsten Zeit mußte Barend öfter nach London, einmal wurde er sogar abgeholt, und die Kutsche war sehr vornehm, in die er sich setzte.

In London wurden die letzten Einzelheiten besprochen, es war inzwischen Ende März geworden, und im April sollte es losgehen.

110

Sir Wedmore gegenüber war er sehr einsilbig, als dieser ihn beiseite nahm und ihn nach seinen „Teufelsbrenner-Plänen" fragte. Seine Befürchtungen, daß er hier irgendwelche Sonderabsichten Englands unterstütze, hatten sich verstärkt, weil mehrere verdeckte Anspielungen der Engländer darauf hinzudeuten schienen. Barend Fokke sagte Wedmore nur, daß alles bestens vorbereitet und keine weitere Unterstützung durch ihn nötig sei. Was er tat, das wollte er wenigstens ohne die Hilfe der Engländer tun. Es war ihm, als müsse er sich selbst besänftigen wegen seines Vorhabens, entschuldigen vor sich selbst, weil er eigenmächtig vorging. Fast tat sie ihm schon wieder leid, diese Eigenmächtigkeit, die Bereitschaft zum Risiko.

Die Geusen wußten noch nichts von dieser Aktion, aber sie dachten sich ihr Teil, denn ein paar niederländische Schiffe waren eingelaufen und hatten Nachschub gebracht. In immer kürzeren Zeiträumen erschienen Boten, fragten nach Witsen, fragten nach Barend Fokke, brachten umfangreiche versiegelte Schreiben. Die Männer wurden schon unruhig, und als endlich befohlen wurde „Keiner verläßt mehr die Boote!", da waren alle erleichtert.

Trotzdem dauerte es noch zwei Tage, bis sie die Anker lichteten. Eine halbe Stunde vor Abfahrt wurden die Schiffer unterrichtet, die Mannschaft sollte erst auf See erfahren, worum es ging.

Und diese halbe Stunde, in der die Schiffer mit dem geplanten Vorhaben bekannt gemacht wurden, brachte für Barend Fokke die Entscheidung. Wie selbstverständlich, weil er in der letzten Zeit die Verhandlungen in London und in Holland geführt hatte, begann er auch hier zu sprechen. Und es war kein Gedanke in ihm, Witsen bewußt und absichtlich in den Hintergrund zu drängen. Aber bei den „Alten" kam das so an. Sie begannen zu murren. Und Witsen verhielt sich so, wie er sich verhalten mußte, um keinen Streit aufkommen zu lassen, keine Uneinigkeit: Er nahm das Wort, stellte sich vor Barend Fokke, verdeckte ihn, und der schwieg gekränkt, verstand ihn falsch, fühlte sich zurückgesetzt. Er war wieder der Zweite, und Erster war noch immer Govert Witsen.

Du mußt es tun, sagte er sich, du mußt es, du hast dich ja lange schon entschieden. Nun erst recht. Und es war kein Zögern mehr in ihm. Das war die Gelegenheit, auf die er lange gewartet hatte. Er würde Erfolg haben, er würde es ihnen zeigen.

Als sie die Crouchmündung hinter sich hatten, trat Barend zu Adriaen. Wie Schemen standen die Boote um ihn. Es war dunkel, aber der Himmel war klar, der Mond hing groß und rund über dem Horizont und malte unruhiges Gekringel auf die Wellen. Eine gute Stunde noch, dann würde er untergehen, und dann wären auch kaum noch die Schemen von den Booten zu sehen. Barend Fokke überlegte: Sollte er Adriaen etwas von seinen Absichten sagen, und wieviel sollte er ihm sagen? Er schob das Gespräch noch hinaus.

Am vereinbarten Treffpunkt hatten sie eine Gruppe von zwölf Booten getroffen, die vorher in Margate und in Ramsgate gelegen hatten. Mit ihnen zusammen sollten sie etwas nach Norden hinaufgehen, um die Boote von Ipswich, Yarmouth, aus dem Wash und aus dem Humber mitzunehmen. Wenn es bei den Abmachungen blieb, würden es über vierzig Boote sein, die gegen Brielle und die Spanier ausrückten.

Adriaen wies zu den anderen Booten hin. „Eine ganze Menge, Barend; was ist denn nun eigentlich los?"

„Das werden noch viel mehr, Adriaen!" sagte Barend. „Und was wir vorhaben, das wird das Signal sein. Wenn wir morgen losschlagen, werden sie überall in den Niederlanden losschlagen. Jetzt ist es vorbei mit dem Kleinkrieg, jetzt wird der Kampf so geführt, wie du dir das schon gewünscht hast, als wir noch in Zwartewaal waren. Erinnerst du dich, Adriaen, wie du gesagt hast, dir fehle das richtige Kriegswesen bei der ganzen Angelegenheit?"

Adriaen nickte.

„Und wir, wir auf der ‚Trijntje', werden die ersten sein, die angreifen, wir werden das Schwerste zu tun haben. An uns wird es liegen, ob der Sturm auf Brielle gelingt oder nicht."

Daß die Aktion der „Trijntje" nur mit Sir Wedmore, nicht mit den anderen Schiffern abgesprochen war, verschwieg Barend. War erst alles gelungen, würde ihm niemand seine Eigenmächtigkeit vorwerfen. Und er selbst hatte sich auch nichts vorzuwerfen. Er kam ohne englische Hilfe aus, also hatten die Engländer auch keine Forderungen zu stellen.

Die Stimmung an Bord war gut. Die Leute sehnten sich nach dem Kampf. Die Befreiung Brielles würde Zwartewaal zugute kommen. Vielleicht könnten sie sogar bald wieder nach Hause, zu ihren Familien.

Gegen Morgen bezog sich der Himmel, es wurde trübe, begann dann zu regnen; der Wind war nur mäßig. Vor Ipswich trafen sie sich mit den restlichen Booten. Zweiundvierzig waren sie insgesamt. Sie nahmen Kurs auf die Maasmündung und fuhren eng zusammengezogen, um nicht die Fühlung miteinander zu verlieren. Sie fuhren langsam, denn sie hatten noch viel Zeit; gegen Mitternacht mußten sie vor der Westplaat stehen, um zwei Uhr morgens sollte der Angriff beginnen. Für halb

112

zwei hatte sich Barend Fokke mit den Buschgeusen von Oudenhoorn verabredet, um mit ihnen zusammen die Hafeneinfahrt zu bezwingen.

Barend Fokke schaute zum Himmel, er war mit dem Wetter zufrieden, es konnte gar nicht besser sein für sein Vorhaben, sich davonzustehlen, wenn der richtige Zeitpunkt dafür gekommen war: Regenböen und Schneeschauer nahmen zuweilen die Sicht fast vollständig, auch am Tage; die Boote würden alle Mühe haben, zusammenzubleiben. Nicht ohne Hintergedanken legte er die „Trijntje" längsseits bei Witsen, vereinbarte mit ihm, er werde sich darum kümmern, daß die Boote zusammenblieben. Und dann umkreiste er wie ein Hütehund die Herde den großen Schwarm der Geusenboote, war mal vorn an der Spitze, bei Govert Witsen, der das Unternehmen führte, scherte aus, wendete, trieb die letzten zusammen, war hier und da und dort. Immer wieder blickte er zum Himmel. Seine Sorgen, daß der Himmel gegen Abend aufklaren würde, waren überflüssig – es wurde eher noch diesiger, manchmal zog sogar eine Nebelbank heran; der Wind wurde von Minute zu Minute schwächer. Das freilich paßte ihm gar nicht. Wenn der Wind ganz einschlief, würden sie den günstigsten Zeitpunkt des Angriffs verpassen, würden die Buschgeusen umsonst auf ihn warten. Langsam krochen die Boote auf die Maasmündung zu, aber noch war genügend Zeit. Es wurde dunkel, es wurde Nacht.

„Gehen wir eigentlich nördlich oder südlich um die Westplaat?" fragte Adriaen, als sie sich etwa zwei, drei Stunden vor der Einfahrt befanden.

„Südlich", sagte Barend Fokke. Es war vereinbart, daß die Geusenschiffe die nördliche Einfahrt nehmen sollten. Aber das wußte Adrian nicht. Er schlug den Kurs ein, den Barend ihm angegeben hatte. Keinem der anderen Schiffe fiel auf, daß die „Trijntje" ausscherte.

Ein anderes Schiff war ebenfalls unterwegs in dieser Nacht, die „San Agostino". Sie kam aus dem Mittelmeer, brachte Versorgungsgüter, und auch ihr Ziel war Brielle. Im spanischen Kriegshafen La Coruña hatte sie noch einmal festgemacht, Munition geladen und einen Passagier an Bord genommen: Kapitän Cabeza.

Kapitän Cabeza war in Madrid gewesen, er hatte König Philipp berichten dürfen, daß er auf Grund ihm zugegangener Nachrichten bald mit einem Großangriff der Niederländer rechne. Der König hatte gnädig zugehört.

Als sie dicht vor der Scheldemündung in Nebel gerieten, war Cabeza nicht weiter beunruhigt. Er ahnte nicht, daß der von ihm vorausgesagte Angriff bereits im Gange war. Er erhob auch keine Einwände, als der Kapitän der „San Agostino" zwar die Wachposten verstärken ließ – die in diesem Nebel ohnehin nichts sahen – die übrige Mannschaft aber unter Deck schickte, damit auf Deck nicht unnötiger Lärm entstand und die Posten, die schon nichts sahen, wenigstens etwas hörten. Cabeza fühlte sich sogar verpflichtet, den Seeleuten, die nicht wenig ängstlich waren, ein gutes Beispiel zu geben, und legte sich schlafen. Er hatte ihnen gesagt, er wisse über die Geusen bestens Bescheid, und vorläufig sei von ihnen nichts zu erwarten.

Die „Trijntje" lag in einer Nebelbank, der Wind war völlig eingeschlafen, die Segel hingen schlaff an den Rahen. Leise schwappten die Wellen gegen die Bordwand. Undeutliche Geräusche, durch den Nebel gedämpft, erreichten das Ohr, sie schienen von überallher zu kommen und von nirgends. Die Nässe durchdrang alles. Manchmal lichtete sich der Nebel ein wenig, dann wurde er wieder dichter; wie spinnwebfeine Geistertücher hing er in Masten und Rahen. Die „Trijntje" machte kaum noch Fahrt.

Endlich war der Nebel für längere Zeit weg, der Wind frischte sofort wieder auf, aber von den anderen Booten war weit und breit nichts zu sehen. Barend Fokke befahl zu kreuzen, damit sie die Geusenflotte wiederfänden, aber er befahl auch einen südlicheren Kurs, und er wußte, daß sie hier lange kreuzen konnten – auf die Gefährten würden sie hier nicht treffen. Die Nebelbank hatte es ihm ermöglicht, einen anderen Kurs einzuschlagen. Minutenlang lief er von backbord nach steuerbord, guckte unruhig in die Nacht, in den Nebel, ob die anderen Boote nicht zu sehen wären.

Niemand an Bord machte sich Gedanken, daß sie die Geusenflotte nicht wiederfanden. „Solange das nur uns betroffen hat", sagte Barend Fokke zu Adriaen, „ist das nicht allzu schlimm; Hauptsache, die übrigen Boote sind zusammengeblieben. Ich weiß ja, wann und wo wir sein müssen, um den Anschluß nicht zu verpassen." Eigentlich jedoch hätte sich jeder an Bord sagen müssen, so dicht vor der Einfahrt hätten sie die andern gar nicht verlieren dürfen. Und alle waren mit dem Nebel zufrieden, der sie so gut wie unsichtbar, der die Überraschung vollkommen machte.

Wieder trieben sie in einer Nebelbank, wieder die unwirklichen Geräusche, die von ringsher auf sie eindrangen. Doch plötzlich war da

114

ein neues Geräusch. Es war wie Knarren von Takelwerk. Dann erklangen Rufe in einer fremden Sprache. Barend Fokke befahl Schweigen. Nichts war zu sehen, nur geisterhafte Nebelschwaden. Mal schienen sie von backbord zu kommen, mal von steuerbord, von achtern, von vorn.

„Haben wir vielleicht die Einfahrt passiert, ohne daß wir es bemerkt haben?" flüsterte Adriaen.

„Ausgeschlossen. Das kann nur ein Schiff sein."

„Ein Spanier?" fragte Adriaen, „keins unserer Boote!"

„Die liegen nördlich. Wir haben uns von ihnen getrennt, weil wir einen Sonderauftrag haben." Wieder das Knarren, wieder Rufe aus dem Nebel. Barend winkte einen Mann heran, der am Niedergang stand, es war Cambys. Erst jetzt, da er vor ihm stand, vermochte er ihn zu erkennen. Mehr durch Handbewegungen als durch Worte befal er ihm, die andern an Bord zu verständigen, daß sie die Waffen bereithalten sollten. Alles habe völlig lautlos vor sich zu gehen.

Wieder deutlich unterscheidbare Geräusche, sie schienen von backbord zu kommen. Barend Fokke ging selbst mit ans Ruder, legte es nach steuerbord. „Wir müssen auszuweichen versuchen. Solange sie uns nicht entdecken, passiert gar nichts."

Unhörbar wie die Nebelschwaden in den Masten huschten vor ihm seine Männer über Deck.

Und noch einmal Stimmen, jetzt von steuerbord. Dann wuchs etwas Riesenhaft-Schwarzes hoch über ihnen auf, knirschendes Schleifen, Brechen, Bersten, Schreie von dem Spanier, geisterhafte Lichter im Nebel. Ein Ruck – sie saßen fest. „Das ist ein Kauffahrer!" rief Barend Fokke, er hatte bemerkt, daß das Schiff nur wenige Geschützpforten besaß. „Los, drauf, entern!" Es war die einzige Möglichkeit, von dem Kauffahrer wieder freizukommen, den sie gerammt hatten.

Sie waren mit ihrem Bugspriet in die Fockrüsten des Spaniers hineingeraten, waren in ihm verkeilt, obwohl sie ihm durch ihren Stoß die Wanten zerrissen hatten.

Vom Durk aus sprangen sie auf das Mittelschiff des Spaniers, nur die Wachposten befanden sich auf Deck, sie waren sehr schnell überwältigt. Die Geusen schrien, als wären sie zehnmal soviel, und dann öffneten sich die Türen des Achterkastells, die Besatzung, die unter Deck gewesen war, wollte heraus.

Die Geusen stürzten auf die Türen zu, töteten die Spanier, die schon draußen waren. Die anderen verriegelten die Türen von innen.

„Los, aufbrechen!" befahl Barend Fokke. Mit ihren Enterbeilen schlugen sie die Türen ein, dann stürmten sie durch die Gänge und Kammern des Achterkastells. Sie machten keine Gefangenen, und die Spanier wehrten sich erbittert.

Barend Fokke, hinter sich Cambys und Hinlopen, rannte zur Kapitänskajüte. Zwei Offiziere stellten sich ihnen entgegen, leisteten verzweifelt Gegenwehr, machten den drei Geusen zu schaffen. Es war fast dunkel in den schmalen, engen Gängen; blakende Lichter flackerten, machten die Luft noch stickiger. Aber dennoch sah Barend Fokke, wie sich ein dritter Spanier durch die Tür stahl und verschwand. Sie hatten sich einen Augenblick lang angesehen, und Barend Fokke glaubte ihn erkannt zu haben: die kleine, sehnige Gestalt, die dunklen, blitzenden Augen, das schmale, harte Gesicht mit den spitzen Wangenknochen und dem schwarzen Bart. Es mußte dieser Kapitän Cabeza sein, der ihm in Zwartewaal entschlüpft war, der ihm in England den Roten auf den Hals gehetzt hatte, von dem auch Pieter Wolfert berichtet hatte. Nun war er ihm wiederbegegnet.

Endlich hatten sie die beiden Offiziere bezwungen, Barend Fokke stieg über sie hinweg und eilte Kapitän Cabeza nach, er hoffte, ihn noch zu erwischen. Ein, zwei Türen passierte er, dann stand er auf der Rudergalerie. Er hörte es plätschern, sah ein Tau, das sich heftig bewegte, sprang darauf zu, wollte sich an dem Tau hinablassen; Cabeza war in das Beiboot geflohen, das sie außenbords mitschleppten. Aber da schlug das Tau schlaff an die Bordwand, gleichzeitig hörte Barend Fokke eilige Riemenschläge. Cabeza war mit dem Beiboot im Nebel verschwunden.

„Ein Boot!" schrie Barend, „ein Boot, es darf uns nicht entwischen!" Aber es dauerte Minuten, bis sie das Boot der „Trijntje" ausgeschwungen und aufs Wasser gesetzt hatten. Vier Mann ruderten es. Hielten inne, lauschten in die Nacht, in den Nebel, hörten ferne Riemenschläge, von denen nur schwer zu bestimmen war, aus welcher Richtung sie kamen.

Barend Fokke hockte im Bug des Bootes, wie sprungbereit. Alles in ihm war angespannt. Er hatte vergessen, was in Brielle auf ihn wartete. Er dachte nur noch an Cabeza. Neben ihm lag eine Muskete, er mußte ihn kriegen.

Ziellos ruderten sie in den Nebel hinein, lauschten. Die Zeit verstrich. Manchmal hörten sie Riemenschläge, dann war es wieder still. Offensichtlich hatte Cabeza bemerkt, daß sie hinter ihm her waren. Fast

eine halbe Stunde suchten sie das Wasser ab, dann gaben sie es auf. In breitem Zickzack, um es wiederzufinden, fuhren sie zu dem Schiff zurück. Barend Fokke dachte voller Sorgen an die Geusen, die vor Brielle auf ihn warteten. Er sah die Enttäuschung von Cambys und Hinlopen und sagte: „Den kriegen wir schon noch irgendwann. Jetzt haben wir erst mal das Schiff. Ist denn das gar nichts? Es war auf dem Wege nach Brielle, vielleicht auch nach Rotterdam, was weiß ich. Seine Ladung wird nicht schlecht sein, die werden wir uns morgen oder übermorgen vornehmen. Das Schiff gehört jetzt uns, ist euch das klar?"

Es wurde ihm selbst erst in diesem Augenblick klar. Das Schiff gehört jetzt dir, dir und deinen Leuten. Der Gedanke machte ihn heiß. Er mußte etwas tun, irgend etwas Irrsinniges. Er mußte seine Erregung loswerden. Barend rief nach Adriaen, rief nach den anderen, sogar nach Frederik rief er. Und dann stand er vor Adriaen, und andere standen schon um ihn herum, und Adriaen hockte in einer Ecke, kreidebleich, vor Schmerzen zitternd. An seinem rechten Arm klaffte eine mächtige Hiebwunde. Er war nicht der einzige, der verletzt worden war, Michiel Klaeszoon blutete am Kopf, und ein, zwei andere hatte es auch erwischt. Tote jedoch hatte es bei den Geusen nicht gegeben.

Barend Fokke war bestürzt. Die Freude über das erbeutete Schiff war sofort vergessen. Hastig riß er einem toten Spanier das Hemd vom Leibe und begann mit ungeschickten Händen, Adriaen einen Verband anzulegen. Die andern halfen den übrigen Verwundeten. Dann lief Barend Fokke in die Kapitänskajüte, suchte nach Branntwein, kramte lange, bis er welchen fand, achtete nicht darauf, was ihm beim Suchen alles unter die Finger geriet, rannte zurück zu Adriaen, hielt ihm die Flasche an die Lippen, gab den anderen davon, nahm selbst einen großen Schluck. Hinter ihm murrten schon Cambys und Hinlopen: Sie wollten auch etwas haben.

Als das Notwendige getan war, dachte Barend wieder an die Oudenhoorner, die auf ihn warteten. Wie kam er jetzt zu ihnen?

„Los, erst mal die Spanier über Bord!" befahl Barend Fokke. Dann sah er sich die „Trijntje" an. Der Bugspriet war gebrochen, die Takelage zum Teil zerrissen, der Fockmast hatte etwas abbekommen, und es würde einige Zeit dauern, bis sie wieder frei von dem Spanier waren. Und sie hatten schon viel zuviel Zeit damit verbracht, Cabeza zu verfolgen. Noch immer war es neblig, und das erleichterte die Arbeit nicht. Während sich Barend Fokkes Leute daranmachten, die Schiffe voneinander zu trennen, stieg er selbst auf die „Trijntje" hinüber und kletterte in den Laderaum hinab. Das Boot leckte, nicht allzuviel offenbar, aber so, daß sie die ganze Zeit pumpen mußten.

Er überlegte. Sie hatten keine Zeit zu verlieren, wenn er seinen Plan nicht gefährden wollte und womöglich die gesamte Aktion. Zum Glück war es noch ziemlich zeitig im Frühjahr, die Spanier beendeten erst allmählich ihren Winterschlaf, noch kamen nicht jeden Tag ihre Schiffe hier vorbei. Es würde genügen, wenn er die Verwundeten an Bord ließ. Die anderen brauchte er in Brielle.

Ich lasse noch Cambys oder Hinlopen hier, überlegte Barend. Hinlopen ist gewitzt, er weiß sich zu helfen, und Adriaen kann ihm zumindest sagen, was er tun soll, wenn sich ein spanisches Schiff zeigt.

Er stieg wieder zu dem Spanier hinüber, trieb seine Leute an, griff selbst zu einer Axt, hieb Tauwerk durch, versuchte, die Unruhe, die ihn erfaßt hatte, durch Arbeit zu überwinden.

Endlich wich der Nebel. Aber jetzt hätte er schon vor Brielle sein müssen, jetzt warteten schon die Buschgeusen auf ihn. Wind kam auf, drückte sie auf das Land zu. Barend Fokke suchte die Dunkelheit zu durchdringen, im Osten glaubte er Brandungsgeräusche zu hören. Er war überzeugt, daß sie dicht vor der Westplaat standen. Das gab ihm erneut einige Sicherheit: Hier konnte er seine Prise vor Anker legen, in flachem Wasser, in der Hoffnung, daß sich kein Fremder so dicht an die Westplaat heranwagen würde.

Als die „Trijntje" frei war, befahl er, die Anker der Prise auszuwerfen und ihre Segel zu bergen. Er guckte noch einmal nach Adriaen und den anderen Verwundeten. Adriaen fragte ihn besorgt, ob sie nicht zu spät nach Brielle kämen, und Barend Fokke beruhigte ihn, sie würden es schon noch schaffen. Aber Barend wußte, daß sein Plan nicht mehr aufging.

Sämtliche Kanonen der Prise wurden geladen und feuerbereit gemacht, für alle Fälle, und ebenso die Musketen, die sich an Bord fanden. Hinlopen erhielt den Befehl, keine Sekunde das Deck zu verlassen, es sei denn, die Verwundeten brauchten seine Hilfe.

Um Zeit zu sparen, riskierte Barend Fokke den Weg zwischen den beiden Inseln der Westplaat hindurch. Die „Trijntje" machte nur langsame Fahrt, denn sie konnten nur das Großsegel und den Besan setzen, Fockmast und Bugspriet waren nicht mehr zu gebrauchen. Als sie die Maasmündung erreicht hatten, hörten sie fernen Kanonendonner. Sie kamen zu spät.

Je mehr sie sich Brielle näherten, desto mehr verebbte das Geschützfeuer, und als Barend Fokke die Türme der Stadt sah, hörte es ganz auf, nur noch vereinzelt fiel ein Schuß. Hier und dort sah er Flammen züngeln, dicker schwarzer Rauch stieg auf.

Mit der „Trijntje" ging es zu Ende. Das Leck mußte doch größer sein, als Barend zunächst vermutet hatte. Das Wasser im Boot stieg und stieg, und wenn sie sich an den Pumpen noch so sehr anstrengten. Mühsam schleppte sich das Boot in den Hafen von Brielle. Dort lagen sie alle, die Geusenboote, zum Teil arg zerrupft von spanischen Kugeln, aber an der Stimmung an Bord erkannte Barend Fokke, daß der Sieg ihnen gehörte. Neidisch lehnten seine Leute am Schanzkleid der „Trijntje", sie hatten die Pumpen Pumpen sein lassen, sie hatten keinen Anteil an dem Kampf und an dem Sieg gehabt, und Barend Fokke sagte sich, sie wissen noch nicht, daß das deine Schuld ist.

Barend Fokke suchte nach Witsens Boot, und als er es endlich entdeckt hatte, fuhr er darauf zu, es war höchste Zeit, daß sie Land erreichten, die „Trijntje" sank immer tiefer. Irgendeiner rief herüber: „He, Barend, bist du wieder mal als erster angekommen?" Dann gab es einen Ruck, und die „Trijntje" saß auf Grund.

Kapitel zwölf

Govert Witsen empfing Barend Fokke nicht gerade freundlich, aber er zeigte sich auch besorgt. „Wo kommst du denn jetzt her?" fragte er ihn. „Und was ist mit deinem Boot los?"

Barend Fokke wußte, daß ihm Witsen nicht so leicht verzeihen würde. Darum winkte er ab, fragte zurück: „Wie steht es hier?"

„Jetzt will ich erst einmal wissen, was mit dir los war!" Die Frage klang schon ungehaltener und bestimmter, und Barend Fokke berichtete. Witsen schüttelte den Kopf. Ihm war nicht klar, wie Barend Fokke die andern Boote verlieren konnte.

„Komm, Barend", sagte Witsen, nahm Fokke am Ärmel und zog ihn in seine Kammer, „das mußt du mir genauer erklären", und Barend Fokke wußte nicht, ob es der Bericht war, die Verwundung Adriaens, worüber Witsen genauere Aufklärung verlangte, oder ob Witsen schon irgendwelchen Verdacht geschöpft hatte und nicht wollte, daß seine Leute mit anhörten, was er mit ihm zu besprechen hatte. Geht jetzt die

Auseinandersetzung schon los? fragte er sich und folgte Witsen unwillig, aber auch zufrieden, daß es keine weiteren Zuhörer gab.

Dann und wann fiel in der Stadt ein Schuß. Jedesmal unterbrachen die beiden Männer ihr Gespräch, lauschten nach draußen. Als Witsen auch Einzelheiten gehört hatte, unterrichtete er Barend Fokke vom Verlauf des Angriffs, und der hatte den Eindruck, als erzähle Witsen mit ganz besonderer Absicht, sähe ihn merkwürdig prüfend und abwartend an dabei, als wolle er etwas ganz Bestimmtes von ihm hören. Barend Fokke fühlte sich nicht wohl in seiner Haut, besonders als er erfuhr, der Angriff wäre fast mißlungen, weil an entscheidender Stelle, an der Hafeneinfahrt nämlich, lange Zeit gar nichts geschehen sei. „Bestenfalls", sagte Witsen, „ist da etwas durcheinandergegangen. Du hast doch mit den Leuten verhandelt. Was hast du ihnen denn gesagt?"

Barend Fokke überlegte, was durfte er Witsen sagen, ohne sich bloßzustellen. War es etwas Verwerfliches, daß er sich die Hafeneinfahrt vorbehalten hatte? Eine halbe Wahrheit ist besser als eine ganze Lüge, dachte er, aber er war bei diesem Gedanken nicht glücklich. Du hättest es anders anfangen sollen, aber das nützt dir jetzt gar nichts mehr. „Sie werden auf mich gewartet haben", sagte Barend zögernd, „ich wollte an der Hafeneinfahrt sein, um sie mit ihnen zu nehmen. Warum sie gezögert haben, als der allgemeine Angriff begann, das weiß ich auch nicht."

Witsen schüttelte den Kopf. „Das hat uns Verluste gekostet, die nicht nötig gewesen wären. Und das hätte uns fast alles gekostet."

„Ist das etwa meine Schuld?" fragte Barend Fokke wütend, aber die Wut war nicht ganz echt, sie sollte nur das Schuldgefühl übertönen. „Ich habe in London verhandelt, und ich habe hier verhandelt, und niemand hat mir verboten, daß ich dort kämpfe, wo es am schwersten ist!"

„Niemand hat dir das verboten, das mag richtig sein; aber – warum hast du niemand eingeweiht? Warum hast du nicht abgesprochen, daß ein anderer an deine Stelle tritt, wenn der ‚Trijntje' unterwegs was passiert?"

Barend Fokke hob kleinlaut die Arme und ließ sie resignierend wieder fallen. „Was kann ich denn für den verdammten Spanier, der mir da in die Quere gelaufen ist?"

Sie wurden unterbrochen. Einer der Schiffer aus Zwartewaal trat in Witsens Kammer. „Govert", sagte er, „sie melden eben, daß es keinen Widerstand mehr gibt in der Stadt. Ich glaube, jetzt ist es an der Zeit, daß wir uns ein bißchen um die Umgegend kümmern."

Witsen nickte. „Fahrt mit vier Booten die Brielsche Maas hinauf und seht, wie es dort steht. Wenn es brenzlig wird, dann laßt euch auf nichts ein, holt Verstärkung, wir können es uns ja nun leisten, nachdem auch Barend endlich eingetroffen ist."

Barend Fokke schluckte den Seitenhieb wortlos.

„Seht euch auch ein bißchen in Zwartewaal um", rief Witsen hinterher, als der Schiffer schon fast draußen war.

„Und was mach ich nun?" fragte Barend Fokke, nachdem sie wieder allein waren.

„Mit der ‚Trijntje‘ ist es vorbei, was?" Anteilnahme klang aus der Frage, und Barend Fokke atmete auf. Er hatte verschwiegen, daß er eher als die anderen Schiffe hatte eintreffen wollen, um den Hauptschlag zu führen, und daß er darum auf die südliche Einfahrt zu gehalten hatte. Wenn Witsen sich jetzt zufriedengab, brauchte das nicht herauszukommen, und er würde sich vielen Ärger sparen. Er nahm das neue Thema auf.

„Mit der ‚Trijntje‘ ist es vorbei, aber vor der Westplaat liegt der Spanier, meine Prise, ‚San Agostino‘ heißt sie, die muß ich mir nur noch hereinholen, die ergibt mehr als ein neues Doggboot. Kann ich nicht mit meinen Leuten auf dein Boot umsteigen, bis zur Westplaat wenigstens, irgendwie muß ich ja dorthin kommen."

Witsen jedoch lehnte Barend Fokkes Vorschlag ab, er könne noch nicht fort, ob er nicht mit Maurits van Dale hinausfahren wolle. „Beeil dich ein bißchen, kümmere dich um Adriaen!"

Maurits van Dales Enkhuizer lag nicht weit weg. „Na, wenigstens Glück im Unglück hast du gehabt", sagte Maurits. „Selbst wenn jeder seinen Anteil an der Prise erhält, hast du immer noch mehr, als was die ‚Trijntje‘ wert war. Was hat denn der Spanier geladen?"

„Das weiß ich noch gar nicht." Jetzt, da er die „Trijntje" aufgeben sollte, tat sie Barend mit einemmal leid. So oft hatte er sie verwünscht, weil sie nicht mehr viel taugte. Nun aber, da sie hier im Hafen von Brielle auf Grund lag und langsam verrotten würde, wünschte er, es wäre nicht so, wünschte er, es hätte Sinn, sie noch einmal zu reparieren. Sie war ein Stück seines Lebens gewesen. Auf ihr war er ein Seemann geworden, auf ihr hatte er gelernt, mit Ruder und Segel umzugehen. Jeder Kratzer hatte seine Geschichte, die einmal geschehen war auf der Doggerbank, vor der Westplaat, im Hafen von Antwerpen. Eben noch war die „Trijntje" etwas Lebendiges gewesen, und nun war sie nur noch totes, faulendes Holz.

„Komm längsseits", bat er Maurits van Dale, „damit du übernehmen kannst, was noch Wert hat."

Maurits van Dale verholte mit seinem Boot zur „Trijntje", machte an ihr fest. Wie Hühner auf der Stange hockten Barend Fokkes Leute auf dem Durk und rissen Witze über ihre Lage. Sie hatten schon aus dem Laderaum ausgeräumt, was noch nicht durch das Wasser verdorben war; inzwischen war es bis zum Deck gestiegen. Barend Fokke kletterte ins Durk, sah sich um, bemühte sich, nicht zu schlucken, weil er nie wieder hier stehen würde, nahm noch einmal den unbestimmbaren Geruch von Fisch, geteertem Holz, Ölzeug, verschwitzter Kleidung, vom Strohlager der Koje, vom Proviantkasten, von vielem anderen, was sich in Jahren festgesetzt hatte, in sich auf und wandte sich dann kurz ab.

Es war fast Mittag, bis sie alles übernommen hatten und den Hafen verlassen konnten, um zur Westplaat zu fahren. In der Brielschen Maas begegneten sie einem Engländer, sie gingen dicht an ihm vorbei, auf dem Achterkastell erkannte Barend Fokke die Männer, mit denen er in London verhandelt hatte. Er winkte, sie riefen: „Alles in Ordnung in Brielle?" Und er antwortete: „Ja, es ist alles ruhig in der Stadt!"

Sie trafen auf kein weiteres Schiff auf der Brielschen Maas, auch in Oostvoorne war es still. Kein spanisches Wachboot mehr weit und breit. Als sie die Westplaat umrundet hatten, sahen sie den Kauffahrer. Barend Fokke atmete auf, er hatte befürchtet, daß jemand kommen und ihm die Prise streitig machen könnte.

Als sie dicht heran waren, krachte an Bord des Kauffahrers ein Schuß. Die Kugel schlug nicht weit von ihnen entfernt ins Wasser. Und dann sah Barend Fokke, wie einer dort drüben einen Freudentanz aufführte, es war Hinlopen, er war wohl froh, daß er nicht mehr allein war.

„Bist du verrückt geworden!" schrie Barend, aber das störte Hinlopen nicht, und Cambys, der neben Barend Fokke stand, gebärdete sich genauso toll wie Hinlopen.

„Fahr rund um den Spanier herum", bat Barend Fokke, er wollte das Schiff erst einmal von allen Seiten betrachten, und Maurits van Dale tat ihm gern den Gefallen.

„Nun mach schon!" sagte er dann, als ihm das Anlegemanöver zu lange dauerte, und kletterte endlich an Bord, und die andern folgten ihm.

„Wie geht es Adriaen?" war seine erste Frage. Adriaen lag auf einer der Kojen, die den Offizieren gehört hatten. Er lächelte schwach, als Barend Fokke zu ihm trat, und sein Gesicht war gerötet. Er hatte noch starke Schmerzen.

„Jetzt muß ich dich erst mal auf meinem Schiff richtig begrüßen", sagte Barend Fokke zu Maurits van Dale, als sie die Kapitänskajüte betraten, in der er in der Nacht kaum etwas wahrgenommen hatte. Die Kajüte war kostbarer eingerichtet als die auf dem Schiff seines Onkels. Es war kaum Unordnung; die Schränke, die aufstanden, waren von Barend Fokke offengelassen worden. Barend lud Maurits van Dale zum Sitzen ein. Durch die Heckfenster sahen sie drüben die Westplaat. Barend Fokke lief hierhin und dorthin, öffnete einen Schrank, schloß ihn wieder, er war aufgeregt, er war an Bord *seines* Schiffes, das hier war jetzt *seine* Kajüte, er mußte sich erst an diesen Gedanken gewöhnen. Maurits van Dale lächelte, als er Barend Fokke so ziellos herumwandern sah. Schließlich sagte er: „Ich denke, du wolltest mich an Bord deines Schiffes begrüßen, Schwiegersohn?"

Barend griff nach einer dickbauchigen Flasche, holte zwei schwere geschliffene Gläser, goß ein, es war portugiesischer Rotwein, trank Maurits van Dale zu, hatte keine Ruhe, stand wieder auf, kaum daß er sich hingesetzt hatte, trat zu den Heckfenstern, beugte sich hinaus, hörte es über sich knattern und flattern, blickte nach oben, sah die spanische Flagge und rannte hinaus. „Hinlopen!" schrie er, und noch einmal: „Hinlopen! Bist du denn ganz und gar verrückt geworden? Hol endlich diese verdammte Flagge herunter und hiß die Geusenflagge!" Er hatte, als sie das Schiff umfahren hatten, nur das Schiff gesehen, nicht die Flagge. Und dann kletterte er in den Laderaum, um sich einen ersten Überblick zu verschaffen. Dunkel war es und muffig, ein unbestimmbarer Geruch von Pulver und allen möglichen Gewürzen umfing ihn. Er öffnete hier einen Sack und dort: Pulver, sie konnten es gut gebrauchen. Ganz unten im Schiff, im Ballastraum, stieß er auf Kugeln. Hoffentlich passen sie für unsere Kanonen, dachte er und stieg wieder nach oben.

Maurits van Dale war schon wieder auf seinem Enkhuizer, er winkte noch einmal herüber, legte dann ab und fuhr nach Brielle zurück. Barend Fokke befahl „Segel setzen!", aber es dauerte alles sehr viel länger als auf der „Trijntje". Ich muß drei, vier Leute mehr an Bord nehmen, dachte Barend. Sie fuhren nur mit dem Großsegel und mit dem Besan, der Fockmast mußte repariert werden, aber bis Burnham würden sie schon kommen.

Eins merkte Barend Fokke sehr bald: Das Schiff war schwerfällig, und das nicht nur, weil der Fockmast keine Segel trug. Das Heck versuchte sich ständig in den Wind zu drehen, das Achterkastell war zu hoch, es bot dem Wind zu viel Angriffsfläche. Mit dieser lahmen Ente mit

unseren Booten Schritt zu halten ist völlig ausgeschlossen, dachte er. Die hohen Heckaufbauten müssen herunter, wozu die vielen Kajüten. Dann wird das Schiff manövrierfähiger, vielleicht geht es dann auch dichter an den Wind heran, du kannst ja nicht immer auf Rückenwind warten. Und einen anderen Namen mußt du ihm auch geben.

Barend Fokke war immer noch wie benommen von dem Gedanken, daß er jetzt ein richtiges Schiff besaß. Und je mehr dieser Gedanke in sein Bewußtsein eindrang, desto mehr stieg auch die Benommenheit. Wenn der Kampf gegen Spanien erst einmal zu Ende ist, dachte er, wirst du mit diesem Schiff das Kap der Guten Hoffnung hinter dir lassen, wirst du nach Indien fahren, vielleicht auch nach Amerika. Und er wünschte sich, Stine wäre hier, dann könnte er ihr sein Schiff zeigen. Sie hatte nie so recht daran geglaubt, daß er es zu einem Schiff bringen würde, jetzt hatte er eins. Er hoffte, ihr Vater würde Zeit finden, nach Zwartewaal zu segeln, damit sie von seinem Glück erführe.

Adriaen war in eine der Offizierskajüten gebracht worden. Sein Gesicht glühte, er fieberte, aber er lächelte Barend entgegen, er erkannte ihn. „Nun werden wir uns mit diesem Spanier begnügen müssen", sagte Barend, „die ‚Trijntje' sitzt in Brielle auf Grund."

Adriaen nickte schwach. „Ich weiß", sagte er leise. „Ich weiß auch, daß ihr zu spät dort wart, hoffentlich nicht meinetwegen!"

„Wieso deinetwegen?" fragte Barend Fokke, „weil du verwundet worden bist? Wir haben so lange gebraucht, die ‚Trijntje' los zu bekommen. Du mach nur, daß du bald wieder auf den Beinen stehst, ich brauche einen tüchtigen Offizier an Bord!"

„Ich hatte das Ruder, als wir mit dem Spanier zusammengestoßen sind."

„Versuch ein bißchen zu schlafen, ich muß mich um das Schiff kümmern." Barend verließ Adriaens Kajüte. „Sag mir sofort Bescheid, wenn sich das Geringste am Horizont zeigt!" rief er Frederik zu, ehe er in der Kapitänskajüte verschwand. Erst jetzt sah er sich dort richtig um. In der dunkelsten Ecke stand eine Truhe, eisenbeschlagen, die Riegel und Schlösser waren geöffnet. Er hob den Deckel, und fast stockte ihm der Atem: Sie war gut halbvoll Geld, in kleine Säckchen war es gefüllt, sauber gestapelt, nur obenauf, das sah er deutlich, mußten einige Säckchen herausgenommen worden sein. Er öffnete eins: spanische Dublonen; er öffnete noch eins, noch eins – alles spanische Dublonen. Mein Gott, dachte er, das ist ja ein Vermögen, was hier liegt, das sind ja Tausende.

126

Er schlug den Deckel wieder zu, trat in den Gang hinaus und schrie: „Hinlopen!" Von irgendwoher hörte er Antwort, und dann tauchte Hinlopen auf. „Warst du schon in meiner Kajüte?" – „Nein, Schiffer, dazu war gar keine Zeit; was ist?" – „Schon gut." Cabeza hatte also noch Zeit gefunden, in die Truhe zu greifen und sich die Taschen zu füllen.

Barend Fokke kramte weiter in den Schränken und Fächern herum. Die Mannschaftsliste, die Ladepapiere. Das Schiff und seine Ladung war tatsächlich für Brielle bestimmt gewesen. Munition, ein paar Fässer Wein, einiges an Gewürzen. Für das Geld sollte sicher Rückladung eingenommen werden; vielleicht hatten auch die spanischen Soldaten einmal Löhnung erhalten sollen; selten genug kam das ja vor. Dann fand Barend ein Buch, in schweres Leder gebunden, die Ecken mit Silber beschlagen, eine Schließe hielt es zu. Eine papistische Bibel, dachte er und wollte es schon beiseite legen, öffnete aber dann doch die Schließe, schlug das Buch in der Mitte auf. Sein Blick fiel auf eine Landkarte. Arabien las er, Afrika. Auf der Nebenseite standen Angaben über Wind und Meeresströmungen. Erst jetzt wurde ihm bewußt, daß das spanische Worte waren, kein Latein, keine Bibel also. Schlug das Titelblatt auf, las: Übertragung des Ahmad ibn Madjid Buches nützlicher Angaben über die Grundlagen der Seewissenschaft und ihre Regeln nebst ausführlicher Beschreibungen der Schiffswege von Afrika zum Roten Meer, Golf von Persien, Indien, zum Malaiischen Archipel, China und Taiwan mit Anweisungen, wie ein Schiff vor der Küste und auf hoher See zu führen ist, wie ein Kompaß benutzt, wie man Riffen und Klippen ausweicht und die Meeresströmungen in die Reise einbezieht, um sicher und ohne Schaden ans Ziel zu gelangen.

Barend Fokke pfiff durch die Zähne, nahm das Buch, ging zu dem Sofa unter den Heckfenstern, setzte sich, guckte sich das Buch genauer an. Das ist ja viel mehr wert als die Dublonen in dem Kasten, sagte er sich. Mein Gott, ist das ein Fund, wenn das keine Phantastereien sind! Er las sich fest, seine Wangen glühten. Er überflog ein paar Seiten, blätterte ein bißchen, las wieder genauer. Er überhörte, wie jemand an seine Tür klopfte, Cambys steckte den Kopf durch den Türspalt, fragte: „Was machst du denn da, willst du nächstens Priester werden, daß du die Bibel studierst?"

Barend Fokke blickte nicht einmal hoch, er winkte nur ab, sagte halblaut: „Laß mich in Ruhe – später!"

Kopfschüttelnd schloß Cambys die Tür.

Es wurde dunkel in der Kajüte. Barend rückte immer dichter an die Fenster heran, und schließlich mußte er das Buch doch zuklappen. Er schloß es in den Schrank, zog den Schlüssel ab und steckte ihn ein. Was er hier gefunden hatte, das brachte ihn seinem Traum, Indien für sich zu entdecken, ein gut Stück näher. Er mußte mit jemandem darüber reden, mit Adriaen. Doch Adriaen schlief.

Spätabends am andern Tag trafen sie in der Crouchmündung ein, die Geusenboote waren noch nicht zurück. Zum Liegeplatz der Zwartewaaler Boote konnte Barend nicht gehen, das Schiff hatte zu großen Tiefgang. Am nächsten Morgen würde er in den Burnhamer Hafen einlaufen und die Ladung löschen, damit sie von den Bojern und Vliebooten übernommen werden konnten. Er teilte die Wachen ein und befahl, ihm gleich zu melden, wenn die Boote zurückkehrten. Aber sie trafen erst am übernächsten Tag ein.

Witsen erschien, Maurits van Dale, die andern. Barend Fokke bat sie an Bord, zeigte ihnen seine Schätze: die Munition, das Pulver, ließ eins der Weinfässer anzapfen, fühlte sich als Wirt, der Gäste willkommen heißt.

Witsen blieb nur ein paar Minuten, dann suchte er seinen Sohn auf. Keiner merkte, daß er gegangen war. Der Wein schmeckte gut, das Gespräch wurde lebhaft, einer versuchte den andern zu übertrumpfen mit dem, was er während des Kampfes geleistet hatte.

Nach einer Weile kehrte Govert Witsen zurück. Es wurde auf einmal still in Barend Fokkes Kajüte. Witsens Gesicht war hart und verschlossen, er stand da und sah Barend Fokke an, und dem wurde unbehaglich zumute. „Govert, ist was mit Adriaen?"

In die Stille hinein hörte man Poltern und Füßetrappeln, Rufe: „Zieht! Zieht!", Blöcke quietschten – das Schiff wurde entladen.

Leise sagte Witsen: „Mit Adriaen ist nichts, aber was mit dir ist, das will ich jetzt wissen, und zwar ganz genau!"

Barend Fokke bemühte sich, seine Bestürzung zu verbergen. „Ich versteh dich nicht, Govert", sagte er. Witsen machte eine Ruhe heischende Handbewegung. „Es ist ganz gut, daß ihr hier seid. Ihr alle müßt es hören, und wenn das nicht reicht, auch die da draußen." Und nach einer kleinen Pause: „Und dann werdet ihr sagen, was zu tun ist!"

Witsen wendete sich an Barend. „Welche Einfahrt in die Brielsche Maas hatten wir vorgesehen?"

„Die nördliche."

Die andern nickten.

„Dann erklär mir, wieso du Adriaen gesagt hast, wir wollten durch die südliche Einfahrt hinein!"

Jetzt war es heraus. Witsen war bei Adriaen gewesen. Deutlich erinnerte sich Barend Fokke der Situation im Nebel, als Adriaen ihn danach gefragt hatte. Die Gedanken in ihm überstürzten sich, er war sich der Schwere des Vorwurfs bewußt, den Witsen gegen ihn erhob. Womöglich warfen sie ihm Feigheit vor! Das wäre absurd. Hatte Witsen seinen Sohn absichtlich danach gefragt, nach Einzelheiten, dann hieß das, Witsen hatte von vornherein irgendeinen Verdacht geschöpft. Vielleicht auch war er in Brielle mit van Gendt zusammengetroffen, hatte etwas gehört, und Wedmore hatte dazu geschwiegen – oder auch Andeutungen gemacht. Oder hatte ihn der Zufall darauf gebracht? Abwarten, Zeit gewinnen, sagte er sich, erst mal hören, was er weiß. Und dann: Nein, Wedmore hatte ihn bestimmt nicht bloßgestellt.

„Ich habe Adriaen gesagt, die ‚Trijntje' solle durch die südliche Einfahrt. Ich habe es ihm deshalb gesagt, weil ich vorhatte, eher in Brielle zu sein als ihr, ich hatte das mit den Buschgeusen aus Oudenhoorn verabredet. Wir wollten gemeinsam die Hafeneinfahrt nehmen, bevor der eigentliche Angriff begann, ich wollte damit euch allen den Angriff erleichtern. Daß mir der Nebel einen Strich durch die Rechnung gemacht hat und daß dieses Schiff hier in meinen Weg geraten ist – bin dafür etwa ich verantwortlich?"

Hinlopen trat in die Kajüte. „Wir sind so gut wie fertig, Schiffer." Dann, nachdem er die sonderbare Stimmung in der Kajüte bemerkt hatte: „Was ist denn hier los?"

Witsen schnitt ihm kurz das Wort ab: „Mach die Tür von draußen zu, wir haben hier etwas zu verhandeln; ihr werdet schon rechtzeitig erfahren, was hier los ist!"

Nun wird es bald herum sein, dachte Barend Fokke, obwohl er sich klar war, daß Hinlopen nicht gehört hatte, worum es ging.

„Ich werde dir sagen, Barend, wofür ich dich, wofür wir alle dich verantwortlich machen. Nicht für den Nebel und nicht für dieses Schiff hier. Aber deine Oudenhoorner haben uns fast um den Sieg gebracht, weil sie nicht zur rechten Zeit zur Stelle waren. Sie jedoch trifft keine Schuld, sie haben es nicht besser gewußt. Hinterher haben sie wettgemacht, was sie durch deine Schuld versäumt hatten. Viele von ihnen und auch von den andern könnten noch leben, wenn du unseren Plan nicht abgeändert hättest. Weil, als wir angriffen, an der Hafeneinfahrt alles ruhig blieb, haben sich dort die Spanier zum Gegenangriff formieren können, und es wurde uns allen, uns allen" – wiederholte er, wies langsam in die Runde und deutete dann auf Barend Fokke –, „doppelt schwer. Deinetwegen, Barend, deines Ehrgeizes wegen. Das ist der schwerste Vorwurf, der einen Geusen treffen kann, daß er etwas getan hat zum eigenen Nutzen, aber zum Schaden aller."

Die Schiffer saßen schweigend da, Barend Fokke fühlte ihre Blicke fast körperlich auf der Haut. Er nestelte an seiner Jacke herum. Was würde jetzt noch kommen?

„Warum wolltest du die Hafeneinfahrt allein bezwingen?"

Barend Fokke fühlte sich in die Enge getrieben. Soll ich ihnen sagen, was ich mit Wedmore verabredet hatte, daß sie vorhatten, mir eine wichtigere Rolle anzuvertrauen, daß es gegen van Gendt ging und auch gegen Witsen? Aber das würde seine Lage noch schwieriger machen. „Ich wollte das Schwerste auf mich nehmen, weiter nichts."

„Du bist nicht rechtzeitig dagewesen, das zählt, und nicht deine Worte. Du hast dich gegen unseren Plan vergangen, du hast alles aufs Spiel gesetzt. Vielleicht war dein Vorhaben gut. Aber du hättest es mit uns besprechen müssen. Wir sind eine Gemeinschaft. Hättest du dich mit mir beraten, hätte ich einen Ausweg gefunden, als du nicht kamst."

Die Schiffer schwiegen. Govert Witsen wandte sich zu ihnen: „Wir sitzen hier zu Gericht, ist euch das klar?"

Weiter Schweigen. Aber das Schweigen war Zustimmung.

„Ich bin der Meinung, Barend Fokke hat das Schlimmste getan, und er muß dafür das Schlimmste erleiden, den Tod."

In Barend Fokke schien alles stillzustehen. Er wollte aufspringen, wollte schreien, ja seid ihr denn alle verrückt geworden? Er krampfte die Hände zusammen. Weg hier, dachte er, noch ist es nicht zu spät. Seine Augen suchten die Tür, sein Körper spannte sich allmählich. Ein paar Schritte, und du bist draußen. Draußen wissen sie noch nichts, und du bist frei. Draußen gelten auch keine Geusengesetze.

Aber Govert Witsen stoppte ihn durch eine Handbewegung.

„Das könnt ihr mit mir nicht machen!" sagte Barend.

Govert Witsen schnitt ihm das Wort ab: „Du hast nichts mehr zu sagen." Und zu den andern: „Jetzt habt ihr das Wort!"

Die Schiffer blickten sich an, unschlüssig, und dann redeten sie alle auf einmal. Die meisten waren der Ansicht, es sei nicht bewiesen, daß Barend Fokke etwas Schlechtes gewollt habe, er könne nicht wie ein Verräter behandelt werden. Daß er sich nicht an die Disziplin gehalten habe, könne freilich nicht hingenommen werden. Man müsse bedenken, daß auch sie sehr spät in den Plan eingeweiht worden seien. Diese Geheimniskrämerei begünstige solche Eigenmächtigkeiten. Besonders Maurits van Dale machte sich zu Barends Fürsprecher, und er zog auch die auf seine Seite, die anfangs Witsen zugestimmt hatten.

„Er hat sich gegen die Geusengesetze vergangen", schloß Maurits van Dale, „aber wir müssen annehmen, daß er nicht aus schlechten Gründen so gehandelt hat, denn wir kennen ihn. Er hat uns schweren Schaden zugefügt. Und damit er uns solchen Schaden nicht wieder zufügen kann, sollten wir ihn aus unseren Reihen ausschließen."

Barend senkte den Kopf, er war nicht in der Lage, jemanden anzusehen. Was sie ihm da antaten, das war ja fast dasselbe wie der Tod. Ausgeschlossen, ausgestoßen. Wenn sie doch nur erst gingen, ihn allein ließen, was wollten sie noch hier?

„Seid ihr alle damit einverstanden?" fragte Govert Witsen, und es war ihm anzusehen, daß er mit der Lösung, die Maurits vorgeschlagen hatte, zufrieden war. Er hatte Barend Fokkes Tod gefordert, aber er hatte es nicht gern getan. Die andern nickten.

„Dann haben wir von dieser Minute an mit dir nichts mehr zu tun. Du wirst von jetzt an deine eigenen Wege gehn." Witsen erhob sich, verließ Barend Fokkes Kajüte mit langsamen Schritten, sah starr geradeaus. Die andern folgten ihm, keiner sagte ein Wort. Sie gingen, als hätten sie eben jemanden zu Grabe getragen.

Barend Fokke saß wie gelähmt, mechanisch fuhren seine Finger die Tischkante entlang – er merkte es nicht. Er hörte auch nicht, wie es allmählich still wurde auf seinem Schiff. Die Schiffer unterrichteten die Geusen von dem, was in der Kapitänskajüte vorgegangen war.

Nach einer langen Zeit klopfte es zaghaft an die Tür: Barend überhörte es. Es klopfte noch einmal. Jetzt erst nahm Barend Fokke die Totenstille auf seinem Schiff wahr. Er stand auf, ging zur Tür, öffnete. Cambys und Hinlopen standen draußen. Sie hatten ihre Kappe in der Hand, drehten sie verlegen und drucksten herum, rückten nicht mit der Sprache heraus. „Was ist?" fragte Barend Fokke müde.

Hinlopen wischte sich mit dem Ärmel über die Nase, ehe er sagte „Wir dachten, Schiffer … Wir wollten wissen, wie das mit unserer Prise ist, mit unserem Anteil …" Und Cambys fuhr fort, schneller als Hinlopen, da einmal der Anfang gemacht worden war: „Du brauchst doch Leute auf deinem Schiff, Barend, und wir sind der Meinung, daß wir unseren Anteil auf dem Schiff lassen und mit dir zusammen fahren. Die andern kommen auch alle mit, nur mit Frederik haben wir nicht gesprochen."

Es war, als hätten ihm die beiden zu neuem Leben verholfen. Er hatte ein Schiff, er konnte über alle Meere der Welt fahren, das war einmal sein Traum gewesen. Jetzt würde er sich diesen Traum erfüllen. Nicht als Suchender würde er kommen, nicht als Forscher, als Entdecker, sondern als Verbannter. Was machte es. Das Kap der Guten Hoffnung lag greifbar nahe vor ihm. Es war ihm immer als Tor zur unendlichen Welt erschienen. Es würde sich ihm öffnen, dieses Tor. Ein Zurück nach Zwartewaal gab es nicht mehr. Und Stine, dachte er, was wird aus Stine? Er wünschte, er hätte nie den Gedanken gehabt, mit den Oudenhoornern zusammen die Hafeneinfahrt von Brielle zu nehmen. Und er verfluchte Sir Wedmore, der ihm diesen Gedanken eingeblasen hatte. Ob Stine vielleicht eines Tages mit ihm fahren würde? Sie würde zu ihm halten wie seine Leute.

Lange schritt Barend in seiner Kajüte auf und ab. Er mußte mit Adriaen und Frederik reden. Für sie hatten Hinlopen und Cambys nicht gesprochen. Endlich raffte er sich auf. Adriaen. Er hatte den Stein ins Rollen gebracht. Absichtlich hatte er es bestimmt nicht getan, jedenfalls nicht, um ihm zu schaden. Leise öffnete er die Tür zu Adriaens Kammer. Es war dunkel, und Barend Fokke war es recht so.

„Ich weiß es schon, Barend", sagte Adriaen, „mein Vater ist hier gewesen." Sie sprachen lange miteinander. Adriaen würde auf dem Schiff bleiben.

Barend ließ Frederik zu sich kommen. Er gab ihm seinen Anteil an der Prise, mehr als seinen Anteil, damit er sich ein neues Doggboot kaufen konnte. Frederik war einverstanden. Barend Fokke atmete auf, als er dieses Gespräch hinter sich hatte. „Und das hier ist für Mutter und Neeltje" – er gab Frederik zwei Beutel mit Dublonen, zögerte, griff noch einmal in die Truhe, holte zwei weitere Beutel heraus–, „und die sind für Stine. Einen Brief für sie werde ich auch noch schreiben."

Und die Herren aus London, Sir Wedmore, was ist mit denen? Ob die mir immer noch helfen wollen, nach dem, was geschehen ist? Womöglich tauchten sie morgen schon hier auf.

Als Frederik von Bord war, rief Barend nach Hinlopen. „Macht das Schiff klar, wir laufen sofort aus!"

„Jetzt, mitten in der Nacht?"

„Ohne Licht und ohne Laut!" Barend Fokkes Gesicht war hart geworden, er würde sich nicht kleinkriegen lassen, auch wenn das jetzt eine Flucht war.

Teil 2

Der weiße Schwan von Zwartewaal

Kapitel eins

„Die werden sich wundern in Burnham", prahlte Hinlopen, „einfach verschwunden sind wir, davongeflogen, weg." Hinlopen stand mit Cambys, Michiel Klaeszoon und zwei, drei anderen am Aufgang zum Achterkastell, es gab zur Zeit kaum etwas zu tun auf dem Schiff, langsam segelten sie nach Norden, langsam und vorsichtig, denn das Schiff mußte dringend in die Werft. „Wie ein Geist haben wir uns in Nichts aufgelöst." Er lachte, als hätten sie einen gelungenen Streich hinter sich. Cambys' Lachen war ein bißchen gezwungen, als er sagte: „Wie hat er das bloß gemacht?" Und Michiel Klaeszoon wiegte bedenklich den Kopf.

Hinlopen puffte Cambys in die Seite. „He, was ist?" fragte er und blickte Michiel Klaeszoon an. Der antwortete ärgerlich: „Damit sollte man lieber keine Scherze treiben. Beschrei so etwas nicht, sonst trifft's noch ein."

Barend Fokke war aus dem Ruderraum herausgetreten, er hatte die Worte gehört und schüttelte den Kopf über soviel Phantastereien, er ärgerte sich über Michiel Klaeszoon, der alles stets für bare Münze nahm, was Hinlopen daherredete, und Cambys schien ihm auch nicht sehr weit davon entfernt. Er hätte sich allerdings nicht nur geärgert, hätte er gewußt, wie sie sein Verschwinden in Burnham aufgenommen hatten. Kaum einer dort glaubte, daß das mit rechten Dingen zugegangen war, wie Barend Fokke in Nacht und Nebel, ohne einen Laut, seinen Liegeplatz verlassen hatte. Die wenigen, die solch abergläubischen Gerüchten entgegentraten, schwiegen bald und wurden nachdenklich: Wer weiß, wer weiß ...

Barend Fokke ging selbst ans Ruder, nicht nur weil Adriaen noch nicht ganz wiederhergestellt war, sondern auch, um das Schiff so gut wie möglich kennenzulernen, auch wenn es ein halbes Wrack war. Er grübelte, was mit dem Schiff zu machen sei, wenn es in der Werft lag, und die Beschäftigung mit diesen Dingen tat ihm wohl, lenkte ihn von dem ab, was gestern in Burnham mit ihm geschehen war. Aber nach kurzer Zeit schon waren seine Gedanken wieder bei Witsen und den übrigen Schiffern, und er haderte mit sich und aller Welt. Schließlich

134

hielt er es nicht mehr aus in dem engen Ruderraum, die See war ruhig, es konnte kaum etwas passieren, und so band er das Ruder an, ging zum Achterkastell, überlegte, was hier umzubauen war. Das Schiff sollte manövrierfähiger werden, gleichzeitig war es Barend aber auch darum zu tun, ihm ein neues Aussehen zu geben. Er würde gezwungen sein, allein zu fahren; wenn er Spaniern begegnete, mußten die nicht schon auf größere Entfernung feststellen, welches Schiff sie vor sich hatten. Das Achterkastell mit seinen vier Decks würde er erheblich niedriger machen lassen, zwei Decks genügten auch. Passagiere hatte er nicht zu befördern, wozu brauchte er da die vielen Kajüten. Dann würde er einen Kolderstock auf die Ruderpinne setzen, damit der Steuermann höher stand, er bekäme ein Ruderhäuschen, das halb aus dem Achterkastell herausragte, dadurch würde er wenigstens etwas sehen und nicht nur auf die Befehle dessen angewiesen sein, der das Schiff führte. Wurde das Achterkastell flacher, konnte auch der Besan niedriger angesetzt werden, das Schiff würde dadurch einen niedrigeren Schwerpunkt erhalten und besser im Wind liegen. Vielleicht ließ sich dann noch ein kleines Kreuzsegel über den Lateiner setzen, aber das würde sich schon herausstellen.

Barend Fokke wäre zwar am liebsten nach Holland oder Seeland in eine Werft gegangen, aber der Gedanke, jetzt dort aufzutauchen, schreckte ihn geradezu. Er hatte das Gefühl, jeder müsse ihm ansehen, daß er von den Geusen ausgestoßen worden war. Und außerdem wußte er nicht genau, was in Holland, in Seeland und in den andern niederländischen Provinzen jetzt war mit den Spaniern. In Brielle hatten die Geusen gesiegt, Brielle hatte das Signal für die andern sein sollen – aber war es das auch gewesen? Er wußte es nicht und würde deshalb lieber nicht riskieren, einen der niederländischen Häfen anzulaufen. Er wollte jetzt so weit wie möglich nach Norden, weit weg von allem, was Geusen hieß, wenn es das Wetter zuließ, bis nach Edinburgh. Dort sollte sein Schiff repariert und umgebaut werden. War er einmal so weit im Norden Englands, in Schottland schon, dann konnte er seinen Leuten sagen: Wir gehen jetzt nördlich um England herum, durch die Irische See, nehmen irgendwo in der Nähe von Land's End, am äußersten Südwestzipfel Englands, noch einmal Wasser, und dann beginnt unsere große Reise. Sie würden keine Fragen stellen.

Das Wetter hielt sich, der Wind frischte nicht auf, und Barend Fokke lief in Edinburgh ein. Er fuhr unter der niederländischen Flagge, rotweiß-blau-gestreift, er erregte damit Aufsehen, denn das Schiff war von

weitem als Spanier zu erkennen. Er erregte noch mehr Aufsehen, als er in der Werft seine Wünsche anmeldete, es schien allzu offensichtlich, daß er das Aussehen des Schiffes zu verändern wünschte. Aber Barend Fokke schnitt alle Redereien und Fragen damit ab, daß er dem Werftmeister ein paar Beutel spanischer Dublonen auf den Tisch setzte, dieses Argument wirkte auf den Schotten stärker als alle Worte.

Drei Wochen dauerten die Arbeiten an dem Schiff, Barend Fokke ließ seine Leute ebenfalls tüchtig mit zugreifen, damit es schneller ginge. Als erstes wurde eine neue Kapitänskajüte eingerichtet, denn die alte im obersten Deck des Achterkastells sollte mit abgerissen werden. Was in Schränken und Kästen verwahrt war, ließ Barend Fokke niemand anderen anrühren, er selbst schleppte es in seine neue Kajüte, die nicht ganz so groß war wie die alte und auch nicht ganz so vornehm eingerichtet. Aber das war jetzt wirklich *seine* Kajüte, bei der anderen hatte er immer noch ein bißchen das Gefühl gehabt, in das Haus eines Fremden eingezogen zu sein.

Seine Leute hatten den Kopf darüber geschüttelt, daß Barend Fokke niemanden an die Utensilien der Kapitänskajüte heranließ. Hinlopen witzelte schon wieder: „Er hat sicher etwas ganz Geheimnisvolles gefunden!" Und Cambys fügte hinzu: „Wenn uns das man nicht zum Bösen ausschlägt!" In der nächsten Zeit zog sich Barend Fokke trotz aller Arbeiten auf dem Schiff, trotz allen Lärms und allen Geschreis, in seine Kajüte zurück, holte das Buch heraus, das er zuerst für eine Bibel gehalten hatte, und war für niemanden zu sprechen. Er nahm nicht kritiklos hin, was er da las, er versuchte, es mit seinen eigenen Erfahrungen in Einklang zu bringen, auch wenn über Meere berichtet wurde, die er nie gesehen, Küsten, die er nie betreten hatte. Er rang sich die Zeit geradezu ab, die er darauf verwenden mußte, nach den Arbeiten an seinem Schiff zu sehen. Manchmal saß er solange über dem Buch, bis ihn die Einsamkeit bedrückte, bis er das Gefühl hatte: Du mußt mit jemandem reden, über das, was du hier liest, über die Möglichkeiten, die sich daraus ergaben. Es war merkwürdig: Er vermochte sich nicht zu überwinden, mit seinen Leuten darüber zu sprechen, obwohl sie ihm bewiesen hatten, daß sie zu ihm hielten. Nur Adriaen suchte er auf, der noch schwach war und Ruhe brauchte. Erzählte ihm von seinem Buch, vergaß darüber, was ihn bedrückte. Und Adriaen lächelte leise, als er Barend Fokkes Eifer bemerkte. Er war voller Verwunderung, daß es über die fremden Meere so viel Geschriebenes gab.

Als alle Arbeiten abgeschlossen waren, tat Barend Fokke ein übriges und ließ die Verzierungen an der Bordwand des Schiffes neu malen, so wenig wie möglich sollte ihn an die „San Agostino" erinnern. Er ging an Land, besah sich sein Schiff von weitem, sah, wie andere Leute den Kopf schüttelten ob des ungewohnten Aussehens. Freilich, alle anderen Schiffe besaßen einen höheren Heckaufbau. Aber was ging das ihn an, was die Leute zu seinem Schiff sagten, *er* fuhr damit, und er wollte es so haben, wie er es am zweckmäßigsten fand.

Ein paar Kanonen kaufte er noch, und nach ein paar Mann sah er sich um, die Besatzung zu verstärken.

Nun blieb noch der Name. Er hatte lange überlegt, konnte sich aber nicht schlüssig werden; er zögerte bis zur letzten Minute. „Stine van Dale" hätte er es am liebsten genannt, aber er scheute sich davor, er genierte sich. Schließlich erhielt es den Namen „Die Möwe über den sieben Meeren".

Und dann endlich konnte er die Leinen loswerfen, die Werft und den Hafen verlassen. Adriaen war inzwischen so weit wiederhergestellt, daß er für einige Zeit am Ruder stehen konnte. Es gab zwar Verwunderung an Bord, als Barend Fokke Nordkurs befahl, aber er sagte ihnen, er wolle das Schiff erst richtig kennenlernen, bevor sie die Reise nach Indien anträten, und das leuchtete allen ein.

Barend Fokke war voller Erwartung und voller Neugier: Wie würde sich sein Schiff verhalten, wie würde es den ersten Sturm nehmen. Und mit dieser Erwartung, die sich von Tag zu Tag mehr auf sein Ziel richtete, auf den endgültigen Beginn der Fahrt, verlor sich die gedrückte Stimmung, die durch die Geusen und deren Urteil hervorgerufen worden war. Die Erwartung griff auf die Mannschaft über – es war ja auch ihr Schiff. Und die vier Schotten, die in Edinburgh an Bord gekommen waren, lebten sich allmählich ein. Der harte Zug freilich, der sich Barend Fokke ins Gesicht gegraben hatte an dem letzten Tag in Burnham, der blieb, und der wuchernde schwarze Bart machte das Gesicht nicht freundlicher. Seine Leute gingen dazu über, Barend Fokke nicht mehr einfach Barend zu nennen oder Schiffer, sondern sie sagten Kapitän zu ihm. Eine Ausnahme machte nur Adriaen. Mit dem „Kapitän" hatten die Schotten begonnen, wortkarge Leute, und anfangs hatten die andern das nur aus Spaß mitgemacht. Aber dieses Schiff hier war größer als die „Trijntje", es bestand viel weniger Kontakt zwischen Kapitän und Besatzung, und Barend Fokke tat ein übriges: Er hielt sich in seiner Kajüte auf, saß über seinem Buch, las zuweilen Adriaen daraus vor, wenn sie über die Fahrtroute sprachen – das Achterkastell blieb ihm vorbehalten und Adriaen, der als Offizier galt. Manchmal stellte sich Barend selbst ans Ruder, später wurde Adriaen von einem der Schotten abgelöst, einem schon älteren Mann, der bereits lange Jahre zur See fuhr, auch wenn er nicht weit über die gälischen Gewässer hinausgelangt war.

Barend Fokke war sich nicht bewußt, daß die Leute ihm fremd wurden, es lag nicht in seiner Absicht; er wußte: Er konnte nur mit diesem Schiff fahren, weil sie ihn nicht verlassen hatten. Aber er war so sehr in seine Gedanken verstrickt, daß er am liebsten für sich allein war; er fühlte sich selbst von seinen Leuten beobachtet. Kam er an Deck, dann hatte er nur Augen für das Schiff, und seine Befehle waren kurz und knapp. So geschah es, daß der Abstand zwischen ihm und der Besatzung zunahm. Bald fiel es niemandem mehr ein, ihn anders als mit Kapitän anzureden. Eines Tages machte Adriaen Fokke darauf aufmerksam; der lachte etwas betreten und nahm sich vor, sein Verhalten zu ändern; am Anfang waren seine Versuche reichlich ungeschickt und gezwungen, aber von Mal zu Mal gab sich das, und es wurde besser, nachdem Adriaen auch mit den Leuten geredet hatte. Doch davon wußte Barend Fokke nichts.

Im großen ganzen war er mit dem Schiff zufrieden, seine Erwartungen hatten sich halbwegs erfüllt, er konnte jetzt dichter an den Wind heran, das Schiff gehorchte dem Ruder schneller. Allerdings wollte er, wenn er bei Land's End noch einmal Wasser faßte, auch Ballast nachladen: Das Schiff rollte ihm zu sehr, auch wenn es noch keinen Sturm gegeben hatte. Er sprach mit Adriaen darüber, und der pflichtete ihm bei. Einem andern Fehler war nicht so leicht beizukommen, das Schiff war Barend viel zu langsam. Auch darüber grübelte er nach, aber er fand keine Lösung. Das Schiff war nun einmal so gebaut. Alle Schiffe waren mehr oder weniger so gebaut.

Auf dem Weg durch die Irische See wehte es zwei Tage lang heftiger. Das Schiff hielt sich gut, doch das wollte noch nichts heißen.

Endlich machten sie in einem kleinen Hafen in der Nähe von Land's End fest, nahmen Wasser und Ballast ein, und am Abend vor der Ausfahrt setzte sich Barend Fokke mit seinen Leuten zusammen, ließ ein Faß englisches Bier anzapfen, es wurde fast wie in den guten Tagen in Burnham. Plötzlich nannten ihn alle wieder Barend, und Hinlopen erzählte augenzwinkernd die Geschichte von einem Kapitän, der sich unsichtbar machen konnte, dessen Schiff man im Hafen gesehen hatte, festgemacht, vor Anker. Und ohne daß auch nur das leiseste Lüftchen geweht hätte, war er am andern Morgen plötzlich verschwunden. Kein Wort rede der Kapitän, er denke seine Befehle nur, und schon müsse die Mannschaft springen, das Ruder drehe sich, wie von Geisterhand bewegt, wenn der Steuermann nicht gleich die Befehle des Kapitäns ausführe; genauso die Segel, wie von selbst kletterten sie am Mast empor, und wehe, man komme einem Tauende zu nahe, auch das bewege sich von ganz allein, und zwar dorthin, wo es am unangenehmsten zu spüren sei!

Auch die Schotten wurden etwas munterer. Die Verständigung war noch etwas schwierig, aber so viel verstand auch Michiel Klaeszoon, daß es um die Hexen und Geister des schottischen Hochlands ging. Er war schon so sehr betrunken, daß er sich bekreuzigte, obwohl es alle sahen. Hinlopen versuchte ihn zu beruhigen: „Diese Geister tun uns nichts, die dürfen aus ihren Bergen nicht heraus. Aber wir werden uns schon noch unsere eigenen zulegen, wart's nur ab!" Und das beruhigte Michiel Klaeszoon ganz und gar nicht, zumal Cambys zu Hinlopen sagte: „Du hast gut reden!"

Mit ablaufender Ebbe verließen sie am andern Tag den kleinen Hafen. Langsam schrumpfte das Land zusammen, wurde zum schmalen Strich am Horizont, und dann waren sie allein, und das große Abenteuer Indien begann für Barend Fokke. Es begann mit einem handfesten Sturm in der Biskaya, der sie dichter unter Land brachte, als ihnen lieb war, in der Nähe der Küste konnten spanische Schiffe auftauchen. Noch schlimmer waren die Klippen. Er kannte die Gewässer ja nicht. Tief in die Bucht von Biskaya jagte ihn der Sturm, drehte dann ein bißchen, ließ etwas nach, Barend Fokke vermochte das Schiff gerade noch am Kap Ortegal vorbeizubringen. Mit den hohen Heckaufbauten hätte er das nicht geschafft. Dann machte er einen großen Bogen um den spanischen Kriegshafen La Coruña. Als am Horizont ein paar Segel auftauchten, wünschte er sich dichten Nebel. Aber entweder hatten sie ihn nicht gesehen oder ihn für ein spanisches Schiff gehalten, weil sie ja auch nur seine Takelage wahrgenommen hatten: Nach ein paar Stunden verschwanden die Segel wieder unter dem Horizont.

Als das Wetter ruhiger wurde, begann Barend Fokke Adriaen im Gebrauch des Jakobsstabs und des Astrolabiums zu unterrichten, damit der Freund den Schiffsstandort auch allein bestimmen konnte. Barend Fokke verfolgte noch eine andere Absicht damit. Kap Ortegal sollte für lange Zeit das letzte Land sein, das sie berühren wollten. Er hatte nicht vor, wie das üblich war, dem Verlauf der Küste zu folgen, der spanischen

140

zunächst und dann der afrikanischen, bis zum Kap der Guten Hoffnung. Er würde geraden Kurs segeln, um möglichst niemandem zu begegnen, und auch, um Zeit zu sparen. Hatte er erst einmal das Kap der Guten Hoffnung hinter sich, wollte er mit dem Frühjahrsmonsun nach Indien segeln, und auf der Rückfahrt würde er den Herbstmonsun ausnutzen. Von seinem Onkel wußte er, daß von Spanien aus eine breite Südwest-strömung in den Atlantik hineinführte, mit ihr würde er westlich an Madeira, an den Kanarischen Inseln vorbeigehen, auf die Kapverden zu, immer geraden Kurs. Und wenn er dann die Kapverdischen Inseln passiert hatte, würde er auf Südostkurs gehen, den kürzesten Weg zum Kap der Guten Hoffnung. Er wußte nicht allzuviel von diesen Seewegen. Portolane, Seekarten, besaß er, er hatte sie mit seinem Schiff erbeutet. Ob er sich auf sie verlassen durfte, das wußte er freilich nicht. Wenig-stens wollte er ganz genau seine Position ermitteln können, und um das zu kontrollieren, brachte er Adriaen den Umgang mit den dazu nötigen Instrumenten bei.

Tagelang fuhren sie nach Südwest. Die Mannschaft fragte schon, nicht gerade ängstlich, doch mit einem besorgten Unterton, ob denn neuerdings Amerika das Ziel der Fahrt wäre. Barend Fokke nahm seine Seekarten unter den Arm, breitete sie auf dem Deck aus und erklärte der Mannschaft, die ihn neugierig umstand, welchen Kurs sie liefen und was seine Absichten waren. „Wo hat der das nur alles her?" murmelte Cambys, und Hinlopen griente ihn breit an. Barend Fokke hörte es, drehte sich um, lächelte vielsagend und erklärte weiter. Das Kopfschüt-teln einiger seiner Leute übersah er.

Der Wind war stetig, das Schiff hielt sich gut am Wind, erneut wurde Barend Fokke bestätigt, daß er es richtig gemacht hatte, einen Teil der hohen Aufbauten abzureißen. Mit den riesigen Heckaufbauten hätte er den Kurs bei diesem Wind nicht fahren können.

Nach gut vierzehn Tagen wurde Land gemeldet. Barend Fokke über-prüfte seine Berechnungen, verglich sie mit denen Adriaens: Das Insel-chen im Osten mußte eine der Kapverden sein. Er ließ den Kurs ändern, daß sie das Land wieder aus den Augen verloren, segelte noch einen Tag weiter nach Südwest und steuerte dann auf das Kap der Guten Hoffnung zu.

„Der kann ja hexen", meinte Cambys zu den andern. „Da ist das Meer so riesengroß, und der segelt einfach drauflos, und dann kommt er trotzdem genau dorthin, wo er hin will. Ob er auch noch das Land hier mitten in den Ozean gezaubert hat, nur um uns zu beweisen, daß er recht hat?" In seinem Gesicht stand deutlich Bewunderung, aber ein bißchen ängstliche Skepsis war ebenfalls dabei, die die Hexerei nicht ganz ausschloß. Sie waren alle voller Bewunderung für ihren Kapitän.

Daß er die Kapverdischen Inseln erreicht hatte, ohne sie suchen zu müssen, erfüllte Barend Fokke mit Stolz und Genugtuung, aber auch mit Sicherheit. Solange ihm diese Sicherheit fehlte, hatte er sich verhalten wie alle Schiffer auf hoher See: Wenn es Nacht wurde, ließ er einen Teil der Segel bergen, um langsamer zu werden. Manche Schiffer waren so vorsichtig, die Fahrt ganz abzustoppen. Warum das, sagte er sich, warum diesen unnützen Zeitverlust? Einem Schiff war er in den letzten vierzehn Tagen nicht begegnet, Klippen gab es weit und breit nicht, seine Berechnungen und die Seekarten stimmten offensichtlich. Warum da Zeit vergeuden?

Das brachte weniger Arbeit für die Mannschaft, die ohnehin nicht allzuviel zu tun hatte. In der ersten Zeit hatten sie sich noch in die Sonne gesetzt, hatten sich gewärmt. Nun aber wurde es ihnen zu heiß, sie suchten Schatten, und den gab es nicht auf dem Schiff, bis Barend Fokke auf dem Vorderkastell ein Sonnensegel setzen ließ. Das pflegte sonst kein Kapitän für seine Leute zu tun. Mit unverminderter Fahrt segelten sie nach Südosten, nicht sehr schnell, aber ohne Aufenthalt. Und daß das abendliche Segelbergen und das morgendliche Segelsetzen wegfiel, war wieder Anlaß zu Redereien und Fragereien unter der Mannschaft: „Der wird uns doch nicht etwa in Teufels Küche jagen!"

Ein paar Tage waren schlimm, es wehte so gut wie überhaupt kein Wind, die Abfälle, die über Bord wanderten, waren stundenlang zu sehen. Die ersten Unkereien waren zu hören: „Das hat er nun davon, ewig werden wir hier mitten im Meer sitzen, ohne Wind, weitab von jedem Land!" Barend Fokke kümmerte sich nicht darum, studierte seine Karten, buchstabierte in spanischen Segelanweisungen herum, beratschlagte mit Adriaen. Sie waren in einer Zone der Windstille, in den Kalmen, sie war nicht breit, sie mußten hindurch, auch wenn es lange dauerte. Derweilen schmorten sie alle in der Hitze, der Gestank im Schiff machte das Leben nicht erträglicher.

Das alles war eine neue Erfahrung für Barend Fokke. Er hatte sich die Fahrt gefahrvoll vorgestellt, stürmisch zumindest.

Nach Tagen der Windstille begann es endlich wieder zu wehen, jetzt jedoch so, daß sie kreuzen mußten; es war nichts mehr mit dem Südostkurs, direkt auf das Kap der Guten Hoffnung zu.

Wochen vergingen, ohne daß sie auch nur ein einziges Segel am

Horizont bemerkten. Fragen wurden laut, die Leute wurden unsicher. Der harte Zug in Barend Fokkes Gesicht verstärkte sich. Endlich sichteten sie ein Segel, später noch eins – Barend Fokke ließ den Kurs ändern, um Abstand zu halten –; und ein paar Stunden darauf Land.

Es mußte die afrikanische Küste sein. Barend Fokke rechnete, verglich, es konnte nur die afrikanische Küste sein. Er segelte weiter nach Süden, und am andern Morgen war kein Land mehr zu sehen. „Wer weiß, welche Insel das jetzt war!" meinten die Leute. Barend befahl Ostkurs, ein paar Strich nördlich. Am übernächsten Tag hatten sie erneut Land in Sicht. Der Wind hatte aufgefrischt, jagte sie vor sich her. Sie folgten dem Verlauf der Küste. Das Land nahm kein Ende. Und allmählich wurde zur Gewißheit, was Barend Fokke nicht gewagt hatte auszusprechen: Sie hatten das Kap der Guten Hoffnung hinter sich gebracht, ohne daß sie es gemerkt hatten. Seine Leute wollten es ihm nicht glauben, erst als er ihnen eine Extraration Wein ausschenken ließ, verlor sich ihre Unsicherheit, und sie waren froh, daß sie es so weit geschafft hatten.

Barend Fokke war glücklich und stolz. Er hatte das große Hindernis hinter sich gebracht, das ihn seit Jahren in seinen Träumen beschäftigt hatte. Und er sagte es seinen Leuten: Sie hatten ihm dabei geholfen. Indien lag vor ihm, die ganze Welt. Und er hatte ein Schiff, sie zu erobern.

Aber auch die Freude konnte die Erinnerung an das, was in Burnham geschehen war, nicht auf die Dauer verdrängen. Barend war jetzt ehrlich genug gegenüber sich selbst, daß er sich sagte: Du hast durch dein Verhalten selbst verschuldet, daß es dir so ergangen ist. Und du wirst alles daransetzen, das wieder wettzumachen. Du hast das Kap der Guten Hoffnung hinter dir gelassen, es ist alles ganz leicht gegangen. Womöglich liegt die Schwierigkeit darin, wieder zurückzukehren? Du mußt dir das Tor offenhalten für die Rückfahrt, du mußt wieder einen Hafen finden, der dich aufnimmt, dich, nicht nur die Waren, die du in den Hafen bringst. Erst dann hast du das Kap der Guten Hoffnung wirklich überwunden.

Als sie im Monsunwind vor der Küste Afrikas nordostwärts segelten, sprach er mit Adriaen über das, was ihn bewegte. Er mußte hören, was ein anderer darüber dachte.

Adriaen lachte zunächst. „Sei doch froh", sagte er, „daß bis jetzt alles so gut gegangen ist. Vielleicht haben wir nur Glück gehabt und sonst nichts. Umsonst wird das Kap der Guten Hoffnung nicht so gefürchtet sein bei allen Seefahrern. Wer weiß, wie es uns bei der Rückfahrt ergeht." Aber dann wurde er ernster. „An meinem Vater wird es nicht liegen. So bald freilich wird der Spruch über dich seine Wirksamkeit nicht verlieren. Du mußt ein bißchen Geduld haben, bis Gras über die Geschichte gewachsen ist. Was ich tun kann, dir zu helfen, Barend, das soll geschehen. Und unsere Leute werden auch versuchen, was ihnen möglich ist."

Eine Pause entstand. Es war alles gesagt. Barend ging und holte sein Buch heraus. Er blätterte, suchte etwas Bestimmtes. Schließlich begann er: „Ich will nicht ohne Ware nach Ostindien fahren. An der afrikanischen Küste haben wir Gelegenheit, einzukaufen." Jetzt hatte er die Seiten gefunden, die von Afrika handelten, er suchte nach den vorteilhaftesten Häfen – sie sollten nicht allzu groß sein, denn in großen Häfen würden sie auf Spanier treffen. Barend tippte mit dem Zeigefinger auf Ortsnamen auf der Karte. „Hier werden wir es versuchen, in Malindi, in Kilwa, in Dar es Salaam oder in Mombasa. Das bringt uns nicht allzu weit nach Norden, wir bleiben im Monsun und lassen uns dann schnurstracks nach Ceylon blasen und nach Java, zu den Gewürzinseln."

In dem Buch stand auch verzeichnet, womit man in den Häfen der afrikanischen Ostküste Handel trieb: mit Elfenbein, mit Gold, mit Sklaven. Elfenbein wollte Barend Fokke kaufen, vielleicht auch Gold. Mit Sklaven jedoch mochte er sich nicht abgeben, dieses Geschäft sagte ihm nicht zu. Und Adriaen pflichtete ihm bei.

Nach dem Gespräch mit Adriaen hatte sich Barend vorgenommen, mit seinen Leuten zu reden. Er würde gewissermaßen eine Beichte ablegen. Aber er verschob es von Tag zu Tag. Er setzte sich eine Frist: Bevor du im ersten Hafen festmachst! Und zögerte es hinaus. Rechnete und maß auf der Karte. In den nächsten Tagen würde er Malindi erreichen.

Am Abend gab er sich einen Ruck. „Hol mir die Leute aufs Achterkastell, Adriaen!" Und gleich darauf verbesserte er sich: „Nein, sag ihnen, daß ich zu ihnen kommen werde."

„Wo bleibt denn der Wein, Kapitän?" fragte jemand, als die Mannschaft beisammen war. Sie hockten auf Taurollen, Kisten und auf Geschützlafetten, ein paar waren einige Sprossen hoch in die Wanten gestiegen. Dort oben war der Kühlung bringende Luftzug deutlicher zu spüren als an Deck. Der Mond stand als schmale Sichel dicht über dem unsichtbaren Horizont.

144

Barend Fokke überhörte die Frage, er war beklommen, suchte nach Worten. Seine Leute wurden schon unruhig. Endlich begann er, langsam, stockend. Sprach von dem Hafen, den sie morgen oder übermorgen anlaufen würden, vom Kap der Guten Hoffnung, von dem, was es ihm immer bedeutet hatte. Sprach sich allmählich frei, brauchte sich nicht mehr nach jedem Satz zu räuspern. Erzählte von seinem Vater, von dem alten Doggboot, von dem Wunsch, als erster heimzukommen, von Sir Wedmore und Govert Witsen und den „Alten". Als er bei den Oudenhoornern und bei Brielle angelangt war, geriet er ins Stocken, sah sich wie hilfesuchend nach Adriaen um, doch der stand am Ruder. „Und deshalb sind wir nun hier und wollen nach den Gewürzinseln, deshalb haben wir das Kap der Guten Hoffnung hinter uns gebracht. Aber wir müssen auch wieder zurück. *Ich* muß wieder zurück. Ich bin auf dem Meer zu Haus, doch auf dem Meer bin ich verlassen, wenn ich nicht den sicheren Hafen weiß. Und es wird für mich nie einen anderen Hafen geben als Zwartewaal. Nie."

Er machte eine Pause. Es war still, bis auf das leise Rauschen am Bug. „Wie ich wieder nach Zwartewaal komme, ob sie mich wieder aufnehmen – ich weiß es noch nicht. Ich weiß nur, daß ich alles tun werde, es zu erreichen. Und ich rechne auf euch: Ihr werdet mich nicht im Stich lassen, so wie ihr mich in Burnham nicht im Stich gelassen habt."

Dann wandte er sich kurz ab. Er hatte eigentlich vorgehabt, noch bei ihnen zu bleiben, aber er konnte es jetzt nicht, er wollte allein sein. Und er sagte sich: Das ist das letztemal, daß du dich in deine Gedanken vergräbst.

Er sah nicht, wie seine Leute nachdenklich nickten, er hörte nicht ihre halblauten Bemerkungen. Als er fast schon auf dem Achterkastell war, drehte er sich noch einmal um. „Warum steckt ihr denn nicht ein Fäßchen an, wo ihr doch schon alle beieinander hockt?"

Hinlopen rief: „Nur, wenn du uns Gesellschaft leistest, Kapitän!" Barend Fokke zögerte eine Sekunde, dann stieg er rasch die Stufen des Niedergangs hinunter. Es war ihm, als dürfe er keine Sekunde länger mehr zögern.

Kapitel zwei

Langsam näherten sie sich ihrem ersten Hafen, Malindi. Sie waren voller Erwartung, und sie waren voller Neugier. Dicht unter der Küste segelten sie nordwärts. Eigenartig gebauten winzigen Booten begegneten sie, Einbäumen mit ein, zwei dunkelhäutigen Männern darin, die sich zum Fischen aufs Meer hinausgewagt hatten. Dann und wann trafen sie auch auf ein paar größere Boote, so groß wie die Vlieboote zu Hause vielleicht, auch sie fremdartig mit ihren Lateinsegeln: Es waren arabische Daus, einmastig und zweimastig. Vorsichtshalber hatten sie an Bord der „Möwe über den sieben Meeren" die Kanonen schußbereit gemacht und ihre Waffen zurechtgelegt, zu viel hatten sie von Piraten gehört, die mit diesen Daus die Schiffahrt unsicher machten. Aber bis jetzt erwies sich das als überflüssig. Die Männer auf den Daus winkten ihnen freundlich zu, wenn sie einander begegneten. Sie waren nicht so dunkelhäutig wie die in den Einbäumen. „Das sind doch nicht etwa Frauen?" sagte Cambys, der mit den anderen gespannt verfolgte, was sich da alles in ihrer Nähe tat. Die braunen Männer auf den Daus waren in weiße oder helle Tücher gehüllt, selbst die Köpfe hatten sie darunter verborgen.

Sie sahen, wie hinter einem Landvorsprung zwei Daus verschwanden. „Ob dort der Hafen liegt?" fragte Adriaen. Barend Fokke nickte. „Wahrscheinlich. Geh ein bißchen dichter heran, wir werden uns das einmal ansehen. Sollten mehr als zwei große Schiffe dort sein, versuchen wir es gar nicht erst. Ich will nicht unnütz mit den Spaniern oder Portugiesen oder wer immer es sein mag, anbinden."

Adriaen legte das Ruder herum, langsam schoben sie sich auf den Landvorsprung zu. Eine kleine Dau kam heraus, nahm das Schiff zum Ziel. „Was soll das, die rammen uns ja!" Die Leute griffen nach ihren Waffen, aber Barend Fokke winkte ab: „Da sind doch höchstens vier, fünf Mann drauf, die werden uns nicht gefährlich." Er beobachtete die Dau, sah, wie sie auf ihr gestikulierten. Als sie dicht heran war, riefen sie etwas herüber. Unter ihm, auf Deck, gestikulierten und riefen seine Leute, keiner verstand den anderen.

„Laßt doch endlich den Lärm!" schrie Barend Fokke zu seinen Leuten hinunter, „die sind doch nicht umsonst zu uns unterwegs." Aus den Gesten entnahm er, daß einer von der Dau zu ihm an Bord wollte. Der Mann deutete auf sich, auf Barend Fokkes Schiff, wies zum Land, machte ein besorgtes Gesicht, wurde immer lebhafter, weil er nicht verstanden wurde. Endlich glaubte Barend Fokke ein paar spanische Worte herauszuhören: Brandung, Riffe, Lotse, Hafen. Er nickte, winkte zu der Dau hinüber, und da strahlte der Mann drüben über das ganze Gesicht, machte weitausladende Handbewegungen, dirigierte die Dau unmittelbar neben Barend Fokkes Schiff und war mit einem gewaltigen Sprung an Bord. Sofort ging die Dau wieder auf Abstand.

Barend Fokkes Leute stürzten sich fast auf den Fremden, sie faßten ihn an, lachten wie die Kinder, gebärdeten sich wie die Kinder, und der Lotse zeigte seine weißen Zähne, lachte mit ihnen, hob in komischer Verzweiflung die Hände, raffte seinen Burnus um sich, weil er zu fürchten schien, er würde ihm zerrissen werden, und versuchte so schnell wie möglich das Achterkastell zu erreichen.

Barend Fokke bot ihm einen Schluck Wein als Willkommensgruß an Bord an, aber der Araber lehnte mit allen Anzeichen des Entsetzens ab, lachte dann, bedeutete mit bedauernden Gesten, er dürfe nicht, das sei ihm verboten. „Allah!" verstand Barend Fokke immer wieder. Die Augen des Lotsen funkelten von Sekunde zu Sekunde verschmitzter und vergnügter. Er lehnte immer noch ab, aber nicht mehr so heftig, lachte immer mehr, schielte nach der Dau, aber die war schon wieder fast hinter dem Landvorsprung verschwunden, griff nach dem Becher, den ihm Barend Fokke hingehalten hatte, und ließ den Wein genießerisch die Kehle hinabrinnen. Verbeugte sich fast bis auf die Decksplanken, lachte, legte die Hand aufs Herz, legte beide Hände vor dem Kinn aneinander, blickte zum Himmel, wurde ernster, murmelte etwas, in dem wiederholt das Wort „Allah" vorkam und ließ sich dann zum Ruder führen. Er hatte Barend Fokke noch einmal durch Gesten klargemacht, daß er das Schiff in den Hafen bringen werde.

Barend Fokke wurde unsicher; wenn der Hafen bloß nicht voller Schiffe war! Er kratzte sein Spanisch zusammen, bemühte sich darum, besonders deutlich zu sprechen, redete mehr mit den Händen als mit der Zunge, um zu erfahren, ob der Hafen voll oder leer wäre, und der Lotse begriff endlich, begriff offenbar mehr die Gesten als die Worte, denn mit seinem Spanisch schien es noch viel weniger weit her zu sein als mit dem Barend Fokkes. Er beteuerte lebhaft, und er bedauerte es sehr, daß zur Zeit nicht ein einziges Schiff aus Spanien im Hafen liege.

Der Lotse verstand sein Handwerk. Barend Fokke beobachtete ihn, und er beobachtete das Meer: hellgrüne Streifen in der blauen See, denen der Lotse auswich; die Brandung vor der Küste. Der Lotse veranlaßte

die nötigen Segelmanöver, das Schiff wendete wiederholt, und Barend
Fokke fragte sich, wie er allein den richtigen Weg durch die Klippen und
Untiefen hätte finden sollen. Er dachte an sein Buch, an den Mann, der
es geschrieben hatte, Ahmad ibn Madjid, und er stellte sich ihn so vor
wie den Mann, der jetzt sein Ruder führte.

Eine winzig schmale Einfahrt, rechts und links Riffe, mehr zu erahnen
als zu sehen, nur ein bißchen Unterbrechung im Gleichmaß der Wellen,
dann eine mäßig große Bucht, der Strand von Palmen überragt, darüber
ein tiefblauer Himmel mit weißen Wolken, die geruhsam im Frühjahrsmonsun schwammen. Als sie nicht mehr weit vom Strand entfernt
waren, ein Kommando des Lotsen, von Gesten begleitet: Die Segel fielen
und dann die Anker. Der Lotse strahlte wieder über das ganze Gesicht,
er hatte seine Arbeit getan, und er hatte sie gut getan. Seine Dau kam
längsseits und nahm ihn an Bord, nachdem er von Barend Fokke den
Lotsenlohn erhalten hatte. Ein Flasche Wein jedoch lehnte er mit allen
Anzeichen des Entsetzens ab.

Sie standen am Schanzkleid und sahen zum Land hinüber: Ihr erster
Hafen, noch nicht in Ostindien, aber in Afrika, und das war schon fast
dasselbe. Eine ganze Flotte von Einbäumen und kleineren Daus schoß
heran, die Bucht schien auf einmal von ihnen zu wimmeln. Und dann
waren sie von ihnen umringt. Alles mögliche wurde ihnen ent-
gegengehalten: Früchte, lebende Hühner, sogar ein Schwein quiekte in
einem der Einbäume, bunte Tücher, Krüge, Schmuckketten. Einer
versuchte den anderen zu überbieten an Lärm, jeder wies her, was er
hatte, pries es laut an, und die Männer an Bord kauften dies und das,
bissen in Früchte, die sie nicht kannten, spuckten wieder aus, weil ihnen
der Geschmack fremd war, bis Barend Fokke dem Treiben ein Ende
machte. Er befahl, das Boot auszusetzen, und ließ sich an Land rudern.
Wie von einer Ehreneskorte begleitet fühlte er sich – die Einbäume und
Daus folgten ihm, einer drängelte den andern weg, jeder versuchte bis
zu Barend Fokkes Boot vorzudringen, warf eine Frucht zu ihm hinüber,
hielt ihm ein Stück Stoff vor die Nase oder ein Huhn, dessen Kopf nach
unten hing und das verzweifelt mit den Flügeln schlug. Sie lachten und
schrien und gestikulierten, daß es Barend Fokke fast schwindlig wurde.
Er war froh, als endlich der Kiel seines Bootes auf Sand knirschte. Die
Händler folgten ihm.

Barend stand auf afrikanischem Boden. Rohrdächer über weiß
leuchtenden Hüttenwänden, dunkelhäutige Männer und Frauen, hellere
Araber, und alle schienen sie nur darauf gewartet zu haben, daß Barend

Fokke Malindi besuchte. Er hatte Geschenke mitgenommen, ein paar Messer, ein paar Handwerkszeuge, die Leute aus Malindi rissen sich darum, aber Barend Fokke gab vorläufig nichts her. Dann kam ein älterer Mann, groß, dick, das Gesicht streng und verschlossen, auf Würde bedacht, seine Umhänge kostbarer als die der übrigen, mit Schmuck beladen, ein Federzepter in der Hand, Gefolge, darunter zierliche Frauen und genauso dicke wie er selbst. Würdevolle Verbeugungen auf beiden Seiten, Gesten, Geschenke von hüben und drüben. Eine Einladung, sich auf dem Markt umzusehen. Auf Tüchern ausgebreitete Waren, vielerlei Gerüche, die meisten fremd für Barend Fokke. Lebende Tiere und geschlachtete. Lärm, Geschrei. Araber, die heimische Händler rücksichtslos beiseite drängten, um selbst das Geschäft zu machen. Getränke, Bier; Barend Fokke kostete davon, es war scharf, es schmeckte säuerlich, aber nicht schlecht. Er bot den Leuten davon an, die ihn herangerudert hatten. Er sagte sich, du mußt hier auftreten wie dieser Stammeshäuptling oder Sultan oder König auch, du mußt Gefolge haben, und er erhob seine Ruderer zu seinem Gefolge.

Und dann sah er, was er suchte: Elfenbein; stoßweise Elefantenzähne. Er zeigte sein Interesse etwas zu schnell, die Händler spürten, daß ihm nur daran lag, und sie begannen zu feilschen und den Preis nach oben zu treiben. Barend Fokke kam sich ein bißchen unglücklich vor, er hatte so etwas noch nie gemacht, gehandelt, und er war sich am Ende fast sicher, daß er bei genügend Hartnäckigkeit nur die Hälfte hätte bezahlen müssen.

Ein Araber nahm ihn am Arm, machte ihm begreiflich, daß er noch viel besseres habe, zog ihn mit, nachdem Barend Fokke alles Elfenbein aufgekauft hatte, das es hier in Malindi gab. Ein Stück abseits lag eine Hütte, größer als die andern, eine dichte Dornenhecke darum, ein paar finstere Männer mit Dolchen am Eingang: Barend Fokke war an einen Sklavenhändler geraten. Er wollte wieder umkehren, aber der Araber wurde immer freundlicher, freundlicher und hartnäckiger. Es blieb Barend Fokke nichts anderes übrig, als in den abgezäunten Innenraum hineinzugehen. Fünfzehn, zwanzig Männer und Frauen hockten dort, gefesselt, apathisch, sie blickten kaum auf, als Barend Fokke hereintrat. Er schüttelte energisch den Kopf, drehte sich um. Sollte der Händler reden, solange ihm der Atem reichte. Die Freundlichkeit im Gesicht des Arabers schwand, er redete heftiger und heftiger, wurde zornig, beschimpfte Barend Fokke am Ende, drohte ihm, schrie hinter ihm her.

Drei Tage blieben sie in Malindi. Allzuviel konnte Barend Fokke dort nicht aufkaufen, zwei Bootsladungen Elfenbein, es verlor sich fast im Schiff und hatte doch einen beträchtlichen Wert. Kleinigkeiten hatte sich jeder mitgenommen, Hinlopen und Cambys liefen mit abenteuerlichem Kopfputz herum. Es war ihr erster Hafen fern der Heimat, es war so viel Neues, Fremdes, Niegesehenes, und alles wog doppelt schwer in der Erinnerung: die Afrikaner in ihren Lendenschurzen, die Frauen, die graziös schwere Lasten auf dem Kopf trugen und dabei lächelten, die Männer, die stolz neben ihnen her gingen, aber sofort eine drohende Haltung einnahmen, als einige von Barends Leuten das Lächeln der Frauen falsch deuteten.

Barend Fokke hatte den arabischen Lotsen wiedergetroffen. Er bat ihn auf sein Schiff, aber die Verständigung war mühevoll. Er fragte ihn aus nach den Häfen Ostindiens, um zu erfahren, ob er dem Buch, das ihn bisher so gut geführt hatte, weiter trauen durfte, aber er wurde aus den Reden und Gesten des Lotsen nicht ganz klug. Warnte er ihn vor etwas? Es klang beinahe so. Er hatte ihm begreiflich zu machen versucht, daß er kein Spanier sei, auch kein Portugiese, sondern ein Holländer. Der Araber schüttelte den Kopf, dann nickte er. Er schien nicht allzu gut zu sprechen auf die Spanier, schien jedoch wiederum auch nicht zu verstehen, daß es noch andere weiße Leute gab als eben Spanier oder Portugiesen. Barend Fokke wurde nicht klug aus ihm. Oder wollte der Araber ihm etwa sagen, daß hier nur Spanier und Portugiesen handeln dürften, hier und in Ostindien, und alle anderen hätten dort nichts zu suchen?

Er zeigte ihm schließlich seine Seekarten, wies auf Häfen, auf Küstenlinien; der Araber wurde lebhafter, nickte, schüttelte wieder den Kopf. Aha, dachte Barend Fokke, nach Goa soll ich nicht gehen. Warum? Viele Schiffe? Mit Kanonen? Spanier? Nein? Dann also Portugiesen? Ja; der Lotse nickte lebhaft. Und Malakka? Und Sumatra? Und Java? Und die Molukken? Inzwischen hatte sich ihnen Adriaen zugesellt. Der Lotse zeigte auf seine Dau, durch die Heckfenster hindurch war sie zu sehen, deutete an, daß er viele davon meinte, machte gestenreich und mit viel Geschrei nach, wie Piraten mit solchen kleinen Booten ein Schiff angriffen.

„Da scheint uns ja einiges bevorzustehen", sagte Barend Fokke, und Adriaen antwortete: „Wirst du dich durch ein paar Piraten abhalten lassen?"

Dann wurden die Anker gelichtet, der Lotse stand am Ruder und brachte das Schiff auf die hohe See. Er verabschiedete sich nicht, ohne noch einmal einen großen Becher Wein getrunken zu haben, und dann waren sie wieder allein mit ihrem Schiff.

Barend Fokke änderte seine Pläne, die Warnungen des Lotsen hatten ihm zu denken gegeben. Ursprünglich hatte er vorgehabt, Indien und Ceylon anzulaufen, zwischen Sumatra und Malakka hindurchzugehen, sich dort nach guten Handelsplätzen umzusehen und dann bis zu den Molukken, den Gewürzinseln, zu segeln. Er hatte schließlich noch keine Erfahrungen, sein Buch sagte ihm nicht allzuviel über gute Handelsplätze und über Seeräuber. Er machte sich Notizen von dem, was ihm der Lotse mitgeteilt hatte, wie er sich täglich Aufzeichnungen über den Verlauf der Reise machte – über Wetter, Wind, Wolken, Strömungen, Fische, die sie sahen, Vögel, die ihnen folgten. Selbst wenn ein Balken auf der See trieb oder ein Faß, hielt er das in seinem Schiffstagebuch fest.

Wenn es also vor Malakka so viele Piraten gab, warum etwas riskieren, wenn es nicht unbedingt nötig war? Deshalb änderte Barend seine Reiseroute ab, fuhr mit Ostkurs auf die Straße zwischen Sumatra und Java zu, auch wenn der Monsun dann für ihn nicht mehr ganz so günstig wehte.

Anfangs begegneten sie zuweilen noch einer Dau, nach ein paar Tagen jedoch war auch das letzte fremde Segel verschwunden – sie fuhren auf einsamem Kurs, nicht einmal der Verfasser seines Buches schien ihn gefahren zu sein, Barend Fokke war ganz auf sich angewiesen und auf die Karten, die er von Ostindien besaß. Sie hatten bis jetzt gestimmt, und Barend Fokke vertraute auf sie.

„Du wolltest kein Risiko eingehen", sagte Adriaen eines Abends zu ihm. In langen Wogen hob und senkte sich das Meer, die Hitze des Tages hatte ein wenig nachgelassen, die Sonne war eben untergegangen, der Himmel brannte rot, brachte das Meer am Horizont zum Erglühen. Unter ihnen war das Wasser schon tiefschwarz, der Wind sang leise in der Takelage. „Du wolltest kein Risiko eingehen, Barend, und doch gehst du ein Risiko ein, wenn du neue, unerforschte Wege fährst. Nicht einmal dein Ahmad scheint diese Gewässer gekannt zu haben, sonst stünde mehr in seinem Buch davon."

Barend Fokke lachte und schüttelte den Kopf. „Vielleicht hast du recht, Adriaen, aber nur vielleicht. Ahmad ibn Madjid hat diese Gewässer nicht beschrieben. Aber die Karten sind da, und das genügt mir. Die Wege, die er gefahren ist, sind ausgefahrene Wege. Und wo alle fahren, wird für uns nicht sehr viel zu holen sein. Ich werde neue

Wege gehen, mein Verstand sagt mir, daß die Piraten dort lauern, wo viele Schiffe sind. Also umgehen wir sie. Und holen vielleicht noch mehr!"

Adriaen gab sich nicht zufrieden. „Sagt dir dein Verstand auch, ob hier nicht unterseeische Riffe sind, Inseln, zu denen wir gar nicht wollen, die uns den Weg versperren, was weiß ich?"

„Damit könntest du recht haben, Adriaen, meine Karten jedenfalls sagen mir nichts davon, und bis jetzt haben sie mich nicht betrogen. Also traue ich ihnen, wenn auch in aller Vorsicht. Gut denn, Adriaen; ich habe keine Angst vor dem Risiko, wenn die größeren Chancen für mich sind, aber ich bin vorsichtig. Übrigens: In der Nacht werden wir jetzt doch wieder etwas von den Segeln wegnehmen!"

Tage vergingen, Wochen, und nichts war um sie als das unendliche Meer. Das Wetter hielt sich, unermüdlich blies sie der Monsun ihrem Ziel entgegen. Und da Woche für Woche verstrich, ohne daß sie das geringste Zipfelchen Land sahen, ohne daß ein Segel über dem Horizont auftauchte, wurden Barend Fokkes Leute allmählich wieder unruhig. Barend sagte nichts dazu, noch nicht, auch er rechnete und maß jetzt öfter, ließ von Adriaen die Position nachrechnen, kletterte einmal selbst in die Fockmars, als jemand Land am Horizont meldete – aber es war nichts. Barend Fokke sagte kein Wort, aber er behielt seine Leute im Auge. Er glaubte nicht gerade, daß sie meutern würden; wohin sollten sie sich auch wenden, sie verstanden nichts von der Navigation. Doch die Stimmung wurde schlechter. Michiel Klaeszoon trieb es mit einemmal zu den Schotten, und er schien dabei merkwürdig aufgetaut, nicht so ruhig und zurückhaltend wie sonst. Ob es vielleicht daran liegt, daß sie Papisten sind, fragte er sich, und ist er doch noch mehr Papist, als ich bisher geglaubt habe? Er nahm sich vor, in Zukunft etwas auf Klaeszoon und die Schotten zu achten. Er fürchtete nichts von ihnen, aber was er beobachtet hatte, das gab ihm zu denken.

Barend Fokke wandte sich an den Koch. Auf jedem Schiff war der Koch der wichtigste Mann nach dem Kapitän. Vom Koch hing es ab, wie die Stimmung an Bord war. Und Barend Fokke wollte nicht, daß sie noch schlechter wurde, vor allem nicht bei dieser ersten Fahrt. Er hatte sich bereits ein-, zweimal des Abends zur Mannschaft gesetzt, hatte ein paar Flaschen Wein springen lassen. Aber er hatte es wohl nicht richtig angefangen, das Gespräch war gezwungen verlaufen, und er war bald wieder gegangen.

Darum stieg er nach unten ins Schiff, wo der gemauerte Herd war, schwatzte ein bißchen mit dem Koch, wies ihn an, die Rationen zu erhöhen, sie wären ja nun bald da.

Ein paar Tage lang tat die bessere Kost ihre Wirkung, dann war es erneut vorbei: Eines Morgens ging die Sonne seltsam verschleiert auf. Die Männer setzten wie immer alle Segel, aber sie taten es zögernd, unlustig, beinahe schon verängstigt. Jeden Tag hatte man nach Zeichen ausgeschaut, die Land verhießen, und nichts hatte sich gezeigt. Und nun ein Zeichen, das Unglück ankündigte. Nachdem die Segel standen, traten die Männer alle an den Bug und beobachteten die eigenartige Erscheinung. Manchmal wendeten sie den Blick auch zum Achterkastell, um zu erkunden, was für ein Gesicht der Kapitän dazu machte. Aber der blieb unsichtbar. Die unmöglichsten Vermutungen wurden geäußert. Das Ende der Welt war noch das geringste, was die Leute fürchteten. Selbst Hinlopen machte keine Witzchen mehr, selbst sein Gesicht war nachdenklich geworden: Der Dunstschleier, hinter dem sich die Sonne fast verborgen hatte, nahm die Gestalt einer riesigen Pinie an. Es war eine Pinie aus Rauch.

Barend Fokke hatte sie auch gesehen, auch er beobachtete die gewaltige Rauchwolke, Adriaen hatte ihn deshalb geweckt. Lange schaute Barend Fokke nach der Erscheinung, der sie ständig näher kamen. Und dann glaubte er seiner Sache sicher zu sein, am Fuß der Pinie aus Rauch hatte er eine winzige Kegelspitze bemerkt. Es war ein Vulkan, ein gewaltiger Vulkan, der Krakatoa. Und was die andern ängstigte, das erfüllte ihn mit Freude und Genugtuung. Er befand sich vor der Straße zwischen Sumatra und Java, und dort wollte er hin. Auf seiner Karte war der Vulkan mit spitzen Federstrichen aufgemalt, wie er Feuer spie, Steine und glühende Lava. Entweder war es der Krakatoa, oder Barend Fokke war so weit von seinem Ziel entfernt, daß er es schwer haben würde, dorthin zu finden.

Auf einmal waren auch Vögel um das Schiff, niemand hatte sie heranfliegen sehen, sie krächzten und kreischten, riesige Vögel, wie sie die Männer nie zuvor gesehen hatten. Es beruhigte sie nicht, es war ein Unheilzeichen mehr.

„Wollt ihr denn nicht endlich Land in Sicht melden, ihr Schlafmützen?" rief Barend Fokke seinen Leuten zu. Er war ruhig und zufrieden, die Spannung der letzten Tage war gewichen, nun da er wieder eine beträchtliche Etappe seines Weges hinter sich wußte.

„Das ist kein Land, Kapitän!" antwortete ihm Michiel Kiaeszoon, „dort haust höchstens der Gottseibeiuns!" Die Schotten bekreuzigten sich sofort, und Michiel Klaeszoon war es anzusehen, daß er das am liebsten auch getan hätte.

Barend Fokke lachte laut. „Ich will selbst vom Neungeschwänzten geholt werden, wenn das was andres ist als das Land, auf das ich seit Tagen gewartet habe. Da kann der und jener und seine gesamte Sippschaft aufkreuzen, ich verwette mein ganzes Schiff und jeden Holzspan einzeln gegen einen Arschwind des heiligen Augustin, der einmal der Taufpate dieses Schiffes gewesen ist, als es noch unter spanischer Flagge fuhr: Das dort ist das Land, das wir gesucht haben. Und nun macht endlich nicht mehr solche Trauermienen, ihr braven Apostel, ihr!"

Die Schotten murrten, und auch Michiel Klaeszoon ließ so etwas wie ein Grunzen hören, ein Zeichen, daß er nicht mit dem einverstanden war, was Barend Fokke gesagt hatte. Der hatte sich schon halb umgedreht, wandte sich aber noch einmal, als er die Schotten murren hörte. „Was wollt ihr denn, he? *Wir* haben keinen Papst mehr, und weil wir keinen Papst mehr haben, haben wir auch keinen Teufel mehr. Und wenn es doch noch einen Teufel gibt, dann will ich dieser Teufel sein, für alle diese Brüder, die noch immer daran glauben!"

Barend Fokke hatte die ostindische Inselwelt erreicht. Er dachte an das Kap der Guten Hoffnung. Da war alles sehr glatt gegangen, fast zu glatt. Jetzt war er in Ostindien, und er wurde von einem feuerspeienden Berg empfangen. War das nicht vielleicht doch ein böses Omen? Was soll dieser Unsinn, sagte er sich und versuchte, diese Gedanken wegzuwischen. Aber ein winziger Rest von Nachdenklichkeit blieb. Er ließ den Ausguck verstärken, schärfte seinen Leuten ein, auf alles und jedes zu achten, es gäbe hier und vor der javanischen Küste unberechenbare Strömungen und unendlich viele Riffe und Klippen, auf der Karte wimmele es von ihnen. Er starrte selbst unentwegt in die See, und wenn es Abend wurde, machte er seine Aufzeichnungen ausführlicher und gewissenhafter denn je.

Manchmal begegneten sie nun einem kleinen Boot, und es stellte sich heraus, daß von ihnen – zumindest bis jetzt – nichts zu fürchten war. Als sie nördlich von Djakarta waren, mit gutem Abstand, sichteten sie einen Spanier oder Portugiesen – die Portugiesen hatten dieses Land für sich in Besitz genommen. Sie sahen nur die Takelage des Schiffes, sein Rumpf blieb unter dem Horizont, und sie taten nichts, sich ihm zu nähern.

Sie gingen dichter an die Küste heran, suchten nach Dörfern, sie mußten allmählich an ihre Fracht denken. Barend Fokke war noch unschlüssig, wie und wo beginnen. Das Land schien ihm farbenprächtiger als Afrika; alles war üppiger, nicht so verbrannt. Düfte von wohlriechendem Holz zogen heran, mit dem die Bewohner ihre Herdfeuer unterhielten. Fischerboote kamen ihnen entgegen, schmal, mit hoch aufgerundetem Bug und Heck, bunt bemalt, die Segel kühn geschwungen. Die Männer darin waren braun, ihre Gesichter ebenmäßig, schön. Sie luden sie durch Gesten ein, an Land zu gehen. Sie trugen schmale Lendentücher, farbenprächtig wie das Land und ihre Boote, leuchtend gemustert. Ihr Haar glänzte lackschwarz.

Barend Fokkes Ziel war eine kleine Bucht; im Sonnenlicht gleißender Sandstrand, palmenumrahmt; der Strand schien zu dampfen in der schwülen Tropenhitze. Im Hintergrund der Bucht Mangrovendickicht, auf einer Lichtung das Dorf. Kleine Boote näherten sich der „Möwe über den sieben Meeren", Schwimmer. Am Ufer sammelten sich Leute.

Die Anker fielen. Fragen: Portugiese? Spanier? Als sie verneint wurden, wich die Zurückhaltung. Barend Fokke ließ das Boot aussetzen und ruderte an Land. Er wurde empfangen wie ein hoher Gast. Neugierige Blicke, verstohlenes Lächeln. Palmwein wurde herumgereicht. Und dann der Handel. Kopra, Chinarinde, Indigo. Feilschen. Am andern Tag Ankerlichten. Ein paar der bunten Boote begleiteten sie noch lange Zeit.

Mit Ostkurs segelte Barend Fokke weiter. Das also war Ostindien. Er war am Ziel. Hatte er es sich so vorgestellt? Ja und nein. Es war nicht das Abenteuer, das er sich ausgemalt hatte, es war alles viel alltäglicher, und doch überraschte ihn jede Bucht, die er anlief, jedes Dorf, das er betrat. Übergenau zeichnete er auf, was er vorfand, wie die Menschen waren, was sie für ihre Waren verlangten. Er verglich, merkte sich, wohin er später wieder fahren wollte. Interessenten für sein Elfenbein fand er kaum, da hätte er bedeutendere Handelsplätze aufsuchen müssen.

Wochen vergingen, der Sommer näherte sich seinem Ende, die Laderäume des Schiffes füllten sich. Bis zu den Molukken war er vorgedrungen. Ohne Gefahren, ohne unliebsame Begegnungen, ohne Angriffe, durch wen auch immer. Ging das nicht alles zu glatt?

Bis nach Ternate gelangte er, dann hatte er volle Ladung: Gewürznelken, Muskat, Sago, Kubebenpfeffer, Betelnuß, Reis, Ingwer, Kopra, Chinarinde, Indigo. Er bedauerte, daß das Schiff nicht mehr trug. Und er bedauerte, daß er nur einmal im Jahr hierher fahren konnte. Er versuchte sich auszurechnen, was ihm die Schiffsladung bringen würde – er gab es auf, die Summe mußte riesengroß sein. Die Rückfahrt begann, der Herbstmonsun konnte jeden Tag einsetzen, die Regen- und Gewittergüsse nahmen zu.

Eines Tages, sie befanden sich wieder nördlich von Djakarta, sah er sich im Morgengrauen zwei portugiesischen Galeonen gegenüber. Sie waren nicht weit entfernt. Kommandos. Die Geschütze wurden kampfbereit gemacht. Pfeifensignale von den Galeonen hallten über das stille Wasser.

Der Wind war nur schwach, die Schiffe machten wenig Fahrt. Die Galeone, die ihnen am nächsten stand, eröffnete das Feuer, weitab klatschten die Kugeln ins Wasser. Barend Fokke lachte zufrieden, er gab sich sicherer, als er war. Sie durften ihn nicht kriegen. Er beratschlagte mit Adriaen, wie sie sich verhalten sollten. Auf einem Stück Papier malte er ihm seinen Plan auf. „Wir sind ihnen voraus", sagte er, „paß auf! Wir nehmen jetzt ein bißchen von den Segeln weg, sie werden denken, sie haben uns eingeschüchtert. Wir werden langsamer. Sie wissen nicht, daß wir so dicht an den Wind herangehen können. Wenn sie denken, sie haben uns, wenn wir genau zwischen ihnen beiden sind, dann das Ruder herum, Südkurs, alle Segel gesetzt – der Wind wird bald stärker wehen –, und genau zwischen ihnen hindurch!"

Adriaen wiegte den Kopf. „Das ist riskant, Barend!"

„Wir müssen etwas riskieren, und wir müssen das tun, was sie am wenigsten erwarten!"

Barend Fokke befahl, die Focksegel einzuholen. Seine Leute wunderten sich. „Ihr tut genau, was ich euch sage, und schnell muß es gehen, sie dürfen drüben gar nicht zur Besinnung kommen, dann schaffen wir es!"

„Die Möwe über den sieben Meeren" verlor Fahrt. Das Geschützfeuer brach ab. Als der Abstand zu beiden gleich groß war, befahl Barend Fokke: „Alle Segel hoch, schnell, schnell, und das Ruder herum!"

Langsam schwenkte das Schiff, langsam nahm es wieder Fahrt auf, eine stärker werdende Brise füllte die Segel. Dennoch ging es Barend Fokke viel zu langsam. Mehr Leute hätte er gebraucht oder handlichere Segel. Sie hielten den Atem an, starrten zu den Portugiesen hinüber. Die begriffen nicht gleich, und die paar Sekunden genügten. Erst als sie ihnen auf kürzeste Entfernung gegenüberstanden, merkten sie, was Barend Fokke vorhatte. Sie begannen aus allen Kanonen zu feuern.

Barend Fokke lehnte am Ruderhäuschen. Er schien eiskalt, aber alles in ihm war angespannt bis zum äußersten. Eine Kugel zerriß ihm das Besansegel, Segelfetzen klatschten an den Mast, fielen auf Deck. Doch sie waren zwischen den Galeonen durch. Die Portugiesen begannen sie zu verfolgen, sie vermochten jedoch nicht denselben Kurs zu laufen wie

158

den der „Möwe über den sieben Meeren". Sie waren jedoch mindestens genauso schnell, wenn nicht noch ein bißchen schneller. Und trotzdem vergrößerte sich die Entfernung zwischen den Schiffen.

Barend Fokke beobachtete, wie sich die beiden Portugiesen trennten, offensichtlich bemühten sie sich, ihn in die Zange zu nehmen. Sie waren noch nicht heraus aus der Umklammerung. Nach Stunden endlich verschwand die eine Galeone unter dem Horizont, Barend Fokke ließ sofort den Kurs ändern. „Jetzt haben wir es geschafft!"

Er war zufrieden und war es wiederum nicht. Er hatte den Portugiesen ein Schnippchen geschlagen, aber er war viel zu langsam mit seinem Schiff. Er brauchte ein Schiff, das schneller war als dieses, schneller als die Galeonen. Ein Gedanke hakte sich in ihm fest, ließ ihm keine Ruhe mehr: Du baust dir ein neues Schiff. Das nötige Geld für den Bau hatte er. Und er begann zu rechnen und zu knobeln. Der Gedanke nahm allmählich Gestalt an. Die ganze Rückfahrt saß Barend Fokke in seiner Kajüte, überlegte, machte Notizen zu seinem neuen Schiff, versuchte auch, Risse zu zeichnen, aber die gelangen ihm weniger gut. Nur in seinem Kopf, da stand das Schiff fix und fertig vor ihm. So genau, daß er es Adriaen zu beschreiben versuchte, als der ihn neugierig fragte, warum er sich so wenig auf Deck zeige, die Leute würden schon wieder über ihn reden.

Die Beschäftigung mit dem Schiff, das er bauen würde, brachte ihn auf einen neuen Gedanken. Er war noch nicht ausgegoren, aber Barend Fokke war so sehr davon erfüllt, daß er sofort zu Adriaen ging. Es war ein paar Tage vor Ende der Reise. Und am Abend rief er seine Leute zu sich in die Kapitänskajüte. Es wurde eng, und es wurde auch bald laut, und nicht nur, weil sie kräftig auf die Rückkehr tranken: Barend Fokke zeigte auch ihnen seine Zeichnungen, beschrieb ihnen sein Schiff, erntete Kopfschütteln, Ungläubigkeit und Staunen. So ein Schiff hatte es bisher noch nicht gegeben. Doch am Ende glaubten sie an dieses sonderbare oder wunderbare Schiff: Ihr Kapitän hatte ja auch zweimal das Kap der Guten Hoffnung bezwungen, ohne Schiffbruch!

„Am Tag, bevor wir Malindi erreichten, hab ich euch gesagt, daß mich Zwartewaal wieder aufnehmen soll, auch wenn ich damals noch nicht wußte, wie ich das erreichen könnte. Heute jedoch weiß ich es. Mein neues Schiff wird mir das ermöglichen. Es muß ja nicht grad Zwartewaal sein" – er wußte, daß er nicht ganz aufrichtig war, aber er mochte auch nicht eingestehen, daß die Scheu vor Zwartewaal, vor Govert Witsen und den andern noch zu groß war –, „aber Holland wird es sein, dem wir helfen mit unserem Schiff und unserem Handel. Wir werden unserem Land helfen, die Spanier loszuwerden, je eher, desto besser. Das Geld, das wir verdienen, werden wir gut anlegen!"

Zwei Tage darauf, es war spät im Herbst, waren sie zu Hause. Das Schiff war so voll beladen, lag so tief im Wasser, daß es bei Texel auf Hochflut hätte warten müssen. Barend Fokke mochte die Ladung nicht leichtern lassen, und so griff er tief in die Tasche, um die Kamele zu bezahlen, hölzerne Schwimmkörper, die voll Wasser an back- und steuerbord unter das Schiff gelegt und dann leergepumpt wurden und so ein Schiff über die Untiefen hinweghoben. Hatte er in Ostindien gefeilscht, um seine Ladung zu bekommen – in Amsterdam feilschte er wieder, um sie so günstig wie möglich loszuwerden. Er lehnte es ab, die Ladung auf einmal an ein Handelshaus abzugeben. Sie guckten ihn scheel an deshalb, aber sein Gewinn war um so größer.

Kapitel drei

Barend Fokke war im Hafen, in Amsterdam. Es war Winter. Der Frost hatte die Grachten zufrieren lassen, auch das Wasser im Hafenbecken trug eine dünne Eisdecke. Grau lastete der Schneehimmel über der Stadt, der Schnee dämpfte alle Geräusche, hatte die Duckdalben wunderlich verändert, lag dick auf den Absätzen der Treppengiebel und ließ die schmalen, hohen Häuser schief erscheinen.

Barend Fokke war ohne Ruhe. Er war drauf und dran, nach Zwartewaal zu gehen, zu Stine. So lange hatte er sie nicht gesehen. Er schwelgte in Träumen, wie er nachts an ihre Tür klopfte, wie sie ihn einließ, wie sie sich in den Armen lagen. Aber was in Burnham geschehen war, hielt ihn zurück. Nicht einmal nachts würde er in Zwartewaal aufzutauchen wagen. Er brachte es nicht über sich, blieb in Amsterdam, begnügte sich wohl oder übel mit seinen Träumen, wartete, hoffte, daß Stine eines Tages erschiene, versuchte es mit einem langen Brief. Wünschte – ohne es zu sagen –, daß sie es ihm über ihren Vater ermöglichte oder erleichterte, nach Zwartewaal zurückzufinden. Er sah die Häuser vor sich, als er den Brief schrieb, die Fließe, auf denen sie im Winter Schlittschuh gelaufen waren, an deren Ufer er mit Stine zusammen manche Sommernacht gelegen hatte. Er dachte an die kleine Werft, wo er sein erstes Schiffsmodell gebaut hatte. Was machte die Mutter, was Neeltje? Er wär so gern bei ihnen gewesen – er brachte es nicht über sich.

Barend Fokke hatte, ohne daß es seine Absicht gewesen wäre, dafür gesorgt, daß er bekannt wurde in der Stadt, bekannt und beinahe schon unbeliebt. Unbeliebt wenigstens in den Handelshäusern, weil er ihnen Konkurrenz machte, weil er sich nicht darauf eingelassen hatte, die Ladung seines Schiffes auf einmal zu verkaufen.

Auch in der großen Politik wurde er bekannt, und er wußte nicht, sollte ihm das recht sein oder nicht. Er hatte Adriaen mit ein paar schweren Beuteln zu Wilhelm von Oranien geschickt, er hatte Adriaen aufgetragen, nicht seinen Namen zu nennen, sondern nur zu verlangen, mit dem Geld die Wassergeusen zu unterstützten. Adriaen war natürlich nicht bis vor Wilhelm von Oranien gekommen. In der Kanzlei hatten sie ihn abgefertigt, das Geld gern entgegengenommen. Allerdings hatten sie ihm so lange zugesetzt, bis er den Namen seines Auftraggebers preisgab. Und eben das war Barend Fokke recht und unrecht zugleich. Er mochte vor Zwartewaal einerseits nicht als Prahler dastehen, andererseits sollten sie es ruhig wissen, was er für sein Land tat.

Nicht nur diesen Auftrag hatte er Adriaen übertragen, auch manchen Gang zu den Kaufleuten erledigte der, weil das Barend Fokke bald zuviel wurde – das neue Schiff spukte in seinen Gedanken herum.

Drei Werften suchte er nacheinander auf. Sie lehnten es einfach ab, so ein Schiff zu bauen, wie er es sich wünschte. Barend Fokke verstand das nicht, am Ende war es ja sein Geld, das er riskierte. Aber mit dem Traditionsstolz des Handwerkers, der nichts tut, wenn er nicht überzeugt ist, daß das, was er da baut, auch dem Handwerk und dem Brauch entspricht, lehnten sie ab. Das schwimmt nicht, das segelt nicht, das kentert sofort, das läuft aus dem Ruder, das kommt gar nicht bis aufs Meer – das waren die Argumente der Schiffsbauer. Sie schüttelten den Kopf, erst über das Projekt, dann über Barend Fokke, weil er hartnäckig weiterredete, auf seine ungeschickten Zeichnungen wies. Und dann belächelten sie ihn und ließen ihn einfach stehen.

Barend Fokke wurde nicht irre an seinen Plänen, er mußte ein Schiff haben, das schneller war als alle anderen, das besser segelte, das weniger Leute brauchte, es zu bedienen. Er stritt mit jedem, der seine Überlegungen anzweifelte. Er suchte weiter. Er hatte sich etwas vorgenommen, und er würde es durchsetzen.

Seine Verbissenheit sprang auf seine Leute über, Barend Fokkes Schiff war auch ihr Schiff, sie debattierten darüber in den Hafenschenken. So wurde Barend Fokke auch dort bekannt, obwohl er sich noch nie auch nur in einer einzigen hatte blicken lassen. Er mochte sich nicht zu den anderen Kapitänen setzen, denn er wurde das Gefühl nicht los, man müsse es ihm ansehen, daß ihn die Geusen ausgestoßen hatten, er wollte Fragen aus dem Weg gehen oder Mitleid – das wäre ihm noch schlimmer vorgekommen. Manchmal tauchte sogar der Gedanke in ihm auf, ob die Werften nicht vielleicht deshalb seinen Auftrag ablehnten?

Es waren vor allem Hinlopen und Cambys, die dafür sorgten, daß Barend Fokke in den Schenken und damit bei dem Hafen- und Seemannsvolk bekannt wurde. „Was, den kennt ihr nicht, den Barend Fokke, den Teufelsbrenner von Antwerpen? Das ist unser Kapitän, das ist ein Kerl! Eine Runde für unsern Kapitän!" rief Cambys. Und da ihm niemand antwortete, fuhr er fort: „Wenn ihr einen seht, lang wie ein Großmast, das Gesicht finster wie der Himmel bei einem Wintergewitter, die Augen, Mann, wie Kohle schwarz, und wenn er richtig wütend ist, dann können sie glühen – ich sage euch! Und der Bart erst, schwarz und kraus wie der schärfste Tabak. Als wenn der Sturm darin herumwühlt, so sieht der aus. Wenn ihr so einem begegnet, dann ist es unser Kapitän. Den guckt euch an, von dem wird noch so manches zu hören sein! Jetzt läßt er sich ein neues Schiff bauen, er hat nur noch nicht die richtige Werft gefunden, dazu braucht er nämlich eine besondere Werft" – Cambys riß die Augen weit auf, als er von der besonderen Werft sprach, so, als wäre vom Teufel die Rede. „Es soll ja auch ein ganz besonderes Schiff werden, ein Schiff, auf dem die Mannschaft kaum noch etwas zu tun braucht, schnell wie der Wind, und wenn's sein muß, wird es sogar fliegen!"

Die Schenkenwirte liefen den beiden – Hinlopen und Cambys – schon nach; wo sie waren, da war die Schenke voll, da saßen die Lastenträger aus dem Hafen und hörten zu, und auch die Seeleute rückten heran. Sie kannten das Schiff, von dem die beiden stammten, sein sonderbares Aussehen mit dem heruntergerissenen Achterkastell; dem Kapitän wäre schon einiges zuzutrauen. Und in Ostindien waren sie tatsächlich gewesen. Es mußte auch stimmen, daß sie das Sturmkap passiert hatten wie andere das Ijsselmeer, das Schiff wies keinerlei Schaden auf, die beiden erzählten also keine Märchen! „Zwei portugiesischen Galeonen sind wir begegnet; Galeonen! Und mittendurch sind wir gefahren." – „Mittendurch?" – „Die Galeonen sind zwar schneller gewesen, und trotzdem haben sie die ‚Möwe über den sieben Meeren' nicht geschnappt!" – „Man möchte fast Papist sein", sagte einer der Zuhörer, „damit man

sich wenigstens bekreuzigen kann, wenn man solche Geschichten hört!"
Und Cambys antwortete: „Da hilft auch Bekreuzigen nichts, mein
Lieber, da gibt's nur eins: Mitmachen, wenn der Kapitän etwas befiehlt,
Augen zu, wenn du's mit der Angst kriegst, und immer mittendurch!
Ich hab schon ein paarmal Angst gehabt, ich geb's offen zu!" Und
nun begann Hinlopen: „Ihr habt doch alle bestimmt schon so eine
richtige Seejungfrau gesehen, so oben 'n richtig hübsches Mädchen, ganz
nackich, weil sie ja im Wasser schwimmt, und unten nichts als Fisch-
schwanz." Er machte eine Pause und sah in die Runde, wartete auf
Bestätigung, die auch kam, jeder hatte schon so eine richtige Seejungfrau
gesehen. „Nun paßt auf, was uns begegnet ist, dann ist euch hoffentlich
klar, wieso wir heil und unbeschädigt das Kap bezwungen haben. Wir
stehen da so am Schanzkleid und warten immerzu auf das Kap, meinetwegen auch auf den Geist des Kaps, daß er sich zeigt, damit wir ihm
opfern können, einen Mann über Bord schmeißen oder so ..."
„Was denn?" unterbrach ihn einer der Zuhörer, „das hätte euer
Kapitän getan?" Und Cambys fuhr ihn an: „Sei doch still und frag nicht
so dämlich, unser Kapitän tut immer, was er muß!"
„... aber nichts, kein Kap, kein Kapgeist, kein Fusselchen von seinem
Bart. Doch plötzlich, als wir so stehen und immerzu nach dem Kap
ausschauen, wird das Wasser an einer Stelle blutrot, ein Fisch guckt
heraus, ein ganzes Ende, ein sonderbarer Fisch. Es war nämlich gar kein
Fisch, sondern, ja, wie soll ich sagen, eine umgekehrte Seejungfrau, oben
Fisch, und unten so ein richtiges hübsches junges Mädchen."
Ein paar lachten zaghaft, ein paar zeigten bedenkliche Gesichter.
Einer fragte: „Woran hast du denn gesehen, daß sie jung war, he?" Aber
Hinlopen wußte auch hierauf eine Antwort: „An den Zehennägeln, du
Aff, die waren nämlich noch gar kein bißchen rissig! Also wirklich, ein
richtiges junges, hübsches Mädchen. Und das Fischmaul beginnt sich
zu bewegen, so, als rede diese umgekehrte Meerjungfrau, und guckt
dabei immerzu hoch zum Achterkastell. Und als ich mich umdrehe, steht
doch oben der Kapitän und hört zu, nickt, als verstünde er ganz genau,
was dieses sonderbare Fischmädchen oder dieser Mädchenfisch erzählt.
Nickt und verschwindet dann, als auch dieser Karpfen mit den schönen
Beinen wieder untertaucht. Und setzt sich dann in seine Kajüte und
schreibt haargenau auf, was ihm da erzählt worden ist. Vielleicht war
es eine Tochter des Kapgeistes, vielleicht auch was anderes" – er zwinkerte fröhlich, wiegte den Kopf –, „ich werde mich hüten, das auszusprechen. Genau weiß das nur der Barend Fokke, denn der hat sie ja verstan-

den. Und der weiß nun auch, wie man völlig ungefährdet um das Kap herumkommt, dank diesen Mädchenbeinen mit Fischkopf.“

Barend Fokke erfuhr von dem Gerede, es wurde ihm endlich zuviel: Er schickte die beiden nach Zwartewaal. Sie sollten ihm Stine holen.

Barend Fokke suchte weiter nach einer Werft für sein Schiff. Und als er in einer kleineren vorsprach, die ihm einen etwas verwahrlosten Eindruck machte, da hatte er Glück. Er war zwar zunächst unangenehm berührt von dem Mann, der sie betrieb, er wünschte fast, er wär gar nicht erst hergekommen zu diesem winzigen gnomenhaften Kerl, der wie bucklig aussah, es aber nicht war, der lief, als ob er hinkte, aber nur die Füße etwas sonderbar setzte, der ihm zu schielen schien, aber nur unstet und wie verängstigt guckte.

Es war still auf dieser Werft, offenbar gab es keine Arbeit dort, ein paar Leute lungerten herum und schauten Barend Fokke argwöhnisch nach, als er das Werftgelände betrat.

Nachdem Barend zögernd begonnen hatte, von seinen Plänen zu reden, spürte er, daß er an einen Grübler und Tüftler geraten war, und das war ihm recht.

Es war auch der Grund, daß es auf der Werft keine Arbeit gab. Die Schiffseigner mochten den Werftmeister nicht, sie überließen ihm höchstens kleinere Reparaturen, und das auch nur dann, wenn sie es eilig hatten und alle anderen Werften beschäftigt waren. Der kleine Werftmeister verstand sein Handwerk, aber er tat nicht unbesehen, was man von ihm verlangte. Er äußerte eigene Ideen, manchmal eben auch ungewöhnliche Ideen, und das paßte den Leuten nicht. Die Auseinandersetzungen arteten immer sehr schnell in Streit aus, und der kleine Werftmeister pflegte nicht nachzugeben, und am Ende schmiß er den Auftrag hin – wenn es überhaupt schon ein Auftrag geworden war. Ein paar seiner Leute hatte er bereits entlassen müssen, er hatte keine Arbeit für sie.

Als Barend Fokke ihm seine Pläne darlegte, schüttelte er erst einmal verwundert den Kopf. „Wenn das man geht!“ sagte er und lachte kratzend und zeigte seine wenigen braunen, bröckeligen Zähne, die kaum noch dazu taugten, die langstielige Steinpfeife im Mundwinkel zu halten.

Barend Fokke verlor fast die Lust, als er dieses „Na, ich weiß nicht!“ hörte, entwickelte aber dennoch weiter seine Vorstellungen und redete sich in Begeisterung und steckte den Werftmeister damit an. Sie begannen über Einzelheiten zu streiten, aber es war ein Streiten, das aus der

Freude am Neuen kam. Einer ergänzte den anderen, es war, als hätten beide aufeinander gewartet.

Der Werftmeister hatte angebissen, er sah dieses Schiff, das er bauen würde, vor sich. Ein Schiff sollte es sein, das schnell war. Also mußte es schmaler werden als alle anderen, länger, besser geschnitten. Die Aufbauten sollten so niedrig wie möglich gehalten werden, der Wind die Segel füllen, nicht an den Aufbauten zerren. Und dann die Takelage: Barend Fokke verlangte nicht nur Marssegel, sondern auch Bramsegel.

„Wollt Ihr wie eine englische Galeone aussehen, was die Takelage betrifft, wollt Ihr den Spaniern damit Angst einjagen?" fragte der Werftmeister.

„Unsinn", erwiderte Barend Fokke, „ich fahre mit wenig Leuten, und ich habe gespürt, wie unhandlich die großen Segel sind. Ich will kleinere Segel haben, die sind leichter zu bändigen, ich spare Leute dabei. Macht mir die Segel schmal, aber dafür höher. Wenn wenig Wind ist, dann fange ich ihn wenigstens noch mit den Bramsegeln, wenn sie hoch genug sind."

„Habt Ihr das ausprobiert, Mijnheer?" fragte der Werftmeister. „Wißt Ihr, ob das tatsächlich so ist? Ein hohes Schiff kentert schnell!"

Barend Fokke winkte ab. „Ich habe mir das ausgerechnet, und es wird stimmen. Und dann: Nicht zu großen Tiefgang; wie soll ich sonst in den Hafen hinein, die Kamele sind mir zu teuer."

„Ihr müßt es wissen, Mijnheer, ich würde dem Schiff einen größeren Tiefgang geben."

Und an dieser Frage scheiterte der Auftrag beinahe doch noch. Der Werftmeister weigerte sich, die Arbeit zu übernehmen, er war fest davon überzeugt, daß das Schiff wegen des geringen Tiefgangs nicht sicher war. Doch Barend Fokke setzte sich schließlich durch. Der Werftmeister sagte: „Ich brauche dringend Geld, sonst kann ich meine Werft bald zumachen. Und ich frage auch nicht danach, ob an dem Geld, das Ihr mir gebt, vielleicht ein Fluch klebt. Die Leute erzählen so mancherlei von Euch." Und als er merkte, wie betroffen Barend Fokke war, fügte er hinzu, lachte dabei, zeigte seine wenigen braunen bröckeligen Zähne: „Mir geht es wie Euch mit dem Gerede der Leute, also passen wir ganz gut zueinander!"

Barend Fokke verließ die Werft voller Zuversicht. Er sehnte das nächste Jahr herbei, dann sollte sein Schiff fertig sein. Aber einmal mußte er noch mit der „Möwe über den sieben Meeren" fahren. Er hatte geredet und gebeten, hatte mehr Geld zugesagt für den Fall, daß er in diesem Frühjahr schon mit dem neuen Schiff segeln konnte. Doch der Werftmeister gab in diesem Punkt nicht nach.

Einige Zeit darauf waren Hinlopen und Cambys aus Zwartewaal zurück. Barend Fokke hieß sie enttäuscht willkommen – Stine war nicht mit dabei. Sie feixten und pufften sich gegenseitig in die Seite, und das mochte heißen, nun rede du schon, und langsam stieg in Barend Fokke eine Ahnung auf. „Sie kann jetzt wirklich nicht, Kapitän", sagte Cambys schließlich, bemüht, nicht herauszuplatzen vor Lachen, „es ist ja noch so klein", zeigte mit den Händen, als gebe er die Größe eines mittleren Schellfisches an, „aber es schreit, als wär es mindestens doppelt so groß!"

Einen Augenblick lang war Barend Fokke still, dann hieb er Cambys auf die Schulter, daß der zusammenzuckte, lachte, zog die beiden mit in seine Kajüte, rief nach Adriaen, nach den anderen, die sich an Bord befanden, holte eine Schnapsflasche aus dem Schrank, goß ihnen ein, rief ihnen zu: „Ich habe einen Sohn, hört ihr, ich habe einen Sohn, Hinlopen und Cambys haben ihn gesehen!" und trank seinen Becher mit einem Zug leer.

Hinlopen machte ein ernstes Gesicht. „Daß es ein Sohn ist, davon haben wir aber kein Wort gesagt, Kapitän!" Und der verstummte, erstarrte geradezu, wurde wütend, als alle loslachten. „Laß man, Kapitän", sagte Hinlopen, „es ist wirklich einer, sie hat ihn Willem genannt, nach deinem Onkel, oder nach dem Wilhelm von Oranien, von dem sie alle hoffen, daß er die Spanier endgültig aus dem Land hinauswirft." Und nun lachte Barend Fokke mit, lachte lauter als alle anderen, spielte noch einmal den Wütenden, weil sie ihn so an der Nase herumgeführt hatten, und mußte am andern Tag einen gewaltigen Rausch ausschlafen. Und doch haderte er schon jetzt mit seinem Sohn, weil der es Stine unmöglich machte, zu ihm zu kommen. Haderte mit ihm, schüttelte den Kopf über sein Hadern, sagte sich, was soll das, wünschte sich, das Frühjahr wäre noch weit, damit Stine doch noch vor der nächsten Reise nach Amsterdam kommen könnte, aber es war ihm klar, daß er sie erst im nächsten Winter wiedersehen würde, denn sein Schiff wollte er nicht im Stich lassen, wollte dabeisein, wie sein neues Schiff entstand.

Hinlopen und Cambys erzählten lachend, was man auch in Zwartewaal schon über ihren Kapitän und sein spukhaftes Verschwinden in Burnham berichte. Die meisten Männer seien aus England zurück, nur Govert Witsen halte sich weiter dort auf. Ja, und da habe sich eben alles herumgesprochen.

Barend Fokke schüttelte den Kopf. Wie konnte man nur so abergläubisch sein. Als er aber Stines Brief gelesen hatte, den ihm Hinlopen breit grienend vor allen andern übergeben hatte, schien ihm die Sache doch bedenklich. Auch Stine sprach von den Munkeleien, die man über ihn verbreite. Daß sie den Namen seiner Kindertage – der Schwarze – wieder aufgegriffen hatten, aber das bezöge sich jetzt nicht auf sein Haar. Man rede über ein Bündnis mit dem Teufel. Barend wußte, wo so viel Aberglauben und Ablehnung war, würde er es schwer haben, wieder Fuß zu fassen. Er konnte nur hoffen, daß sie es nicht Stine und den Jungen entgelten ließen. Doch darüber sagte Stine nichts.

Der Winter verging, das Eis auf den Amsterdamer Grachten brach auf, der Schnee schmolz, im Hafen begann es sich wieder zu regen. Barend Fokke traf die Vorbereitungen für seine zweite Fahrt nach Ostindien. Er traf sie, ohne recht bei der Sache zu sein, überließ vieles Adriaen – er war, wenn er irgend konnte, draußen auf der Werft, weit vor der Stadt, am Ijsselsee, fast auf halbem Weg nach Monnikendam. Der koboldhafte Werftmeister war in der Zwischenzeit nicht müßig gewesen, der Kiel des Schiffes reckte sich, die Rippen standen kühn aufgebogen, aber noch sah alles mehr einem abgenagten Wal ähnlich als dem Schiff, das vor dem inneren Auge Barend Fokkes stand. Er kletterte auf dem Gerippe herum, klopfte das Holz ab, ob es auch gesund wäre, und der Werftmeister wurde ungehalten, weil es ihm Barend Fokke zu genau nahm mit allem. „Wenn Ihr mir nicht zutraut, daß ich Euch ein ordentliches Schiff baue, dann hättet Ihr zu einem andern gehen müssen", sagte er und hüpfte und kroch hinter Barend Fokke her, sah so aus, als ob er hinke, sah so aus, als ob er einen Buckel hätte, und war doch froh, daß ihm Barend Fokke gerade so einen Auftrag verschafft hatte.

Barend Fokke nahm auch Adriaen mit hinaus, zeigte ihm, wie weit das Schiff gediehen war, schilderte ihm voller Eifer, wie alles werden sollte, und Adriaen nickte lächelnd, fragte dies und das, verlangte ausführlichere Erklärungen. Und als Adriaen kritisierte: „Warum gibst du deinem Schiff eigentlich keine Bovenblinde, wenn du schon auf den Besanmast noch ein Kreuzsegel aufsetzt; müßte es da nicht besser im Ruder laufen, hätte es da nicht mehr Gleichgewicht?", da ließ ihn Barend einfach stehen, rannte zum Werftmeister, debattierte lange mit ihm, vergaß Adriaen ganz, der sich draußen auf der Werft umsah. Schließlich, als er sich seiner erinnerte, berichtete er ihm freudestrahlend, der Werftmeister werde auch das noch tun.

Auch Hinlopen und Cambys waren eines Tages mit auf der Werft, sie hatten Barend Fokke so lange in den Ohren gelegen, bis er sich bereit erklärt hatte, sie mitzunehmen. Und das bereute er fast, als er kurze Zeit darauf hörte, was die beiden aus dem Werftbesuch gemacht hatten: Überall erzählten sie herum, das wird tatsächlich ein ganz besonderes Schiff, nicht nur von Aussehen, auch so, und sie ließen sich lange bitten, bis sie drucksend damit herausrückten, das sei der Klabautermann selbst, der das Schiff baue, sie hätten ihn mit eigenen Augen gesehen. „Nur fragen dürft ihr uns nicht", schloß Cambys, „wo die Werft liegt. Das war ganz komisch, wir waren mit einemmal da, aber wie wir hingefunden haben, das können wir euch beim besten Willen nicht sagen." Und Hinlopen ergänzte: „Das einzige, was wir wissen, ist, die Werft liegt am Wasser, das haben wir gesehen, sonst nichts." Er zwinkerte Cambys zu, als ihnen noch ein Schnaps angeboten wurde, unterdrückte das Lachen, als er die nachdenklichen Gesichter der Leute in der Schenke sah. Sie tranken schnell aus und suchten nach einer anderen Schenke, in der sie für ihre Geschichte weiter freigehalten wurden.

Barend Fokke nahm sie eines Tages, als sie spätabends an Bord kamen, beim Kragen, drückte sie gegen den Großmast, daß ihnen die Luft wegblieb, und fuhr sie an: „Ihr verdammten Kerle, ihr, ich lasse euch neunmal kielholen und dann an den Füßen als Galionsfigur aufhängen, wenn ihr nicht bald mit euren albernen Geschichten aufhört. Merkt ihr denn nicht, daß die Leute so blödsinnig sind und euch glauben? Wollt ihr womöglich, daß mir niemand mehr abnimmt, was wir aus Ostindien bringen, was?" Und dann, als er Cambys' Gesicht sah: „Aber du scheinst ja selber dran zu glauben!" Er drohte Hinlopen, in dem er den Urheber aller dieser Geschichten argwöhnte, und mußte sich nun selbst das Lachen verbeißen.

Die beiden holten tief Luft, nachdem sie endlich wieder frei waren, guckten sich zunächst wortlos an, dann aber sagte Hinlopen treuherzig: „Sie hören nun einmal gern solche Geschichten, und wir werden auch nicht schlecht dafür bezahlt. Und du sollst sehen, Kapitän, du wirst durch uns noch berühmt."

Halb schon im Weggehen antwortete Barend Fokke: „Ich wünsche euch nicht, daß ihr erlebt, wie *ich* euch dafür bezahle, ihr Satansruten, ihr!"

Und dann war es soweit – sie warfen die Leinen los, verließen Amsterdam, begaben sich auf die zweite Reise nach Ostindien. Jetzt war es schon keine Fahrt mehr ins Ungewisse. Barend Fokke hatte diesmal nicht nur Ballast im Schiff, sondern vielerlei Geräte und Handwerkszeug. Im vergangenen Jahr hatte er gesehen, wie mühsam die Männer – und die Frauen – in Ostindien arbeiteten. Warum sollte er ihnen da nicht einen Gefallen tun, von dem er selbst seinen Vorteil hatte.

Barend Fokke war voller Unrast, als sie unterwegs waren, er war dem Schiff weit voraus in Gedanken, alles dauerte ihm zu lange, er wollte, es wäre Herbst, und er wäre auf der Rückfahrt. Sein neues Schiff ließ ihm keine Ruhe.

Das Kap machte ihm diesmal sehr zu schaffen. Tagelang lag er auf einem und demselben Fleck; er war in eine falsche Strömung geraten, gelangte nicht heraus aus der Flaute. Und dann setzte Sturm ein, holte ihm die Stengen herunter, und Barend Fokke verfluchte das morsche Holz, das die Spanier in dieses Schiff gebaut hatten. Aber es war nicht das morsche Holz – der Sturm war zu heftig, und Barend Fokke hatte die Segel nicht schnell genug wegnehmen können, als die erste heftige Bö heranzog. Es war sehr mühselig, die Schäden unterwegs auszubessern, aber Barend Fokke gab nicht nach. Als sie das Kap endlich hinter sich hatten, als sie in dem ruhigeren Monsun segelten, mußten seine Leute heran und neue Stengen aufsetzen, sosehr sie auch über diese Arbeit fluchten. Barend wollte keinen Tag Zeit verlieren. Er faßte selbst mit an, erledigte die schwierigsten Handgriffe allein, riß die andern durch seinen Eifer mit.

In Ostindien ging es schneller als bei der ersten Reise – er brauchte nicht mehr allzu lange zu suchen, er traf auf Bekannte, sie begrüßten sich fast schon wie alte Freunde, aber das Schiff wurde nicht ganz so voll wie im vergangenen Jahr. Und da noch genügend Zeit war, unterdrückte er seine Unrast und beschloß, Ceylon anzulaufen, trotz der Piraten vor der Küste Malakkas. Es gab Tage voller Spannung, die Geschütze waren feuerbereit, nur die Lunte mußte noch angezündet werden, die brennende Laterne stand schon bereit.

Eines Tages, am späten Nachmittag, tauchten Segel auf am Horizont; zehn, zwölf, fünfzehn zählten sie. Es waren kleine, aber flinke Dschunken, die sich schnell näherten. „Laßt sie nur schön dicht heran", sagte Barend Fokke, „aber daß mir dann jeder Schuß trifft!" Der Schwarm der Dschunken teilte sich, sie versuchten „Die Möwe über den sieben Meeren" einzukreisen, und das stimmte Barend Fokke und seine Leute denn doch bedenklich. Eine schwere Regenbö zog heran, verschluckte sie, als der Kreis schon fast geschlossen war. Barend Fokke ließ den Kurs ändern. Als die Regenbö weitergezogen war, hatten sie zwar die Dschunken noch an ihren Fersen, aber sie sahen auch eine portugiesische Galeone, und die vertrieb die Dschunken. „Sollen sie sich auf der Galeone wundern, wenn wir uns ebenfalls empfehlen", meinte Barend Fokke und änderte den Kurs erneut.

Auf Ceylon erhandelten sie Zimt, und dann begann die Heimfahrt. Und nun vermochte Barend Fokke seine Unrast nicht mehr zu unterdrücken. Niemand machte es ihm recht, an allem krittelte er herum. Es hielt ihn nicht mehr in seiner Kajüte, er geisterte durchs ganze Schiff, als könne er dadurch die Heimfahrt beschleunigen. Aber auch diese Fahrt nahm schließlich ein Ende.

Als sie in Amsterdam waren, übertrug Barend alle Geschäfte Adriaen und eilte in die Werft, zu seinem Schiff. Schon von weitem sah er die außergewöhnlich hohen Masten, höher als alle anderen weit und breit. Stolz erfüllte ihn und Genugtuung. Ja, so hatte er es sich vorgestellt: lang und schmal und niedrig den Rumpf; hoch die Masten, kurz die Rahen; Großsegel, Marssegel, Bramsegel; den Schiffskörper nebelgrau von Ongel, einer Mischung aus Ruß, Schwefel, Holzkohlepulver und Rindertalg, damit es vor Würmern sicher war; das Schanzkleid innen blutrot wie bei einem Kriegsschiff; die Türen der Hütte – mehr war von dem sonst üblichen hohen Achterkastell nicht übriggeblieben – in hellem Gelb und Braun, kaum verziert: Barend Fokke hatte dem Werftmeister aufgetragen, allen unnützen Schnickschnack sein zu lassen.

Noch bevor er den Werftmeister aufsuchte, betrat er sein Schiff, es lag am Bollwerk und schien nur noch darauf zu warten, daß die Segel gesetzt würden. Barend Fokke schaute hier in einen Raum und dort, ließ Tauwerk durch die Finger gleiten, prüfte die Fasern, ob sie auch fest genug gedreht waren.

Hinter sich hörte er ein kratzendes Lachen, er wandte sich um, der Werftmeister stand dort. „Höchste Zeit, daß Ihr da seid, Mijnheer Fokke! Höchste Zeit, daß ich Euer Schiff vom Hals kriege! Die Leute kommen schon von weit her, um es sich anzugucken. Sie trauen ihren Augen nicht, was sie da sehen. Und dann fragen sie, wer denn dieser verrückte Kerl sei, der sich solch ein Schiff bauen läßt!"

Barend Fokke wollte etwas einwenden, aber der Werftmeister ließ sich nicht unterbrechen. „Na schön, werdet Ihr sagen, was gehen mich die Leute an. Aber die Leute haben recht: Ich hab mich genau an das gehalten, was Ihr mir aufgetragen habt, und ich wünschte fast, ich hätte es nicht getan. Ich habe wider besseres Wissen gebaut, und jetzt habe ich Angst, daß Ihr mit diesem Schiff nicht glücklich werdet. Ich hätte ihm mehr Tiefgang geben sollen."

Barend Fokke fühlte sich unbehaglich. Er dachte an die Aufschneidereien von Hinlopen und Cambys, er dachte an Burnham, er wußte nichts anzufangen mit dem, was der Werftmeister ihm da vorhielt.

„Sonst ist alles in Ordnung?" fragte er, und der Werftmeister nickte.

Michiel Klaeszoon, der nach Zwartewaal fuhr, hatte er aufgetragen, Stine auszurichten, er sei jetzt wieder in Holland, sie möge so bald wie möglich zu ihm kommen mit dem Jungen. Im stillen hoffte er, sie würde so rechtzeitig dasein, daß sie die erste Probefahrt mit ihm zusammen machen könnte. Stine aber ließ auf sich warten, er wußte nicht warum, die Wege waren inzwischen sicher, die Spanier hatten sich zurückgezogen.

Als „Die Möwe über den sieben Meeren" entladen war, fuhr er mit ihr zur Werft. Es war Anfang Dezember. Seine Leute machten große Augen, als sie das Schiff sahen. Die Schotten schienen nicht viel Lust zu haben, es zu betreten. Sie steckten die Köpfe zusammen, tuschelten miteinander, holten dann sogar noch Michiel Klaeszoon. Barend Fokke war schon drauf und dran, einfach auf sie zu verzichten. Er wußte aber auch, was eine gut aufeinander eingespielte Mannschaft wert ist, und so übersah er den Widerstand zunächst. Aber er hielt sie am Abend zurück, als die andern in eine Schenke zogen. Adriaen wunderte sich weniger als die übrigen, setzte sich jedoch nicht zu ihnen, gab vor, noch zu tun zu haben, und Barend Fokke blieb mit ihnen allein, und es war ihm recht. Die Schotten drucksten herum, und Barend Fokke hatte alle Mühe, sie zum Reden zu bringen. Er erklärte ihnen, warum er dieses Schiff gebaut hatte, daß die Mannschaft es leichter haben würde, daß sie jetzt sicherer waren vor Spaniern, Portugiesen und Piraten, lobte sie als tüchtige Seeleute, auf die er ungern verzichte. Und nachdem sie sich genügend Bettschwere angetrunken hatten, hatte er sie auch so weit, daß sie weiter bei ihm blieben.

Barend Fokke hatte gehofft, Stine werde rechtzeitig dasein, um das Schiff zu taufen, er hatte sich durchgerungen, es nun doch „Stine van Dale" zu nennen, aber Stine kam nicht. Und warten wollte er auch nicht mehr.

Ein eigenartiges Gefühl beschlich ihn, als die Leinen los waren, als die Segel flatterten, dann den Wind faßten und das Schiff sich langsam in Bewegung setzte. Sie erreichten die Nordsee, es blies heftig, alle Segel

172

standen, und das Schiff lag schräg im Wind, es reagierte wunderbar auf das Ruder und machte erstaunlich schnelle Fahrt. Adriaen freute sich mit ihm, und auch die anderen waren zufrieden, das Segelsetzen und -bergen ging viel leichter und schneller, sie konnten noch dichter an den Wind heran als mit der „Möwe über den sieben Meeren".

„Jetzt lassen wir jedes Kriegsschiff weit hinter uns", frohlockte Barend Fokke, und die andern stimmten ihm zu.

Sie begegneten ein paar Bojern, Barend Fokke ging auf Rufweite an sie heran. Aber dann erkannte er sie, und er wünschte, er hätte einen weiten Bogen um sie gemacht: Es waren Zwartewaaler Boote. Seine Leute standen an Deck, winkten, er selbst war verschwunden. Doch er blickte aus dem Fenster seiner Kajüte. Und was er sah, stimmte ihn bitter. Sie starrten zu ihm hinüber, es mußte sich schon herumgesprochen haben, wer so ein Schiff hatte bauen lassen, sie machten Bemerkungen, die Barend Fokke zwar nicht verstand, die jedoch von nicht mißzuverstehenden Gesten begleitet waren.

Die Begegnung vergällte ihm alle Freude an seinem Schiff. Er hatte vorgehabt, noch ein paar Tage länger draußen zu bleiben, das Schiff war vorzüglich, es machte Spaß, mit ihm zu fahren, es gab kein besseres weit und breit, davon war er felsenfest überzeugt. Als nun aber die Zwartewaaler Boote hinter dem Horizont verschwunden waren, gab er den Befehl zum Wenden.

Und dann geschah es. Eine kräftige Sturmbö zog heran. Ehe sie sich versahen, war sie da, packte das Schiff an den hohen Masten, drückte sie nieder mitsamt dem Schiff. Einen Augenblick lang sah es so aus, als wolle sich das Schiff wieder aufrichten, doch dann kenterte es. Es war verloren, nur noch treibendes Holz. Sie kämpfen sich zu dem Boot, machten es los, kletterten hinein. Einer fehlte, sie fanden ihn nicht wieder.

Barend Fokke sah niemanden an, während sie in dem Boot nach Amsterdam zurückfuhren, frierend, hungernd. Aber noch bevor sie wieder in Amsterdam waren, stand es für ihn fest, er würde ein neues Schiff bauen, mit etwas größerem Tiefgang. Dann gab es wirklich kein besseres Schiff weit und breit. Er wußte es, und das hielt ihn aufrecht.

Als er die Werft erreicht hatte, sah er Stine am Bollwerk stehen. Sein Gesicht war ohne jeden Ausdruck, als sie ihn in die Arme nahm.

173

Kapitel vier

Zwei Jahre vergingen, und Barend Fokke mußte weiter mit der „Möwe über den sieben Meeren" fahren. An Kapitän Cabeza dachte er kaum noch, aber Burnham und Zwartewaal beschäftigten ihn nach wie vor. Die Begegnung mit den Zwartewaaler Booten kurz vor seinem Schiffbruch rumorte weiter in ihm. Er wollte das alles aus der Erinnerung verbannen, weil er sich sagte, so kommst du nicht weiter, doch das gelang ihm nicht.

Bei dem Werftmeister hatte er sich noch nicht wieder blicken lassen. Zwar war er fest entschlossen, ein neues Schiff zu bauen, aber das Geld reichte nicht. Trotzdem stellte er einen beträchtlichen Teil seines Gewinns für den Freiheitskampf der Niederlande zur Verfügung. Wie Kapitän Cabeza davon erfuhr, wußten auch dessen Freunde nicht genau. Vielleicht hatte Barend Fokke allzu deutlich durchblicken lassen, wozu er sein Geld verwandte, in der Hoffnung, in Zwartewaal würden sie ihm das zugute rechnen. Vielleicht hatten Hinlopen und Cambys in den Schenken allzu laut sein Loblied gesungen. Jedenfalls hatte Cabeza seinen Todfeind wiedergefunden. Er heftete sich an dessen Fersen, und er verstand es nach wie vor, seine privaten Interessen mit denen seines Königs und Herrn zu vereinen. Er ließ Barend Fokke nicht aus den Augen – falls man so sagen kann, wenn jemand höchstens einmal im Jahr von dem Manne, den man jagen will, hört. Aber Cabeza wußte, daß sich Fokke jetzt auf den Ostindienhandel – auf den Schmuggelhandel also – verlegt hatte. Es gelang ihm, den Herren im Escorial, dem Sitz König Philipps, der zwar noch nicht ganz fertig war, aber schon bewohnt wurde, begreiflich zu machen, wie gefährlich es für das Weltreich Spanien war, in Übersee angegriffen zu werden. In Anbetracht seiner guten Dienste in England und in den Niederlanden wurde Cabeza die Überwachung des Fernhandels übertragen. Ihm wurden ein paar Schiffe unterstellt, mit denen er nach eigenem Ermessen operieren durfte. Und er nahm seine Aufgabe ernst. Er brachte es sogar zuwege, daß man sich mit Portugal einigte, wie bessere Ergebnisse in der Bekämpfung des Schmuggelhandels zu erzielen seien.

Er arbeitete für Spanien, für die Krone, aber bei allem dachte er an Barend Fokke und an die Niederlagen, die der ihm beigebracht hatte. Cabeza ging planvoll vor. Er wußte, daß Fokke in Ostindien, auf Java und auf den Gewürzinseln feste Handelspartner haben mußte. Über die Inquisition, die ihre Leute auch in Portugal hatte, versuchte er herauszubringen, wo das war, bis jetzt allerdings hatte er damit noch keinen Erfolg gehabt. Warum sollte er da nicht selbst einmal nach Ostindien segeln und Nachforschungen anstellen? Er argwöhnte nämlich, daß die Männer der Inquisition – oder die Portugiesen? – ihm Nachrichten vorenthielten, um selbst den Schmuggler zu fangen und den Ruhm dafür zu ernten. Bei allem Respekt vor den Herren des heiligen Offiziums: *Er* wollte die Karten in der Hand haben und nicht Trumpfkarte in der Hand dieser Herren sein.

Endlich hatte Barend Fokke zwei Drittel der Bausumme beisammen, nach zwei Jahren harter Arbeit und übergroßer Sparsamkeit, die ihn schon manchmal an seinen Vater erinnerte. Und weil auch diese Erinnerung da war, bemühte er sich doppelt um seine Leute, versuchte durch Worte und durch sein Verhalten wettzumachen, was er ihnen an Geld abknausern mußte für das neue Schiff. Er hatte dafür zwar manchmal allerhand Anspielungen einzustecken, seine Leute jedoch hielten zu ihm. Die meisten jedenfalls. Bei den Schotten und bei Michiel Klaeszoon war er sich dessen nicht so sicher. Er bemühte sich, sie deshalb nicht anders zu behandeln als die übrigen, war sich allerdings nicht klar, ob ihm das auch immer gelang.

Nun konnte er endlich zur Werft gehen. Beutel für Beutel packte er vor den Werftmeister hin, wortlos. Und als der letzte Beutel vor dem Werftmeister stand, fragte er: „Fangt Ihr nun morgen an mit dem Schiff?“ Der Werftmeister hob die Schultern, blies die Luft durch die Nase, grinste breit, daß die wenigen braunen bröckeligen Zähne sichtbar wurden, fragte nur: „Und der Tiefgang?“ Barend Fokke grinste zurück, und dann begannen sie ernsthaft über die nötigen Veränderungen an dem ursprünglichen Plan zu sprechen.

In Zwartewaal hatte sich das Leben inzwischen wieder normalisiert, die meisten Fischer fuhren wie immer auf Fang, aber die Gerüchte über Barend schliefen nicht ein. Er wußte es von Stine und von Adriaen. Darum versuchte er Stine zu bewegen, mit dem Jungen nach Amsterdam zu ziehen, er trug sich mit dem Gedanken, dort ein Haus zu kaufen. Stine jedoch riet ihm ab, in Zwartewaal könne sie mehr für ihn tun. Sie drang auch in ihn, selbst ins Dorf zu kommen und mit Govert Witsen zu reden. Irgend etwas habe der ihm – Barend – noch vorzuwerfen. So etwas sei nicht mit Geld gutzumachen, habe Witsen gesagt. Namen wären gefallen, Sir Wedmore, van Gendt. Geheime Zusammenkünfte mit diesen. Und Barend Fokke schwieg bestürzt. Ja freilich, ihr Vater bemühe sich ebenfalls, aber viel Erfolg hätten sie noch nicht gehabt. Wahrscheinlich wegen dieses van Gendt und Sir Wedmore, von denen ihr Vater nichts Genaues wisse. Brächten sie das Gespräch auf diese Dinge, dann wende sich Govert Witsen immer sehr schnell ab. Und gerade diese Mitteilung bestärkte Barend Fokke in seiner Haltung: Nach Zwartewaal gehst du nicht. Obwohl er das Dorf ständig vor seinem inneren Auge sah. Obwohl er sich sagte, nur dort willst du einmal leben, wenn du nicht mehr die Meere befährst, konnte er es nicht über sich bringen, dem Kampfgefährten aus der Geusenzeit wiederzubegegnen.

Ein drittes Mal noch fuhr Barend Fokke mit der „Möwe über den sieben Meeren". Und bei dieser Fahrt stellte er fest, daß ihm die Spanier und die Portugiesen auf den Fersen waren – der Name Cabeza wurde genannt. Nicht, daß sie auf ihn Jagd machten. Aber er merkte es, als er in Ostindien war: Die Leute auf Java, Sumatra und auf den Gewürzinseln, mit denen er nun fast schon befreundet war, zeigten sich zurückhaltend, manche sogar abweisend. Die Spanier und Portugiesen hatten gedroht, sie würden ihnen ihre Dörfer und ihre Pflanzungen verbrennen, wenn sie weiter mit Holländern handelten, mit denen Spanien im Krieg lag. Zögernd nur rückten sie mit dem heraus, was sie geerntet hatten, behielten einen Teil zurück, um es den Herren abzuliefern, die ein Recht darauf geltend machten. Sie hatten Angst vor ihnen und auch vor ihren eigenen Fürsten und Königen, die von den fremden Herren aus Europa abhängig waren und ihre Forderungen unterstützten. Besonders die Kriegsschiffe der Spanier und Portugiesen flößten den Einheimischen Respekt ein.

Dennoch füllten sich Barend Fokkes Laderäume bis zur Luke, allerdings dauerte es etwas länger als in den Jahren zuvor: Er mußte neue Orte aufsuchen, neue Verbindungen anknüpfen, und daher zog es ihn abermals besonders stark nach Hause, er wollte sein neues Schiff sehen, es ausprobieren.

In einem Dorf hatte er unerwartet viel Erfolg. Es hieß Palem Koneng und lag ganz im Osten Javas, sein Dorfältester war Hang Djaran. Dort würde er wieder hinfahren, das hatte er mit Hang Djaran ausgemacht, und dann würden die Waren schon bereitliegen. Palem Koneng lag weit entfernt von allen befestigten Plätzen – in diesem Falle Portugals –, darum war es ein sicherer Handelsplatz, und die Absprache mit dem Dorfältesten bedeutete eine große Zeitersparnis. In Barends Träumen weitete sich das kleine Dorf zur großen Handelsniederlassung, einer Niederlassung, die er für die Niederlande errichtet hatte, als Konkurrenz für Spanien und Portugal. Hier lag eine Möglichkeit, seiner Heimat einen größeren Dienst zu tun als mit dem bißchen Geld, das er erübrigen konnte.

Als er schließlich Amsterdam erreichte, war das Jahr fast herum, und sein neues Schiff war fertig. Es glich dem vorigen wie ein Ei dem andern, nur daß es größeren Tiefgang hatte.

Wie die Jahre zuvor wartete Stine schon mit dem Jungen auf ihn, und Barend Fokkes Augen leuchteten, als er sie sah. Er kroch mit Willem zusammen in alle Winkel seines Schiffes, kletterte mit ihm ein Stück in die Wanten, daß Stine entsetzt die Hände über dem Kopf zusammenschlug, merkte gar nicht, daß für den Jungen die Erklärungen noch unverständlich waren: Jedes Tau benannte er ihm, zeigte, wohin es lief, was man damit machte. Willem schielte derweilen nach den Kanonen, polkte mit spitzen Fingern in einem Zündloch herum, steckte dann die Nase hinein und stellte enttäuscht fest: „Aber das riecht ja gar nicht nach Pulver; hast du denn damit noch keine Spanier versenkt?" Und nun merkte es Barend Fokke doch, daß er seinem Sohn zuviel zugemutet hatte, er packte ihn lachend im Genick, hob ihn sich auf die Schulter, trabte mit ihm über das Deck, den Niedergang hinauf und brachte ihn Stine, die ihn kopfschüttelnd und lachend entgegennahm.

„Wie ist es, Stine, wollt ihr die nächste Reise nicht mit mir machen?" fragte er sie. „Ihr bringt mir bestimmt Glück!" Seine Augen strahlten dabei. Stine machte eine kleine Pause, bevor sie antwortete, und das genügte, das Strahlen in Barend Fokkes Augen erlöschen zu lassen. Aber noch ehe sich seine Freude in Enttäuschung verwandeln konnte, sagte sie ja. Nur einen Einwand hatte sie. „Und Willem, ist er nicht doch noch ein bißchen zu jung für so eine weite Reise; was ist, wenn er krank wird?" Vor Barend Fokkes Selbstsicherheit jedoch mußte sie kapitulieren: „Was soll das, Stine; ich bin nie krank gewesen, und mein Sohn wird auch nicht krank werden. Du sollst mal sehen, was sie in Ostindien für Heilkräuter haben – aber die werden wir nie brauchen!" Und damit war abgemacht, daß ihn Stine und Willem begleiten würden.

Barend Fokke war wie ein anderer Mensch, der finstere Zug in seinem Gesicht war verschwunden, er fluchte nicht, oder wenn, dann nur wie zum Vergnügen, aber auch das höchstens, solange Stine nicht in der Nähe war. Als ihn Stine jedoch wiederum bat, wenigstens für ein paar Tage nach Zwartewaal zu gehen, seine Mutter sehne sich nach ihm, und er wisse ja, wie Neeltje an ihm hänge, es genüge nicht, wenn er Adriaen mit Grüßen und mit Geld schicke, da schwand Barends gute Laune.

Stine lachte. „Nicht wahr, du hast nicht einmal gemerkt, daß sich zwischen den beiden etwas angesponnen hat!"

Barend Fokke schüttelte den Kopf, mußte dann selbst lachen. „Dieser verdammte neungeschwänzte Heimlichtuer; mir kein Wort davon zu sagen!" Aber nach Zwartewaal würde er nicht gehen, selbst wenn sie eines Tages Hochzeit machten, nicht einmal Neeltjes wegen. Er sah Stine an, daß sie etwas anderes dachte, daß sie wohl hoffte, ihn umzustimmen, und da wurde sein Gesicht wieder hart. Nach Zwartewaal ging er nicht.

Das neue Schiff wurde getauft, Barend war ein paar Tage draußen mit ihm, und er stellte fest, daß es richtig gewesen war, den Tiefgang zu vergrößern. Es lag besser im Wind, und es schien ihm noch schneller und manövrierfähiger als das erste. Barend war mehr als zufrieden, und er wollte keinen Tag länger warten als nötig, seine erste Fahrt mit ihm zu beginnen.

Die Leute redeten viel über sein Schiff, es nahm sich fremd genug aus unter all den anderen Schiffen im Hafen, nicht nur in Form und Gestalt, sondern auch in der Farbe. Die meisten Schiffe waren braun; kastanienbraun, dunkelbraun, holzbraun. Barend Fokkes Schiff aber war grau: spinnwebgrau, nebelgrau, gespenstergrau. Fokke hoffte, dadurch bei Nacht und Nebel vor Beobachtern geschützt zu sein. Niemand nannte sein Schiff beim Namen, überall hieß es nur „Das grise Schiff" – das graue Schiff –, und Barend Fokke argwöhnte, daß dieser Name von Hinlopen und Cambys stammte. Er wollte sich über das Gerede hinwegsetzen, und doch wurde er das Gefühl nicht los, die Leute wiesen mit Fingern auf ihn.

„Stine van Dale" hatte er das Schiff nennen wollen, doch nun hieß es „Der weiße Schwan von Zwartewaal". Im letzten Augenblick noch hatte er es sich anders überlegt: Er hatte es nicht über sich gebracht, es nach seiner Frau zu nennen, obwohl er fest dazu entschlossen gewesen war. Er wußte selbst nicht genau, war es ein Rest von Aberglaube, der ihn davon abhielt, oder hatte er Angst, den anderen zu verraten, wieviel ihm Stine bedeutete. Er glaubte sich hinter diesem Namen verborgen und war sich nicht darüber klar, daß er dem, der ihn kannte, dadurch nur noch viel mehr offenbarte: die Bindung an Zwartewaal, das er sich hartnäckig weigerte, wieder aufzusuchen.

Das Frühjahr rückte näher, die Vorbereitungen für die Ausfahrt waren beendet. Jeder weitere Tag Warten war ein verlorener Tag. Aber noch verbot es das Wetter, den Hafen zu verlassen.

178

Cabeza hatte die Fahrt nach Ostindien nicht den gewünschten Erfolg gebracht – böse Zungen behaupteten schon, er habe sie nur unternommen, um sich zu bereichern, denn natürlich kehrte er nicht mit leerem Laderaum zurück. Aber Cabeza ging es wirklich um die selbst gestellte Aufgabe. Und so kam er auf einen anderen Gedanken. Im Winter waren die Schiffe, auch die niederländischen, im Hafen. Er mußte es dort probieren. Freilich würde er nicht selbst in die Niederlande gehen, zumindest nicht nach Amsterdam, wo Spanien ihn nicht schützen konnte. Er verfügte über bessere Beziehungen und bessere Leute als zur Zeit, da er noch selbst nach England gegangen war. Cabeza reiste in die Südprovinzen, horchte ein bißchen herum, suchte Bekanntschaft von Priestern, die über Verbindungen zum Norden verfügten, erfuhr auf diese Art manches, nur die Hauptsache erfuhr er nicht: was Barend Fokke vorhatte.

Doch schließlich hatte er Glück. Einer aus Barend Fokkes Mannschaft hatte in der Beichte verschiedenes erzählt. Über seine Mittelsmänner knüpfte Cabeza Verbindungen zu Michiel Klaeszoon.

Michiel Klaeszoon steckte in Gewissensnöten. Er war ein guter Niederländer, aber auch ein guter Katholik. Die Angst vor dem gottlosen Treiben seines Kapitäns wurde immer stärker, und die Priester halfen kräftig nach, drohten mit Hölle und Fegefeuer. Sie schürten seinen Ärger über Barend Fokke, versprachen auch, ihm etwas unter die Arme zu greifen – Michiel Klaeszoon hatte von den Knausereien seines Kapitäns in den beiden vergangenen Jahren erzählt –, wenn er ihnen – fürs ewige Seelenheil – mehr über Pläne und Fahrtrouten seines Kapitäns mitteilte. Michiel Klaeszoon schwankte, doch der Hinweis aufs ewige Seelenheil gab den Ausschlag. Allzuviel wußte Michiel Klaeszoon freilich nicht, aber er erzählte, daß Barend Fokke einen neuen Anlaufpunkt gefunden habe, ein Dorf auf Java. Vielleicht würde er kurz vor der Ausreise mehr erfahren, der Kapitän pflege mitunter seinen Leuten auf der Karte zu erklären, wie und wohin sie fahren würden. Man machte aus, sich gleich nach Ostern noch einmal zu treffen. Von dem neuen Schiff sprach er nur im Flüsterton, da sollte so manches nicht ganz geheuer sein.

Cabeza freute sich. Wenn dieser Klaeszoon mehr herausbrachte, brauchte er sich nur noch mit seinen Schiffen auf die Lauer zu legen.

Ostern fiel zeitig in diesem Jahr, das Osterfest wollten die meisten noch in der Heimat verbringen. Am Gründonnerstag änderte sich das Wetter, und am Karfreitag war der Himmel frühlingsblau. Es herrschte Ruhe im Hafen und in der ganzen Stadt, Festtagsruhe. Um so mehr fiel auf, wie es sich auf dem „Weißen Schwan von Zwartewaal" regte, auf dem grisen Schiff. Die Leute wollten es nicht glauben: Das war doch unmöglich! Kein Schiff verließ am Freitag den Hafen, das brachte Unglück, und nun gar am Karfreitag! Das hieß Gott versuchen.

Barend Fokke hatte beim ersten Morgenrot nach dem Himmel geschaut: Besseres Wetter für die Ausfahrt konnte er sich gar nicht wünschen. Lange pflegte so gutes Wetter um diese Jahreszeit nicht anzuhalten. Aber war er erst einmal draußen, aus dem Hafen heraus und aus dem Ijsselmeer, dann störte es wenig, wenn der Wind nicht ganz aus der richtigen Richtung blies. Er weckte Adriaen und befahl ihm: „Mach alles klar, um zehn werfen wir die Leinen los!"

Einige Leute murrten, als ihnen Adriaen den Befehl des Kapitäns überbrachte. Nur zögernd begaben sie sich an die Arbeit. Michiel Klaeszoon steckte mit den Schotten zusammen, redete aufgeregt auf sie ein. Ihm ging es um die Verabredung mit Cabezas Mittelsmännern. Barend Fokke hatte ihnen vor ein paar Tagen auf der Karte die Fahrtroute gezeigt, und Klaeszoon hatte sich alles genau eingeprägt. Aber wenn sie heute schon ausführen, konnte er sein Wissen nicht loswerden. Seine Absicht war es, die Ausfahrt mit Hilfe der Schotten hinauszuzögern. Er überlegte, ob er von Bord gehen sollte, falls die Schotten nicht mitmachten. Schreiben konnte er nicht, es wäre auch schwierig gewesen, ein Schreiben in die richtigen Hände gelangen zu lassen. Aber ging er von Bord, erfuhr er in Zukunft nichts mehr. Das war also auch nicht der rechte Weg.

Die Schotten zeigten sich unentschlossen. Karfreitags auszulaufen war schlimm, noch schlimmer aber war, sich gegen den Kapitän zu stellen. Immer eindringlicher redete Klaeszoon auf sie ein.

Barend Fokke hatte noch einige Arbeiten in seiner Kajüte zu erledigen, dann ging er nach draußen, sah nach seinen Leuten, nach dem Stand der Vorbereitungen, nahm wahr, wie unlustig die meisten waren, bemerkte, wie Michiel Klaeszoon und die Schotten die Köpfe zusammensteckten. Langsam trat er auf sie zu. Einer stieß den andern an, wies auf den Kapitän, dessen Gesicht immer finsterer wurde. Keiner mehr tat einen Handgriff an Bord.

Leise fragte Barend Fokke: „Hat euch Adriaen nicht gesagt, daß wir um zehn auslaufen? Warum erledigt ihr eure Arbeit nicht?"

Die Schotten senkten den Kopf, einer von ihnen wandte sich ab, machte sich an einem Tauende zu schaffen.

Michiel Klaeszoon sagte schließlich: „Ist das wirklich dein Ernst, Kapitän, willst du tatsächlich heute auslaufen?"

Barend Fokke bezwang sich mühsam. Dieser verfluchte Aberglaube! Wann endlich wollten sie den vergessen! Mit mühsam ruhiger Stimme wies er sie auf das Wetter hin, wie günstig der Augenblick sei, wer wisse, wie lange sie sonst noch untätig im Hafen liegen müßten. Seine Argumente waren vergebens.

„Kapitän", sagte Michiel Klaeszoon, „lauf nicht am Freitag aus – am Karfreitag. Das bringt Unglück. Du versündigst dich, Kapitän!"

Nun war es mit Barend Fokkes Geduld vorbei. „Wirst du sofort an deine Arbeit gehn?"

„Nein!" Das war jetzt kein Bitten mehr, sondern feste Entschlossenheit.

Barend Fokke wandte sich an die Schotten, er wollte sich Gehorsam erzwingen. „Nehmt ihn, bringt ihn in den Ballastraum. Er wird dort eingesperrt, und zwar so lange, bis er sich bedacht hat und wieder an die Arbeit geht!"

Adriaen war herangetreten, er legte Barend Fokke die Hand auf die Schulter. Der schüttelte sie ab. Die Schotten rührten sich nicht, sie blickten unentschlossen vor sich nieder. Es war still geworden auf dem Deck.

„Wird's bald?" sagte Barend Fokke und sah sich nach einer Handspake um. Die Männer folgten seinem Blick. Einer der Schotten stieß Michiel Klaeszoon leicht an. „Komm!" sagte er. Langsam setzten sie sich in Bewegung. Barend Fokke verschwand in seiner Kajüte. Er war froh, daß er die Kraftprobe glücklich hinter sich gebracht hatte. Jetzt würde niemand mehr wagen, seine Befehle zu verweigern.

Stine empfing ihn mit Vorwürfen, sie bat ihn, er möge Michiel Klaeszoon wieder herauslassen, die ganze Fahrt wäre ihr sonst vergällt. Sie gab nicht nach, und sie erreichte es schließlich, daß Barend Fokke versprach, er werde Michiel Klaeszoon heraufholen, wenn sie auf offener See wären.

Die Fahrt begann mit einer Verstimmung. Barend Fokke stand auf dem Hüttendeck, als sie ausliefen, blickte zum Bollwerk hinüber, wo das Hafenvolk und auch Leute aus der Stadt neugierig herumstanden, obwohl es Zeit war, zur Kirche zu gehen. Keiner von ihnen winkte dem Schiff nach, wünschte ihm Glück und gute Wiederkehr. Und wenn sie dich verfluchen, sagte sich Barend Fokke, du läufst aus, wenn du den Zeitpunkt für günstig hältst.

Sie hatten Texel hinter sich und waren in der Nordsee, da ließ er Michiel Klaeszoon aus dem Ballastraum heraufholen. Barend nahm ihn mit sich auf das Hüttendeck. Ganz nach hinten ging er mit ihm, bis zum Flaggenstock. Er wollte nicht, daß jemand hörte, was er ihm zu sagen hatte. Er versuchte Klaeszoon begreiflich zu machen, warum er so habe handeln müssen, trotz der langen gemeinsamen Jahre. Aber Michiel Klaeszoon schüttelte nur den Kopf, und Barend Fokke hatte das Gefühl, gegen eine Wand zu reden. Er hob resignierend die Schultern, sagte „Mach dich an deine Arbeit, Michiel!" und ging ins Ruderhäuschen und fragte Adriaen, ob er sich etwa falsch verhalten habe; hoffte, daß Adriaen verneinte, aber Adriaen streute nur Salz in die Wunden, und so ließ er auch ihn stehen, beschäftigte sich mit seinem Schiffstagebuch – er hatte ein neues angefangen für den „Weißen Schwan von Zwartewaal" –, beschäftigte sich mit Willem, der nach allem möglichen fragte, und vermied es sogar, mit Stine zu reden, weil auch sie gegen ihn gewesen war. Sie hat sich auf die Seite der anderen gestellt, dachte er und sah nicht, daß sie auf seiner Seite stand wie Adriaen.

Allmählich beruhigte er sich jedoch wieder, beruhigte sich, weil er spürte, wie gut sein Schiff war. Wind kam auf. Das Schiff bewährte sich. Früh am zweiten Morgen der Fahrt machte Barend am Horizont die Segel eines anderen Kauffahrers aus, am Mittag hatte er ihn eingeholt, ein paar Stunden später waren nur noch die Mastspitzen zu sehen. Das Wetter gefiel Barend, das Schiff arbeitete zwar schwer im Wind und im Seegang, aber es lief unter vollen Segeln, nicht einmal die Bramsegel brauchte er zu reffen oder gar wegzunehmen.

Das Wetter gefiel ihm so lange, bis er merkte, daß Willem in seiner Koje lag, bleich im Gesicht, apathisch. Er wollte nie mehr etwas essen, jammerte nur kläglich: „Das soll aufhören!" Stine saß neben ihm, ihr ging es nicht viel besser: Sie waren seekrank. Stine lächelte matt, als er ihr sagte, das sei bald vorüber, bei dem zweiten Sturm würden sie nichts mehr davon spüren, das gehe jedem so, der zum erstenmal im Sturm draußen sei, nicht einmal ihm sei das erspart geblieben. Es war nur ein schwacher Trost. Das Wetter hielt an, bis sie die Biskaya hinter sich hatten. Dann wurde die See ruhiger, es wurde auch wärmer, und Willem schrie auf einmal, er habe solchen Hunger. Und damit war alles wieder gut.

Als das Schiff in der Nähe des Kaps der Guten Hoffnung stand,

182

begann Barend Fokke nach dem besten Kurs zu suchen. Er wußte inzwischen, daß Wind und Strömung dort unregelmäßig waren – man konnte vom Sturm unvermittelt in völlige Windstille geraten. Barend hatte sich bei seinen Fahrten den Kopf darüber zerbrochen, wie so etwas möglich war, hatte dies und das probiert, war einmal sogar tagelang hin- und hergekreuzt, so daß seine Leute zu murren begonnen hatten: das hieße denn nun wirklich Gott versuchen. Er hatte festgestellt, daß es warme Ströme gab und kalte, die warmen kamen aus dem Indischen Ozean, die kalten aus dem Atlantik. Dann hatte er nach Aufzeichnungen anderer Kapitäne geforscht, allerdings kaum etwas gefunden, und das wenige war auch noch widersprüchlich. So viel war ihm inzwischen klar geworden: Auf der Rückfahrt hatte er es verhältnismäßig leicht, dicht unter der Küste floß ein warmer Strom von Osten nach Westen, den fand er schnell wieder. Weiter südlich kam kälteres Wasser aus dem Atlantik, mischte sich an seinem Südrand mit einer zweiten warmen Strömung aus dem Indischen Ozean, dadurch entstanden kreiselnde Strömungen, die einen Kapitän, der sich damit nicht auskannte, schon verwirren konnten. Die Verwirrung wurde noch dadurch größer, daß Flächen wärmeren Wassers wie Inseln in dem kalten trieben, und über dem wärmeren Wasser war kein Wind; das Schiff, das in einer dieser Inseln schwamm, lag in der Flaute. Am Rand der Insel jedoch blies es immer, und oft so stark, daß die Schiffe Segel bergen mußten, um nicht im Sturm zu kentern.

Barend kannte diese Erscheinungen, wenn er auch nicht um alle Zusammenhänge wußte. Er kannte sie, und er nutzte sie aus. Seine Leute, denen er seine Überlegungen vortrug, blieben freilich skeptisch. Sie ließen sich nicht von der Überzeugung abbringen, daß bei ihren Erfolgen nicht alles mit rechten Dingen zuging. Die Schotten hatten sich sogar davongeschlichen, als er den Leuten alles erklärte. Sie hielten sein Wissen für Teufelswissen. Die anderen vertrauten ihrem Kapitän, egal, woher er sein Wissen nahm, wenn er sie nur heil wieder nach Hause brachte. Auch Adriaen gelang es nicht, ihnen ihren Aberglauben auszureden. Hinlopen bewunderte seinen Kapitän geradezu, obwohl oder weil er mit dessen Erklärungen im Grunde nicht viel anzufangen vermochte. Bei Cambys war das schon anders. Er sprach von Zauberkräften – nicht gerade vom Teufel, aber na ja, man wisse nie so ganz, machte große runde Augen dabei. Bei den anderen war es ein Schwanken zwischen Fürchten und Vertrauen. Sie vertrauten, weil bisher alles gut gegangen war, und sie fürchteten, daß das eines schönen Tages vorbei sein konnte. Vertrauten, solange Hinlopen seine Geschichten erzählte, und fürchteten, wenn Cambys sie auf seine Weise wiedergab.

Alle halbe Stunde ließ Barend Fokke einen Eimer Wasser heraufholen und prüfte die Temperatur. Hinlopen witzelte: „Na, Kapitän, ist noch kein Brief dabei von deiner Seejungfrau – hat sie dich etwa im Stich gelassen, weil du Stine an Bord hast?" Barend Fokke lachte. „Du Satanszunge, du, ich werde dir gleich einen Brief der Seejungfrau überreichen!" und goß ihm die Pütz Wasser über den Kopf.

Barend Fokke hatte endlich eine Strömung erwischt, wie er sie suchte. Ein frischer Wind schwellte ihm die Segel, jagte ihn vor der afrikanischen Küste nach Osten, es war kurz vor dem Morgengrauen. Der Himmel war dicht bewölkt, kein Stern war zu sehen, nichts vom Kap. Nebelfetzen trieben in dem Sturm, grau wie das Schiff; nur dann und wann riß die Sicht ein wenig auf; nur zögernd wurde es hell. Plötzlich tauchte ein Schemen steuerbord voraus aus dem Nebel, gar nicht weit entfernt von ihnen, fast hätte man das fremde Schiff anrufen können, es war ein Spanier. Tauchte auf, verschwand wieder im Nebel, war wieder da. Einen Augenblick lang war es Barend Fokke unbehaglich, aber er brauchte den Kurs nicht zu ändern. Sie sahen es ganz genau: Schlaff hingen die Segel des Spaniers an den Rahen, er lag in einer Flaute, rührte sich kaum von der Stelle, und sie jagten wie der Wind an ihm vorbei. Einer der Schotten bekreuzigte sich entsetzt, Hinlopen und Cambys rissen den Mund auf – das Witzeln war ihnen vergangen. „Viel hätte nicht gefehlt, und wir hätten den Spanier gerammt", sagte Hinlopen. Barend Fokke lachte, als er sah, wie betroffen seine Leute waren. „Nie im Leben hätten wir den gerammt. Wären wir nämlich dort drüben, dann lägen wir genauso still wie der Spanier und rührten uns nicht von der Stelle!"

Einer der Schotten schüttelte den Kopf. „Kapitän", sagte er, und seinem Ton war anzuhören, daß er es ernst meinte, „kannst du zaubern, stehst du mit dem Bösen im Bunde? Wo holst du nur deinen Wind her?" Dann starrte er in den Nebel, wo der Spanier verschwunden war. Hinlopen und Cambys dagegen hatten ihre Fassung wiedergefunden. „Wenn die uns da drüben gesehen haben", sagte Hinlopen, „dann sind sie ganz bestimmt überzeugt, daß wir zaubern können. Was werden die wohl gesagt haben?" Und er malte sich aus, was sie auf dem Spanier empfunden hatten, als der „Weiße Schwan von Zwartewaal" an ihnen vorüberzog:

Der Kapitän läuft unruhig von back- nach steuerbord, die ganze

Nacht schon; er hat auch einen Padre an Bord, der auf den Philippinen die Wilden bekehren soll. Er bestürmt ihn, um Wind zu beten, aber alles Beten nützt nichts, kein Windhauch ist zu spüren, nur ein fernes Rauschen hören sie, von dem in der Dunkelheit niemand zu sagen weiß, ob es die Brandung ist oder was sonst. Einer steckt den andern an mit seiner Angst. Untätig hockt die Wache an Deck herum. Wie nasse Wäsche hängen die Segel an den Rahen.

Einer sieht es zuerst, hebt voller Entsetzen den Arm, streckt ihn aus nach backbord, schlägt das Kreuz – kaum hat er die Kraft dazu. Dann sehen es auch die andern, der Kapitän, der Padre. Wie erstarrt stehen sie, wissen nicht, ob sie ihren Augen trauen dürfen. Keiner von ihnen ist in der Lage, ein Wort zu sagen, es würgt ihnen im Halse, schnürt ihnen die Kehle zu. Heilige Muttergottes, können sie denken, mehr nicht: Da ist ein Schiff, das nicht von dieser Welt ist. Es jagt an ihnen vorbei, die Segel voller Wind, wo doch kein Wind ist, riesig hoch die Masten, bis in den Himmel hinein; ein langgestreckter, niedriger Rumpf, grau wie der Morgennebel, kaum ist auszumachen, was Nebel ist und was Schiff.

Augenblicke nur dauert es, dann ist diese Gespenstererscheinung an ihnen vorbeigejagt, kein Laut ist zu hören gewesen, keine Glocke, kein Befehl, nur das Rauschen, von dem niemand zu sagen weiß, ob es Brandung ist oder was sonst.

Wer wird ihnen das abnehmen, wenn sie den Hafen erreichen, woran niemand mehr an Bord nach dieser Erscheinung glaubt. Grau und durchsichtig wie Spinnweb ist das Gespensterschiff gewesen, das ihnen vor dem Stürmekap begegnet ist, auf seinen fahlen Segeln haben Schatten getanzt, riesige Schatten, die sich bewegt haben wie Menschen, die im Fegefeuer leiden. Ein grauenerregendes Leuchten ist von den Mastspitzen ausgegangen und von den Enden der Rahen, kaltes grünbleiches Licht ist die Takelage entlanggelaufen, und doch hat nichts gebrannt auf dem Entsetzensschiff; nur von innen, da hat es rot geglüht, höllenrot in dem spinnwebgrauen Rumpf. Und einer an Bord hat ihn gesehen, der Herr Padre, weil er als einziger gegen den Teufel gefeit ist, den Kapitän dieses Teufelsschiffes, den Teufel selbst, gewaltig groß, wie er am Besan gelehnt hat, barhaupt. Wenn es schwarze Flammen gibt, und in der Hölle gibt es bestimmt auch schwarze Flammen, dann hat er schwarzes Flammenhaar gehabt; glutrote Augen, ein Maul voller Reißzähne, qualmenden Atem hat er durch Mund und Nase gestoßen wie ein Drache der Vorzeit. Sonst ist keine Menschenseele an Bord gewesen.

Das würden sie erzählen, wenn sie einen Hafen erreichten, und jeder, der diese Geschichte hörte, würde sie weitererzählen. Bald würde jeder Seefahrer wissen, daß vor dem Kap der Guten Hoffnung ein Schiff kreuzt wie ein Nachtmahr, ein Nachtkreuzer, der den Verdammten trägt, ein Schreckbild für alle, die rechten Glaubens sind und zur Muttergottes beten und ihrem Sohn.

Kapitel fünf

Barend Fokke hatte während der gesamten Dauer der Fahrt genau geprüft, wie schnell er mit dem „Weißen Schwan von Zwartewaal" vorankam. Er wußte, daß er mehrere Wochen Zeit eingespart hatte gegenüber seinen früheren Reisen, und dennoch glaubte er kaum seinen Augen trauen zu dürfen, als er die Meerenge zwischen Java und Bali erreicht hatte, als er Land sah. Zwar hatte er wieder einen kürzeren Weg ausprobiert – nicht mehr zwischen Sumatra und Java hindurch, sondern direkt zum Ostteil Javas. Er hatte ja ein festes Ziel, Palem Koneng. Aber daß es so schnell gegangen war, hatte er seinem neuen Schiff zu danken.

Barend Fokke war sicher, daß diese Fahrt auch geschäftlich ein Erfolg werden würde – Hang Djaran hielt, was er versprach. Der Dorfälteste von Palem Koneng war kaum älter als Barend Fokke, er war klein und sehnig, sein Gesicht glatt, die Züge friedlich-freundlich, er lächelte, wenn er sprach, und seine Autorität im Dorf war unumstritten. Ein Glitzern trat in seine Augen, wenn vom Tiger die Rede war, dann wurde Hang Djaran ein anderer, dann war nichts mehr von Freundlichkeit, und Barend Fokke glaubte es, als man ihm erzählte, Hang Djaran wäre einen gefährlichen Menschenfresser ganz allein angegangen, nur mit dem Langdolch bewaffnet. Ein paar mächtige Narben auf Hang Djarans Brust bestätigten die Geschichte. Der Tiger, hatten die Dorfbewohner erzählt, wäre gar kein Tiger gewesen, sondern ein Hantuen, ein böser Mensch, ein verzauberter Mörder, und das wären allemal die schlimmsten Tiger, die verlangten immer wieder nach Menschenblut. Das ganze Dorf hatte der Hantuen in Angst und Schrecken versetzt, niemand mehr hatte sich allein in den Wald gewagt, bis sich Hang Djaran aufgemacht hatte. Vor allem deshalb sei die Wahl auf ihn gefallen, als vor ein paar Jahren sein Vorgänger gestorben war.

Hang Djarans Frau, Nawang Wulan, war zierlich, fast wie ein Kind noch, der eng um den Körper gewundene, leuchtendbunte Sarong machte sie noch zierlicher, sie schien die ältere Schwester ihrer beiden Kinder; Tarup, der Junge, mochte sechs oder sieben Jahre alt sein, und Tjilik, das Mädchen, hatte im vergangenen Jahr gerade zu laufen begonnen.

Obwohl es demnach nicht schwer sein würde, die Ware aufzukaufen, war Barend aufgeregt. Er konnte es nicht erwarten, Stine und auch Willem dieses fremde und schöne Land zu zeigen. Er hatte ihnen unterwegs von Hang Djaran und von Nawang Wulan erzählt, hatte über Willem gelacht, weil dessen Vorstellungen von Ostindien abenteuerlich waren. Von dem Tiger hatte er berichtet, und Willem hatte große Augen gemacht und nicht gewußt, wovor er sich mehr fürchten sollte: vor dem Tiger oder vor dem Mann, der dem Tiger mit einem Dolch zu Leibe gegangen war. Hinter jeder Palme, glaubte er, müsse mindestens ein Tiger sitzen und die Zähne fletschen.

Sie hatten die schmale Durchfahrt zwischen Java und Bali passiert und folgten dem Verlauf der Küste. Es konnte nicht mehr lange dauern, dann tauchte die gewaltige Palme auf dem Landvorsprung auf, schräg über das Wasser gebogen, als wolle sie den Wellen und dem Wind noch näher sein, sie war allen Fischern von Palem Koneng ein Wegweiser, wenn sie zu weit hinausgefahren waren. Wie riesige ausgefranste Elefantenohren bewegten sich die Wedel der zerzausten Krone im Wind.

Hinter der blauen See und der leuchtendweißen Brandung stand das Grün des Waldes, von der Sonne bestrahlt. Über ihm ragten die Berge auf, um die Gipfel hingen dicke Haufenwolken. Vom Merapi hatten ihm die Leute aus Palem Koneng erzählt, von dem Berg, der grollt und glühende Steine in die Reisfelder wirft und mehr Menschen tötet, wenn ihm nicht genügend geopfert wird, als der wildeste Tiger.

Und dann zeigte Barend Fokke Stine und Willem die Palme. Willem sah sie nicht, er war zu aufgeregt. Wo denn die anderen Schiffe seien, wollte er wissen – er stellte sich den Hafen vor wie den von Amsterdam –, und war enttäuscht, als sie die kleine Bucht vor sich hatten, in der kein einziges Schiff lag, nur buntbemalte Boote.

Barend Fokke wunderte sich selbst, daß alles so ruhig blieb, die Leute mußten ihn doch längst bemerkt haben. Am Strand spielten Kinder, ein paar Männer machten sich an ihren Booten zu schaffen, aber niemand schien Notiz von ihm zu nehmen, niemand kletterte in sein Boot, paddelte ihm entgegen.

188

„Was wird dort los sein, Barend?" fragte Stine, und Barend Fokke war enttäuscht wie vorhin Willem. Er hatte Stine ausgemalt, wie sie einziehen würden in das Dorf, von den Männern geleitet, von Trommeln, Tamburins und vom Gamelan begrüßt; die Ronggeng, die Tänzerinnen, die jungen Mädchen von Palem Koneng, zeigten ihre Tänze.

Aber nichts geschah, als die Segel fielen, als die Anker in das Wasser der Bucht klatschten. „Der weiße Schwan von Zwartewaal" schwoite langsam in den Wind, Barend Fokke kletterte mit Stine und Willem in das Boot und ließ sich an Land rudern. Die Männer bei den Booten blickten nicht von ihrer Arbeit auf, die Kinder versteckten sich oder liefen zu den Hütten.

„Die haben doch etwas!" sagte Cambys, und Hinlopen glaubte eine Erklärung gefunden zu haben: „Die haben ganz einfach dein Schiff nicht erkannt, Kapitän, das ist alles."

Aber Barend Fokke lehnte diese Erklärung ab: „Daran kann es nicht liegen, sie kennen doch unsere Flagge, so haben sie sich nicht einmal verhalten, als wir das erstemal hier gelandet sind." Er schüttelte den Kopf; war er zunächst enttäuscht gewesen, so war er jetzt beunruhigt über die Feindseligkeit der Leute. Sie ließen ihn heran, sie taten, als wär ihre Bucht leer, als läge da nicht ein Schiff aus dem fernen Europa, als ruderte da kein Boot heran.

Der Kiel des Bootes knirschte auf den Sand der Bucht, Barend Fokke sprang hinaus, half Stine und Willem beim Aussteigen, und nun endlich hoben die Männer von Palem Koneng den Kopf.

Sie legten ihre Werkzeuge aus der Hand, langsam, wie unentschlossen, taten die Netze beiseite, die sie geflickt hatten. Die Höflichkeit verbot ihnen, Stine anzustarren – sie war die erste Frau aus dem fernen Land, das Holland hieß, die ihr Dorf besuchte, aber es war ihnen anzusehen, wie groß die Neugier war. Und doch, irgend etwas hielt sie ab, Barend Fokke so zu begrüßen, wie sie das in den Jahren zuvor getan hatten.

Fokke sah sich um. „Wo ist Hang Djaran?" fragte er. Die Männer gaben keine Antwort, und das lag nicht an der Verständigung, die schlecht und mühsam genug war. Nun stellten sich auch Leute aus dem Dorf ein, es hatte sich inzwischen herumgesprochen, wem das Schiff gehörte, das da in ihrer Bucht vor Anker gegangen war. Kinder waren dabei und Frauen. Die Kinder waren ungenierter als die Männer und starrten Stine mit großen Augen an, lächelten Willem zu, zupften an seiner Kleidung, lachten, gestikulierten, redeten auf ihn ein, wunderten sich, daß er nichts verstand, begannen zu lärmen, und Barend Fokke mußte Willem anstupsen, daß er mit ihnen ging.

Unter den Frauen war auch Nawang Wulan, an ihrem Sarongzipfel, halb verdeckt hinter ihr, Tjilik. Sie lächelte traurig, als sie Stine und Barend Fokke eine Tonschale mit Bataten reichte. Langsam gingen sie zu ihrer Hütte. Ein paar Alte saßen davor, sie zeigten kaum durch ein Augenheben, daß sie die Fremden kannten. Einige der Männer vom Strand waren ihnen gefolgt, und nun erfuhr Barend Fokke, was in Palem Koneng geschehen war. Er war sich nicht immer ganz sicher, ob er auch richtig begriff, was ihm die Leute da erzählten, denn sie sprachen kaum Spanisch, und Barend Fokke kannte nur ein paar Worte Javanisch.

Vor drei Wochen war eine portugiesische Galeone in der Bucht erschienen. Wie eine Strafexpedition kam sie. Sie erklärten den Leuten, daß der Handel mit Holländern verboten sei. Das Schiff war aus Malakka, wo sich die Portugiesen seit langer Zeit festgesetzt hatten. Dort waren Soldaten und Schiffe stationiert, und es gab Befestigungsanlagen. Auch Java hatten die Portugiesen zu ihrem Eigentum erklärt, was von den Spaniern bisher allerdings nicht anerkannt war. Nun streckten die Portugiesen ihre Fühler aus, um ihren Herrschaftsbereich zu erweitern. Einzelne Kriegsschiffe drangen bis zum Ostteil Javas vor, weil sich ihre Kaufleute beklagt hatten, fremde Schmuggelkapitäne würden ihnen vor der Nase wegkaufen, was sie selbst holen wollten.

In der Nähe hatten sie festgestellt, daß hier so etwas wie ein Zentrum dieses Schmuggelhandels sein mußte, sie preßten aus den Leuten heraus, daß der Dorfälteste von Palem Koneng, Hang Djaran, für die Holländer arbeitete, daß er in allen umliegenden Dörfern für sie Waren kaufte. Sie nahmen Hang Djaran fest, fesselten ihn, schleppten ihn auf ihr Schiff, segelten wieder davon. Aber nur eine halbe Tagereise weit, wie die Männer von Palem Koneng feststellten, als sie dem Schiff folgten. Dort hatten die Portugiesen begonnen, ein kleines Fort anzulegen, war eine Handvoll Soldaten stationiert, die allen Fremden verdeutlichen sollten, hier wäre Portugal.

Das war jetzt drei Wochen her. Seitdem hatten sich die Portugiesen nicht mehr blicken lassen. Barend Fokke war klar, was das bedeutete. Die Portugiesen gingen daran, die Herrschaft über Ostjava anzutreten. Sie wußten von ihm, und das konnte für ihn gefährlich werden. Ein Glück, daß sie ihn jetzt noch nicht erwarten konnten.

Nawang Wulan saß bescheiden in der Ecke, während die Männer

berichteten, aber ihre Augen hingen an Barend Fokke, in ihnen stand die Frage: Wirst du mir Hang Djaran zurückholen?

Er nickte ihr zu, schrieb ein paar Worte auf ein Stück Papier, gab es einem der Männer und bedeutete ihm, es zum Schiff zu bringen. Barend bat darin Adriaen, an Land zu kommen, um mit ihm zu beraten, ob sie es riskieren durften, er hatte schließlich Stine an Bord und den Jungen. Er mochte aber auch nicht leer hier wegfahren, und er wollte Nawang Wulan helfen und ihrem Mann.

Stine war unruhig geworden. Was sie hier gehört hatte, das paßte so gar nicht zu dem, was ihr Barend Fokke erzählt hatte, und nun würde es womöglich sogar Kampf geben. Die Portugiesen hatten ein Kriegsschiff, sie dagegen nur ein Handelsschiff. Die Männer verstanden zwar nicht, was Stine da sagte, aber an ihrem Gesicht sahen sie, daß sie Barend Fokke abriet, und das enttäuschte sie. Nawang Wulan lächelte verzagt, wandte sich ab, machte sich am Herd zu schaffen, um die Tränen nicht zu zeigen. Willem schwatzte mit Tarup, als gäbe es nichts von den Schwierigkeiten, die sich eingestellt hatten, als wäre nicht Tarups Vater von den Portugiesen weggeholt worden, als stände nicht die Frage im Raum: Wird der Fremde aus Holland, der ein großes Schiff hat mit Kanonen, der uns nicht mehr fremd ist, sondern freund, wird er uns helfen?

Barend Fokke sprach leise auf Stine ein: „Bis jetzt habe ich noch nichts zugesagt, Stine; ich weiß, was ich riskiere, wenn ich die Portugiesen angreife. Und ehe ich das tue, muß ich mit Adriaen reden, zwei sind klüger als einer. Und ich muß mir auch erst das Schiff ansehen – wenn es noch da ist. Aber angreifen ist besser als angegriffen werden. Wer weiß, vielleicht ist es schon auf dem Weg hierher. Und noch etwas: Die Leute vertrauen mir. Hang Djaran ist meinetwegen weggeschleppt worden. Die Leute hier erwarten, daß ich ihn wieder heraushole, ich bin ihnen das schuldig. Das Vertrauen zu mir wird hinterher noch größer sein."

Stine war nicht begeistert von dem, was ihr unter Umständen drohte, aber wenn sie etwas einsah, dann das: Hang Djaran war ihretwegen von den Portugiesen gefangengenommen worden; es war nur recht und billig, daß sie versuchten, ihn auch wieder zu befreien.

Nach einiger Zeit traf Adriaen ein, und Barend Fokke berichtete ihm, was vorgefallen war. Adriaen war bestürzt, bestürzter als Barend Fokke, aber auch zuversichtlich, weil die Portugiesen vorläufig noch nicht mit ihnen zu rechnen schienen. Sie überlegten, was sie unternehmen könnten, kamen jedoch beide zu der Ansicht, man müsse erst herausfinden,

mit wem man es zu tun habe. Allerdings sollten sofort Wachen ausgestellt werden, zur See hin wie auch zum Land. In Sumpf und Urwald,
die das Dorf umschlossen, gab es zwar nur schmale Pfade, aber man
mußte vor einem plötzlichen Überfall sicher sein.

In der Nacht dann wollte Barend Fokke mit einem der Fischerboote
hinausfahren, um das portugiesische Schiff zu erkunden und herauszukriegen, wieweit die Arbeit an dem Fort gediehen war. Und nun
scheute sich auch Nawang Wulan nicht mehr, ihre Tränen zu zeigen.
Nur Stine machte ein bedenkliches Gesicht, und Barend Fokke hatte alle
Mühe, sie zu beruhigen.

Als die Dunkelheit hereinbrach, bestiegen er und zwei Javanen ein
Boot und machten sich auf den Weg; die Männer hatten ihm versichert,
daß sie auch mit verbundenen Augen zu ihrem Ziel finden würden. Es
war ein eigenartiges Gefühl für Barend Fokke, in diesem winzigen Boot
zu sitzen. Die Nacht war dunkel, er mußte sich ganz auf die Männer
verlassen. Leise plätscherte es um das Boot, manchmal spritzte es ein
wenig, manchmal sprang ein Fisch. Alles war anders als auf der Nordsee: Die langen Wogen waren kaum zu spüren, sanft hoben sie das Boot
und senkten es wieder. Das Meer hier hat einen ruhigen Atem, dachte
Barend Fokke. Die Nacht war warm, ab und zu verständigten sich die
beiden Männer mit einem knappen Wort über den Kurs.

Nach ein paar Stunden Fahrt hatten sie die Bucht erreicht, sie brachten
das Boot an Land, schoben es unter Mangrovengebüsch und wateten
ein Stück durch Sumpf, ehe sie festes Land betraten.

Barend Fokke vermochte sich mit den beiden jungen Männern nur
durch Gesten zu verständigen. Sie hoben manchmal die Hand, bedeuteten ihm zu warten. Der eine schlich ein Stückchen voraus, der andere
blieb bei Barend Fokke. Es war dunkle, schwarze Nacht in dem dichten
Urwald, und dennoch glaubte Barend Fokke, auf dem Gesicht des bei
ihm Wartenden ein Lächeln zu sehen. Er war nicht ängstlich, aber es
kribbelte in ihm.

Es war eine eigenartige Situation, in der er sich befand. Der nächtliche
Urwald wirkte auf ihn, es war etwas Fremdes, nie Erlebtes. Solange er
in dem Boot gesessen hatte, war er immer noch in einem ihm vertrauten
Element gewesen, jetzt jedoch fühlte er sich absolut hilflos. Für einen
Augenblick tauchte der Gedanke in ihm auf: Was, wenn sie dich hier
stehenlassen, wenn sie dich hier töten, weil du das Unglück Hang
Djarans verschuldet hast. Doch dann mußte er über sich lächeln.

Sie wanden sich mühselig durch den Urwald. Barend Fokke ging in der Mitte, er bewunderte die beiden Javanen. Sie zögerten keine Sekunde, sie gingen, als befänden sie sich auf einem genau vorgezeichneten Weg, und doch mußten sie dauernd nach links und nach rechts ausweichen. Mit kräftigen Hieben bahnten sie sich den Weg, schlugen wirr durcheinanderhängende Lianen ab, aber keiner von ihnen machte eine unvorsichtige Bewegung. Ein scharfer Ritsch war zu hören, wenn ihre Klinge die Schlinggewächse zerteilte, mehr nicht.

Um sie her war es still, und doch fühlte sich Barend Fokke wie von tausend Augen beobachtet. In der Ferne zuweilen ein seltsamer Vogellaut, hoch aus den Bäumen, dann auch einmal ein Krächzen oder Fauchen – die beiden Javanen achteten dessen kaum, sie schienen sich ihrer so sicher, daß auch Barend Fokke nicht an Tiger dachte oder an Schlangen oder andere wilde Tiere.

Die fernen Tierlaute erstarben allmählich, nicht mehr lange, dann würde es Morgen sein. Es gab eine kleine Pause, einer der beiden Javanen war wieder vorausgeschlichen. Der andere machte Barend Fokke klar, daß sie das Dorf, in dem sich die Portugiesen niedergelassen hatten, bald erreichen würden. Der Javane hatte sich niedergehockt, er wartete in aller Ruhe, daß der andere zurückkäme. Barend Fokke hatte sich an einen Baum gelehnt, feuchte Flechten hingen an dem Stamm herab, so daß er wieder von dem Baumstamm abrückte. Er versuchte den Urwald mit den Augen zu durchdringen, aber er sah nichts, nur die Schwärze der Nacht, nur unentwirrbares Durcheinander von Stämmen, Zweigen, riesigen Blättern, Schlinggewächsen, Farnen. Von der schwülen Wärme klebten ihm die Kleider am Leib. Er wünschte sich auf sein Schiff. Dort war es zwar auch warm, heiß, schwül, stickig, aber die Enge des Urwalds bedrängte ihn, und er sehnte sich nach der Weite des Meeres. Er glaubte, nicht mehr atmen zu können. Der faulige Modergeruch, vermischt mit tausenderlei anderen Gerüchen, Gerüchen von Blüten, von Gewürzen, von verwesenden Tieren und vielem, was er nicht zu benennen wußte, legte sich ihm auf die Lungen. Er hatte das Gefühl: Du mußt hier raus, du erstickst sonst noch.

Hatte er sich wirklich um Hang Djarans willen auf dieses Abenteuer eingelassen? Ja, es ging ihm um Hang Djaran. Er hatte in dessen Hütte gesessen, Hang Djaran und seine Frau waren bei ihm an Bord gewesen, sie hatten miteinander gelacht, waren fast so etwas wie Freunde geworden, und Barend Fokke hatte sich darauf gefreut, daß auch Stine sie kennenlernte. Was ihn bewegte, das würde auch sie bewegen. Stine hatte er gesagt, sie müßten Hang Djaran zu befreien versuchen, weil er nur seinetwegen von den Portugiesen verschleppt worden war. Das war richtig. Aber wenn Barend bis in die letzten Beweggründe vordrang, die ihn bestimmten, dann mußte er zugeben, daß es ihm um seinen Handel ging, um seine Träume und Pläne. In Palem Koneng hatte er die Möglichkeit, sein Schiff schnell zu beladen, weil Hang Djaran dafür gesorgt hatte, daß die Dörfer in der Nachbarschaft ihre Erzeugnisse nach Palem Koneng brachten. Jetzt, wo er ein schnelles Schiff hatte, brauchte er seine Ladung nicht mehr nur in Holland abzusetzen, er konnte nach der Rückkehr im Herbst noch weiter fahren, englische Häfen aufsuchen, norwegische, deutsche, schwedische, und dort seine Waren mit noch größerem Gewinn verkaufen.

Er hatte bei seinen vergangenen Fahrten nicht nur guten Gewinn erzielt, sondern sehr guten. Er hatte sich ein Schiff gebaut, wie kein anderer eins hatte. Er konnte damit seinen Gewinn noch vergrößern, vorausgesetzt, die Portugiesen oder die Spanier verhinderten das nicht. Und jetzt waren sie dabei, es zu verhindern, sie hatten Hang Djaran verschleppt, es den Bewohnern von Palem Koneng und von dessen Nachbarschaft unmöglich gemacht, ihre Erzeugnisse an ihn zu verhandeln. Wenn er nicht verlieren wollte, was er hier aufgebaut hatte, mußte er die Portugiesen so nachhaltig vertreiben, daß sie nicht wiederkehrten. Sollten sie auf Malakka sitzen, solange es ihnen gefiel, sollten sie mit den Spaniern um Djakarta streiten, solange es ihnen Spaß machte. Hier im östlichen Zipfel von Java, der Insel Bali gegenüber, hatte er seinen Handelsstützpunkt, den würde er sich nicht zerstören lassen. Von niemandem auf der Welt. Er bezahlte die Javanen gut, besser als Portugiesen und Spanier, er brachte ihnen Waren, Geräte und Werkzeuge, die sie nicht selbst herzustellen vermochten, er gedachte nicht, sie zu betrügen, er wollte in Frieden und Freundschaft mit ihnen auskommen. Die Papisten würden sie zu Sklaven machen.

Der andere Javane war zurück, winkte ihnen zu folgen. Ohne daß Barend Fokke es gemerkt hatte, war der Himmel hell geworden, nur unter den Bäumen war noch tiefe Dunkelheit. Unmerklich stieg das Gelände an, und plötzlich standen sie am Waldrand, unter ihnen lag die Bucht, still und morgenruhig, in weitem Bogen schwang sich die Strandlinie zu einem ähnlichen Hügelvorsprung wie dem, auf dem sie standen. In der Bucht die portugiesische Galeone. Barend Fokke betrachtete das Schiff. Es war nicht allzu groß, zwanzig, vierundzwanzig Kanonen schätzte er – mehr als er besaß, aber dafür hatte er das Moment der Überraschung für sich.

194

Das Dorf selbst war nicht zu sehen, es war durch einen zweiten kleineren Landvorsprung verdeckt. Auf diesem Landvorsprung, bedeutete der eine der beiden Javanen Barend Fokke, befinde sich die Befestigungsanlage, zu der sie nun hinschlichen. Jetzt, da es hell geworden war, kamen sie leichter voran. Und dann befanden sie sich am Ziel. Viel hatten die Portugiesen offensichtlich noch nicht getan: Ein paar Bäume hatten sie gefällt, der Anfang, sich freies Schußfeld zu verschaffen; die portugiesische Fahne hing schlaff am Mast, ein dürftiger Wall war aufgeworfen, der einem Angriff nicht lange standhalten würde. Ein paar Kanonen waren auf die Bucht gerichtet. Vom Land her erwartete wohl niemand einen Angreifer.

Sie machten sich auf den Rückweg, zogen das Boot aus den Mangroven, hißten das Segel, und gegen Mittag waren sie wieder in Palem Koneng. Während der Fahrt hatte Barend Fokke Zeit, sich einen Plan zurechtzulegen. Es gab eine Schwierigkeit. Niemand wußte, wo sich Hang Djaran befand: War er auf dem Schiff, war er innerhalb der Wälle, lebte er überhaupt noch? Barend Fokke hielt sich mit dieser Frage nicht auf, es war sinnlos. Hatten sie Glück, dann fanden sie ihn, hatten sie keines – er konnte es nicht ändern.

Stine und Willem erwarteten ihn voller Ungeduld, Willem wollte auch mit so einem schönen bunten Schiff fahren, wie der Vater eben, aber Barend Fokke hatte keine Zeit für sie. Er nahm Adriaen mit an Land und beriet mit ihm und den Männern von Palem Koneng, ob der Plan, den er ausgedacht hatte, durchführbar sei. Eine neue Schwierigkeit war hinzugekommen: Adriaen berichtete, daß Michiel Klaeszoon und die Schotten großspurige Reden geschwungen hätten, sie würden ihre Haut nicht für diese Wilden zu Markte tragen, und schon gar nicht gegen Christenmenschen; was hätten ihnen schließlich die Portugiesen getan? Barend Fokke fragte ihn, was Stine davon wisse, aber Adriaen meinte, sie könne kaum etwas gehört haben, denn sowie er in der Nähe gewesen sei, wären die fünf still und friedlich gewesen. Und vor Stine etwas zu sagen, würden sie sich wohl auch gehütet haben. Hinlopen und Cambys dagegen hätten einiges gehört, von ihnen wisse er, daß da nicht alles in Ordnung sei. „Nun ja", sagte Barend Fokke, „wir können auf sie nicht verzichten, aber wir werden sie nicht aus den Augen lassen, und wir werden ihnen nicht alles sagen, was wir vorhaben." Und wieder fragte er sich, ob es richtig gewesen war, Michiel Klaeszoon und die Schotten an Bord zu behalten.

„Kein Wort zu Stine!" bat Barend Fokke Adriaen, als sie zum Schiff zurückruderten. „Sie braucht nur zu erfahren, daß wir heute nacht Hang Djaran befreien. Unser Plan würde sie zu sehr aufregen. Sie geht mit dem Jungen an Land."

Als es dunkel wurde, kam ein Javane als Lotse an Bord. Es war einer der beiden, mit denen Barend Fokke in der Nacht zuvor unterwegs gewesen war. Gegen Abend stellten sich noch zehn, fünfzehn Männer aus einem Nachbardorf in Palem Koneng ein, um sich an dem Handstreich zu beteiligen. Nachdem sie ein leichtes Floß gebaut und zu dem Beiboot gebracht hatten, brachen die Javanen auf. Auch „Der weiße Schwan von Zwartewaal" lichtete die Anker und fuhr in die Dunkelheit hinaus; Adriaen ließ sich von den Javanen den Weg weisen. Erst als sie draußen waren, erläuterte Barend Fokke seinen Männern den Plan. Dabei beobachtete er Michiel Klaeszoon und die Schotten, die jedoch ließen sich nicht anmerken, was sie davon hielten, und das stimmte Barend Fokke bedenklicher, als wenn sie offen ihre Meinung gesagt hätten.

Kurz vor dem ersten Landvorsprung blieb das Schiff liegen. Barend Fokke stieg mit Hinlopen und Cambys in das Beiboot. Das kleine Floß lag darin, ein Pulversack, eine brennende Laterne, sorgfältig verdeckt, damit auch nicht der geringste Lichtschein hinausdrang. Sie hatten die Riemen umwickelt und zogen jetzt schon so behutsam durch, als läge die Galeone nur noch einen Steinwurf weit von ihnen entfernt. Barend Fokke hatte den beiden eingeschärft, sich Zeit zu lassen, sie durften kein Geräusch verursachen, sie durften nicht entdeckt werden.

Barend Fokke war in die Spitze des Beibootes geklettert, er starrte in die Dunkelheit. Sowie er die Umrisse der Galeone ausmachen konnte, mußten sie aufhören zu rudern, dann würde er das letzte Stück schwimmen und das Floß vor sich hertreiben. Allmählich wurde er unruhig, er hatte den Eindruck, sie wären schon an dem Schiff vorbei. Nichts war zu sehen. Ist es etwa am Tag ausgelaufen, fragte er sich. Langsam, langsam krochen sie tiefer in die Bucht hinein. Mitternacht war lange vorüber, drüben an Land warteten die Javanen darauf, daß die Galeone in die Luft flog, das war das Zeichen für sie, die Wälle zu stürmen.

Plötzlich hörte Barend Fokke steuerbords ein Geräusch. Er erschrak, waren sie entdeckt? War das die Galeone? Hatte er sich so in der Richtung getäuscht? Mit noch behutsameren Riemenschlägen schlich das Boot in die Richtung, aus der das Geräusch gekommen war. Plötzlich stand ein dunkler Schemen vor ihm, riesengroß in der Nacht, beängstigend nahe, viel zu nahe, schien ihm, als daß sie unentdeckt

bleiben könnten. Leise dirigierte Barend Fokke das Boot wieder ein Stück zurück, mit unendlich vorsichtigen Bewegungen brachten sie das Floß zu Wasser, packten den Pulversack auf den Lattenrost, der ihn vor Nässe schützen sollte. Dann glitt Barend Fokke ins Wasser, ließ sich die Laterne geben, stellte sie neben den Pulversack. Langsam schwamm er auf die Galeone zu, das Floß vor sich hertreibend.

Barend Fokke versuchte, die Aufregung zu überwinden. Du schwimmst hier, du mußt nur ganz leise sein, kein Plätschern darf dich verraten, sagte er sich, dann kann gar nichts passieren. Sie rechnen nicht mit dir, und deshalb wird es gelingen. Er hielt sich an dem Floß fest, Zoll für Zoll näherte er sich der Galeone, die ihm das Heck zukehrte, und das war günstig für ihn: Er brauchte nicht erst am Schiff entlang- zuschwimmen, am Heck fand sich am ehesten Gelegenheit, den Sack mit dem Pulver zu befestigen. Auf dem Achterkastell stand mit Sicher- heit ein Wachposten, aber den mußte er eben in Kauf nehmen. Ob es hier in der Bucht Haie gibt, fragte er sich und schob den Gedanken sofort wieder beiseite. Aus dem schwarzen Schemen entwickelten sich Formen, nahmen feste Gestalt an, wurden immer größer. Mein Gott, dachte er, wie groß ist denn diese Galeone? Aber es war nur die Dunkelheit, die das Schiff so groß erscheinen ließ. Er vermochte schon das Ruder zu unterscheiden und das Hennegatt, durch das der Ruderbalken in das Schiff geführt wurde, die Heckgalerie und die Fenster darüber.

Dann war er am Schiff. Und nun erstarrte er: Über ihm wurde geredet. Er sagte sich, sie können dich auf gar keinen Fall sehen. Und hören werden sie dich nur, wenn du unvorsichtig bist. Er wartete ein paar Minuten, und er glaubte, es wären Stunden, dann wurde es oben still – die Deckswache war offensichtlich ein Stück weitergeschlendert.

Barend Fokke zog sich an den Beschlägen des Ruders hoch, dann horchte er erneut. Alles blieb ruhig. Die dunkle Öffnung des Hennegatts gab ihm einen verführerischen Gedanken ein: Dort mußt du deinen Pulversack hineinzwängen, sagte er sich, dann ist es mit Sicherheit um das Schiff geschehen. Er behielt das Tau in der Hand, das an dem Pulversack befestigt war, und kletterte vorsichtig höher. Unten stieß das Floß leicht an den Schiffsrumpf. Es polterte leise, aber Barend Fokke hatte den Eindruck, es müßte meilenweit zu hören sein. Er hielt inne in seinen Bewegungen. Über sich Füßeschlurfen, doch die Schritte blieben gleichmäßig, niemand hatte ihn wahrgenommen.

Mit dem Kopf reichte er jetzt bis an das Hennegatt. Er lauschte, ob irgend etwas in dem Schiff zu hören war, ob dort im Ruderraum vielleicht jemand schlief, aber kein Laut drang nach draußen. Dann kannst du es wagen, sagte er sich und begann an dem Tau zu ziehen, langsam, langsam. Der Pulversack war schwer, aber Barend Fokke schaffte es schließlich, ihn durch das Hennegatt zu schieben. Er schwitzte vor Anstrengung und vor Erregung, suchte nach der Zündschnur, die aus dem Sack herausragen mußte, fand sie nicht gleich, verlor fast das Gleichgewicht, drohte abzurutschen. Es gab ein kratzendes Geräusch, als er wieder Halt fand. Erneut wartete er ein paar Augenblicke lang. Die müssen dich doch hören, sagte er sich. Bekam die Zündschnur endlich zu fassen, kletterte vorsichtig am Ruder hinab, die Zündschnur zwischen den Zähnen, griff nach der Laterne, öffnete sie einen Spalt, schob die Zündschnur hinein, daß sie Feuer fing, und ließ sich dann erleichtert, daß er es geschafft hatte, mit zu viel Schwung ins Wasser gleiten. Sofort verharrte er, denn die beiden Wachen oben riefen sich etwas zu, das Barend Fokke nicht verstand, es klang ihm so, als hätten sie etwas von einem Fisch gesagt.

Die Zündschnur brannte mit solch verräterischem Zischen, daß es Barend Fokke unheimlich wurde. Langsam schwamm er auf sein Beiboot zu, das Floß ließ er da, wo es war. Mit der Laterne gaben sie das vereinbarte Zeichen zum „Weißen Schwan von Zwartewaal" hin, das Schiff würde sofort in die Bucht einlaufen, um, wenn nötig, dem Portugiesen den Rest zu geben.

Voller Spannung starrten sie in die Dunkelheit. Noch war alles ruhig auf der Galeone, noch hatte niemand bemerkt, was ihnen drohte.

Dann ein Schlag, ein Feuerschein, Krachen, Bersten, rote Lohe – der Portugiese stand in Flammen. Männer rannten auf dem Deck herum, die ersten sprangen ins Wasser. Und dann war „Der weiße Schwan von Zwartewaal" heran, schoß mit seinen Kanonen in die brennende Galeone hinein und machte die Verwirrung vollständig.

Vom Land her waren jetzt auch die Javanen zu hören, die die Wälle stürmten. Die Galeone brannte bis zur Wasserlinie ab, von weiteren Explosionen zerrissen. Als es hell wurde, waren nur noch verkohlte Balken übrig.

Gegen Mittag war „Der weiße Schwan von Zwartewaal" wieder in Palem Koneng. Jetzt war der Empfang so, wie ihn sich Barend Fokke vorgestellt, wie er ihn Stine ausgemalt hatte. Die Bucht war voller Menschen, die winkten und lärmten, die Ronggengs empfingen sie mit lächelnd-ernsten Gesichtern, tanzten zu der Musik, zu der sie seit Jahrhunderten tanzten, vollführten ihre graziösen und streng gebundenen schlangengleichen Bewegungen und Tanzschritte: Sie empfingen Barend Fokke wie einen König, denn Hang Djaran war tatsächlich befreit worden, in einer der Hütten des Forts hatten sie ihn gefunden.

Kapitel sechs

Ein paar von der Besatzung der portugiesischen Galeone entkamen. Sie waren rechtzeitig über Bord gesprungen, hörten, was sich an Land abspielte, und schlugen sich durch den Urwald zunächst bis Surabaja durch und dann bis Djakarta, wo sie von einem anderen Portugiesen aufgenommen und nach Malakka gebracht wurden; einer der fünf Übersee-Gouverneure Portugals hatte dort seinen Sitz. Sie erzählten haarsträubende Dinge von dem, was sich zugetragen hatte, denn sie wußten sich den Hergang der Ereignisse nicht recht zu erklären, es sei denn, der Teufel selbst habe seine Hand im Spiel gehabt.

Vom Feuerschein ihres brennenden Schiffes angestrahlt, war da plötzlich ein graues Teufelsschiff aus der Dunkelheit aufgetaucht. Unendlich viele Soldaten hatte es an Bord gehabt – wenn nicht alles eitel Trug und Gaukelspiel gewesen ist! Denn gleich nachdem ihre gute Galeone in die Luft geflogen ist, da ist es auch an Land losgegangen, wo sie einen mächtigen Wall gezogen hatten, mit Kanonen bestückt, mit Musketen bewacht, uneinnehmbar, sogar ein Padre ist dort gewesen. Aber nicht einmal der Padre hat sie bewahren können. Wie hunderttausend Teufel – so hat es geheult, als sie das Fort angegriffen haben. Wie sind die nur von dem Schiff so schnell und in so großer Zahl an Land gekommen? Von den Eingeborenen habe sich kein einziger gezeigt, in ihren Urwald haben sie sich verkrochen, als es losgegangen ist, keinen Mucks mehr haben sie gesagt. Ob sie etwa mit dem Teufel gemeinsame Sache gemacht haben? Mit solchen Eingeborenen könne kein guter Christ mehr Handel treiben, man solle sie taufen und dann sofort aufhängen, alle miteinander!

Die Geschichte von dem grauen Schiff machte die Runde in allen Häfen der Welt. Andere Seeleute wußten ähnliche Geschichten zu erzählen. Die einen hatten es vor den Gewürzinseln gesehen, die andern in der Bucht von Biskaya, dem einen war es vor dem Kap der Guten Hoffnung begegnet, dem andern zur selben Zeit südöstlich von

Madagaskar, und sie stritten sich bald, wer es denn nun tatsächlich gesehen habe, und sie konnten sich nicht einigen, denn entweder ist es hier gewesen oder dort, aber an zwei Orten gleichzeitig? Und einer sagte, zunächst im Scherz, er lachte dabei unsicher, weil er nicht recht wußte, sollte er an den Teufel glauben oder nicht: „Wenn ihr alle recht habt, dann kann der eben fliegen!"

Barend Fokke, der davon hörte, versuchte, sich nicht um diese Geschichten zu kümmern. Er gab es auch auf, Hinlopen und Cambys zur Rechenschaft zu ziehen. Warum ihnen Vorwürfe machen, da doch die Gerüchte offensichtlich von vielen Seiten genährt wurden. Er konnte sich sonst auf sie verlassen, auf sie wie auf die andern der Besatzung. Es war so, als wären sie enger zusammengerückt, seitdem die vier Schotten von Bord gegangen waren.

Michiel Klaeszoon und die Schotten hatten sich nach der Geschichte von Palem Koneng auffallend still verhalten. Barend und Adriaen hatten vergebens versucht, mit ihnen zu reden. Den ganzen folgenden Winter waren sie still gewesen, hatten ihre Arbeit getan, ein bißchen unlustig, wie Barend Fokke zuweilen zu sehen glaubte. Aber sie hatten sie getan. Michiel Klaeszoon ging, als sie im Hafen überwinterten, öfter seiner Wege als sonst, auch das spürte Barend Fokke. Sie hielten für gewöhnlich alle Verbindung miteinander. Nicht nur, weil sie sich über die nötigen Arbeiten auf dem Schiff einigen mußten. Es hatte sich eingebürgert, in dem Haus zusammenzukommen, das sich Barend Fokke in Amsterdam gekauft hatte. Andere Schiffer schüttelten schon den Kopf, weil sie meinten, soviel Vertraulichkeit wäre der Disziplin an Bord abträglich.

Im Frühjahr hatte Barend nicht nur Werkzeuge und Geräte mitgenommen, gegen die er die Waren in Ostindien einhandelte, sondern richtig Ladung, Ladung für Djakarta. Als dann die vier Schotten in Djakarta nicht zum Schiff zurückkehrten, weil sich Barend Fokke kurz zuvor wieder einmal über ihre Papistenbräuche lustig gemacht hatte, als sie all ihre Habe im Stich ließen, da sagte er sich, du hast Michiel Klaeszoon doch nicht falsch behandelt. Denn hättest du das, dann wär er mit den Schotten gegangen. Lange genug hatte es ja so ausgesehen, als würden sie gemeinsame Sache machen.

Michiel Klaeszoon schloß sich nun wieder mehr den anderen an, er redete auch ungefragt mit Barend Fokke, interessierte sich für so manches, um das er sich früher, als die Schotten noch dagewesen waren, nie gekümmert hatte.

Nachdem ihn die Schotten verlassen hatten, fragte Barend Fokke im Hafen herum, in dem nur noch ein Spanier und ein Portugiese lagen. Niemand wollte die vier Mann gesehen haben. Und weil ihm die Spanier und die Portugiesen mißtrauten, ihm und seinem grauen Schiff, fragte er nicht weiter. Er weinte den Schotten keine Träne nach, zumindest nicht, nachdem er in Palem Koneng drei und im Nachbardorf zwei junge Javanen gefunden hatte, die sich bereit erklärten, mit ihm zu fahren, solange er sie brauchte. Mit ihnen kam er gut zurecht.

Hätte Barend Fokke freilich gewußt, daß die Schotten nichts Eiligeres zu tun gehabt hatten, als zum nächsten Padre zu laufen und dem von ihren Erlebnissen mit dem Gottseibeiuns zu berichten, dann wäre er nicht mehr so ruhig in die großen Häfen Ostindiens eingelaufen, wie er das in der Folgezeit mehr und mehr tat, weil er mit der Ladung, die er dorthin brachte, ausgezeichnete Geschäfte machte.

Der Padre, dem die vier Schotten beichteten, erinnerte sich gut an die Herren Spanier, die vor zwei Jahren wegen dieses schlimmen Kapitäns mit zwei Galeonen hier gewesen waren. Das hatte damals einigen Wirbel verursacht: spanische Schiffe in portugiesischem Gebiet! Aber er gehörte ja schließlich zur Geistlichkeit, und die stand über diesen weltlichen Dingen. Warum sollte sich Spanier und Portugiese nicht miteinander verstehen, wenn es um mehr ging als um Macht und Geld. Und hier ging es um mehr. Hier ging es darum, dem Gottseibeiuns, dem Bösen, das Handwerk zu legen. Er wußte es noch genau, wie wichtig seine Oberen die Geschichte genommen hatten. Extra aus Goa waren sie mitgekommen an Bord des Spaniers! Allerdings hatten sie später, als dieser Kapitän Cabeza ausgelaufen war, bedeutet, man würde nicht die Spanier, sondern sie unterrichten, wenn man mehr über die Sache erfahre. Hier waren also Verdienste zu erwerben, wenn man es nur richtig anstellte.

Der Padre traute den vier finsteren Schotten nicht. Was die ihm da erzählten, das klang zwar, als sei der Kapitän mit dem Teufel im Bunde, aber die Geschichten, die er von anderen Seeleuten gehört hatte, hatten von ganz anderen Streichen berichtet. Aus diesem Grund ließ er die vier erst einmal einsperren, daß sie ihm nicht davonliefen. Irgendwann würde sich bestimmt die Gelegenheit bieten, das Ganze seinen Oberen vorzulegen. Sollten die sich um diesen sonderbaren Fall kümmern.

Die Gelegenheit ergab sich, wenn auch erst nach langer Zeit, sie wurde herbeigeführt und befördert durch ein paar Becher vorzüglichsten Portos. Der Porto beflügelte die Phantasie des Padres so sehr, daß er die Weltmeere mit ganzen Flotten von Unheilsschiffen bevölkerte, deren Kapitäne Jagd auf die Schiffe Ihrer Katholischen Majestäten machten, sie verbrannten, sie in den Grund bohrten und jeden Überlebenden ausnahmslos am Halse von den Rahen wehen ließen. Das Mitglied des Heiligen Tribunals, das sich nach Malakka verirrt hatte, nahm es sehr ungnädig auf, daß der Padre so lange von diesem unheiligen Treiben gewußt hatte, ohne sein Wissen weiterzuleiten. Unheiliges Treiben nannte er es vor dem Padre, aber ihm ging es mehr darum, daß der Handel nicht geschädigt würde durch den oder die Schmuggler. Die Herren waren ja selbst am Ostindienhandel beteiligt.

Schleunigst wurde nach den vieren geforscht, von denen allein man Genaueres zu erfahren imstande war. Von den vieren waren jedoch inzwischen nur noch zwei übrig, die andern beiden waren irgendwann verhungert oder am Fieber gestorben – wer wußte das schon so genau. Und auch die Übriggebliebenen mußten erst mühselig wieder aufgepäppelt werden, damit sie dem Heiligen Tribunal, der Inquisition, Rede und Antwort zu stehen vermochten. Viel wußten sie auch dann nicht zu berichten, nicht das jedenfalls, was man von ihnen zu erfahren trachtete – vielleicht wollten sie auf einmal nichts mehr wissen? Und deshalb wurden sie vorsichtshalber, und um wenigstens ihre Seelen zu retten, des Feuertods teilhaftig.

Jahr um Jahr verging, die Sieben Provinzen machten sich von Spanien frei und wurden die Republik der Niederlande, wenn auch der Kampf gegen Spanien mehr oder weniger heftig fortdauerte. Der König von Portugal verlor bei einem Kriegszug nach Marokko das Leben, sein Nachfolger starb kurz darauf und mit ihm der letzte der portugiesischen Dynastie, Grund genug für Philipp II. von Spanien, Portugal zu besetzen und alle seine Kolonien mit. Nun hatte es Barend Fokke nur noch mit den Spaniern zu tun. Aber ob Spanien oder Portugal, die Inquisition überwachte alle Ländereien, und da die Herren des Heiligen Tribunals ein sehr unmittelbares Interesse am Ostindienhandel hatten, sammelten sie weiter Nachrichten über Barend Fokke.

Jahr um Jahr fuhr dieser nach Ostindien, und Jahr um Jahr stieg sein Vermögen, stieg aber auch der schlimme Ruf, den er sich eingehandelt hatte. Da Spanien nicht alle portugiesischen Kolonien sofort besetzen konnte, hatte er einige Zeit völlig freie Hand in Java. Das kam seinen Plänen zugute, er baute seinen Handelsstützpunkt aus, eines Tages wollte er ihn dann den Niederlanden zum Geschenk machen. Bald war es der ganze Küstenstrich im Osten Javas, wo man ihn erwartete, wo sich die Waren im Sommer stapelten, wo die Javanen mit den Werkzeugen arbeiteten, die er aus Holland für sie mitgebracht hatte. Er rechnete sich schon aus, wann sein Schiff zu klein sein würde für all die Gewürze, die edlen Hölzer, den Reis und die vielen anderen Waren. Ein paar Jahre noch, dann würde er mit mehr Schiffen hierher fahren, und das wäre der richtige Zeitpunkt, seinen Handelsstützpunkt den Niederlanden anzutragen. Er selbst wollte sich mit Palem Koneng begnügen.

Auch Kapitän Cabeza hatte in Ostindien jetzt mehr Spielraum. Er erfuhr von dem Versuch der Portugiesen, Barend Fokke in Java auszuschalten. Er tobte. Durch die Lappen hatten sie ihn gehen lassen. Und er frohlockte gleichzeitig: Du wirst ihn um so sicherer kriegen! Er bemühte sich, die Vernehmungsprotokolle ausfindig zu machen, womöglich hatten diese Schotten, diese braven Kinder der alleinseligmachenden Kirche, irgendwelche brauchbaren Fingerzeige gegeben. Als er die Protokolle endlich in den Händen hatte, mußte er feststellen, daß man die beiden überlebenden Schotten einfach verbrannt hatte. Er hätte sicher mehr aus ihnen herausgeholt. Was verstanden die Herren der Inquisition von der Seefahrt. Immerhin war ihm nun bekannt, wo etwa sich dieser baumlange schwarze Kerl auf Java festgesetzt hatte. Er würde ihn kriegen, und dann war es aus mit ihm. Er würde die Meere von diesem Teufel befreien und darüber hinaus Spanien das bringen, was dieser Unheilskapitän den Niederlanden zugedacht hatte.

Jahr um Jahr fuhr Barend Fokke nach Ostindien. Er wunderte sich, daß noch niemand auf den Gedanken gekommen war, sein Schiff nachzubauen. Oder war das jetzt vielleicht doch zu erwarten? Im Winter, im Hafen von Amsterdam war eine seltsame Geschichte passiert, kaum daß sie zwei Tage zu Hause waren. Er hatte sofort nach Adriaen gerufen, er hatte auch die andern befragt, alle. Aber niemand war in seiner Kajüte gewesen. Jedenfalls gab niemand es zu. Aber ein großer Rotweinfleck auf dem Fußboden bewies, daß doch jemand dagewesen war. Das Buch Ahmad ibn Madjids hatte nicht mehr an der Stelle gelegen, wo es immer lag, er fand es ein Fach tiefer. Und ein paar Zeichnungen, Risse seines Schiffes, fehlten ganz und gar. Fokke bemerkte, daß Michiel Klaeszoon wieder bedrückt und wortkarg wurde. Er behielt seine Beobachtung noch für sich, behandelte Klaeszoon weiter so wie in der letzten Zeit. Womöglich hatte er sich geirrt. Es war ja nicht ausgeschlossen, daß ein Fremder an Bord gelangt war. Bei den Entladearbeiten war das gut möglich. Ein Rest von Verdacht aber blieb.

Neuerdings machte ihm das Verhalten einiger Handelsherren Sorgen. Ob die da ihre Finger drin hatten? Sie sahen ihn schief an, weil er ihnen mit seinem schnellen Schiff die besten Geschäfte vor der Nase wegschnappte, sie redeten hinter seinem Rücken, die eigenen Landsleute schon, aber sie schienen machtlos gegen ihn; vielleicht auch fürchteten sie ihn, weil er Erfolg um Erfolg hatte, weil kein Sturm ihm etwas anzuhaben schien, weil geschehen konnte, was da wollte: Ihm flog kein Segel davon, ihm brach kein Mast, ihm sprangen keine Planken. Aber sein Schiff hatte ihm ja auch der Klabautermann gebaut. Und wer konnte sich so etwas schon leisten?

Stine war nicht wieder mit ihm zusammen gefahren. Die Ereignisse in Palem Koneng hatten ihr Furcht eingeflößt. So etwas wollte sie nicht noch einmal erleben. Lieber nahm sie die ständige Ungewißheit in Kauf und wartete in Amsterdam auf den Herbst und den „Weißen Schwan von Zwartewaal".

Das Haus, das Barend Fokke gekauft hatte, stand nicht weit vom Hafen, an einer schmalen Gracht. Willem war inzwischen ein kräftiger, großer Kerl geworden, er war nicht mehr der einzige, er hatte jetzt eine Schwester. Barend Fokke hatte auch für seine Leute in Amsterdam Wohnungen besorgt. Er wollte nicht nach Zwartewaal schicken, wenn er sie brauchte. Nur Adriaen machte nicht mit, er lachte Barend Fokke geradezu aus wegen seiner Furcht vor dem Heimatdorf, und der lachte wieder, ein bißchen gequält, aber auch ein bißchen neidisch. Er hatte Sehnsucht nach Zwartewaal. Obwohl er nur zu Stine darüber sprach, wußte Adriaen Bescheid.

Eines Tages hatte der Freund gesagt: „Du jagst doch nur deshalb über die Meere, weil du ihnen beweisen willst, daß du sie nicht brauchst, daß du besser bist als sie. Aber gerade damit zeigst du, daß du trotz allem zu ihnen gehörst. Du weißt das auch, also geh zu ihnen und warte nicht, daß sie zu dir kommen, denn das werden sie nicht tun. Selbst dann nicht, wenn du ihnen Java als Angebinde versprichst." Er machte eine kleine Pause, um zu sehen, wie Barend Fokke darauf reagierte, aber Barend Fokke schwieg, weil er Adriaen nicht zu widerlegen vermochte, weil er ihm jedoch noch viel weniger zustimmen wollte. Und dann fügte Adriaen hinzu: „Sie brauchen dich nicht, Barend, aber du brauchst sie! In Zwartewaal sind deine Wurzeln, nicht in Amsterdam."

Barend Fokke hatte seine Jugendträume verwirklicht, er war reich, konnte Stine ein sorgloses Leben bieten, die Mutter und Neeltje reichlich unterstützen, er befuhr das Meer mit dem schnellsten Schiff, das es gab.

Aber er war unzufrieden. Adriaen war oft in Zwartewaal. Er erzählte davon. Und so wußte Barend Fokke eben doch über alles gut Bescheid, was dort in den letzten Jahren vorgegangen war.

Was er nicht wußte, war, wie sehr sich Govert Witsen damals von Barend Fokke hintergangen gefühlt hatte. Witsen war alt geworden, und dadurch hatte sich noch mehr in ihm festgesetzt: Er hat gegen mich gearbeitet, intrigiert. Und das vergaß Witsen nicht. Adriaen wußte davon, wußte es vor allem, weil ihm sein Vater Schwierigkeiten in den Weg legte, Neeltje zu heiraten. Adriaen sprach darüber nicht mit Barend Fokke, auch nicht, als der ihn einmal direkt gefragt hatte, wann denn nun Hochzeit sei, oder ob sie ewig verlobt bleiben wollten – es war allerdings mehr Befürchten als Hoffen, daß Adriaen antworten würde: Wenn wir wieder zu Hause sind. Später fragte Barend Fokke Stine, wie lange das noch dauere mit Neeltje und Adriaen. Und Stine sagte ihm mehr, aber sie wünschte, sie hätte es ihm nicht gesagt, nicht so deutlich, denn er lief wieder tagelang mit einem finsteren Gesicht herum: daß Govert Witsen unbeugsam bleibe und unversöhnlich, daß sein Wort gelte im Dorf wie früher, daß Geschichten über den Fliegenden Holländer, den Nachtkreuzer, in Umlauf wären, die einem die Haare zu Berge trieben, und daß eben unter all diesem auch Neeltje – und Adriaen – zu leiden hätten.

Eines Tages erwähnte Adriaen wie beiläufig, daß er nun heiraten werde. Barend Fokke war der älteste in der Familie, er mußte bei der Hochzeit zugegen sein. Er fürchtete sich davor, weil er dann Govert Witsen begegnen würde, und schlug vor, die Hochzeit solle in Amsterdam stattfinden, aber Adriaen hatte sich hinter Stine gesteckt, und beide redeten so lange auf Barend ein, bis er endlich zusagte.

Barend Fokke graute vor diesem Tag, aber der Tag rückte näher, und dann war er da. Er wünschte, er wäre mit Java schon weiter, damit er nicht mit leeren Händen käme. Es war so etwas wie Trotz, was ihn dazu bestimmte, für diese Fahrt eine teure Kutsche zu mieten, wie sie sonst nur die größten Handelsherren fuhren, goldverziert, üppig gepolstert. Und als Stine davon abriet, sagte irgend etwas in ihm, nun erst recht. Es wußte genau, daß es falsch war, mit dieser Prunkkalesche in Zwartewaal vorzufahren – den Kutscher hatte er gleich mitgemietet. Aber er konnte nicht anders, er mußte sich hinter dieser teuren Kutsche gleichsam verstecken. Stine war bedrückt wegen dieser Pracht, und die Fahrt genossen eigentlich nur die beiden Kinder.

Es war kalt, Dezember, die Fließe waren fest zugefroren, nur die

Brielsche Maas war noch offen. Sie ließen sich mit einem großen Boot mitsamt der Kutsche übersetzen. Stine hatte noch einmal auf Barend Fokke eingeredet, die Kutsche in Maassluis oder in Rozenburg zu lassen, aber er hatte nicht geantwortet, nur ein finsteres Gesicht hatte er gemacht, und da hatte Stine lieber geschwiegen.

Das Aufsehen, das sie hervorriefen, war gewaltig. Nicht nur die Kinder liefen zusammen, auch die Erwachsenen reckten den Hals, rannten mit klappernden Holzschuhen vor das Haus, schauten neugierig hinterdrein. Die Kutsche hielt vor dem Haus der Fokkes, zuerst stiegen die Kinder aus, dann ein Mann, groß, barhaupt, eine gewaltige schwarze Haarmähne, ein gewaltiger schwarzer Bart – war das wirklich der Barend, den sie einst kannten? War das der Mann, der es, wie man sagte, nicht ganz mit rechten Dingen zu dem gebracht hatte, was er nun war? Dann sahen sie Stine. Und da wußte man in Zwartewaal, daß es tatsächlich Barend Fokke war, der hier so hochherrschaftlich vorgefahren war.

Barend Fokke sah nicht nach links und nicht nach rechts, schnurstracks ging er ins Haus, umarmte die Mutter, umarmte Neeltje, reichte Frederik unentschlossen die Hand, mußte erzählen, während die Kinder das Haus auf ihre Weise in Besitz nahmen. Frederik hielt sich zurück, verschwand bald wieder, als die Mutter auf die Kutsche zu sprechen kam.

Dann waren sie in der Kirche, und Barend Fokke dachte an seine eigene Hochzeit, bei der sie sich in die Kirche geschlichen hatten, mitten in der Nacht. Er fühlte sich wie ausgestellt, die Leute sahen mehr nach ihm als nach dem Brautpaar, nur Govert Witsen schaute unverwandt zum Prediger. Sein Gesicht sagte nichts, und deshalb sagte es alles.

Barend Fokke hatte Adriaen und Neeltje die Kutsche angeboten für den Weg zur Kirche, aber Adriaen hatte mit vorsichtigen Worten abgelehnt, die paar Schritte lohnten sich doch nicht, und es wäre wider den Brauch in Zwartewaal, und Barend Fokke hatte das stumm bittende Gesicht Stines gesehen, und er hatte zu Adriaens Worten genickt, hatte hinuntergeschluckt, was er am liebsten gesagt hätte. Er wußte, daß es falsch gewesen war, mit dieser Kutsche nach Zwartewaal zu kommen, spätestens jetzt wußte er es ganz genau.

Als sie wieder zu Hause waren, an der langen Tafel saßen – die Gäste stellten sich nur zögernd ein –, fragte er sich, ob er dem Brautpaar die schwere Truhe geben sollte, die sein Geschenk für sie war. Noch war sie hinten auf den Bock geschnallt.

Mühselig tröpfelte das Gespräch, nur die Kinder waren lebhaft, sie spürten nichts von der gespannten Atmosphäre. Govert Witsen und seine Frau saßen am anderen Ende der Tafel, mit ihnen redete man. Barend Fokke und Stine waren wie ausgeschlossen. Fängst du von deinen Plänen mit Java an, fragte er sich. Seine Mutter flatterte aufgeregt zwischen der großen und der kleinen Gruppe hin und her, Adriaen versuchte vergebens, so etwas wie ein gemeinsames Gespräch in Gang zu bringen, und Neeltje standen fast die Tränen in den Augen.

Aus dem gemeinsamen Gespräch wurde nichts. Barend Fokkes Gesicht verfinsterte sich von Minute zu Minute mehr, Stine stieß ihn schon heimlich an. Nun erst recht, sagte er sich, als die Gäste begannen, ihre Geschenke zu übergeben, ging nach draußen, rief nach dem Kutscher, schnallte die Truhe von der Kutsche und schleppte sie zusammen mit dem Kutscher hinein, schlug den Deckel auf, winkte Neeltje und Adriaen heran und packte aus: Silber- und Goldschmiedearbeiten aus Java, Tassen und Becher aus Delft, chinesisches Porzellan, Brüsseler Spitzen, leuchtendbunte Stoffe aus Ostindien, es nahm kein Ende. Neeltje fiel aus einem Staunen in das andere, sie freute sich unendlich, die Mutter schlug die Hände über dem Kopf zusammen. „Das alles hast du von deinen Fahrten mitgebracht, mein Junge?" fragte sie. Adriaen stand ein wenig bedrückt daneben.

Govert Witsen saß in seiner Ecke und rührte sich nicht.

Die anderen waren herangetreten und bewunderten, was Barend Fokke seiner Schwester zur Hochzeit schenkte. So etwas hatte in Zwartewaal noch niemand zur Hochzeit oder bei einer anderen Gelegenheit erhalten. Das Eis schien gebrochen, Barend Fokke wurde mit einbezogen in das Gespräch, mußte erklären, woher das alles stammte. Das war jetzt die Gelegenheit: Er begann von seinen Zukunftsplänen zu sprechen. War die Stimmung vorher gespannt gewesen, so wurde sie jetzt geradezu hektisch. Jeder bemühte sich, Barend Fokke zu zeigen, daß doch eigentlich nichts wäre, oder wenn, daß es dann lange vergessen sei.

Stine atmete auf, Barend Fokke sah es ihr deutlich an, und er nickte ihr ermunternd zu.

In eine kleine Pause hinein, langsam, laut und deutlich, sagte Govert Witsen, und es war wie ein Eisregen in Maiblumen: „Ja, mit solchen Sachen können wir natürlich nicht aufwarten. Aber wir haben uns ja auch mit den Spaniern herumgeschlagen, während er Zeit gehabt hat, das alles zusammenzuscheffeln. Da steht er nun wie ein großer Herr und prahlt uns was vor!"

Von einer Sekunde auf die andere schlug die Stimmung wieder um. Was sich angebahnt hatte – es war vorbei. Nur der Prediger bemühte sich, das Gespräch mit Barend Fokke nicht einschlafen zu lassen. Barend hörte nicht zu. Er war enttäuscht und wütend. Er sah, daß Adriaen leise auf seinen Vater einredete, immer eindringlicher, er sah, wie Govert Witsen den Kopf schüttelte und starr in eine andere Richtung blickte. „Stine, wir fahren!" sagte er, und er sagte es so, daß Stine gar nicht erst den Versuch machte, ihn umzustimmen. Er winkte Adriaen herbei, verabschiedete sich, und Adriaen hob wie verzagend die Schultern. Er hatte versucht, das Verhältnis zwischen Barend Fokke und seinem Vater wieder zurechtzurücken; es war ihm nicht gelungen, und er war selbst enttäuscht deshalb. Sie holten Neeltje, und Neeltje war traurig, aber sie versprach dem Bruder, sie werde mit Adriaen und mit der Mutter nach Amsterdam kommen, und dann würden sie eben noch einmal Hochzeit feiern. Sie lief schnell weg.

Auf der Heimfahrt schob Stine ihren Arm unter den Barends, aber der schien das gar nicht zu spüren.

Kapitel sieben

Die Hochzeit wurde tatsächlich nachgeholt, in Amsterdam, in Barend Fokkes Haus, im Februar des folgenden Jahres, und Neeltje schaffte es nicht nur, daß Adriaen mit ihr in Amsterdam eine Wohnung nahm, sie schaffte es auch, daß die Mutter zu ihnen zog. Es wurde eine merkwürdige Hochzeitsfeier, sie trug nicht gerade dazu bei, daß Barend Fokkes Ansehen in der Stadt stieg. Die Geschichten, die Barend Fokke anhingen, die bewirkt hatten, daß die Amsterdamer Bürger einen Bogen um sein Haus schlugen, wurde um eine neue vermehrt.

Von den Gästen, die Barend Fokke eingeladen hatte, kam kaum einer. Es war, als hätten sie sich verabredet, die Kaufleute, mit denen er handelte, die Segelmachermeister, die Seiler, die Zimmerleute, bei denen er die eine oder die andere Reparatur hatte ausführen lassen. Unter den wenigen, die die Neugier hergetrieben hatte, war auch der, den sie den Klabautermann nannten. Kichernd, mit seinen wenigen braunen, wie bröckeligen Zähnen mümmelnd, erzählte er den beiden Kindern tolle Geschichten. Bald gesellten sich Hinlopen und Cambys zu ihm, versuchten ihn zu überbieten mit noch tolleren Geschichten von den Fahrten Barend Fokkes, von Kämpfen mit Piraten, von geschwungenen Dolchen, von brennenden Daus, von sinkenden Spaniern und Portugiesen, von Sturmfahrten um das Kap der Guten Hoffnung herum. Den Zuhörern wurde angst und bange.

Gekommen war auch Willem van Wassenaer, uralt geworden inzwischen, schon ein bißchen kindisch, er hörte zu, lächelte, hielt die Hand ans Ohr. Dann und wann warf er ein Wort ins Gespräch, was nicht so recht zu dem paßte, was die andern gerade erzählten. Und es ging auch unter in dem allgemeinen Trubel.

Manchmal verwechselte er Adriaen mit dem jungen Herrn van Beerstraten, dem Sohn seines ehemaligen Handelsherrn und Reeders, der einer der wenigen Kaufleute war, die sich trotz der Geschichten eingefunden hatten, die man über Barend Fokke und sein Schiff erzählte. Der zeigte sich geschmeichelt wegen der Verwechslung – was dazu führte, daß Neeltje mit rotem Kopf das Zimmer verließ –, er war freundlich, bemühte sich um allergrößte Höflichkeit Barend Fokke und Stine gegenüber, stimmte allem zu, was Barend sagte. Der schüttelte den Kopf, er hatte das Gefühl, der junge van Beerstraten wolle ihn aushorchen über seine Pläne. Aber er war auch froh darüber, daß nicht alle Handelsherren abgesagt hatten.

Besonders interessierte sich der junge van Beerstraten für Barends Pläne mit den ostindischen Handelsniederlassungen. Barend ärgerte sich, daß er das Gespräch darauf gebracht hatte. Dem jungen van Beerstraten ging es doch nur darum, den Einflußbereich seines Handelshauses auszudehnen. „Na ja", sagte Barend. „Das sind Zukunftspläne. Bis jetzt habe ich nur in einem Dorf Einfluß. Und auch nur, wenn kein spanisches Schiff in der Nähe ist."

Er überließ die Sorge für die „Staatsgäste" Stine und setzte sich zu seinen Leuten. Manchmal schaute er verstohlen zu ihr hinüber, sah, wie sie es genoß, das Haus voller Gäste zu haben, wie sie es verstand, ihre Gäste zu unterhalten, indem sie sich von ihnen unterhalten ließ. Wäre die Sache in Burnham nicht passiert, sagte er sich, könnte Stine das Haus öfter voller Gäste haben. Aber er wußte auch, daß die Amsterdamer Kaufleute ihm in jedem Fall seinen Erfolg geneidet hätten. Die Gäste aus der Stadt brachen bald auf.

Die ganze Besatzung des „Weißen Schwans von Zwartewaal" war da, und das war es, was die wenigen fremden Gäste bald wieder aus dem Hause trieb: Natürlich waren auch die fünf Javanen dabei, und das verübelten die Gäste Barend Fokke, sie und noch mehr die, die nicht an dieser Nachfeier von Adriaens und Neeltjes Hochzeit teilgenommen hatten. Mit Heidenmenschen gibt er sich ab! sagten sie. Nun ja, wer karfreitags ausfährt, macht sicher noch Schlimmeres, als sich nur mit Heidenmenschen abzugeben! Dabei taten die Javanen nichts weiter, als was alle anderen auch taten, sie tranken von dem Wein, sie tranken Schnaps; zugegeben, ihre Tischsitten entsprachen nicht ganz denen der Holländer, aber wer achtete schon noch darauf, nachdem alle ausgiebig von dem Wein und von dem Schnaps genossen hatten.

Die Javanen vertrugen nicht soviel wie die trinkfesteren Holländer. Sie begannen zu singen, zu tanzen, vollführten Kunststücke mit ihren Dolchen. Es ging hoch her in dem sonst recht ruhigen Haus Barend Fokkes, nachdem die Gäste gegangen waren. Es war hell erleuchtet, sämtliche Räume strahlten im Kerzenglanz, Passanten blieben stehen, lauschten den fremden Lauten, sahen die Javanen vor den Fenstern vorbeihuschen, den Oberkörper nackt, den Kopf mit einem Tuch umwunden – es war warm geworden in den Räumen, und die Javanen hatten ihre Heimattracht angelegt. Später erzählte man dann von unheiligen Saturnalien, die Barend Fokke in seinem Haus zu feiern pflege.

Ganz schlimm wurde es, als die Javanen endlich wieder auf das Schiff zogen, verfolgt von Seeleuten, die aus den Schenken kamen. Barend Fokke mußte ein paar Tage darauf tief in die Tasche greifen, weil die Stadtpolizei nicht mit dem Lärm einverstanden war, den seine Leute gemacht hatten. Dabei waren es die Seeleute gewesen, die hinter den Javanen her krakeelten, die den meisten Lärm machten.

Nun war Barend Fokke also auch schon der Polizei aufgefallen. Er lachte darüber, als sie an Bord waren und das Schiff für die Ausfahrt rüsteten. Sie lachten alle darüber, und er trug es den Javanen durchaus nicht nach, daß sie ihn erneut in den Mittelpunkt des Gesprächs und des Klatsches gerückt hatten. Aber als ihm Stine berichtete, daß man ihr seit der Feier zuweilen die Tür vor der Nase zuschlug, daß manche Kinder aus der Nachbarschaft nicht mehr mit ihren beiden Kindern spielen durften, daß man Willem in der Schule Spottverse nachsang, da fluchte er in sich hinein, bei allen Gehörnten und Geheiligten, was haben denn Stine und die Kinder mit dieser Geschichte zu tun!

Der Ärger schlug ihm auf den Magen, nichts schmeckte ihm mehr, er trieb sich wie ein böser Geist auf seinem Schiff herum, kroch in jeden Winkel, und wehe, er fand etwas, das ihm nicht paßte! Erst als er draußen war, allein mit Schiff und Mannschaft, gab sich das wieder.

Die Leute in der Stadt wollten zwar nichts mit ihm zu tun haben, aber seine Dienste als Kapitän nahmen sie gern in Anspruch. Wenn es um Fracht ging, die für Afrika oder nach Ostindien bestimmt war, dann wußten sie, wo er zu finden war, da vertrauten sie sich ihm an. Niemand war so pünktlich wie er, war so gewissenhaft, war so schnell. Wenn es aber um den Verkauf dessen ging, was er aus Ostindien brachte, war es mit der Freundschaft vorbei. Barend fuhr auf der Rückfahrt weiter, nach London – dort hatte er Schwierigkeiten –, nach Bremen, nach Hamburg – dort fiel es ihm leicht, seine Waren loszuwerden. In Hamburg verkaufte er sogar mit besserem Gewinn als in Amsterdam. Doch das war seinen bisherigen Abnehmern auch wieder nicht recht, soviel Schwierigkeiten sie ihm auch gemacht hatten. Sie schimpften, er würde sie nun plötzlich im Stich lassen. Aber Barend Fokke hatte den Eindruck, sie schimpften nur auf ihn, um *ihm* die Schuld in die Schuhe zu schieben, um so tun zu können, als wären nicht sie es gewesen, die ihre Geschäftsbeziehungen zu ihm eingeschränkt oder gar abgebrochen hatten.

Hatte er mit seinen Landsleuten Schwierigkeiten, gestaltete sich der Handel mit den Spaniern immer vorteilhafter. Die Spanier hatten ihn mit guten Papieren versehen. Barend fühlte sich jetzt sicher in den Häfen Afrikas und Ostindiens. Allerdings hatte er diese Papiere nicht seinem guten Ruf als Seemann zu verdanken.

Cabeza hatte viele Mühe daran gewandt, Einzelheiten über Barend Fokkes Handelswege und Gepflogenheiten herauszukriegen. Michiel Klaeszoon hatte ihm zwar einiges gebracht, und Cabeza wußte nun, wie dieses graue Schiff beschaffen war, doch war ihm das zuwenig. Sein Ziel war es, den Fliegenden Holländer abzufangen, ob der nun mit dem Teufel im Bund war oder nicht, dazu mußte er wissen, wann Barend Fokke die verschiedenen Häfen anlief. Seit dieser Teufelskapitän auch noch bis England und Deutschland fuhr, war es schwierig, mit Michiel Klaeszoon in Verbindung zu bleiben. Aus all diesen Gründen hatte sich Cabeza bei einer Reihe von Kaufleuten umgesehen, die mit den Niederlanden Handel trieben. Es mußte doch, bei allen Heiligen, möglich sein zu ermitteln, wo sich dieser Geisterschiffskapitän zu einem bestimmten Zeitpunkt aufhielt. Es war also Cabeza, auf dessen Empfehlung Barend Fokke seine guten Papiere erhalten hatte.

Und so handelten nun die Spanier mit Barend Fokke; sie haßten ihn, aber sie fürchteten ihn auch, weil ihm niemals etwas mißlang. Cabeza konnte ein Lied davon singen. Im kommenden Jahr, nahm er sich vor, mußte er ihn fassen, das war er sich und seiner Ehre schuldig. Er wollte zeitig im Frühjahr mit seinem gesamten Geschwader auslaufen, um ihn unterwegs abzufangen. Es mußte einfach ein Ende nehmen mit diesem Teufelsschmuggler. Er hätte gern noch mehr Schiffe zur Verfügung gehabt, aber Spanien brauchte seine Schiffe in Amerika und auf allen Meeren der Welt, denn England machte sich neuerdings auf den Weltmeeren breit und versuchte, Spanien Rang und Reichtum abzulaufen. Und so fuhr Barend Fokke weiter nach Afrika, wenn es sich ergab, und nach Ostindien, handelte, solange man ihn in Ruhe ließ, führte jedoch auch seinen Privatkrieg mit Spanien, wenn die Spanier es nicht anders haben wollten. Mit Palem Koneng jedenfalls schien er großes Glück gehabt zu haben: Niemand war dort wieder aufgetaucht, der ihm seinen Handelsplatz streitig machte. Glück gehabt hatte er deshalb, weil Portugal mit allen seinen Besitzungen an Spanien gefallen war, und Spanien hatte vollauf in Djakarta zu tun, festen Fuß zu fassen. Ob das so bliebe – er wußte es nicht, aber er würde auf der Hut sein. Niemand durfte ihm diesen Platz streitig machen.

Barend Fokke fuhr weiter nach Ostindien und Afrika, und mit jeder Fahrt, mit jedem Jahr wuchs sein Vermögen. Er arbeitete verbissen an seinen Plänen. Manchmal tauchten Zweifel auf, ob das der richtige Weg war, die Anerkennung in Zwartewaal zu erreichen. Aber diese Zweifel brachten ihn nicht von seinem Weg ab. Er dachte oft an die Gefährten seiner Kindertage, die Gefährten von Burnham und Antwerpen und von – Brielle. Sie sollten eines Tages wieder seine Gefährten sein.

Es war schon eigenartig mit diesem danebengegangenen Besuch in Zwartewaal: Solange er ihn vor sich gehabt hatte, da hatte er wie ein Alpdruck auf ihm gelastet, hatte sich Barend Fokke geradezu vor ihm gefürchtet. Vielleicht war es auch deshalb so gekommen, wie es am Ende gekommen war, sagte er sich zuweilen. Ja, als sie wieder in der Kutsche gesessen hatten, da hatte er plötzlich gewußt, was er hätte tun sollen in Zwartewaal, und der Ausgang dieses Besuches lastete ihm noch mehr auf der Seele. Mit keinem von denen, zu denen er gegangen wäre, hatte er gesprochen. Von weitem hatte er sie gesehen, am Tisch hatte er mit ihnen zusammen gesessen, angeschwiegen hatten sie sich, feindselig. Und es war soviel Gemeinsames zwischen ihnen gewesen, das er so gern beschworen hätte. So viele gemeinsame Erinnerungen, angefangen bei dem ersten Elsternnest, das sie ausgenommen hatten, bis ..., ja bis Burnham und Brielle eben. Im Vorbeifahren hatte er die Häuser gesehen, wo sie wohnten, die Gefährten. Hinterher, als es vorbei war und zu spät, da hatte er gewußt, daß er hatte hineingehen wollen, zu jedem einzelnen.

214

Mit ihnen sprechen. Gedanken austauschen, Erfahrungen. Er die seinen, sie die ihren. Er brauchte sie.

Eines Abends, nachdem Adriaen vom Ruder abgelöst worden war, bat Barend ihn zu sich. Es war ruhiges Wetter, sie befanden sich auf der Fahrt nach Java, vor acht Tagen hatten sie das Stürmekap passiert. Jetzt fuhren sie im Monsun, fuhren unter einem unergründlich schwarzen Himmel, den die Sterne noch unergründlicher scheinen ließen. Seit Tagen schon standen die Segel, keine Hand war nötig, sie zu bedienen, das Wetter blieb sich gleich, als könne es sich nicht wieder ändern.

Es war eine Nacht, wie sie Barend Fokke seit einiger Zeit liebte: Ihre gleichmäßige Ruhe übertrug sich auf ihn. Nur leise sang der Wind in der Takelage, ließ manchmal ein Fall klappern, einen Block; das ruhige Heben und Senken des Meeres; das ruhige Rauschen, mit dem der Steven die Wellen zerteilte; das ruhige Knarren des Holzwerks, das Barend Fokke dann wie lebendig erschien, stillten seine Unrast.

„Setz dich, Adriaen", sagte er und wies auf das Sofa unter den Heckfenstern, dem Ehrenplatz in der Kapitänskajüte, auf dem Schiff. Er holte zwei Becher aus dem Schrank, eine Flasche Rotwein und schenkte ein.

Sie tranken sich zu, Adriaen lächelte abwartend, Barend Fokke rückte sich bequem in seinem Sessel zurecht, wie um Zeit zu gewinnen. Leise schwankte der Wein in den Bechern mit den Bewegungen des Schiffes. Und dann die Frage: „Hast du noch nie daran gedacht, Adriaen, dich selbständig zu machen? Möchtest du nicht Kapitän sein auf eigenem Schiff?"

Barend Fokke beobachtete Adriaen, wie der die Frage nahm. Adriaen griff nach dem Becher. Langsam rötete sich sein Gesicht. Dann lachte er jungenhaft und sagte: „Daran gedacht schon, Barend, aber es reicht noch nicht ganz dazu. Ein paar Fahrten noch, wenn alles gut geht, dann werde ich mir wohl eine Werft suchen!"

„Wenn es nur ums Geld geht, ich würde dir und Neeltje gern helfen!"

Adriaen schüttelte den Kopf. „Es wird schon reichen, wenn ich noch ein bißchen warte. Ich nehme deine Hilfe gern in Anspruch, Barend, aber es ist auch ein schönes Gefühl, wenn man sich sagen kann, du hast es allein geschafft, und dieses Gefühl möchte ich gern haben, weißt du!"

„Ich will dir sagen, was ich vorhabe", entgegnete Barend Fokke, der mehr freudige Zustimmung erwartet hatte. „Ich habe mir das folgendermaßen gedacht: Du bist seit langem so weit, daß du selbständig ein Schiff führen kannst. Du weißt, wie du mit den Kaufleuten umzugehen hast, und du weißt auch, was du tun mußt, um an gute Waren heranzukommen. Du baust dir jetzt dein eigenes Schiff, was dir an Geld dazu fehlt, das strecke ich dir vor. Und wenn du dann auf deinem eigenen Schiff fährst, dann machen wir ein Kompaniegeschäft daraus. Wir haben in Java und auf den Molukken unsere festen Handelsplätze, die will ich ausbauen. Und dazu brauchen wir mehr Schiffe, dazu brauche ich dich als Kapitän auf einem eigenen Schiff. So schnell wir auch sind, ich kann doch nur einmal im Jahr fahren. Im Frühjahr laufe ich aus, im Herbst bin ich wieder zurück. Es muß doch auch eine Möglichkeit geben, den Winter über fort zu sein. Stell dir vor, Adriaen, wie das wäre, wenn wir im Frühjahr zurückkämen, was uns die Kaufleute da bezahlen würden! Und wenn wir ein Kompaniegeschäft machen, dann könnte immer einer von uns unterwegs sein. Ist das nichts, Adriaen?"

Barend Fokke hatte sich in Eifer geredet, weil er bemerkte, daß Adriaen zögerte. Er mußte ihn von sich und seinen Gedanken überzeugen. Er holte weit aus, machte Umwege, schweifte von seinem ursprünglichen Gedanken ab, schleppte Folianten herbei. Das Buch Ahmad ibn Madjids war nur der Grundstock gewesen zu einer langen Reihe weiterer Bücher, die er in den vergangenen Jahren erworben hatte. Reiseberichte waren es, astronomische Bücher, Bücher von Leuten, die die Welt gesehen hatten wie er, Bücher von Leuten, die sich Gedanken über die Beschaffenheit der Welt gemacht hatten. Besonders die Landkarten hatten es Barend angetan. Lange hatte er gesucht, und viel Geld hatte er bezahlt für die völlig neuartige Weltkarte für Seefahrer des Gerhard Mercator und des Abraham Ortelius „Theatrum orbis terrarum", einen dreiundfünfzig Blätter umfassenden Erdatlas. Diesen Atlas hatte er seinen Leuten noch nicht gezeigt, es schien ihm zu riskant bei deren Aberglauben. Jetzt schlug er ihn auf. Ganz im Süden war ein riesiger Kontinent aufgezeichnet, der bis an die Südspitze von Amerika, Afrika und auch fast an Java heranreichte. Er wußte nicht, ob es ihn wirklich gab, die Erdkarten wichen in diesem Punkt alle voneinander ab. Terrum Australis Nondum Cognita hieß dieser gewaltige Kontinent bei Ortelius – „noch nicht bekannt, noch nicht entdeckt". Einem Teil davon, südlich von Amerika, hatte er den Namen Terra del Fuego – „Feuerland" – gegeben. Das klang geheimnisvoll, gefährlich, lockte Barend Fokke: Welche Möglichkeiten mochten hier schlummern!

Auch von Tycho Brahe hatte er gelesen, der einen gewaltigen neuen Stern entdeckt hatte. Und mit Verwunderung hatte er irgendwo vernommen, daß man in Deutschland neuerdings auch gegen Tiere zu Gericht saß. Er hatte sich ein „Nürnberger Eilein" gekauft, eine Uhr, die man

216

bequem in die Tasche stecken konnte und die dennoch richtig die Zeit wies. Weniger interessierte ihn, daß ein Engländer namens Frobisher auf der Suche nach der Nordwestdurchfahrt Grönland und Baffinland neuentdeckt hatte – in diesen kalten Gegenden gab es keine Gewürze zu holen. Oder war die Nordwestdurchfahrt vielleicht ein Weg für ihn, schneller zum Ziel gelangen? Aber darum mußte diese sagenhafte Durchfahrt erst einmal gefunden werden. Was ihn dagegen sehr interessierte, das war die Erfindung eines anderen Engländers, Bournes, ein Gerät, mit dem man die Geschwindigkeit eines Schiffes messen konnte: ein Logg. Und dann hatte er gehört, daß sich jemand ein Fernrohr erdacht hatte. Einmal hieß es, es solle ein Engländer gewesen sein, dann wieder sprach man von einem Holländer. Barend Fokke hatte sich darum bemüht, Genaueres über diese beiden Wunderdinge zu erfahren. Noch war ihm das nicht gelungen, aber eines Tages würde er auch über diese Geräte verfügen.

Alles das erklärte er Adriaen, um ihn davon zu überzeugen, daß seine Überlegungen Hand und Fuß hatten, daß noch so viel in der Welt zu holen wäre. Er blickte Adriaen schließlich voller Erwartung an. Adriaen lächelte in sich hinein, es hatte den Anschein, als wär er nur mit seinem Becher beschäftigt, den er in der Hand drehte, nach links kippte und nach rechts, daß er überzuschwappen drohte.

„Das ist ein bestechender Gedanke", sagte er endlich, nachdem die Pause schon bedrückend zu werden drohte. „Das ganze Jahr über Gewürze aus Ostindien zu haben und was weiß ich sonst, da müßte ganz schön etwas zu verdienen sein. Aber du vergißt, daß du nicht zu jeder Jahreszeit auslaufen und nicht zu jeder Jahreszeit den Ozean in beliebiger Richtung befahren kannst."

Es war fast, als habe Barend Fokke auf diesen Einwand gewartet. „Natürlich können wir, wenn wir wollen, wenn wir genügend Schiffe haben. Es muß eine Möglichkeit geben, die Winde auf allen Meeren der Welt so auszunutzen, daß wir zu jeder Jahreszeit wieder in Holland eintreffen können. Wer sagt uns denn, daß wir nicht anders herum schneller um die Erde kommen als auf dem bisher von uns befahrenen Weg? Nur weil es bis jetzt noch niemand in dem Maß getan hat, wie ich mir das vorstelle? Bis jetzt hat man noch jeden Kapitän, der rund um die Erde segelte, für ein bißchen verrückt erklärt, für einen Glücksspieler, der rücksichtslos Schiff und Mannschaft aufs Spiel setzt. Bis jetzt hat die Reise Jahre gedauert. Aber das ist kein Grund, Adriaen. Mir hat zunächst auch niemand zugetraut, was ich bisher geschafft habe; sie sagen, da wäre der Teufel im Spiel; ich denke, du weißt es besser!"

Wieder entstand eine Pause, jeder hing seinen Gedanken nach. Seltsam, dachte Barend Fokke, da freue ich mich der ruhigen Monsunnächte, und in so einer ruhigen Monsunnacht suche ich nach neuen Möglichkeiten, die Erde zu umsegeln.

Adriaen blieb skeptisch, er machte Barend Fokke noch keine Zusage. Und Barend überlegte, ob er es falsch angefangen habe. Adriaen war schließlich auch nicht ohne Unternehmungslust, war bereit, etwas zu riskieren, wenn er an den Erfolg glaubte.

Ja, das wird es sein, sagte er sich schließlich, nachdem sie ein Weilchen wortlos gesessen und wie aus Verlegenheit Schlückchen für Schlückchen getrunken hatten. Es war etwas, das ihm das erstemal durch den Kopf gegangen war, als der junge van Beerstraten seine bohrenden Fragen gestellt hatte. Dann war er wieder darauf gebracht worden, als er von den Bemühungen Spaniens erfuhr, sich in Djakarta festzusetzen: Wenn er vorhatte, seinen Stützpunkt auf Java auszubauen, dann mußte er dort auch gewappnet sein gegen Angreifer, wer sie auch sein mochten. Und er entwickelte Adriaen seinen Plan, Kanonen zu kaufen, die Javanen den Umgang damit zu lehren und ein Fort zu bauen, wie es vor Jahren die Portugiesen begonnen hatten.

Nun wurde Adriaen warm, nun sah er eine reale Möglichkeit, den Handel zu vergrößern und ihn gleichzeitig zu sichern. Bald waren sie sich auch über die Kompanie Fokke und Witsen einig, eine Kompanie, die jedoch nur ins Leben gerufen werden sollte, um, wenn sie auf sicheren Füßen stünde, in den Besitz der Niederlande übergeführt zu werden.

Es war im Jahr darauf. Barend Fokke befand sich auf der Fahrt nach Ostindien, wie immer um diese Jahreszeit. Im Laderaum führte er mehrere Kanonen mit, den Grundstock für ein Fort, das er in Palem Koneng anlegen würde. Die Nacht war ruhig gewesen, aber diesig-trüb. Weit backbord querab wußte Barend Fokke die Westküste Afrikas. Wie immer hatte er nachts kein Fetzchen Segel weggenommen. Jeder seiner Leute wußte, was für sie alle auf dem Spiel stand, Barend Fokke konnte sich auf sie verlassen.

Es war einer der Javanen, der kurz vor Sonnenaufgang in Barend Fokkes Kajüte stürzte und ihn weckte: „Kapitän, Schiffe am Horizont, viele!"

218

Barend Fokke war im Nu auf den Beinen, zog die Hose an, fuhr sich mit der Hand durch die Haarmähne, als könne das die Morgenwäsche ersetzen, rannte hinaus. Die Segel behinderten die Sicht, deshalb lief er zum Fockmast, kletterte zur Fockmars hinauf und betrachtete, was ihm die Wache gemeldet hatte: Nicht weit vor ihm, eine halbe Meile höchstens, im Morgendunst noch nicht recht zu erkennen, ein paar Schiffe, fünf, sechs, und weit nach Osten abgesetzt noch eins. Spanier. Zwei Galeonen glaubte Barend Fokke auszumachen, das andere waren Kauffahrer. Aber auch Kauffahrer waren bewaffnet. Sie hatten die Segel zum Teil gerefft und machten nur ganz langsam Fahrt. Ihn schienen sie noch nicht gesehen zu haben. Oder wollten sie ihn in Sicherheit wiegen? Barend rief nach Adriaen, kletterte wieder aus der Fockmars herab.

Zusammen mit Adriaen kamen auch ein paar andere an Deck, die Unruhe hatte sie geweckt. „Holt alle!" befahl Barend Fokke, „womöglich gibt es Kampf." Dann wandte er sich an Adriaen: „Du nimmst das Ruder. Wir gehen ganz dicht an sie heran. Sind wir soweit, dann wirfst du das Ruder herum, so daß wir zwischen dem einen ganz im Osten und den andern hindurchschlüpfen. Wir schießen nur, wenn wir uns wehren müssen."

Inzwischen waren alle an Deck erschienen. „Geschütze laden!" befahl Barend Fokke. „Wenn sie geladen sind, bleibt nur einer mit der Lunte dort, die andern brauch ich für Segelmanöver. Los, an die Arbeit!"

Barend Fokke beobachtete die Spanier weiter, während seine Leute die Geschütze schußbereit machten. Langsam kam „Der weiße Schwan von Zwartewaal" gegen die Spanier auf. Jetzt endlich zeigten sie, daß sie ihn bemerkt hatten: Auf dem größten Schiff, dem Führungsschiff, stiegen ein paar Signalflaggen am Mast empor, Barend Fokke hätte gern gewußt, was die Spanier nun tun würden, damit er sich mit seinen Manövern darauf einstellen konnte. Allzuviel Sorgen machte er sich nicht, der Wind stand für ihn günstiger, er lief ihnen allemal davon, wenn es nötig werden sollte. Deshalb auch wich er ihnen nicht im großem Bogen aus; warum Zeit verschwenden, sagte er sich.

Auf den spanischen Schiffen wurden alle Segel gesetzt, der etwas seitab laufende Kauffahrer war bemüht, zu den anderen aufzuschließen, aber er würde es nicht mehr schaffen, vor Barend Fokke bei seinen Gefährten zu sein. Barend lachte in sich hinein. Das sieht ja gerade so aus, als ob sie allesamt Angst vor dir hätten! Oder was mag noch aus diesem Manöver werden?

Die Geschütze waren inzwischen feuerbereit gemacht worden, nur noch ein Mann stand mit der brennenden Laterne und mit der Lunte neben ihnen. Barend Fokke winkte den Leuten, sich nicht so sichtbar hinzustellen. „Der weiße Schwan von Zwartewaal" war keine Kabellänge von den Spaniern entfernt. Mit seinen Kanonen hätte er sie schon erreichen können. Barend Fokke sah, wie seine Leute, die auf den Befehl zum Segelmanöver warteten, langsam unruhig wurden. Sie blickten ihn fragend an, aber Barend Fokke lächelte nur und winkte ab, was soviel heißen sollte wie: Ein kleines Stückchen noch, dann können sie uns von hinten betrachten, nur nicht die Ruhe verlieren!

Eine der Galeonen scherte nach steuerbord aus, als wolle sie Barend Fokke den Weg verlegen. Er sah, daß sie dort drüben an den Geschützen standen. „Adriaen, das Ruder hart steuerbord!" schrie er, und zu seinen Leuten gewandt: „An die Brassen, die Rahen dichtholen, los, jetzt kommt es auf jede Sekunde an!"

Langsam drehte das Schiff, die Segel killten für ein paar Augenblicke, dann fingen sie wieder den Wind, und hart am Wind lief der „Weiße Schwan von Zwartewaal" jetzt auf den allein fahrenden Segler zu. Barend Fokke beobachtete die Galeone, die ihm den Weg zu verlegen trachtete. Auf deren Achterkastell gestikulierte und schrie jemand, befahl den Kanonieren zu feuern, aber die Kursänderung war zu schnell gewesen, die Schüsse klatschten weitab ins Wasser. Barend Fokke sah unverwandt zu dem Spanier hinüber. Das Gesicht kennst du doch, sagte er sich, und dann wußte, er, wer das da drüben war: Kapitän Cabeza.

Inzwischen hatten sie auf der Galeone ihre Geschütze besser gerichtet, dicht hinter dem Heck fielen die Kugeln ins Wasser, es spritzte bis zu Barend Fokke hinauf. Seine Leute johlten und winkten hohnlachend zu dem Spanier hinüber, der ihnen nicht auf demselben Kurs zu folgen vermochte, weil er nicht so dicht an den Wind heran konnte wie „Der weiße Schwan von Zwartewaal".

Wollte Barend Fokke jedoch von den Galeonen freikommen, war er gezwungen, ganz nah an den einzeln fahrenden Segler heranzugehen. Er maß die Entfernung mit den Augen, ein paar Klafter noch, dann mußte er wieder wenden, und er mußte riskieren, in den Feuerbereich der Kauffahrer zu geraten. Als es bei dem Spanier aufblitzte, gab Barend Fokke auch seinen Leuten den Befehl zum Schießen. Der Pulverqualm nahm ihnen fast den Atem, der Wind drückte ihn auf das Schiff, aber so viel sahen sie immerhin, daß sie den Spanier getroffen hatten. Eine Rahe brach herunter, das Schanzkleid splitterte auf. Und dann erhielten sie selbst einen Treffer, eine Kugel durchschlug die Bordwand oberhalb der Wasserlinie. Barend Fokke winkte geringschätzig ab: „Sie zerschie-ßen nur, was wir für sie nach Djakarta bingen!"

Lange bevor Barend Fokke sein Ziel erreichte, waren die durchschos-senen Planken wieder ausgebessert. Er hatte zwar Ladung für Djakarta, aber er fuhr zunächst nach Palem Koneng, um die Kanonen auszuladen. Es war eine schwierige Arbeit, die Geschütze an Land zu bringen. Je zwei Boote der Javanen wurden miteinander verbunden, und mit viel Geschrei wurden die schweren Lasten an Land gebracht. Hang Djaran schüttelte bedenklich den Kopf, als er erfuhr, was Barend Fokke damit bezweckte. Er lächelte ungläubig, als er hörte, daß sie lernen sollten, damit umzugehen. Was würde der König in Banjuwangi sagen, der Herr des Reiches Balambangan, dem sie pflichtig waren und der, so weit seine Residenz auch von ihrem Dorf entfernt war, doch manchmal selbst nach dem Rechten sehen kam.

Barend Fokke beruhigte ihn, er werde einfach im nächsten Jahr viele Geschenke für den König mitbringen und ihn aufsuchen und ihn davon überzeugen, daß die Kanonen dazu da seien, die Javanen vor den Spaniern zu schützen. Ihn aufzusuchen sei höchst einfach, da die Stadt Banjuwangi am Eingang der Bali-Straße liege, da komme er ja vorbei.

Und dann zeigte er Hang Djaran, wie und wo sie die Wälle aufwerfen sollten und wie die Kanonen zu bedienen waren. Es war nicht leicht, die Javanen dazu zu bewegen, diese schrecklichen Drachenmäuler abzuschießen. Aber nachdem ihnen ihre Landsleute, die seit Jahren mit Barend Fokke zusammen fuhren, es vorgemacht hatten, faßten sie Mut und wagten sich an die Kanonen heran.

Nach ein paar Tagen lichtete Barend Fokke die Anker, fuhr nach den Molukken, und erst auf der Rückfahrt lief er Djakarta an, lieferte ab, was er für diesen Hafen geladen hatte, und ergänzte seine eigene Ladung.

Sie verließen gerade den Hafen, da kam ihnen ein kleines Geschwader spanischer Schiffe entgegen, zwei Galeonen und zwei Kauffahrer. „Adriaen", sagte Barend Fokke, „sieh dir das an! Das ist doch schon wieder unser Freund Cabeza!" Als sie auf gleicher Höhe mit den Spaniern waren, dippte er wie zum Hohn die Flagge, sah, wie drüben die Leute aufgeregt auf dem Achterkastell gestikulierten – ihre Kanonen reichten nicht bis hierher.

Kapitän Cabeza schrieb einen Bericht über die zweimalige Begegnung mit Barend Fokke. Er war an den Flottenadmiral von Cadiz gerichtet. In dem Bericht hieß es:

„.... tauchte plötzlich kurz hinter mir das von unserer Armada lange gesuchte Schiff wie ein Gespenst aus dem Morgendunst. Alle von mir sofort eingeleiteten Manöver erwiesen sich angesichts des Verhaltens dieses Schiffes als nutzlos. Ich versperrte ihm mit meinen Schiffen den Weg, es war wenig Wind, aber wie von Zauberkraft getrieben, fand es einen Durchschlupf, wo doch eigentlich keiner war, vollführte Wendungen und Kurswechsel, die angesichts des herrschenden Windes nur zu erklären sind, wenn man annimmt, daß dieses Schiff von unnatürlichen und bösen Kräften gesteuert und bewegt wird. Es lief nur wenige Klafter entfernt an meiner Galeone vorüber. Ich ließ alle Kanonen abfeuern, keine jedoch traf trotz kürzester und günstigster Entfernung. Auch hier weiß ich mir wieder keine andere Erklärung als die: Dieser Holländer ist schußfest.

Das Unwahrscheinlichste jedoch bleibt noch zu berichten: Obwohl ich unverzüglich und mit günstigem Wind mein Ziel zu erreichen strebte, nämlich Djakarta, begegnete ich besagtem Schiff vor dem Hafen dieser Stadt erneut. Ich geniere mich fast, es zu glauben und zu berichten: Genaue Nachforschungen meinerseits haben ergeben, daß dieser, ich weiß mir keinen andern Rat, zauberkundige Kapitän nicht nur lange vor mir in Djakarta eingetroffen ist, sondern auch mindestens vier oder gar fünf Wochen Zeit gehabt hat, mehrere Häfen in Java und auf den Molukken anzulaufen, dort Ladung zu nehmen und erst dann in Djakarta einzutreffen, wo er für selbigen Hafen bestimmte Ladung gelöscht, neue eingenommen und dann, vermutlich mit dem Ziel Amsterdam (man erlaube mir die unziemliche Bemerkung und wolle sie mir nicht verübeln: Womöglich ist die Hölle sein Ziel und sicherer Port!), Ostindien verließ.

Aus alledem vermag ich nur zu folgern, daß ich mit meinen Mitteln, und sei mein Geschwader gleich so groß wie unsere ganze ruhmgekrönte Armada, nicht in der Lage bin, ein solches Schiff von den Weltmeeren zu vertilgen, aus welchem Grunde ich meinem hochmögenden Herrn und Admiral dringend anempfehle, jetzt uneingeschränkt die Mächte zu Hilfe zu nehmen, die gegen Teufelskunst gefeit sind, will sagen, diesen Bericht weiterzuleiten an das Heilige Tribunal der Inquisition, damit diesem unheiligen Treiben endlich ein Ende bereitet werde. Das Heilige Tribunal allein besitzt Mittel und Wege, diesen Schrecken der Meere unschädlich zu machen.

Wenn ich das noch vermelden darf: Meine Besatzungen, gewiß kriegserfahren genug und sonst nicht ohne Mut, den sie in vielen

222

Seeschlachten bewiesen haben, verlieren die Farbe im Gesicht, wenn das graue Schiff am Horizont auftaucht. Ich habe sie schon wiederholt – und das Volk hat einen nicht hoch genug einzuschätzenden Sinn für unheimliches Treiben, für unnatürliches Gaukelspiel, für unchristliches Gewese – das Schiff den Fliegenden Holländer nennen hören, eine Bezeichnung, die mir nicht etwa von Respekt zu sprechen scheint, sondern von Abscheu, aber, das bitte ich mir zugute zu halten, auch von Angst. Alle christlichen Seefahrer von dieser Angst zu befreien sollte unser höchstes Anliegen sein.

Und eine Anmerkung, die vielleicht nicht für die Augen und Ohren der Herren vom Heiligen Tribunal geeignet erscheinen mag, weil sie durchaus weltlicher Natur ist: Dieser Fliegende Holländer ruiniert uns den Handel, holt uns vor der Nase weg, was unsere eigenen Schiffe ebenfalls transportieren können. Auch das erscheint mir Grund genug, alles zu tun, genanntes Schiff auf den Grund des Meeres zu schicken. MIT GOTTES HILFE!"

Der Bericht verfehlte seine Wirkung nicht. Bis nach Amsterdam kriegte es Barend Fokke zu spüren, bis dorthin spann die Heilige Inquisition ihre Fäden. Der Herr Admiral von Cadiz hatte keinen Grund gesehen, der Inquisition die Anmerkung Cabezas vorzuenthalten, im Gegenteil. Ladung für Ostindien erhielt Barend Fokke nicht mehr. Nachdem Cabeza erfahren hatte, daß er den „Weißen Schwan von Zwartewaal" nicht versenken konnte, war dessen Fahrtroute für ihn uninteressant geworden. Er riet den befreundeten Kaufherren, die Barend bisher mit Ladung versorgt hatten, ab, mit solch einem Mann weiter Verbindung zu halten.

Für Barend Fokke war es Einbuße, es ärgerte ihn, aber es verschaffte ihm auch schadenfrohe Genugtuung. Er wußte, er hatte die Aufträge verloren, weil die Spanier ihn fürchteten. Und es bestärkte ihn in seinem Vorsatz, neue Wege zu suchen, um seinen Handel und damit seinen Gewinn zu erweitern. Der Handel, den er mit England und Deutschland begonnen hatte, sollte nur ein Anfang sein.

Kapitel acht

Als es auch immer schwerer wurde, in den Niederlanden einen Abnehmer für seine Waren zu finden, ließ Barend Fokke herumhorchen, was denn nun eigentlich dahintersteckte, und er erfuhr, daß die Behinderungen von den Spaniern ausgingen. Das Wort Inquisition fiel. Obwohl man von Spanien kaum noch etwas fürchtete, genügte doch dieses Wort, um ängstliche Gemüter zur Zurückhaltung zu bewegen.

Aber es war auch noch etwas anderes, das Barend zu hören bekam: Die größeren Handelshäuser und Reeder setzten seine Abnehmer unter Druck, sie wollten sich die Konkurrenz vom Halse schaffen. Der junge van Beerstraten war einer der rührigsten. Sein Vater war zwar nicht damit einverstanden – er war noch ein guter alter solider Geschäftsmann, bei dem Ehrlichkeit obenan stand – aber er war alt, die Führung des Geschäfts glitt ihm aus den Händen. Der junge van Beerstraten verachtete die betuliche Vorsicht des Vaters, wie er das nannte, und er hatte den Erfolg für sich; das Vermögen des Hauses van Beerstraten wuchs. Und es sollte weiter wachsen.

Er war damals tatsächlich nur zu Barend Fokke gegangen, um ein bißchen herumzuhören. Viel hatte er zwar nicht erfahren, aber das wenige genügte ihm. Barend Fokke war dabei, seine Geschäfte auszubauen. Wenn man es ihm unmöglich machte, seine Waren abzusetzen, würde er weich werden und alles, was er aufgebaut hatte, an das Haus van Beerstraten abtreten. Der junge van Beerstraten konnte sogar die Rolle des großmütigen Retters spielen. Er wußte, daß sein Plan nicht leicht durchzusetzen war, er war ungeduldig, es dauerte ihm zu lange, sein Ziel zu erreichen, er würde noch mehr nachhelfen müssen. Und wenn es eben gar nicht anders ginge, würde er nötigenfalls auch die Geduld aufbringen, die diese Sache erforderte. Zunächst einmal setzte er die kleineren Händler unter Druck, mit denen Barend Fokke zusammenarbeitete, und der bekam das zu spüren: Die Kleinkrämer wanden sich, wenn Barend Fokke bei ihnen vorsprach, um seine Geschäfte mit ihnen abzuschließen.

Der Winter, die Zeit, in der Barend Fokke zu Hause war, wurde für ihn zur Qual. Nicht nur der schlechten Geschäfte wegen. Er sah, daß Stine litt, weil kaum einer sie besuchte, weil sie sehr zurückgezogen lebten, weil die Kinder allen möglichen Hänseleien ausgesetzt waren, und er vermochte es nicht zu ändern.

Im Grunde waren Stine nur noch Neeltje geblieben und die

Schwiegermutter. Sie war oft bei ihnen, um nicht allein in dem großen Haus zu sitzen. Als sie jedoch merkte, daß man Neeltje auch schon scheel anzusehen begann, weil sie zu Stine hielt, ging sie seltener zu ihr. Sie wollte nicht, daß auch Neeltje unter dieser Geschichte zu leiden hatte. Neeltje zeigte sich zwar unbesorgt wegen des Geredes, und Stine tat das wohl, trotzdem schränkte sie ihre Besuche ein. Dafür hielt sie sich nun sommers über, wenn Barend Fokke nicht zu Hause war, mit den Kindern bei ihren Eltern in Zwartewaal auf. Jedesmal, wenn sie hinterher davon erzählte, stand dann die stumme Frage zwischen ihnen: Was hast du erreicht? Und es bereitete ihr immer wieder Kummer, sagen zu müssen, daß sich Govert Witsen vor ihr zurückziehe. Die andern – nun ja, die würden wohl ... Aber Govert Witsen gab auch heute noch den Ton an in Zwartewaal.

Trotz aller Widrigkeiten konnte Barend geschäftliche Erfolge für sich verbuchen. In Deutschland und Skandinavien wurde er seine Waren reißend los. Es wurde höchste Zeit, daß sie sich mehr Schiffe zulegten. Das erste, für Adriaen gedacht, genauso gebaut wie „Der weiße Schwan von Zwartewaal", war auf Kiel gelegt worden. Barend Fokke hatte wahrgemacht, was er Hang Djaran zunächst nur zur Beruhigung gesagt hatte: Er war beim König von Balambangan in Banjuwangi gewesen. Der erste Besuch war etwas frostig verlaufen, trotz der Geschenke, die Barend Fokke mitgebracht hatte: Werkzeuge und Waffen. Seine Gaben waren wohl zu ärmlich gewesen. Er selbst war in seinem besten Rock zu dem Besuch erschienen, aber der war schäbig genug gegen die Pracht, der er gegenüberstand. Der König, edelsteinfunkelnd, ringüberladen, in glänzende kostbare Stoffe gekleidet, hatte freundlich gelächelt und nichts versprochen.

Im Jahr darauf war Barend wieder in Banjuwangi. Diesmal hatte er sich in Amsterdam extra dafür ausstaffieren lassen, sich und seine Begleiter. Er hatte nicht an Spitzen, Krausen, Brokat und goldenem Bortenbesatz gespart, nicht an goldenen Ketten und an Schmuckwaffen, sie machten sich lustig über sich selbst, als sie die Pracht anprobierten. Aber sie erfüllte ihren Zweck. Sie und die Kanonen, die sie dem König zum Geschenk machten.

Der Erfolg war ein Vertrag, in dem Barend Fokke in aller Form das Recht erhielt, als einziger Europäer an der Küste von Balambangan Handel zu treiben, Handel im Namen der Niederlande. Dafür würde er weitere Waffen, Kanonen und Musketen, liefern, die in den Besitz des Königs übergehen sollten. Befestigungsanlagen würden gebaut werden, damit die Küste vor einem spanischen Angriff sicher wäre.

Eine Bedingung allerdings verursachte Barend Fokke Kopfschmerzen. Dabei hatte er selbst darauf bestanden, sie in den Vertrag aufzunehmen. Es hatte langer Verhandlungen bedurft, ehe der König damit einverstanden war: Barend Fokke hatte sich verpflichtet, einen Geschützmeister zu stellen, der sich auch um den Bau der Befestigungsanlagen kümmern sollte. Und den aufzutreiben war nicht leicht. Zuletzt hatte er an Adriaen gedacht, hatte ihm das vorsichtig vorgestellt, war jedoch nicht unzufrieden, als Adriaen nicht darauf einging. Doch dann hatte er Glück in Hamburg. Er fand einen abgedankten Feldhauptmann, der den Nordischen siebenjährigen Krieg Dänemarks und Lübecks gegen Schweden mitgemacht hatte und der bereit war, den Rest seiner Jahre in aller Ruhe, wie er sagte, bei den Wilden im Pfefferland zu verbringen.

Auch nach Kapitänen hatte er schon vorsichtig geforscht, die Schiffe für die Kompanie Fokke und Witsen führen könnten. Adriaen hatte dazugeraten. Er fand, man müsse alles zeitig und gründlich vorbereiten. Beim letzten der jährlichen Besuche in der Staatskanzlei – es war Adriaens Aufgabe geblieben, die dem Freiheitskampf zugedachten Gelder zu übergeben –, hatte er vorgefühlt, wie man zu Fokkes Vorhaben, einen niederländischen Handelsstützpunkt in Ostindien zu gründen, stehe. Er hatte Barend nichts davon gesagt, hatte auch darum gebeten, das vorläufig nicht an die große Glocke zu hängen, die Zeit sei noch nicht reif dafür. Aber seitdem er das Interesse der Niederlande an ihrem Vorhaben gespürt hatte, war er mit Eifer bei der Vorbereitung ihrer Zukunftspläne.

In diesem Jahr, es war das Jahr 1587, hatte Barend Fokke nur für Tanger Ladung aufgetrieben. Er hatte lange gezögert, ob er das Geschäft übernehmen sollte, Tanger lag nicht weit von Cadiz, einem der bedeutendsten Kriegshäfen Spaniens. Doch dann hatte er sich gesagt: Nun erst recht, direkt in die Höhle des Löwen hinein mußt du ja nicht, aber ihn bei dieser Gelegenheit ein bißchen reizen, warum nicht. Obwohl er wußte, daß der Spanier seit Jahren etwas ganz Großes im Schilde führte, obwohl er wußte, daß Cadiz dabei eine besondere Rolle spielte, Cadiz und die spanische Flotte, die Unbesiegbare Armada, wie sie die Spanier großsprecherisch nannten.

Spanien hatte in den Südprovinzen der Niederlande – die heute Belgien heißen – allmählich wieder festen Fuß gefaßt, dort hatte sich auch der Katholizismus gehalten und mit ihm der Adel, der zum

226

größten Teil mit Spanien paktierte. Alessandro Farnese, seit 1578 Statthalter Spaniens in den Niederlanden, 1586 zum Herzog von Parma und Piacenza erhoben für seine Verdienste im Kampf um die Erhaltung der Niederlande für Spanien, bemühte sich, auch die Nordprovinzen wieder Spanien untertan zu machen. Er hatte keinen Erfolg. Nicht einmal mit Dolch und Gift: Auch die Ermordung Wilhelms von Oranien im Jahre 1584 brachte ihn nicht weiter.

Manchmal erreichten die Agenten, die er in allen wichtigen Städten der Niederlande und auch in England sitzen hatte, daß die eine oder die andere Festung übergeben wurde, sie verstanden es, Zwistigkeiten und Eifersüchteleien zwischen den niederländischen Herren auszunutzen. Aber damit war wenig erreicht. Man mußte mehr tun. Es war schließlich alles andere als nur eine Prestigefrage, die Nordprovinzen zurück- zuerobern: Es ging um die Lebensfähigkeit des spanischen Reiches, dessen Wirtschaft von der Ausbeutung der Kolonien lebte. Zudem war und blieb England der Verbündete der Niederlande, Graf Leicester führte die dort stationierten englischen und die niederländischen Trup- pen. Es war der Verbündete, aber gleichzeitig auch bemühte es sich darum, die Niederlande unter seine Abhängigkeit zu bringen um seiner eigenen Vormachtstellung willen. Besonders auf den Weltmeeren zeigte sich schon deutlich, welche Gefahr das aufstrebende England für Spanien bedeutete.

Wenn man um England kämpfte, kämpfte man – so sagte man wenigstens – für den Glauben, denn dort hielt die englische Elizabeth noch immer die schottische Maria gefangen. Vergebens wurde gezettelt, sie zu befreien, um sie wieder auf den Thron zu setzen und damit den Katholizismus wieder einzuführen, Vorbedingung dafür, auch Wirt- schaft und Handel unter Kontrolle zu bringen. Und Spanien befand sich in einer Zwickmühle: England vermochte man nur dem Katholizismus zurückzuerobern, wenn man die Niederlande fest in der Hand hatte, aber die Niederlande konnte man nur halten, wenn man auch in England saß.

Wenn irgendeiner der spanischen Feldherren in der Lage war, dieses Problem zu lösen, dann Parma, der der fähigste Feldherr seiner Zeit war. Seit 1580 mühte er sich darum, seit 1580 liefen die Vorbereitungen zu dem großen Schlag, den er vorhatte. Von der gesamten spanischen Armada unterstützt, wollte er nach England übersetzen. Dazu brauchte er Tiefwasserhäfen in den Niederlanden wie Brielle und Vlissingen, wo sich die Engländer eingenistet hatten, oder er brauchte die Geusenboote, um seine Soldaten nach England hinüberzubringen. Aber zunächst einmal war eine gewaltige Flotte nötig. Als Maria Stuart im Februar 1587 enthauptet worden war, hatte man die nötigen Argumente für einen großen Glaubenskampf.

In den Häfen der Biskaya und Andalusiens wurden alle verfügbaren Schiffe zusammengezogen, nicht nur spanische, auch ragusische, neapolitanische, genuesische, französische, dänische, selbst Schiffe der Hanse. Wenn man sie nicht chartern konnte, wurden sie einfach gezwungen. Vorräte wurden angelegt und ergänzt: Zwieback, getrockneter Fisch, Salzfleisch, Segeltuch, Takelwerk; neue Infanteriekompanien wurden aufgestellt; schwere Geschütze wurden gegossen, Feldschlangen; Musketen. Man kaufte gut abgelagertes Holz auf für Faßdauben. Nur das beste Holz kam dafür in Frage, sollte der Proviant, für dessen Aufnahme die Fässer bestimmt waren, auf See nicht verderben.

Obwohl sich Spanien bemühte, seine Vorbereitungen geheimzuhalten, wußte man in England und den Niederlanden davon. Die vielen Kriegs- und Versorgungsschiffe in den Häfen ließen sich nicht verbergen, genausowenig wie die Bemühungen, alle die Vorräte anzuschaffen, die die gewaltige Flotte nötig hatte.

Auch Barend Fokke hatte davon gehört, daß die Spanier versuchen würden, in England zu landen, er argwöhnte, daß das, was er für Tanger geladen hatte, eigentlich für Spanien bestimmt war.

Barend Fokke machte dieses Geschäft nur ungern, er hatte eben nichts anderes gekriegt, und er machte es nur, weil so etwas wie eine stille Genugtuung dabei war, dem Löwen vor der Nase herumzutanzen. Nun befand er sich gar nicht weit weg von Cadiz und rührte sich nicht von der Stelle. Nicht der leiseste Windhauch wehte, die Segel hingen schlaff an den Rahen, und die Sonne brannte unbarmherzig auf das Schiff. Das alles machte die Stimmung an Bord nicht besser. Die Leute standen müßig herum, suchten ein schattiges Eckchen, das es kaum gab – im Schiff selbst hielten sie es überhaupt nicht aus.

Barend Fokke fluchte in sich hinein: Das hast du nun davon; er wünschte, er hätte sich nie auf dieses Geschäft eingelassen. Seit zwei Tagen schon lagen sie auf einem und demselben Fleck südwestlich Cadiz. Das Meer war wie leergefegt, der Horizont verschwand im Dunst.

Gegen Mittag des zweiten Tages tauchten am Horizont ein paar dünne Striche auf, die sich langsam vergrößerten. War vorher alles schläfrig an Bord gewesen, so war das mit einem Schlag vorbei. Mehrere hatten diese dünnen Striche gleichzeitig gesehen. Barend Fokke kniff die

228

Augen zusammen. Wenn da etwas heranzog in der Flaute, dann konnten das nur Galeeren sein. Und wenn sie zahlreich genug waren, dann war er machtlos, solange kein Wind aufsprang. Und nichts am Himmel deutete darauf hin, daß es in der nächsten Zeit Wind geben würde, da half kein Fluchen und kein Kratzen am Mast, da blieb nur das Abwarten, und das war etwas, was ganz und gar nicht nach Barend Fokkes Geschmack war.

Die Schiffe wurden mit jeder Minute größer. Jetzt war es schon deutlich zu sehen: Es waren tatsächlich Galeeren, sieben, wenn sich hinter dem Horizont nicht noch mehr verbargen. Wie riesige Wasserläufer krochen sie heran, von ihren Riemen getrieben. Die Rammsporne blitzten im Sonnenlicht. Cambys sagte: „He, Kapitän, nun zeig mal, was du kannst, mach uns ein bißchen Wind, bevor es zu spät ist!" Fokke rührte sich nicht, obwohl es in ihm kribbelte, obwohl er am liebsten in das Boot gestiegen wäre, um sein Schiff aus der Nähe der Galeeren zu rudern. Aber das wäre sinnlos gewesen. Er wollte etwas tun und war doch nicht in der Lage, auch nur das geringste zu unternehmen. Eine gute Stunde noch mochte es dauern, dann wären sie da.

Adriaen hatte sich zu ihm gesellt, schaute Barend Fokke erwartungsvoll an, aber der schüttelte nur den Kopf. „Laß wenigstens die Geschütze schußbereit machen, dann sind die Leute beschäftigt", sagte er, und Barend Fokke nickte dazu, aber es war ihm anzusehen, daß er auch das für sinnlos hielt.

Die Galeeren waren fast heran, fächerten auf, um den „Weißen Schwan von Zwartewaal" einzukreisen. Barend Fokke war ihnen hilflos ausgesetzt. Vom Führungsschiff der Galeeren schrie der Kapitän etwas herüber, Barend Fokke verstand, man wolle das Schiff in den Hafen von Cadiz einbringen.

Und da mit einemmal war es, als erwache Barend Fokke. Er ballte die Fäuste, hieb auf das Schanzkleid, schrie: „Los, feuern, alle Geschütze!" Er war wie umgewandelt. An Bord des „Weißen Schwan von Zwartewaal" krachte es, sechsmal, achtmal, zwölfmal; alle Kanonen waren abgefeuert. Aber die Galeeren hatten sich wohlweislich außerhalb des Schußbereichs gehalten. Es war, als hätten sie auf diesen Augenblick gewartet. Es würde ein Weilchen dauern, bis die Kanonen wieder geladen waren, diese Zeit nutzten sie. Mit ihren Riemen peitschten sie das Wasser, schossen heran. Wieder rief der Kapitän drüben etwas, Barend Fokke hörte gar nicht hin. Seine Leute luden die Geschütze, er befahl ihnen aufzuhören, es hatte keinen Zweck. Er wollte nicht riskieren, sein Schiff von den Galeeren in den Grund bohren zu lassen.

Die Galeeren verfügten ebenfalls über Kanonen, aber sie machten keinen Gebrauch von ihnen, sie wollten den „Weißen Schwan von Zwartewaal" aufbringen. Und das verschaffte ihm die Sicherheit abzuwarten, was geschehen würde; irgendeine Gelegenheit ergab sich womöglich, irgendwie würde ihm im rechten Augenblick schon einfallen, was ihn hier wieder herausbrächte.

Seine Leute murrten, sie wollten kämpfen, sie wollten sich nicht ergeben, sie verstanden Barend Fokke nicht, weil das so ganz und gar nicht seine Art war, tatenlos zuzusehen, wie sich die Dinge entwickelten. Aber im Augenblick hatte er keine andere Wahl.

Merkwürdig war das Verhalten Michiel Klaeszoons. Er blickte verstohlen zu den Spaniern hinüber, dann wurde er unruhig, lief nach unten, kam wieder an Deck. Lief von einer Seite auf die andere, als könne er irgend etwas nicht erwarten. Barend Fokke schüttelte den Kopf, fragte sich: Hat er Angst vor den Spaniern, oder fürchtet er sich davor, gegen sie kämpfen zu müssen, fürchtet er, von ihnen gefangengenommen zu werden, oder was mag das sein? Er wurde nicht klug aus ihm, er verhielt sich manchmal in der letzten Zeit sehr seltsam. Hing das alles etwa noch damit zusammen, daß er ihn vor Jahren eingesperrt hatte? Dann schüttelte er diese Gedanken ab, konzentrierte sich auf das, was da gegen ihn heranzog.

Als die Galeeren ihm gegenüber lagen, schienen sie unschlüssig, was sie weiter tun sollten. Barend Fokke bemerkte, wie sie drüben aufeinander einredeten. Sie haben dich, sie haben dein Schiff erkannt, sagte er sich, und er wußte nicht, ob das für ihn gut war oder nicht. Wollen sie nun dich, fragte er sich, oder wollen sie nur dein Schiff? Haben sie deinetwegen auf der Lauer gelegen, oder ist das ein Zufallstreffer?

Die Führungsgaleere kam heran, die andern richteten ihren Bug mit dem scharfen Rammsporn gegen den „Weißen Schwan von Zwartewaal". Sie zeigten ihm, daß sie ihn in den Grund bohren würden, sollte er sich doch noch wehren. Ein Offizier stieg in ein Boot, ließ sich zu Barend Fokkes Schiff rudern, kletterte an Bord. Er war sichtlich um Höflichkeit bemüht, und immer noch fragte sich Barend Fokke: Ist diese Höflichkeit nun aus der Angst geboren, die die Geschichten um dich erzeugt haben, oder haben sie etwas anderes vor?

Der Offizier ließ sich Barend Fokkes Namen nennen, und als er ihn gehört hatte, wurde er noch höflicher. Es war ihm nicht anzumerken,

230

ob ihm der Name etwas sagte. Barend Fokke wurde in wohlgesetzten Worten, aber entschieden gebeten, sich in den Hafen von Cadiz schleppen zu lassen – schleppen zu lassen natürlich nur, weil kein Wind war. Die ruhmreiche spanische Flotte brauche seine Dienste unbedingt, sie werde sehr gut bezahlen. Barend Fokke suchte nach Ausflüchten, er nannte dem Offizier Ladung und Bestimmungsort, aber der Offizier nickte nur und erwiderte, das werde schon in Ordnung zu bringen sein.

Barend Fokke hatte den Offizier nicht in seine Kajüte gebeten, und der schien das auch gar nicht erwartet zu haben. Sie standen auf dem Hüttendeck, und während sie miteinander sprachen, konnte Barend Fokke seine Mannschaft beobachten, die fassungslos zusah, wie ihr Kapitän mit dem Spanier verhandelte. Aber Barend Fokke überlegte schon, welche Möglichkeiten er hätte zu entkommen. Wenn es wirklich so war, wie man sich erzählte, daß Spanien in allen größeren Häfen Schiffe zusammenzog, dann müßte sich bei diesem Gewimmel eine Gelegenheit finden zu entwischen. Offensichtlich haben sie es doch nicht auf dich abgesehen, sagte er sich, während er anstandshalber lebhaft gegen das Ansinnen des Spaniers protestierte, sich nach Cadiz schleppen zu lassen. Er hatte jedoch keine Wahl und mußte ein paar Schleppleinen ausstecken, die von den Galeeren übernommen wurden, ein Prisenkommando kam auch an Bord.

Als sich die Riemen der Galeeren im Takt zu bewegen begannen, sprang ein leichter Wind auf. Barend Fokke fluchte in sich hinein, hätte dieser Wind nicht ein bißchen eher aufspringen können? Jetzt jedoch war es zu spät dazu, das Prisenkommando war nicht nur als Hilfe an Bord, wenn sie die Hafeneinfahrt passierten, wie der Offizier Barend Fokke mit einem versteckten Lächeln gesagt hatte.

Dennoch winkte Barend Fokke Adriaen heran – die Spanier wurden sofort aufmerksam. Sie taten so, als sprächen sie über Gleichgültiges, aber sie überlegten, ob es Sinn hätte, doch noch zu versuchen, die Galeeren abzuschütteln. Adriaen war sehr dafür, auch er zeigte, daß er sich über Barend Fokke gewundert hatte. „Du weißt, sie suchen dich, und wenn sie dich erst einmal haben, lassen sie dich nicht wieder frei!"

Barend Fokke schüttelte den Kopf. „Wart's ab, Adriaen. Im Augenblick können wir nichts tun. Aber die Gelegenheit wird sich schon bieten!"

Der Wind wurde stärker, und damit wuchs die Hoffnung, den Galeeren doch noch auszureißen. Das Prisenkommando wurde unruhig, sie postierten sich vor die Zugänge zur Hütte, um der Mannschaft, die sie nach unten geschickt hatten, den Zutritt zum Deck zu verwehren. Plötzlich jedoch heiterten sich ihre Gesichter auf. Sie wiesen nach Westen, wo sich eine ganze Anzahl Segel zeigten, offensichtlich ein größerer Verband der spanischen Flotte, der in Cadiz einlaufen wollte. „Dann eben nicht“, sagte Barend Fokke, der die Schiffe nun auch sah, zu Adriaen, „dann müssen wir eben warten und hoffen, daß wir Glück haben.“

Am Horizont tauchten ein paar Spitzen auf, wurden zu Türmen; hohe weiße, flachgedeckte Häuser, eng ineinandergeschachtelt auf einem hellen Kalkfelsen: Cadiz. Die Stadt lag auf einer langen flachen, in einem Felsen endenden Landzunge. In der Bucht, die die Landzunge umschloß, hatten ganze Flotten Platz. Als sie die Hafeneinfahrt passierten, sah Barend Fokke, daß der Hafen voller Schiffe war.

Die Galeeren bugsierten den „Weißen Schwan von Zwartewaal“ an das Bollwerk, das Schiff wurde festgemacht, eine Wache zog vor ihm auf; das Prisenkommando blieb trotzdem an Bord. Sonst geschah nichts. Barend Fokke hatte viel Zeit, sich den Hafen anzusehen. Nicht weit von ihm war ein Schiff vertäut, hochvoll geladen mit Holz. Er bemerkte auch, wie der Kapitän des Führungsschiffes an Land ging und in einem Gebäude verschwand, das das Hafenamt sein konnte – Signalflaggen wehten an einem Mast auf dem Dach.

Die Zeit verstrich, immer noch schien sich niemand um ihn zu kümmern, und das beunruhigte Barend Fokke allmählich. Adriaen redete auf ihn ein, sein Leute stellten alle möglichen Mutmaßungen an, und das machte ihn nicht ruhiger. „Laßt doch endlich euer blödsinniges Unken sein“, sagte er, „das hilft uns auch nicht.“ Aber er blieb am Schanzkleid stehen, beobachtete das Hafenamt, als müsse von dort die Entscheidung kommen.

Tatsächlich entstand am Hafenamt Bewegung, Leute eilten hinein, verließen es wieder, einer lief zur Wache, die vor Barend Fokkes Schiff postiert war, redete auf den Offizier ein, schielte dabei merkwürdig gedrückt zum Schiff hin, verschwand eiligst wieder. Eine Sänfte wurde zum Hafenamt getragen, ein älterer Mann stieg ein, wohlbeleibt, er stützte sich schwer auf einen Diener. Die Sänfte wurde im Geschwindschritt in die Stadt getragen. Irgend etwas ging vor, die Wache vor dem Schiff flüsterte erregt miteinander, das Prisenkommando an Bord wurde von Minute zu Minute unruhiger, sie schienen sich nicht besonders sicher zu fühlen auf dem „Weißen Schwan von Zwartewaal“. Sie sprachen mit der Wache unten. Barend Fokke bemühte sich, ein paar Brokken aufzuschnappen. Aber sie sprachen leise, und sie sprachen ein so stark dialektgefärbtes Spanisch, daß er nicht viel verstand. Ein paar Worte nur waren es, wenn er sich nicht getäuscht hatte, und die machten ihn nicht froher: Hafenkommandant, Stadtkommandant, Gefängnis, Inquisition. Es geht also tatsächlich um dich, sagte er sich, und er wünschte, daß er sich doch gewehrt hätte. Aber voller ohnmächtiger Wut auch sagte er sich: Was denn, zum Teufel, ich hätte ja nur mein Schiff verloren, und dann hätten sie mich womöglich auch gekriegt. Verdammte spanische Heiligensippschaft, fluchte er in sich hinein, wie kannst du ihnen bloß eine Nase drehen?

Er übertrug Adriaen alle Vollmachten und legte ihm ans Herz, alles zu tun, um das Schiff zu erhalten, was auch geschähe. Das Schiff wäre das wichtigste. „Aber das alles wird nicht nötig sein, Adriaen; ich komme wieder!"

Barend Fokke wußte nicht, was für einen Wirbel er ausgelöst hatte. Die Galeeren waren zufällig auf ihn gestoßen, sie hatten den Auftrag, Schiffe aufzubringen, für den großen Schlag gegen England. Die Flaute war den Spaniern sehr gelegen gekommen. Als die Männer auf den Galeeren das graue Schiff aus der Nähe sahen, hatten sie ihren Auftrag und die Flaute verflucht, weil sie nicht sicher waren, daß kein Teufelsspiel oder Gaukelwerk geschehen würde, und sie sähen dann ihren Hafen nicht wieder. Mit unheimlichen Gefühlen waren sie an Bord gestiegen, ihnen war im Grunde unwohler als Barend Fokke selbst. Sie wußten, wen sie gefangen hatten, sie wußten, was man dem Fliegenden Holländer alles nachsagte, sie warteten jede Minute darauf, daß irgend etwas Gräßliches geschah. Und daß nichts geschah, machte sie noch ängstlicher: Der Fliegende Holländer ließ sich nicht so mir nichts, dir nichts gefangennehmen, der Fliegende Holländer brachte Unglück, wem er begegnete. Das Unglück kam, ganz gewiß, und je später, desto schlimmer.

Die Heilige Inquisition war hinter diesem Mann her, das wußte man. Also sollte die sich gefälligst um ihn kümmern, vielleicht hatte sie Mittel, ihn unschädlich zu machen. Ausgerechnet ihnen mußte das passieren. Dieser Kapitän Cabeza, dem ein ganzes Geschwader zur Verfügung stand, um das graue Schiff zu fangen, war vor acht Tagen ausgelaufen. Warum war der Holländer nicht ihm begegnet?

Die Flotte wollte mit diesem Unheilskapitän nichts zu tun haben, die Flotte hatte schon mehr getan, als ihr zuzumuten war: Sie hatten ihn in den Hafen eingebracht. Deshalb die Sänfte, die den Hafenkapitän im

Geschwindschritt zum Kloster San Francisco brachte, wo die heiligen Väter saßen.

Im Hafen und in der Stadt hatte sich allmählich herumgesprochen, was für einen Fang man da getan hatte. Die Zahl der Neugierigen wurde von Minute zu Minute größer, aber keine Stadtpolizei hätte eine bessere Absperrung ziehen können als die Angst. Die Neugierigen ließen viel Raum zwischen sich und dem gefährlichen Schiff, dem unheimlichen Schiff.

Barend Fokke betrachtete die Menschenmenge. Hände wurden gereckt, Fäuste drohend geschüttelt. Er wandte sich an den Offizier, der auf seinem Schiff geblieben war. Aber der stellte sich taub. Schließlich rückten die Leute doch näher, langsam, Zoll für Zoll, die vorne wurden von den Hintenstehenden unerbittlich geschoben. Da es an Bord still blieb, kein böser Zauber geschah, wurden die Menschen im Hafen mutiger. Faule Apfelsinen flogen, stinkende Eier, Fischköpfe. Sie trafen allerdings nicht einmal die Wache vor dem Schiff, die nicht wußte, wie sie sich verhalten sollte. Einer der Wachsoldaten wurde zum Hafenamt geschickt.

Endlich, es war inzwischen eine gute Stunde vergangen, kehrte die Sänfte zurück, ein Weilchen später stellten sich einige Padres in schwarzen Kutten ein, starrten zu dem Schiff hinüber, verschwanden im Hafenamt. Dann kam ein Bote vom Hafenamt zu den Wachen vor dem Schiff, redete eine ganze Weile mit dem Offizier, der eifrig nickte. Dieser rief den Offizier des Prisenkommandos herunter, erklärte ihm mit beredten Gesten irgend etwas, wies zum Schiff, wies zu den Menschen im Hafen, der Offizier des Prisenkommandos schien erleichtert aufzuatmen.

Barend Fokke wurde gebeten, zum Hafenamt zu kommen; man möchte ihm einige Fragen stellen.

Barend Fokke sträubte sich. „Warum soll ich mein Schiff verlassen? Was ihr Herren fragt, kann ich euch auch an Bord beantworten!" Der Offizier wurde verlegen, er suchte nach Ausflüchten, verfiel schließlich darauf zu sagen: „Ihr seid ein Seemann wie ich, Kapitän, macht mir mein Amt nicht unnütz schwer, laßt mich nicht meine Soldaten gebrauchen, um Euch zum Hafenamt zu schaffen. Es sind wichtige Dinge, die wir mit Euch zu besprechen haben, wir brauchen Unterlagen dazu, die wir nicht an Bord schleppen lassen können."

Wohl oder übel mußte sich Barend Fokke dreinschicken, die Wache an Bord nahm schon eine drohende Haltung gegen ihn ein. Sie machten einen seltsamen Eindruck auf Barend Fokke: Sie drohten ihm, aber sie wahrten noch immer ihre ängstliche Zurückhaltung. Es war ihnen anzusehen, daß sie zwischen Pflichterfüllung und Angst hin- und hergerissen wurden. Und das belustigte Barend Fokke, und es gab ihm Sicherheit.

„Es wird schon nicht so schlimm werden, Adriaen", sagte er, als er von Bord ging, „paß gut auf das Schiff auf!" Als er das Hüttendeck verließ, fiel sein Blick noch einmal nach draußen, auf das Meer, auf das Stück Meer, das durch die Hafeneinfahrt zu sehen war. Das Geschwader, das am Horizont aufgetaucht war, als ihn die Galeeren abschleppten, lag vor dem Hafen, ein ganzes Stück entfernt noch. Barend Fokke wunderte sich, weshalb dieses Geschwader sich erst jetzt Cadiz näherte, bei dem Wind hätte es lange da sein müssen. Langsam ging er über die Laufplanke an Land. Das Prisenkommando folgte ihm, postierte sich vor dem Schiff. Die Wache unten nahm ihn in Empfang, umringte ihn, formierte sich, marschierte zum Hafenamt.

Barend Fokke schaute aufmerksam nach links und nach rechts. Es war nur ein kurzes Stück Weg, aber es war wie Spießrutenlaufen. Die Menschenmenge rückte heran, er hörte ihre Verwünschungen. Doch die Wache hatte nicht einmal nötig, ihre Spieße zu gebrauchen, um sich Raum zu verschaffen. Die Leute wollten ihn wohl aus der Nähe sehen, ließen aber genügend Raum für Barend Fokke und seine Eskorte. Neugier las Barend Fokke in den Augen der Menschen, Wut, Drohung und dennoch Angst.

Er nahm das Gebäude des Hafenamts in sich auf, als hätte er es nicht schon seit einer ganzen Zeit vom Schiff aus beobachtet. Es war ein kleines zweistöckiges Haus, auf dem Dach eine Galerie, ein Mast, an dem Signalflaggen wehten. Er wurde in das Haus hineingeführt, eine Treppe hinauf, in einen mittelgroßen kahlen Raum, in dem ein langer Tisch mit ein paar Stühlen dahinter standen. Es wurde ihm bedeutet, er solle vor dem Tisch stehenbleiben, ein Stuhl für ihn war nicht vorhanden. Und dann wurde er sich selbst überlassen. Die beiden Fenster des Raumes waren weit geöffnet, sie befanden sich hinter dem langen Tisch. Barend konnte den Hafen sehen, das Geschwader, das sich dem Hafen näherte.

Ein Padre betrat eilig den Raum, befestigte ein Kruzifix an der Wand zwischen den beiden Fenstern, verschwand wieder.

Nach einiger Zeit Gemurmel im Treppenhaus, schwere Tritte die Treppe herauf. Die Tür wurde geöffnet.

Kapitel neun

Barend Fokke wußte, was ihn erwartete, nun da sich die Inquisition seiner annahm. Die Inquisition, das Heilige Offizium, fühlte sich als Herr über Leben und Tod all derer, die in ihre Hände gerieten. Wer sich der katholischen Kirche widersetzte, wer ihre Lehrmeinung antastete, wer sich als Ketzer erwies, der mußte widerrufen oder wurde verbrannt. Wer der Hexerei verdächtig war, wer Teufelskünste trieb, konnte zwar noch gestehen – dann wurde er unter Umständen des Segens der Kirche teilhaftig –, aber verbrannt wurde er trotzdem.

Barend Fokke überlegte angespannt. Es kam sicher nicht darauf an, was er sagen würde, bei diesen Richtern stand das Urteil gewöhnlich fest, bevor die Verhandlung begann. Er konnte nur versuchen, das Ganze hinzuziehen, um eine Möglichkeit zu finden, ihnen zu entwischen. Darauf richtete er seine Sinne, auf nichts anderes.

Die Tür öffnete sich, herein traten die Herren der Inquisition, fünf Männer in schwarzen Mönchskutten, den Rosenkranz in den Fingern, drei ältere und zwei junge. Die jungen, stellte Barend Fokke fest, waren handfeste Kerle, sie postierten sich vor der Tür. Die drei älteren nahmen hinter dem Tisch Platz, sie maßen Barend Fokke mit abschätzenden Blicken. Er hatte den Eindruck, sie wüßten nicht so recht, was denn nun wirklich an all dem dran war, was man sich über diesen gefährlichen Schmuggelkapitän berichtete.

Und tatsächlich waren die Herren nicht so sicher wie sonst. Als sich der Hafenkapitän zu ihnen begeben, als er ihnen berichtet hatte, welchen Fang die Galeeren gemacht hatten, da hatte es fast einen Streit zwischen ihm und den Herren aus dem Kloster des San Francisco gegeben. Gewöhnlich fanden die Sitzungen des Gerichts im Kloster statt. Über diesen Fliegenden Holländer, den Nachtkreuzer, waren so viele unglaubliche Gerüchte in Umlauf, daß es die Richter der Inquisition für besser hielten, ihn nicht in ihre Mauern zu lassen. Sie begründeten das damit, daß ihre heilige Zuflucht nicht durch die Fußtapfen dieses unheiligen Menschen beschmutzt werden dürfe; und sie verlangten vom Hafenkapitän, daß er seine Räumlichkeiten zur Verfügung stelle. Der Hafenkapitän protestierte, gab aber dann doch nach, er wollte sich nicht mit den heiligen Vätern anlegen.

Einer der drei Richter war ein Mann von fast behäbigem Aussehen, die andern beiden hatten ein verschlossenes Asketen- und Eiferergesicht, besonders der, der in der Mitte saß, offensichtlich der Vorsitzende.

Barend Fokke wollte sich ganz auf ihn konzentrieren. Er bemerkte, wie sich das Gesicht des Richters allmählich rötete, wie seine Finger den Rosenkranz schneller und schneller bewegten. Es war still in dem Raum, von draußen drangen die Geräusche des Hafens herein, die Geräusche der Menschenmenge, die auf den Ausgang der Gerichtsverhandlung wartete. Barend Fokke vermochte einzelne Rufe zu unterscheiden und zu verstehen. „Aufhängen!" forderte die Menge, „Verbrennen!" und „Tod diesem Ketzersatan!"

Barend Fokke wurde es warm, er fuhr sich mit den Fingern unter den Kragen. Er sah, wie einer der drei diese Bewegung mit einem leisen Lächeln der Genugtuung quittierte, und ärgerte sich im selben Augenblick darüber, daß er sich hatte gehenlassen. Und dieser Ärger verführte ihn zu der nächsten Unbedachtsamkeit. „Was wollt ihr von mir", sagte er, „warum haltet ihr mich fest? Ich habe Ladung auf meinem Schiff, die an ihren Bestimmungsort muß!"

Der in der Mitte saß, hatte den Kopf gesenkt, als Barend Fokke zu sprechen begonnen hatte; der vorher gelächelt hatte, lächelte jetzt schon ein bißchen deutlicher, aber es war kein freundliches Lächeln. Auf dem Gesicht des Behäbigen zeigte sich überhaupt keine Regung. Nun hob der in der Mitte mit einem Ruck den Kopf. „Hier ist es nicht üblich, daß die Angeklagten Fragen stellen. Und Ihr seid ein Angeklagter, das ist Euch hoffentlich klar!"

Barend Fokke schwieg, er sah an seinen Richtern vorbei zum Fenster hinaus, nahm wahr, daß das Geschwader nicht mehr weit von der Hafeneinfahrt entfernt war. Es waren über zwanzig Schiffe. Wollen die etwa alle noch in den Hafen hinein, fragte er sich, ohne daß er sich dieser Überlegung voll bewußt geworden wäre; das wird ein schönes Gedränge geben. Er stellte auch fest, daß sich die Neugier der Menge schon mehr auf die Schiffe richtete. Und das war gut für ihn. Er wußte zwar nicht, wie er hier herauskommen sollte, das mußte der Augenblick ergeben. Aber solange die Menschenmenge sich vor dem Hafenamt staute, war es sinnlos, eine Flucht zu versuchen, sie würden es ihm unmöglich machen, in der Stadt zu verschwinden, sich zu verstecken, auf irgendein Schiff zu gelangen, wenn es nur kein spanisches war. Denn so weit verstieg er sich nicht, daß er hoffte, gleich sein eigenes Schiff zu erreichen. Er konnte sehen, daß es immer noch bewacht wurde.

„Ihr scheint ein ganz verstockter Sünder zu sein!" hörte er jetzt. „Erst stellt Ihr unaufgefordert Fragen, und auf unsere Fragen beliebt Ihr nicht zu antworten. Wenn Ihr nicht alle Aussichten auf eine Freisprechung, die freilich gering genug sind, fahrenlassen wollt, dann antwortet gefälligst."

Barend Fokke entschuldigte sich, sein Spanisch wäre nicht so gut, daß er alles sofort verstünde; er bat, die Frage zu wiederholen.

Ihn finster anblickend, stellte der in der Mitte noch einmal seine Frage: „Wie geht das zu, daß Ihr ein Schiff von so sonderbarem Aussehen Euer eigen nennt, wer hat Euch das gebaut? Wie kommt es, daß Ihr damit in so unvorstellbar kurzer Zeit den Ozean überquert, wo doch unsere Schiffe, die Schiffe Seiner katholischen Majestät, für dieselbe Strecke fast die doppelte Zeit brauchen. Man sagt, Ihr könnt Euch unsichtbar machen oder zur selben Zeit an zwei ganz verschiedenen Orten sein. Redet jetzt!"

Barend Fokke begann zu erklären, warum sein Schiff so schnell war. Er glaubte nicht daran, daß er diese Herren würde überzeugen können, aber er sagte sich, du mußt Zeit gewinnen. Darum erzählte er von dem gescheiterten Experiment mit dem ersten Schiff, von den Schlußfolgerungen, die er daraus gezogen hatte. Während er sprach, beobachtete er, wie sich unten am Bollwerk immer mehr Menschen ansammelten. Er zwang sich, die Richter anzusehen. Die durften nicht ahnen, wie sehr ihn die Vorgänge draußen interessierten. Und er redete.

Von Strömungen und gleichmäßig wiederkehrenden Winden sprach er, von seinen Messungen, von den Landkarten, auf die er sich stützte, und die drei Herren hörten ihm aufmerksam zu, unterbrachen ihn mit keinem Wort, einer machte eifrig Notizen. Mit einem schnellen Seitenblick erfaßte er, daß ihn die beiden an der Tür nicht aus den Augen ließen.

Endlich eine Zwischenfrage, Barend Fokke war schon unruhig geworden, weil man ihn so ungehindert erzählen ließ. „Euer Wissen scheint beachtlich, Kapitän, wie erwirbt man solch vorzügliches Wissen? Das eine ist uns jetzt klar, Ihr seid ein kenntnisreicher Seemann. Von all dem haben wir bisher noch nie vernommen. Erklärt uns das genauer!"

Barend Fokke hob unwillig den Kopf, was wollen die denn noch von mir, was soll ich ihnen denn noch alles erzählen? dachte er. Aber er spürte auch, daß es jetzt allmählich ernst zu werden begann mit dem Verhör. Jetzt steuerte es auf die Fragen zu, deren Beantwortung oder Nichtbeantwortung ihn Kopf und Kragen kosten konnten. Dennoch war er sich noch immer seiner Sache sicher. Von Wind und Wetter, von den Erscheinungen auf See und wie man ihnen begegnen mußte, vermochte er ihnen stundenlang zu erzählen. Wo er das Wissen her hatte? Nun ja, jahrelange Erfahrung, ständige Beobachtung, alles aufschreiben, was geschieht, stets seine Schlüsse daraus ziehen. Im Grunde alles Selbstverständlichkeiten, wenn man die Fährlichkeiten des Meeres bestehen will.

Er mußte sich zusammennehmen, um nicht langsamer zu werden beim Sprechen. Seine Aufmerksamkeit war wieder nach draußen gewandt, zu dem Geschwader, das jetzt unmittelbar vor der Hafeneinfahrt stand. Der Teufel soll mich kielholen, und alle heiligen Väter mögen ihm dabei behilflich sein, wenn das da draußen nicht die „Elizabeth Bonaventura" ist, dachte er. Und wenn sie das ist, dann ist Francis Drake an Bord, denn die „Elizabeth Bonaventura" ist sein Flaggschiff. Haben sie den etwa auch gefangen? Er spürte, daß er nun doch zusammenhanglos redete, daß die drei vor ihm ihn fragend anblickten, und erzählte weiter, von seinem Vater, der auch ein guter Seemann gewesen war, von seinem Onkel, der ihm etwas über Astronomie beigebracht hatte und viele andere nützliche Kenntnisse, ohne die man eben kein richtiger Seemann wird.

Und jetzt die erste scharfe Zwischenfrage: „Euer Onkel, sagt Ihr, Kapitän. Ihr solltet lieber sagen: der Unheilige, der Gottseibeiuns, Satanas! Sprecht Euch darüber aus, Kapitän, Euer Leben hängt daran!"

Nun haben sie endlich die Katze aus dem Sack gelassen, sagte sich Barend Fokke. Er sprach weiter, ruhiger trotz der Drohung. Wenn sie Francis Drake gefangengenommen hatten, würde sich eine Zeitlang alle Aufmerksamkeit darauf richten. Das war seine Chance. Er beobachtete, was draußen geschah. Die „Elizabeth Bonaventura" war nicht im geringsten beschädigt. Wie hatten die Spanier das nur gemacht? Dann glaubte er seinen Augen nicht zu trauen. Er erkannte die „Rainbow", die „Dreadnought", er war ihnen einmal im Kanal begegnet. Er wußte nicht mehr, was er davon halten sollte, den Spaniern konnte doch nicht ein ganzes englisches Geschwader unbeschädigt in die Hände gefallen sein! Aber die Leute unten im Hafen winkten den Schiffen zu, die wußten doch, was da geschehen war!

Wieder ein Einwurf der Herren des Gerichts, womöglich schärfer noch als zuvor: „Ihr redet drum herum, Kapitän. Gesteht endlich, daß Ihr euch Satanas verschrieben habt, mit Haut und Haaren, mitsamt Eurem Teufelsschiff. Gesteht, daß Ihr ihn empfangen habt an Bord vor dem Kap der Guten Hoffnung, daß er zu Euch gekommen ist auf Euer Begehr, daß Ihr Euch ihm verlobt habt dafür, daß Euch weder Wind noch Wogen etwas anzuhaben vermögen, daß Eure Segel vom Wind

240

geschwellt werden, wo doch kein Wind ist, daß Euch der Sturm keinen Mast knickt, daß kein Mann das Fieber kriegt an den schwülen Küsten Ostindiens, daß Ihr auf Erden heil aus jeder Gefahr hervorgeht, daß Ihr dafür Euer Seelenheil hergegeben habt. Gesteht es! Gesteht es, wennschon nicht um Eurer Mannschaft, so doch um Eures Seelenheils willen! Gesteht es endlich!" Und dann, bittend und beschwörend: „Wir wollen Euch doch retten, Kapitän!"

Barend Fokke hatte unverwandt nach draußen geschaut, mochten die drei Herren ihn für einen ganz und gar verstockten Sünder nehmen. Noch wagte er nicht zu glauben, was er doch sah. Aber es war die leibhaftige Wirklichkeit: Als der Wortführer der drei geendet hatte, blitzte es auf der „Elizabeth Bonaventura" auf, eine Pulverqualmwolke brach aus einem der Geschütze, und gleich darauf war Kanonendonner zu hören. Das war das Zeichen für die anderen englischen Schiffe: Überall krachte und blitzte es an Bord. Sie waren also doch nicht von den Spaniern aufgebracht worden!

Die drei Herren zeigten sich in Maßen angewidert von dem irdischen Lärm, der da vom Hafen hereintönte, sie verzogen ein wenig das Gesicht und drangen weiter in Barend Fokke, endlich zu gestehen, daß er einen Pakt mit dem Teufel geschlossen hatte, denn wie anders war es zu erklären, das Wissen und das Können, mit dem dieser Teufels- und Geisterschiffskapitän die gläubige Christenwelt herausgefordert hatte.

Ein paar Sekunden lang waren die Menschen wie gelähmt gewesen, jetzt brach eine Panik unter ihnen aus. Sie schrien, sie liefen davon, sie waren nicht mehr zu halten. Ein Blick auf den „Weißen Schwan von Zwartewaal" zeigte Barend Fokke, daß auch die Wache vor dem Schiff mit in diesen Strudel hineingerissen wurde. Gleichzeitig sah er, daß einer seiner Leute die Laufplanke einholte, daß die Taue gekappt wurden, mit denen das Schiff am Bollwerk festgemacht worden war.

Das ist deine Gelegenheit, fuhr es ihm durch den Kopf. Die drei Herren ignorierten noch immer, was draußen geschah, und die beiden Wächter an der Tür, die von ihrem Standpunkt aus nicht sehen konnten, was im Hafen vor sich ging, wahrten gehorsam ihren Posten. Als es auch im Haus laut wurde, schrie Barend Fokke den dreien entgegen: „Wenn ihr es unbedingt wollt, dann bin ich eben der Teufel." Er sprang los, war mit einem gewaltigen Satz auf dem Tisch, auf dem Fensterbrett, und ehe die Herren vom Heiligen Offizium begriffen hatten, was los war, war Barend Fokke schon hinuntergesprungen.

Die drei erholten sich schnell von der Überraschung, eilten zum

Fenster, rot vor Wut und Enttäuschung, erlebten eine neue Überraschung. Jetzt erst begriffen sie, was draußen im Hafen geschah, schleuderten Barend Fokke ihren ohnmächtigen Fluch hinterher, den der nicht mehr hörte und der ihn auch gar nicht berührt hätte. Der Fluch ging unter in dem Lärm der verängstigten Menge, in dem Lärm der englischen Kanonen: „Verflucht seist du, du Meeresteufel, verflucht bis ans Ende der Welt. Auf allen Meeren sollst du kreuzen, aber nie mehr einen Hafen finden bis ans Ende der Welt!" Und die andern schlugen ein Kreuz.

Barend Fokke war mitten in die Menschenmenge hineingesprungen, die auseinanderstob, als sie die mächtige Gestalt in dem Fenster sah. Das Fenster war gut dreimannshoch über dem Boden, Barend Fokke kam schlecht auf, er fühlte einen scharfen Schmerz im linken Knöchel, er rannte trotzdem los, zu seinem Schiff hin. Aber der Schmerz wurde stärker, Barend Fokke hinkte, brach fast in die Knie bei jedem Schritt. Er hörte, wie sich die Leute zuriefen: „Da läuft er, der Teufel, seht doch, wie er hinkt!" und: „Das hat er uns eingebrockt, dieser Meeresteufel, nur seinetwegen kommen sie jetzt mit ihren Schiffen über uns!" Mit zusammengebissenen Zähnen hinkte er weiter. Niemand stellte sich ihm in den Weg, unangefochten erreichte er das Schiff. An Bord hatten sie seine Flucht beobachtet und erwarteten ihn schon.

„Werft mir ein Tau über Bord!" rief er ihnen zu, sprang ins Wasser, schwamm um das Schiff herum, griff nach dem Tau, lachte, als er hochgezogen und über das Schanzkleid gehoben worden war, sagte: „Das habt ihr gut gemacht!" und ließ sich dann dort, wo er war, auf die Decksplanken sinken. Sein Gesicht war von Schmerz verzerrt.

Ein paar Mann setzten bereits die Segel, die andern wies er an: „Macht die Geschütze schußbereit, und dann immer hineingefeuert, wohin ihr auch trefft!" Zweien seiner Javanen befahl er, Werg zu holen und es anzubrennen, und wies auf den Kauffahrer, der voll mit Holz beladen war. Und dann: „Die Flagge hissen, damit die Engländer wissen, wer wir sind!"

Mühsam zog er sich am Schanzkleid hoch, er wollte sehen, was die Engländer ausrichteten. Endlich hatten sich die Spanier ermannt. Die Galeeren fuhren dem englischen Geschwader entgegen, ihre bronzenen Rammsporne zielten auf die Flanken der englischen Schiffe. Aber sie wurden zusammengeschossen, ehe sie etwas erreichten, und bald wimmelte die Hafeneinfahrt von Ertrinkenden. Einige der Galeeren sanken schon.

Langsam kam „Der weiße Schwan von Zwartewaal" vom Bollwerk

frei, trieb auf den mit Holz beladenen Kauffahrer zu. Barend Fokke rief nach den Javanen: „Wo bleibt ihr denn, verflucht noch mal!" Und er schrie seine Leute an den Geschützen an: „Seid ihr nicht bald fertig?" Er schleppte sich zu einer der Kanonen, griff nach der Lunte, schickte den Mann am Geschütz nach den Javanen, hielt die Lunte ans Zündloch – das Ziel war nicht zu verfehlen. Nur wenige Klafter entfernt trieb sein Schiff an dem Kauffahrer vorbei. Der Schuß krachte, gleichzeitig splitterte es drüben. Auch die anderen Kanonen spien ihre Ladung dem Kauffahrer in die Flanke. Und dann waren endlich die Javanen da, in eisernen Kübeln schleppten sie brennendes Werg heran, in Pech und Teer getaucht. Mit langen Bootshaken spießten sie das Werg auf, warfen es hinüber.

Verwirrung und Überraschung waren so groß, daß zunächst niemand auf dem spanischen Schiff daran dachte, etwas zu tun. Die Besatzung stand da, von Entsetzen gepackt. Sie hatten, wie alle andern in Cadiz, verfolgt, was mit dem Teufelskapitän geschah, den sie endlich eingefangen hatten, hatten böse Folgen gefürchtet und waren doch froh gewesen, daß man die Meere von diesem Gespensterschiff befreit hatte. Dann war das feindliche Geschwader vor dem Hafen aufgefahren. Und schließlich war dieser Kapitän des Unheils plötzlich wieder neben ihnen aufgetaucht, er hinkte, seine Augen sprühten Feuer, sein Atem war giftiger Hauch – sie würden es alle bezeugen. Und nun traf sie das höllische Feuer, und es kam von diesem Schiff, und keiner wagte, sich dagegen zu wehren. Die Besatzung sprang über Bord, schwamm an Land, floh. Nur zwei, drei Mann hatten den Kopf behalten, versuchten zu löschen, aber das Holz, das sie geladen hatten, war gut abgelagert, es brannte wie Zunder.

„Eine Muskete!" schrie Barend Fokke, und Cambys lief davon, kehrte gleich darauf wieder mit einer Muskete in der Hand, lud sie hastig, legte an, und einer der Leute drüben brach zusammen, Zeichen für die andern, jetzt nur noch an ihr eigenes Leben zu denken.

Das Durcheinander in der Stadt nahm von Minute zu Minute zu. Der Hafenplatz war schon wie leergefegt, alles versuchte, sich in Sicherheit zu bringen. Die engen Gassen waren verstopft, sie nahmen die fliehenden Menschen nicht mehr auf. Im Kloster von San Francisco hofften sie auf Schutz und Sicherheit – obwohl der Böse den heiligen Vätern entkommen war. Frauen kreischten. Kinder schrien nach der Mutter.

Endlich begannen die Hafenbatterien zu feuern, doch das vergrößerte nur noch die Verwirrung, dem Feind schadete es nicht. Und der Feind brach jetzt in den Hafen ein. Francis Drake passierte mit seinem Geschwader unangefochten die Hafeneinfahrt, ein Schiff nach dem andern. Seine Kanonen spien Tod und Verderben, kaum ein Schuß verfehlte sein Ziel. Bald brannte nicht nur der Kauffahrer – bald brannten viele Schiffe.

Aber nicht alle Spanier suchten ihr Heil in der Flucht, nicht alle Galeeren waren von Francis Drakes Geschwader versenkt worden. Zwei waren übriggeblieben, und sie griffen Barend Fokke an, der ihnen in dem engen Hafen nicht auszuweichen vermochte. Zum Glück für ihn konnten sie nicht zum Rammstoß ansetzen, doch sie legten sich längsseits, die Soldaten enterten den „Weißen Schwan von Zwartewaal", von überall schwärmten sie heran.

Barend Fokke versuchte sich aufrecht zu halten – es gelang ihm nicht, er hätte sich mit den Händen an das Schanzkleid klammern müssen. Und obgleich er schimpfte und fluchte, legten sich Hinlopen und Cambys seine Arme um ihre Schultern und brachten ihn in seine Kajüte. Dann stürzten auch sie sich in den Kampf, um ihr Schiff zu verteidigen. Barend Fokke mußte mit anhören, wie die Spanier seine Leute auf das Hüttendeck trieben. Er hörte Adriaen schreien: „Ein paar Minuten noch, gleich sind sie da!" Und er wußte nicht, ob damit die Engländer gemeint waren oder die Spanier. Er hörte nur das wilde Getöse auf seinem Schiff, er ballte die Fäuste, er hätte heulen mögen vor Wut, weil er seinen Leuten nicht zu helfen vermochte in diesem Kampf um Leben oder Tod. Bald überwogen die spanischen Laute, nur noch selten vernahm er seine eigenen Leute. Dumpf polterte es auf dem Deck von dem Füßetrappeln, manchmal der peitschende Schlag eines Musketenschusses dazwischen. Barend Fokke stand der Schweiß auf der Stirn, untätig lagen seine Fäuste auf dem Tisch, die Arme zitterten ihm – er spürte es nicht.

Dann ein Stoß, der sein Schiff erbeben ließ vom Kiel bis in die Masttoppen hinein. Im Schrank klirrte es, ein Stuhl fiel um. Jetzt ist alles vorbei, dachte Barend Fokke, schleppte sich zum Fenster, mußte wissen, was das gewesen war, beugte sich weit hinaus, wollte sehen, ob es Sinn hatte, ins Wasser zu springen. An seiner Bordwand lag ein Schiff, doppelt so hoch wie sein eigenes, es war die „Elizabeth Bonaventura". Er hörte englische Befehle, englische Soldaten schwangen sich an Tauen auf sein Schiff herüber, jagten die Spanier ins Wasser, und bald war das Getöse vorbei.

Adriaen kam in die Kajüte gelaufen. „Barend, es ist Francis Drake selbst, der uns die Galeeren vom Halse geschafft hat!" Barend Fokke nickte. „Ich habe es schon gesehen." Er stützte sich auf Adriaen, als er hinausging, die Schmerzen im Fuß peinigten ihn.

Von der „Elizabeth Bonaventura" rief ihn ein Mann an, es war der berühmte und berüchtigte englische Admiral. Hoch über ihm auf seinem Achterkastell stand er. Er fragte nach Schiff, Name, Ladung und Bestimmungsort, er fragte, wer das gewesen sei, der das Schiff mit der Holzladung in Brand gesteckt habe. „Das habt Ihr ganz vorzüglich gemacht, Kapitän, das ist mehr wert als alle anderen Schiffe, die da brennen. Sie werden es schwer haben, all ihr Salzfleisch und ihren Zwieback einzulagern, wenn sie kommen, um England zu erobern. Ihr habt ihnen eine schöne Portion Faßdauben verbrannt!"

Noch immer donnerten die Kanonen, von den englischen Schiffen wie von den Hafenbatterien. Aber an Land, in der Nähe des Hafens, war es still, kein Mensch mehr zeigte sich dort.

„Ihr dürft Euch bei mir bedanken", schrie ihm der englische Admiral zu, „dafür, daß ich Euch gerettet habe vor den spanischen Galeeren!"

Barend Fokke grinste breit, trotz der Schmerzen in seinem Fuß. „Und Ihr dürft Euch bei mir bedanken, Admiral, dafür, daß ich Euch den Weg in den Hafen von Cadiz ermöglicht habe!"

„Wie das, Kapitän?" Drakes Stimme war anzuhören, daß er seinen Siegeslorbeer mit niemandem zu teilen gedachte.

„Ach, Admiral", und das Grinsen wurde noch breiter auf Barend Fokkes Gesicht, und seine Leute lachten mit ihm, „die Spanier glaubten, einen ganz gefährlichen Teufelskünstler in mir gefangen zu haben, und sie haben wohl auf ein Unglück gewartet. Nun ist es eingetroffen, und sie haben sich kaum dagegen gewehrt."

„Das müßt Ihr mir genauer erzählen, Kapitän; Ihr seid mein Gast an Bord, kommt herüber!"

„Gern, Admiral, wenn Ihr mir vorher Euern Wundarzt schickt, ich bin ein bißchen blessiert."

Das Geschützfeuer erstarb allmählich, nur die Flammen auf den brennenden Schiffen prasselten weiter. Auf der „Elizabeth Bonaventura" wurden Signale gesetzt, das englische Geschwader schickte sich an, den Hafen von Cadiz zu verlassen, und nachdem der Wundarzt an Bord erschienen war, lösten sich beide Schiffe voneinander.

Der Wundarzt, ein vierschrötiger Bursche mit Fleischerfingern und einem Gesicht voller Pockennarben, aber mit vielen Lachfältchen um die Augen, nahm sich Barend Fokkes an. Mit derben Griffen befühlte er dessen Fuß und Schienbein, drückte und zog, daß Barend Fokke laut aufstöhnte, lachte dabei und drückte noch ein bißchen mehr, nickte, sagte: „Ach, nicht so schlimm, nur ein klein wenig gebrochen, weiter nichts, das heilt von ganz allein wieder zusammen, bis Ihr in Ostindien seid. Na ja", fügte er dann hinzu, „bei alledem, was man Euch nachsagt, seid Ihr vielleicht auch etwas eher dort, Ihr sollt ja gewaltig schnell fahren mit Eurem grauen Schiff. Aber wenn Ihr zaubern könnt, dann müßtet Ihr auch zaubern können, daß das Bein schneller heilt als bei einem gewöhnlichen Sterblichen. So, und nun wollen wir mal!" Er fragte nach ein paar Brettchen, zog ein richtiges Seemannsmesser aus dem Gürtel – offensichtlich alles, was er an chirurgischen Geräten bei sich hatte. Das Messer sah aus, als habe der Wundarzt damit eben an dem Kampf teilgenommen oder Mahlzeit damit gehalten. Mit viel Geschick und wenig Aufwand schnitzelte er die Brettchen zurecht, paßte sie Barend Fokkes Bein an, zog noch einmal gewaltig an dem Fuß und schiente dann das Bein. „Das ist alles", sagte er zufrieden, „bald könnt Ihr wieder tanzen!" Dann kümmerte er sich um die Verwundeten.

Als auch „Der weiße Schwan von Zwartewaal" den Hafen von Cadiz hinter sich hatte, ließ sich Barend Fokke an einem Tau in sein Boot hineinfieren und zur „Elizabeth Bonaventura" hinüberrudern.

Kapitel zehn

Auf dieser Fahrt ging Barend Fokke noch manches gegen den Strich. Er schob es darauf, daß er sich wegen seines gebrochenen Beines nicht selbst um alles kümmern konnte. Mühselig hinkte er an Deck, um dabeisein und eingreifen zu können, wenn irgend etwas Besonderes war. Er hatte sich einen Stuhl vor den Besan stellen lassen, hockte mißvergnügt dort, das gebrochene Bein hochgelegt, versuchte dann und wann ein paar Schritte, doch es stach so jämmerlich in dem Bein, daß er es bald wieder sein ließ, knurrte in sich hinein, schimpfte laut, wenn ihm jemand über den Weg lief, wartete aber gleichzeitig darauf, daß jemand käme, mit dem er ein paar Worte wechseln konnte.

Vor der afrikanischen Goldküste gerieten sie in einen Sturm, wurden fast auf die Küste geworfen. Der Sturm holte ihnen ein paar Stengen herunter, und Barend Fokke fluchte, daran wären nur diese verdammten

Herren vom Heiligen Offizium schuld – er müsse hier stillsitzen und zusehen, wie ihm der Sturm das Schiff kaputtschlage.

Das nächste Unglück traf sie am Kap der Guten Hoffnung. Sie lagen lange in einer Flaute und fanden nicht die richtige Strömung, kreuzten mühselig, während ihnen die Segel am Mast flappten. Und dann auf einmal ging es los, einer der Leute wurde über Bord gerissen. Er hatte die Bovenblinde klarmachen sollen, hatte nicht aufgepaßt, als das Schiff mit einemmal krängte, fand keinen Halt mehr und fiel ins Wasser. Auch Barend Fokke hörte ihn schreien. Er sprang auf, er dachte nicht mehr an sein Bein, aber der Schmerz war so scharf, daß er sofort wieder in seinen Stuhl sank. „Werft einen der Hühnerkäfige über Bord!" schrie er, „damit wir die Stelle wiederfinden!"

Zwei, drei Mann machten einen der Käfige los, jagten die Hühner hinaus, die wie wild geworden auf Deck herumzuflattern begannen, die kakelten und die Aufregung an Bord noch mehr vergrößerten. Dann klatschte der Hühnerkäfig ins Wasser. Die Rahen wurden backgebraßt, damit das Schiff Fahrt verlor. Barend Fokke fluchte: „Verdammte Schweinerei! Das erste, was er kriegt, wenn er wieder an Bord ist, das ist die Neungeschwänzte, und das ordentlich!" Aber er hinkte zum Schanzkleid, hielt sich mühsam gerade auf dem schwankenden Deck und schaute nach dem Verunglückten aus. Er sah ihn nicht mehr, das Wasser war zu unruhig, kleine Kabbelwellen mit Schaumkrönchen oben drauf nahmen ihm die Sicht. Nur den Hühnerkäfig nahm er noch wahr.

Langsam verlor das Schiff Fahrt. „Macht, macht, wann setzt ihr denn endlich das Boot aus?" Barend Fokke war ungeduldig. Er hatte dem über Bord Gefallenen zwar eine Tracht Prügel angedroht für seine Unachtsamkeit, aber er würde keinen seiner Leute im Stich lassen. Sie lösten das Boot schon aus seiner Verlaschung, schäkelten es an, fierten es über Bord. Einer der Leute war in die Großmars gestiegen und dirigierte das Boot zu der Stelle, wo der Hühnerkäfig auf dem Wasser dümpelte. Das Boot fand den Mann jedoch nicht gleich, es beschrieb immer größer werdende Kreise um die Stelle, wo der Hühnerkäfig schwamm. Die Zeit verging, und wieder fluchte Barend Fokke über die schlafmützigen Burschen im Boot, die nicht einmal imstande wären, einen im Wasser treibenden Mann zu finden. Schließlich, nachdem sie es schon fast hatten aufgeben wollen, entdeckten sie ihn, nahmen ihn ins Boot und ruderten zum Schiff zurück. Der Mann war blaß, erschöpft, er war nicht mehr in der Lage, allein die Jakobsleiter hochzusteigen, und wurde mitsamt dem Boot hereingehievt. Barend Fokke knurrte ihn gutmütig und froh über dessen Rettung an: „Hol dir einen ordentlichen Schnaps ab, wenn du wieder laufen kannst, und dann hau dich in die Koje!" Die Tracht Prügel war vergessen. Und er verschwand selbst in seiner Kajüte und haderte mit sich und seinem Schicksal, das ihn dazu verdammt hatte, mit gebrochenem Bein dazusitzen und nicht tun zu können, was nötig war. Er sah sich schon auf einem Riff festgefahren, wenn das so weiterging.

Als sie endlich in Palem Koneng waren, empfing ihn Hang Djaran mit der Mitteilung, vor der Nordküste von Java sei ein spanisches Geschwader aufgetaucht. Auch der König in Banjuwangi wisse davon, er habe seine Boten ausgeschickt, damit man überall an der Küste wachsam sei und die Kanonen gebrauche, wenn die spanischen Schiffe landen wollten. Es heiße, das spanische Geschwader habe es auf den Tuwan Kapitän abgesehen. Barend Fokke war davon überzeugt, daß es Cabeza war, der ihm hier auflauern wollte.

Und weil er spät dran war in diesem Jahr, geriet Barend Fokke so richtig in den Herbstmonsun hinein. Auf der Rückfahrt erwischte sie ein Regenschauer nach dem andern. Es war ein Regen, wie er ihn noch nie erlebt hatte. Jetzt vermochte er sein Pech nicht mehr auf das gebrochene Bein zu schieben, denn das war inzwischen wieder geheilt. Es war, als versuche Barend Fokke all die Wochen des Stillsitzens wettzumachen dadurch, daß er pausenlos auf den Beinen war. Hinlopen und Cambys witzelten trotz der schlechten Laune, in der sich Barend Fokke befand: „Der Kapitän macht diese Rückreise ganz zu Fuß, wie es scheint. Und für uns alle wär es besser, er würde dann wenigstens den Landweg gehen, dann könnte er uns in Ruhe lassen. In Indien und in Persien soll es auch sehr schön sein!" Barend Fokke bemühte sich, die Sticheleien zu überhören, schnob verächtlich durch die Nase, maß die beiden mit finsteren Blicken, sagte nichts, stand im Regen, naß bis auf die Haut, und fluchte noch immer auf die Inquisition.

Endlich war auch diese Fahrt zu Ende, endlich lag das Schiff im Hafen von Amsterdam festgemacht. Aber der Ärger nahm kein Ende. Die Kaufleute waren noch zurückhaltender geworden. Barend plagte sich redlich, seine Waren abzusetzen. Er ließ sich zwischendurch von Stine aufmuntern und verwöhnen, spielte mit der Tochter, die nicht von seiner Seite wich, nahm Willem mit aufs Schiff, lehnte aber entschieden ab, als der bat, ihn bei der nächsten Fahrt mitzunehmen. „Du mit deinen fünfzehn Jahren, du gehörst auf die Schulbank, ich brauche Männer auf meinem Schiff!" Und als sich Stine ins Mittel legte: „Wann bist denn du zur See gegangen, wie alt warst du da?", versteifte er sich noch mehr: „Ich!" fuhr er auf, „ich! Ich bin ich, und Willem ist Willem! Er soll erst was lernen, bevor er die Füße auf die Planken eines Schiffes setzt!" Hinterher jedoch dachte er über sein Verhalten nach, und er sagte sich, daß er zu weit gegangen war. In einer ruhigen Stunde nahm er sich Willem vor und versprach ihm, ihn bei der nächsten Fahrt mitzunehmen. „Wenn du im Sommer in Zwartewaal bist", sagte er zu Stine, „brauchst du ihn ja sowieso nicht."

Der Hinweis auf Zwartewaal war nicht frei von Eifersucht, er spürte das viel weniger als Stine. Und Stine begann zu erzählen von Zwartewaal, aber das änderte nichts daran, daß er nicht selbst dort sein konnte. Er horchte auf, als sie den alten Witsen erwähnte. Nun ja, zu mehr als zu einem halbfreundlichen Kopfnicken hatte es nicht gereicht – aber immerhin. Und er sagte sich – zum wievielten Male? –, irgendwie mußt du diese Geschichte zu einem guten Ende bringen.

Er sprach einige Tage später mit Adriaen darüber, aber als ihm Adriaen sagte, *er* müsse den Anfang machen, *er* sei es gewesen, der beim letztenmal etwas falsch gemacht habe, da war es mit Barend Fokkes Hoffnung wieder vorbei. Es war vorbei, weil er nicht wußte, wie er das anstellen sollte, ohne dabei sein Gesicht zu verlieren. Er würde ja gern alles tun, um die Geschichte endlich aus der Welt zu schaffen. Aber wie das anfangen?

In diesen Tagen brachte ihm ein Lehrling aus dem Handelshaus van Beerstraten einen Brief, eine Einladung, in dem Kontor der Reederei vorzusprechen. Barend Fokke saß über dem Schreiben, versuchte zu erraten, worum es sich wohl handeln könnte. Dachte an seine Pläne mit Java. Wußte van Beerstraten inzwischen mehr davon? Gab es hier Möglichkeiten der Zusammenarbeit? Er rief nach Stine, fragte sie, aber mit ihrem Rat war er nicht einverstanden. „Geh doch einfach hin, dann weißt du es!" sagte sie.

Barend Fokke sah sie groß an: „Geh doch hin, geh doch hin! Will ich von ihnen etwas, oder wollen sie etwas von mir? Ich denke nicht dran, hinzugehen! Ich werde den Teufel tun und mich verschenken!"

Cabezas Bemühungen hatten Früchte getragen, zumindest beim jungen van Beerstraten. Früchte allerdings, die Cabeza nicht schmecken würden. Als Cabeza bei Beerstraten vorsprach, hatte der ihm für die Informationen gedankt und sich die Hände gerieben. Nun wußte er, wie weit Barend Fokke schon war. Er würde diesen Teufelskapitän schon weich klopfen, und wenn er seine Fäden bis nach London und Bremen und Hamburg spinnen mußte. Dieser Barend Fokke würde sich noch wundern, genauso wie dieser Hidalgo Cabeza, der ihn leichtsinnigerweise etwas von einem gewissen Michiel Klaeszoon hatte wissen lassen, einem Mann von Barend Fokkes Schiff, mit dem angeblich etwas anzufangen sei. Nun ja, auch davon würde man im rechten Augenblick Gebrauch zu machen verstehen, im äußersten Notfall, wenn alles gute Zureden versagte.

Barend Fokke folgte der Einladung der Reederei van Beerstraten nicht, aber er wartete darauf, daß sie sich noch einmal meldeten. Laß sie dreimal bitten, sagte er sich und sagte es auch zu Adriaen. Wer was wert ist, macht sich rar. Ein bißchen unruhig war er schon in diesen Tagen. Er hatte das Gefühl, es ginge aufs Ganze, van Beerstraten ginge aufs Ganze. Das Gefühl war unbestimmbar, er hatte keinen rechten Angriffspunkt, weil er nicht wußte, was von seinen Plänen mit Java dem Hause van Beerstraten bekannt war und was die vorhatten. Kam das seinen Plänen zugute oder nicht?

Er trieb sich viel im Hafen herum, war auf seinem Schiff, nahm Willem mit, um ihm dies und das beizubringen, für die große Reise, und suchte so Unruhe und Neugier zu überwinden. Er hatte seine Freude an der Beschäftigung mit dem Jungen. Im stillen gestand er sich ein, daß sein Sohn Willem, den er vor kurzem noch als einen Schuljungen bezeichnet hatte, fast ein Erwachsener geworden war. Sie kabbelten sich manchmal ein wenig, doch ohne Boshaftigkeit und ohne Schärfe. Barend Fokke verlockte Willem durch Argumente zu Gegenargumenten, das Weltbild Willems hatte zwar noch manche Lücke, aber später einmal würde der Sohn in seine Fußtapfen treten.

Er nahm Willem auch mit zur Werft, wo er immer etwas zu bestellen hatte. Außerdem war Adriaens Schiff dort in Bau, und er nahm Anteil daran wie an seinem eigenen. Und ohne daß Willem bis jetzt zur See gefahren war, zeigte es sich, daß er zumindest mitreden konnte, wenn von Schiffen und Segeln und Masten und Takelwerk die Rede war.

Eines Tages, als er am Nachmittag von seinen Gängen zurückkehrte, empfing ihn Stine mit der Nachricht, der junge Herr van Beerstraten wäre heut selbst dagewesen, und er werde am Abend noch einmal wiederkommen. Er sei sehr freundlich und höflich gewesen und habe eine große Bitte, die zu erfüllen für den Kapitän Fokke sicher sehr leicht und außerdem äußerst vorteilhaft sei.

„Zieh dir deinen guten Rock an, Barend", sagte Stine nach dem

Abendessen, „der junge Herr van Beerstraten wird bald dasein!“ Belustigt über ihren Eifer, fragte er: „Meinst du etwa den, den ich beim König von Balambangan angehabt habe?“

Der junge van Beerstraten stellte sich bald ein, und Barend Fokke empfing ihn betont jovial: „Womit kann ich denn dem berühmten Hause van Beerstraten dienen, wenn überhaupt?“ Er bat ihn herein, führte ihn zum Ehrenplatz, rief nach Stine, damit sie dem jungen Herrn etwas vorsetze, und betrachtete ihn abwartend.

Der junge van Beerstraten tat forsch und selbstbewußt, aber er war unruhig. Ob er sich in seiner Rolle nicht ganz wohl fühlt? fragte sich Barend. Warum er sich nur andauernd mit spitzen Fingern an der Halskrause herumzupft?

Stine brachte einen Krug und ein paar Becher, ging wieder hinaus. „Nun, was führt das Haus van Beerstraten zu mir?“ fragte Barend Fokke erneut.

Der junge van Beerstraten lächelte ein bißchen, zeigte sich geschmeichelt, spielte an den Spitzenärmeln, machte ein bedeutendes Gesicht, winkte lässig ab, sagte: „Es ist ja nicht nur das Haus van Beerstraten, das mit Euch handelseins werden möchte“, und zählte vier, fünf weitere Namen auf von Handelshäusern und Reedereien, die in Amsterdam, in Rotterdam und in Maassluis zu Hause waren und nicht nur dort einen wohlbekannten Namen hatten.

Barend Fokke horchte auf. „Ja, was wollt Ihr denn von mir?“ Die Behinderungen kamen ihm in den Sinn, denen er seit längerer Zeit ausgesetzt gewesen war, die Schwierigkeiten, die ihm entstanden waren, wenn er zurückgekehrt war und seine Ladung versucht hatte abzusetzen. All das sprach nicht gerade dafür, daß van Beerstraten und die anderen auf das eingehen würden, was er vorhatte. Aber er könnte es ja darauf ankommen lassen. Vielleicht würde er mit ihnen doch handelseins. Trotz aller bisherigen Behinderungen.

Der junge van Beerstraten lächelte von oben herab. Lächle du nur, sagte sich Barend Fokke, schließlich willst du etwas von mir. Er trank ihm zu, und der junge van Beerstraten tat es ihm gleich. Dann sagte er: „Wenn ich – oder wenn das Haus van Beerstraten zu Euch kommt, dann deshalb, weil wir glauben, es gibt da alte Verbindungen, die wir neu knüpfen sollten. Zu Euerm Onkel, dem Kapitän van Wassenaer, haben wir mehr als nur eine nüchterne Geschäftsverbindung unterhalten. Wäre es nicht schön, wenn es zwischen uns so etwas Ähnliches gäbe?“

Fokkes Mißtrauen wuchs. Er wußte, wer ihm hier zu Haus das Leben schwer machte. Hat er den Onkel erwähnt, um mir klarzumachen, wohin ich seiner Ansicht nach gehöre? „Hat denn mein Onkel mit den anderen Handelshäusern ebenfalls zu tun gehabt?" fragte er und tat verwundert.

Nun lachte der junge van Beerstraten laut auf. „Das freilich nicht", sagte er, „aber ich bringe Euch einen Vorschlag, der bestimmt Euern Beifall findet. Also, um es kurz zu machen", er nahm noch einen großen Schluck aus dem Becher, als wolle er Barend Fokke auf die Folter spannen, als wolle er dem, was er zu sagen hatte, durch die Pause die rechte Bedeutung geben.

„Also kurz", sagte der junge van Beerstraten noch einmal, „Ihr seid ein erfahrener und ein befahrener Mann, der die Welt gesehen hat. Ihr wißt, was draußen los ist, Ihr wißt, wie mit dem Spanier umzugehen ist" – er lachte erneut und zwinkerte Barend Fokke zu –, „und Ihr kennt Spaniens überseeische Besitzungen. Kurz und gut: Wir sind zu der Überzeugung gelangt, daß es für uns Niederländer besser sein müßte, wenn nicht jeder für sich handelt und in die Welt fährt, sondern wenn wir das gemeinsam und nach einem Plan oder nach einer Absprache tun."

Aha, dachte Barend Fokke, und: Es ist ja wirklich kein Wunder, daß es sich herumgesprochen hat, wie ich mein Geschäft aufgezogen habe. Und was ich damit vorhabe, das scheint er auch zu ahnen, es sieht fast so aus, als wollten sie das noch schnell vorher in die eigne Tasche stecken. Er lächelte in sich hinein, der junge van Beerstraten sah es und deutete es falsch. Er fuhr fort: „Ihr habt so große Erfahrungen auf diesem Gebiet und so große Erfolge, daß es eigentlich nur natürlich ist, wenn wir – zu unser aller Nutzen selbstverständlich – an Euch gedacht haben, Kapitän. Stellt Euch vor, wie das sein könnte, wenn diese Handelshäuser alle zusammenarbeiten, stellt Euch vor, wie viele Schiffe dann für uns unterwegs sein könnten, stellt Euch vor, daß wir niemand andern in unsere gemeinsamen Interessengebiete hineinzulassen brauchten – stellt Euch vor, welchen Gewinn wir gemeinsam aus diesem Vertrag ziehen könnten. Denn einen Vertrag würden wir mit Euch schließen, das schwebt uns allen vor. Wir würden eine Handelsmacht darstellen, die von niemandem mehr unterzukriegen wäre!"

Barend Fokke nickte zu den Worten des jungen van Beerstraten, er lächelte immer noch. Und er überlegte. Er hat zwar Niederlande gesagt, aber er meint die Handelshäuser. Und die meine *ich* nicht. Handelsmacht hat er gesagt. Aber für seine Tasche. Nicht für die Niederlande.

Nein, das war ihm denn doch zu plump. Mit ihm würden sie das nicht machen. Durch ihn sollten nicht irgendwelche Handelshäuser reich werden. „Über welche Erfahrungen verfügen eigentlich die Häuser, die Ihr vertretet, seit wann sind die im Ostindienhandel?"

Der junge van Beerstraten begann wortreich zu erklären, welche Verbindungen ihre Schiffskapitäne schon angeknüpft hätten, aber am Ende kam doch heraus, daß Barend Fokke der Gebende sein sollte. Beerstraten schloß damit, daß er sagte: „Und nun nehmt noch dazu, was Ihr selbst aufgebaut habt in Java und auf den Gewürzinseln. Wenn wir dort einen richtigen Stützpunkt für unsere Schiffe errichten, mit Dienern, mit Soldaten vielleicht, die uns gegen eventuelle Übergriffe von Eingeborenen, Spaniern, Portugiesen, Engländern, was weiß ich, schützen, dann sind wir unantastbar, dann haben wir bald den gesamten Ostindienhandel in unseren Händen. Lohnt es sich nicht, so etwas aufzubauen?"

Barend Fokke lächelte nicht mehr. Er weiß also sogar etwas von meinen Kanonen und von meinem Feldhauptmann. Wo hat er das nur her? „Ja, lohnen würde sich das schon", sagte er langsam, „für Euch und die andern Handelshäuser. Ob für mich auch, weiß ich noch nicht!" Der letzte Satz war schon nicht mehr im Plauderton gesagt. Er war sich inzwischen klargeworden darüber, daß aus dem Gedanken, sich mit van Beerstraten zu verbinden, nie etwas werden würde. Er mußte seinen Weg weiter allein gehen. Ohne die van Beerstratens, *gegen* sie sehr wahrscheinlich sogar. „Ihr denkt doch sicher auch an gemeinsame Bücher, an gemeinsamen Gewinn?"

Der junge van Beerstraten beeilte sich einzuwerfen: „Natürlich, das ist doch der große Vorteil, wenn jemand wirklich einmal Schaden erleiden sollte, daß die andern ihn mittragen!"

Barend Fokke ärgerte sich über die Scheinheiligkeit des jungen van Beerstraten. „Ich brauche aber Eure Unterstützung gar nicht. Wenn ich Schaden gehabt habe, dann habe ich ihn bis jetzt immer allein getragen, und so wird es auch bleiben. Ich glaube, das einzige, was Euch interessiert, das sind meine Handelsstützpunkte, weil Ihr nichts dergleichen aufzuweisen habt. Was ich mir erarbeitet habe, das wollt Ihr gern einstecken. Nein, aus diesem Geschäft wird nichts, sagt das bitte Euern Freunden. Ich habe anderes damit vor."

Der junge van Beerstraten hörte sich das alles mit Gleichmut an, er machte noch immer ein zuversichtliches Gesicht. „Kapitän", begann er jetzt mit seinem freundlichsten Lächeln, „eigentlich ehrt Euch Eure

254

Haltung nur, sie zeigt mir doch, daß Ihr nichts Übereiltes tut, daß Ihr überlegt, bevor Ihr handelt. Und ich bin sicher, daß Ihr Euern Entschluß noch nicht endgültig gefaßt habt, daß Ihr vor allem", und Barend Fokke bemerkte, wie sich der Gesichtsausdruck des jungen van Beerstraten leicht veränderte, „überlegen werdet, ob es in manchen Zeiten für einen einzelnen nicht zu schwer ist, alle die Waren gut an den Mann zu bringen, die er auf der anderen Seite der Erde erhandelt hat."

Barend Fokke stand auf, langsam, bedächtig. Es kostete ihn Mühe, ruhig zu bleiben. Am liebsten hätte er den jungen Herrn van Beerstraten am Kragen gepackt. „Mijnheer van Beerstraten", sagte er, „jetzt habe ich aber doch das Gefühl, daß Ihr besser geht und Euern Vorschlag ganz schnell vergeßt. Ich jedenfalls habe Euch nichts mehr dazu zu sagen, gar nichts!"

Der junge van Beerstraten erhob sich, es war ihm nicht anzusehen, ob ihn der Hinauswurf beeindruckte. Als er schon in der Tür stand, sagte er: „Kapitän, Ihr solltet Euch gut überlegen, was Ihr tut, Ihr solltet Euch nicht gegen uns stellen. Wir sind viele, Ihr seid nur einer, wir werden bestimmt Euer Herr, am liebsten natürlich im guten. Überlegt Euch das, wenn Ihr weiter Euern Handel treiben möchtet! Vielleicht sagt Ihr uns in ein paar Tagen Bescheid, wenn Ihr Euch besonnen habt."

Barend Fokke wartete, bis Beerstraten gegangen war, dann schloß er die Tür, ging im Flur auf und ab, überlegte. Stine kam heraus, sie wollte wissen, was geschehen war, und er erzählte ihr, was für ein Ansinnen sie gestellt hatten. Sie versuchte ihm zuzureden, vielleicht wäre das gar nicht schlecht gemeint, wie er das auffasse, aber Barend Fokke war nichts als Ablehnung.

Am selben Abend noch ging er zu Adriaen, berichtete ihm, was vorgefallen war, beriet sich mit ihm. Adriaen fand es richtig, daß er Beerstraten eine Abfuhr erteilt hatte. Er fand jetzt auch Barends Vorschlag, im Winter zu fahren, annehmbar. Konnten sie ihre Waren im Frühjahr anbieten, würden sie auf jeden Fall Abnehmer finden, mochte Beerstraten noch so viele Intrigen spinnen. Sie begaben sich sogar noch zum Schiff, holten sich die Seekarten und gingen wieder zu Adriaen zurück – im Schiff war es kalt und ungemütlich. Sie überlegten, welche Fahrtroute sie einschlagen wollten, wenn sie eines Tages auch im Winter Amsterdam verließen, vielleicht im nächsten Jahr schon, wenn Adriaens Schiff fertig war. Und auch die Übergabe der Handelsstützpunkte an die Niederlande wollten sie beschleunigen.

Sie redeten sich so sehr in Eifer, daß die Nacht darüber verstrich.

Etwas von der alten Entdeckerfreude, die ihn vor Jahren hinausgetrieben hatte, war wieder über Barend Fokke gekommen, etwas von dem Forschergeist, der in den letzten Jahren zurückgedrängt worden war durch den Reiz des Geldverdienens. Er fühlte sich zehn, fünfzehn Jahre jünger, als er endlich am andern Morgen nach Hause zurückkehrte. Er war wieder voller Unternehmungslust und voller Tatendrang, er war dabei, die Welt erneut für sich zu entdecken. Am liebsten wär er noch am selben Tag mit dem „Weißen Schwan von Zwartewaal" in See gegangen.

In diese Hochstimmung hinein platzte ein paar Tage später eine böse Nachricht. Einer seiner Leute brachte sie. Sie saßen gerade am Frühstückstisch. Barend Fokke machte mit Willem Pläne, rechnete ihm vor, wann er in der Lage wäre, selbst ein Schiff zu führen, ein Schiff natürlich der Kompanie Fokke und Witsen. Stine und die Tochter lächelten sich an dabei, es war ja noch so viel Zeit bis dahin. Barend Fokke merkte es, lachte, sagte: „Und dein Mann, Töchterchen, wird auch einer meiner Kapitäne sein, einen andern bring mir ja nicht ins Haus!" Da hörte er draußen im Hausflur jemanden schreien. „Kapitän, Kapitän, wo bist du denn? Das Schiff!"

Barend Fokke sprang auf, lief nach draußen, fragte: „Was ist denn?" Stine und die beiden Kinder sprangen ebenfalls auf.

„Es sinkt!"

Barend Fokke wurde weiß im Gesicht. „Was sagst du da?"

„Mannshoch steht das Wasser schon im Schiff, ich hab's eben gesehen, ich komme gerade von dort."

Wie er war, stürzte Barend Fokke los, kehrte noch einmal um, rief Willem zu: „Sag allen Leuten Bescheid, vor allem Adriaen, ich brauche sie auf dem Schiff!" und rannte, so schnell er konnte. Er sah es schon von weitem, daß das Schiff tiefer im Wasser lag. Er vermochte es nicht zu fassen. Wie war das geschehen?

Er stieg in den Laderaum. Es stimmte, fast mannshoch stand das Wasser. Er holte sich eine Lampe, leuchtete die Schiffswände ab. An einer Stelle sprudelte es, dort mußte das Leck sein. Es sprudelte gewaltig, also war es ein ziemlich großes Leck. Aber ein Leck entsteht doch nicht von selbst, sagte sich Barend. Alles in ihm bebte, er vermochte das nicht zu fassen. Sein Schiff. Sie haben mein Schiff angebohrt oder leckgeschlagen. Wer nur ist zu so etwas fähig?

Er sagte kein Wort, nur die Backenknochen mahlten heftig. Sein Schiff. Was hatte er ihnen getan? Er hatte nur eine Antwort: der junge

17   Holländer

van Beerstraten. Er sträubte sich dagegen, das zu glauben, aber er wußte keine andere Antwort. Er hätte am liebsten geheult vor Wut und ohnmächtigem Zorn. Wenn sie das gewesen waren – wie sollte er ihnen das beweisen?

Adriaen kam angelaufen, bald waren alle seine Leute versammelt. Einer nur fehlte: Michiel Klaeszoon; sie achteten nicht darauf. Am Bollwerk sammelten sich Neugierige. Barend Fokkes Männer standen da, starrten in den Laderaum, der sich immer mehr mit Wasser füllte. Endlich brüllte Barend Fokke sie an: „Was steht ihr hier herum? Dazu hab ich euch nicht hierhergeholt. Los, an die Pumpen!" Und er machte selbst den Anfang.

Cambys sagte gelassen: „Na, dann wollen wir mal den Amsterdamer Hafen durchs Schiff pumpen. Und wenn wir fertig sind, dann noch mal von vorn!" Niemand lachte. Hinlopen zog sich zögernd aus, als überlege er noch. Dann verschwand er im Wasser dort, wo es sprudelte, tauchte nach ein paar Sekunden wieder auf, holte Luft, verschwand erneut. Und dann hatte er's gefunden, sie sahen es alle an seinem Gesicht. Er ließ sich einen großen Klumpen Werg geben und verschwand zum drittenmal im Wasser, blieb bedenklich lange unten. Als er wieder oben war, sagte er nur: „Nun brauchen wir doch wenigstens nicht den ganzen Amsterdamer Hafen durchs Schiff zu pumpen", schüttelte sich und stellte sich dann ebenfalls an die Pumpen. „Damit ich wieder warm werde!"

Barend Fokke war erleichtert, das schlimmste war erst einmal abgewendet. Da legte ihm Adriaen die Hand auf die Schulter. „Komm mit, Barend!" sagte er, und sein Gesicht verhieß nichts Gutes. Er ging mit ihm zu den Backbordgroßwanten, wies nach außenbords, und es gab Barend Fokke einen Stich, als er es sah: Die Wanten waren alle angeschnitten. Ein heftiger Windstoß, und der Großmast bräche um.

„Diese verfluchten Schweine, diese verfluchten Schweine!" Barend Fokke glaubte, daß er es schrie, aber er flüsterte es nur, Adriaen verstand kaum, was er sagte.

Wie gelähmt stand er da, starrte ins Wasser. Adriaen faßte ihn endlich am Arm. „Barend, wir müssen was tun!" Langsam wandte der sich um, schlurfte zu den Pumpen, packte mit an, ließ seine ganze Wut an den Pumpen aus, trieb so seine Leute an, die erlahmen wollten, ließ nicht nach, ließ sich nicht ablösen, arbeitete, daß ihm die Lungen keuchten, arbeitete, bis sie das Wasser so weit gesenkt hatten, daß das Leck freilag und sie es notdürftig verschalken konnten. Zum Glück war es nicht unmittelbar am Kiel, sondern seitlich an der Bordwand.

Dann bückte er sich, hob etwas auf, zeigte es herum: Ihm und den andern war nun klar, wer das gewesen war. Barend hatte Michiel Klaeszoons Seemannsmesser gefunden, zwischen einem Spant und der Beplankung klemmte es. Barend Fokke schüttelte den Kopf, glaubte noch nicht daran, daß einer seiner Leute zu so etwas imstande gewesen war. Freilich – der Tag damals, als sie karfreitags ausliefen. Und so manches andere, das plötzlich Gewicht erhielt. Und dann redeten sie alle durcheinander, jeder wollte etwas wissen von Michiel Klaeszoon, wollte etwas gesehen haben, fragte sich, wieso man eigentlich nicht lange schon...

Barend Fokke mochte das alles nicht mehr mit anhören, er konnte es nicht mehr hören, am liebsten hätte er sich die Ohren zugehalten, er stand dem fassungslos gegenüber. Vielleicht hing das doch alles ganz anders zusammen. Er wollte nicht, daß es Klaeszoon gewesen war. So lange waren sie zusammen gefahren. Natürlich, wenn es mit jemandem Reibereien gegeben hatte, wenn sich jemand zuweilen seltsam verhalten hatte, dann war das Michiel Klaeszoon gewesen. Aber dennoch ... Er wandte sich schließlich ab, mußte mit seinen Gedanken, Überlegungen, Befürchtungen allein sein.

Später bat er den Werftmeister zu sich, den Klabautermann mit den braunen, wie bröckeligen Zähnen, zeigte ihm, was geschehen war, und der Werftmeister war nicht weniger betroffen als Barend Fokke. „Könnt Ihr das hier reparieren, oder soll ich lieber zur Werft mit dem Schiff?"

Der Werftmeister wiegte bedächtig den Kopf, rüttelte vorsichtig an den Wanten. „Ich nehme an, Euch ist es lieber, wenn ich das in der Werft repariere?" Barend Fokke nickte. „Nun gut, dann werden wir den Großmast notdürftig befestigen, und dann müßt Ihr sehen, daß Ihr jemanden findet, der Euch das Schiff in die Werft schleppt, segeln könnt Ihr das nicht!"

Wieder nickte Barend Fokke wortlos. Er fand jedoch niemanden, der ihm sein Schiff in die Werft schleppte. Nicht einmal ein Boot erhielt er, um es mit seinem eigenen Boot zusammen vorzuspannen, er mußte eins von der Werft ausborgen. Dann setzte er sich selbst mit an die Riemen, und es war eine stundenlange Schinderei, bis „Der Weiße Schwan von Zwartewaal" in der Werft war.

Seine Leute blieben dort, halfen mit, das Schiff wieder seetüchtig zu machen.

Barend hatte überlegt, ob er zur Stadtpolizei gehen sollte. Er fand es sinnlos. Wenn er Michiel Klaeszoon kriegen wollte – und das wollte er –, dann mußte er sich schon selbst darum kümmern. Aber das hatte Zeit. Jetzt nach Amsterdam zurückzufahren widerstrebte ihm. Er bat den Werftmeister, Proviant zu beschaffen; sofort nach Abschluß der Reparatur wollte er auslaufen, er hatte sogar Stine nahegelegt, das Haus zu verkaufen, sie sollte woanders hinziehen, nur weg von Amsterdam, das ihm verleidet war. Aber wohin, das wußte er auch nicht zu sagen. Wieder nach Zwartewaal? Er wünschte es, aber er sagte nichts davon.

Adriaen stellte er frei, mitzukommen oder auf sein Schiff zu warten, das im Frühjahr fertig sein würde. Adriaen überlegte jedoch nicht lange, er machte diese Reise mit.

Nur einer freute sich so richtig auf das, was ihm nun bevorstand, und das war Willem. Barend Fokke wäre es lieber gewesen, seinen Sohn bei dieser Reise, die mehr denn je eine Reise ins Ungewisse sein würde, nicht dabei zu haben. Er redete ihm zu, die Mutter würde ihn jetzt brauchen, er sei doch schon fast ein Mann, sie sei auf seine Hilfe angewiesen. Willem bat nicht und bettelte nicht, aber er sah seinen Vater so unglücklich an, daß es Barend Fokke schließlich doch nicht übers Herz brachte, ihn daheim zu lassen. Und so blieb es eben dabei: Willem machte diese Reise mit.

Sowie alle Arbeiten erledigt waren, sowie die nötige Ausrüstung vollzählig an Bord war, warf er die Leinen los. Der Abschied von Stine war anders als sonst. Lange sahen sie sich an, hielten sich an den Händen wie junge Liebesleute. „Gib mir gut auf Willem acht!" Und nun doch: „Geh nach Zwartewaal zurück, Stine. Du weißt, was mir daran liegt!"

Und wieder hatten die Leute in der Stadt etwas zu reden: Jetzt fuhr er sogar schon über Winter hinaus! Wie sollte das nur enden mit ihm, mit dem Fliegenden Holländer, mit seinem grisen Schiff! Daß auf der Werft des Klabautermanns ein paar Tage später ein Feuer ausbrach, erfuhr er nicht mehr. Genausowenig wie Adriaen erfuhr, daß dabei auch sein fast fertiges Schiff mit verbrannte.

Kapitel elf

Nun war er wieder draußen. Die Bramsegel hatten sie weggenommen, die Marssegel gerefft, die Bramstengen und -rahen waren sogar heruntergeholt worden, um es dem Schiff leichter zu machen, sich wieder aufzurichten, wenn die Böen heranheulten, das Schiff schräg legten, das Leeschanzkleid fast unter Wasser drückten. Eis bildete sich am Takelwerk, verwandelte das Deck in eine Rutschbahn, auf der man sich nur zu halten vermochte, weil Manntaue gespannt worden waren. Die abnehmbaren Stengen und Bramrahen – auch das hatte Barend Fokke ersonnen. Seine Leute hatten zunächst den Kopf geschüttelt und gesagt: „Warum fährt er mit Bramsegeln, macht sie aber so, daß er sie abnehmen kann; dann braucht er sie doch gar nicht erst?" Jetzt wußten sie, wozu das gut war. Durch den Eisbelag wäre das Schiff so kopflastig geworden, daß es womöglich gekentert wäre, jetzt jedoch richtete es sich stets wieder auf, wenn auch langsam.

So schnell wie möglich wollte Barend Fokke nach Süden, in wärmere Gewässer, in besseres Wetter. Dennoch hatte er vor, Westindien einen Besuch abzustatten. Nicht um sich lange dort aufzuhalten, sondern nur um herauszubekommen, wie es dort aussah, ob es stimmte, was sie alle von diesen sagenhaften Inseln erzählten, von Gold, von Edelsteinen, von Schätzen, die die spanischen Silberschiffe herüberbrachten. So schnell wie möglich wollte er die Südspitze des amerikanischen Kontinents umrunden. Dort war jetzt Sommer, jetzt war die günstigste Zeit, dieses Kap zu meistern. Nach allem, was er wußte, war es weit gefährlicher als das Kap der Guten Hoffnung.

Barend Fokkes Leute hatten schwer zu schuften. In solchem Wetter waren sie noch nicht draußen gewesen. Regenschauer, Schneesturm von früh bis abends. Keiner mehr hatte einen trockenen Faden am Leib. Das Schiff arbeitete so schwer, daß sie es nicht wagten, Feuer in der Kombüse zu unterhalten. In allen Räumen war es jämmerlich kalt. Und dennoch fror nicht einer – sie durften die Pumpen nicht verlassen, andauernd kam Wasser über von den schweren Brechern, die das Deck überfluteten. Nicht alles lief wieder ab – irgendwie fand es den Weg in das Innere des Schiffes. Barend Fokke schonte seine Leute nicht und auch nicht Willem. Mit blutenden Händen mußte er mit an die Pumpen, mit blutenden Händen mit in die Takelage und mit diesen Händen abends Tagebuch führen, wie es Barend Fokke selbst tat. Und Willem strengte sich an, es seinem Vater recht zu machen, er zeigte nicht, wie schwer es ihm zuweilen fiel, nach der Arbeit am Tag auch noch am Abend die Gedanken zusammenzunehmen und aufzuschreiben, was er tagsüber erlebt hatte, welche Manöver sie ausgeführt, welche Position sie erreicht hatten, welchen Kurs sie liefen, wie das Wetter war.

Trotz allem war Barend Fokke guter Dinge, nun hatte er den Beweis, daß sein Schiff auch dieses Wetter aushielt, und das bestätigte ihn erneut. Der Sturm hatte ihm die trüben Gedanken aus dem Kopf geblasen – nur manchmal noch wurmte es ihn, daß es einer von seinen Leuten gewesen war, der das Schiff zum Sinken gebracht hatte, und immer wieder schwor er sich, ihn eines Tages zu kriegen. Er bereute es nicht, daß er Willem mitgenommen hatte. Wenn er seinen Sohn bei der Arbeit beobachtete, wenn er sah, wie geschickt er sich anstellte, wie unermüdlich er war, wie er die Zähne zusammenbiß und zu lachen versuchte, obwohl er todmüde war, freute er sich. Er lobte ihn nicht mit Worten, er legte ihm die Hand auf die Schulter, einen kurzen Augenblick nur, und sie hatten sich beide verstanden. Wenn Willem dann abends schlief, sprach Barend Fokke zuweilen mit Adriaen über ihn, und nichts machte ihn stolzer als ein Lob aus Adriaens Mund. Was er selbst zu Willem nie gesagt hätte – es von Adriaen zu hören, verschaffte ihm Genugtuung.

Bis jetzt ließ sich die Fahrt gut an, trotz des schlimmen Wetters. Nicht ein Schiff sahen sie, sie waren allein weit und breit, die See gehörte ihnen. Barend Fokke fühlte sich wieder jung, er sah sich selbst in Willem, er begann noch einmal von vorn, er ging noch einmal auf Entdeckungsfahrt, er eroberte die Welt von neuem für sich und für seinen Sohn, voller Verachtung dachte er an seine ständig gleichen Fahrten nach Ostindien. Er verglich sie sogar schon mit den ewig gleichen Fahrten der „Trijntje" zur Doggerbank. Er verstand nicht mehr, wie er sich damit hatte begnügen können, immer noch mehr Gewinn aus seinen Fahrten zu ziehen, und er war sich des Widerspruchs in seinen Gedanken nicht bewußt: Auch diese Fahrt galt im Grunde nichts anderem als der Suche nach besseren Gewinnmöglichkeiten, um sich nicht das kaputtmachen zu lassen, was er in den vergangenen Jahren aufgebaut hatte.

Seit Wochen waren sie nun unterwegs, es war wärmer geworden, die Stürme hatten nachgelassen, sie konnten sich wieder etwas Richtiges kochen, das Leben an Bord verlief normal. Sogar die Bramsegel waren wieder gesetzt, und „Der weiße Schwan von Zwartewaal" jagte hart am Wind nach Südwesten, sein Ziel waren die Westindischen Inseln.

Sie waren voller Erwartung, allesamt, auch die Javanen, denen Barend Fokke erzählt hatte, es wäre ein Land, nicht unähnlich dem, aus dem

sie stammten. Sie standen am Schanzkleid, sie hockten in den Marsen, sie legten die Hand über die Augen und suchten nach dem Land; sie fühlten sich, als wollten sie es gerade erst entdecken. Und als sie es endlich erreicht hatten, war es fast eine Enttäuschung, für Barend Fokke wie für die Javanen. Für Barend Fokke – und noch mehr für Willem –, weil er dort nicht fand, was er nach all den Erzählungen erhoffte, und für die Javanen, weil es ganz und gar nicht dem entsprach, was sie sich vorgestellt hatten. Nein, Java war das nicht, Java glich das nicht im geringsten. Sie hatten sogar Schwierigkeiten, eine Stelle zu finden, an der sie ihren Süßwasservorrat ergänzen konnten.

Sie waren noch ein gutes Stück vom Strand entfernt – das Schiff lag in einer kleinen Bucht vor Anker –, da wurden sie beschossen. Pfeile mit Knochenspitzen flogen ihnen entgegen, verwundeten einen der Leute am Arm, so daß sie schleunigst wieder umkehrten und zum Schiff zurückruderten. Willem erzählte aufgeregt, wie plötzlich braune Gestalten hinter dem Gebüsch aufgetaucht wären, den Kopf mit einem gewaltigen Federputz geschmückt, wie sie ihre Pfeile abgeschossen hätten und gleich darauf wie vom Erdboden verschluckt wieder verschwunden wären.

Der Verwundete schrie nach Rache, er verlangte, daß sie ihre Kanonen einsetzten, um diese Wilden zu vertreiben, von denen sie so heimtückisch überfallen worden seien. Barend Fokke besänftigte ihn mit einer Extraration Schnaps, ließ den Anker lichten und die Segel setzen: Er wollte es an einer anderen Stelle noch einmal versuchen. „Was haben wir davon, wenn wir unser Pulver hier vergeuden. Worauf soll ich denn zielen, he? Wer weiß, welche Erfahrungen sie gemacht haben, daß sie sich ungebetene Besucher vom Leibe halten."

Später hatten sie mehr Glück. Sie führten weithin sichtbar ein paar Musketen mit sich, bemerkten, wie sich ein paar Gestalten in den Wald drückten, legten ein paar Messer und Beile so auf den Strand, daß sie nicht zu übersehen waren, beobachteten, wie diese zaghaft weggeholt wurden, hatten dann Ruhe vor den Bewohnern dieser Insel und konnten ihre Wasserfässer füllen. Ladung erhielt Barend Fokke nicht, er bemühte sich auch nicht darum. Er hatte das Land gesehen, es machte ihm nicht den Eindruck, als wären hier großartige Schätze zu holen – trotz aller Berichte –, er wollte weiter.

Sie fuhren mit Südostkurs vor der südamerikanischen Küste entlang, querten die schlammigen Fluten vor dem Mündungsgebiet des gewaltigen Flusses, von dessen Oberlauf sagenhafte Geschichten in Umlauf waren. Barend Fokke nahm wahr, wie seine Leute mit diesem Fluß liebäugelten, man könne es doch einmal versuchen, ein Stückchen nur. Sie steckten sich hinter Willem, von dem sie wußten, daß er es am ehesten erreicht hätte. Aber Barend Fokke winkte ab, das hieße nichts als unnütz Zeit verlieren, er erhoffte sich nichts von einem solchen Abstecher. Er wollte rund um die Erde, ermitteln, ob es möglich war, dann wieder mit vollem Laderaum zu Hause zu sein – im Sommer –, wenn alle anderen Schiffe noch unterwegs waren.

Dann mußten sie den Kurs ändern, jetzt ging es nach Südwesten. Ein Tag glich dem andern, nichts hemmte die Fahrt, und Barend Fokke war es zufrieden. Er hatte zusammen mit Adriaen einen Zeitplan errechnet, und den galt es einzuhalten. Nichts deutete bis jetzt darauf hin, daß er ihn nicht würde einhalten können.

Je weiter Barend Fokke nach Süden gelangte, desto kühler wurde es, sie mußten die Südspitze Amerikas bald erreicht haben. Vielleicht gab es dort wirklich das unbekannte, sagenhafte, gefährliche Feuerland, das auf den Karten des Abraham Ortelius verzeichnet war.

Und dann war es soweit. Das Kap kündigte sich an mit Kälte und Sturm. Kaum noch schafften sie es, die Bramstengen wieder herunterzunehmen, so plötzlich brach das Wetter über sie herein. Mit Mühe gelangten sie in den Windschatten einer kleinen Insel, und dort machten sie das Schiff wetterfest. Jede Luke wurde verkeilt und verschalkt, mit einer geteerten Persenning überzogen, das Boot wurde zusätzlich verlascht. Dicht unter Land fuhren sie auf das Kap zu. Es war gefährlich, Barend Fokke wußte es, eine falsche Ruderbewegung, und sie saßen auf den Klippen. Das Land machte einen trostlosen Eindruck, nichts als kahle Felsen, auf denen riesige Seevögel horsteten. Ihnen allein schien das Wetter recht zu sein. Sie strichen zum Schiff heran, beäugten es, warteten offensichtlich auf Beute, Beute, die ihnen der Sturm liefern würde. Jedesmal, wenn Barend Fokke ein Vorgebirge umrundet hatte, hoffte er, endlich den südlichsten Punkt hinter sich gebracht zu haben. Die Strömung stand ihm entgegen, und der Wind drückte ihn gefährlich aufs Land. Er hätte sich selbst ans Ruder gestellt. „Wenn uns hier etwas passiert", hatte er zu Adriaen gesagt, „dann will ich mir und dir nicht hinterher Vorwürfe machen, daß ich's vielleicht zu verhindern vermocht hätte." Und Adriaen hatte sich sofort mit bereit gehalten, wenn es darum ging, Segelmanöver auszuführen.

Schließlich hatten sie es doch geschafft. Sie hatten viel Zeit gebraucht. Jedesmal, wenn es zu dunkeln begann, hatten sie nach einer windgeschützten Bucht gesucht, waren vor Anker gegangen, bis wieder der Morgen graute. Nach tagelanger Schinderei hatten sie sich endlich herumgeschlichen um das gefährliche Kap, nach einem Kampf mit Sturm und berghohen Wellen, die das Schiff jedesmal zu begraben drohten, wenn sie heranzogen, höher wurden, emporwuchsen wie das Kap selbst, gischtsprühend brachen, glasgrün durchsichtig und doch unergründlich und geheimnisvoll; wenn sie als Brecher gegen die Bordwand donnerten, alles mitnahmen, was nicht dreimal festgezurrt war. Lange noch dröhnten ihnen allen die Ohren von dem unheimlichen Getöse, von dem zischenden Pfeifen des Sturmes in der Takelage, von dem fetzenden Reißen, mit dem der Sturm die Wellen zu Wasserstaub zersprühte. Sie fühlten sich wie neugeboren, als sie ruhigeres Wetter und ruhigeres Wasser erreicht hatten und mit Nordwestkurs in die Südsee hineinsegelten.

Barend Fokke hatte mit dem Gedanken gespielt, nach Norden hinaufzugehen, bis nach Mittelamerika. Die Berichte von den Goldschätzen der Inkas klangen glaubhaft, aber nach der Enttäuschung in Westindien zweifelte er dennoch. Außerdem hatte er am Kap Zeit verloren, es war schwieriger gewesen, als er es sich gedacht hatte. Und er wußte kaum etwas von dem Weg, der jetzt vor ihm lag. Erst wenige waren ihn gefahren, es gab nur dürftige Aufzeichnungen und Berichte darüber, sie wurden geheimgehalten. Viele kleine Inseln sollte es auf diesem Weg geben, aber niemand wußte Genaues.

Wochenlang sahen sie nichts als Wasser, aber das Wetter blieb gut. Das Trinkwasser wurde knapp, schon erwog Barend Fokke zu sparen. Er und seine Leute wurden allmählich apathisch – es fehlte ihnen Obst und Gemüse.

Die erste winzige Insel, der sie nach Wochen begegneten, begrüßten sie alle mit Jubel. Sie waren nicht aufmerksam genug und wären fast auf ein Riff gelaufen. Es bestand aus seltsamen kleinen dünnen roten Zweigen, hart wie Stein, und die Javanen freuten sich wie die Kinder, als sie das sahen. Jetzt wußten sie, daß es ihrer Heimat zu ging. Diese seltsamen Gewächse kannten sie.

Es war eine eigenartig geformte Insel. Wie ein Ring war sie gestaltet, durch einen schmalen Kanal gelangte man in das Wasser innerhalb des Ringes. Sie gingen alle an Land, und sie waren alle enttäuscht: Trinkwasser fanden sie nicht, nur ein paar Kokospalmen. Sie stießen auf mehrere solcher kleinen Inseln, und endlich auch auf eine größere, wo es Süßwasser gab. Sie bemerkten aber noch etwas, und das freute sie ganz und gar nicht: Sie fanden Menschenknochen, die aussahen wie abgenagt, und sie beeilten sich, ihre Wasserfässer zu füllen. Barend Fokke hielt die Kanonen bereit, um einzugreifen, falls sie angegriffen würden.

Und dann begann Barend Fokke wieder zu rechnen. Er näherte sich den Gewürzinseln. Er hatte so viele Inseln und Inselchen passiert in den letzten Wochen, war Dschunken aus China begegnet und Praus aus Ostindien, nach Monaten den ersten Schiffen seit der Ausfahrt. Er war sich nicht sicher, daß er die Gewürzinseln tatsächlich erreicht hatte, er wollte es kaum glauben, aber die Dschunken und Praus gaben ihm recht. Er hatte es geschafft, er hatte die Gewürzinseln tatsächlich auf dem Weg rund um die Erde erreicht. Wenn er ehrlich vor sich selbst war, mußte er eingestehen, daß er immer ein wenig daran gezweifelt hatte. Der Gedanke, daß die Erde eine große Kugel war, kam ihm zu abenteuerlich vor. Er hatte sich selbst davon überzeugen müssen, und nun hatte er es getan. Gewiß, vor ihm waren andere denselben Weg gefahren, hatten darüber berichtet, vor ein paar Jahren erst der englische Admiral Francis Drake. Trotzdem war immer noch ein kleiner Rest von Ungläubigkeit geblieben. Damit war es nun vorbei, und er war unbändig stolz auf diese Gewißheit.

Sein Laderaum war leer, noch hatte er nichts erhandelt. Vielleicht hätte er sich mehr Zeit lassen müssen für Westindien, für das Land der Inkas. Aber es war ihm bei dieser Fahrt ja nicht um den Handel allein gegangen, sondern vor allem um die Erkenntnisse, die er sammeln wollte. Mit einem Kopfschütteln sagte er sich: Da mußt du ja diesen Herren van Beerstraten sogar noch dankbar sein dafür, daß sie dich auf den Weg gebracht haben.

Als er darüber mit Adriaen sprach, erntete er nur ein Lachen. „Ich denke, wir wollten einen neuen Weg suchen, um im Sommer unsere Ware anbieten zu können?" Und Barend Fokke beließ es dabei. So viel wußte er jetzt: Solange es nur um den Handel ging, lohnte es nicht, rund um die Erde zu segeln. Dazu genügte es, die alte Route zu fahren und eher aufzubrechen, es würde möglich sein. Gewaltig viel Zeit hatte ihn dieser Weg gekostet. Dennoch hielt er die Zeit nicht für verloren, im Gegenteil, das, was sie vorhatten, die Kompanie Fokke und Witsen, würde von dieser Fahrt profitieren. Wer sagte denn, daß sie eines Tages nicht auch in Westindien ihre Stützpunkte für die Niederlande errichten würden?

Als er vor den Gewürzinseln ankerte, als er an Land ging, war das

Verwundern groß, daß er jetzt schon da war. In Palem Koneng dagegen wurde er nicht mit Verwunderung, sondern mit Erleichterung empfangen: Sie hatten ihre Kanonen gebrauchen müssen gegen die Spanier. Also gegen Cabeza, dachte Barend Fokke, und er hatte recht damit. Er war froh, daß er mit dem König von Balambangan den Vertrag geschlossen und so viele Kanonen hierher gebracht hatte. Er wünschte nur, er wäre hier gewesen, als es zu dem Gefecht gekommen war. Hier und an zwei anderen Orten, wie er erfuhr. Aber es war auch ohne ihn gegangen, sie hatten die Spanier zum Teufel geschickt, und sie waren stolz darauf, zeigten ihm, wo die drei Schiffe gelegen, wie sie die Boote ganz dicht herangelassen, wie sie sie dann mit dem krachenden Feuer empfangen und schließlich wieder davongejagt hatten.

Zeitig im Frühjahr war es gewesen. Cabeza hatte geglaubt, es ganz gerissen zu beginnen. Er war im Vorjahr ausgelaufen, deshalb war er nicht in Cadiz gewesen, als die Galeeren Barend Fokke aufgebracht hatten. In Djakarta hatte er lange Zeit gelegen, Nachrichten gesammelt und war dann losgefahren. Er hatte geglaubt, Barend Fokke in einem seiner Stützpunkte abfangen zu können. Mit Kanonen hatte er nicht gerechnet. Sein Angriff bewirkte nur eines: Wenn Barend Fokke wieder zu Hause war, würde er sofort zu Johann van Oldenbarnevelt gehen, dem Ratspensionär von Holland, dem leitenden Minister, und ihm seine Stützpunkte übertragen. Oder sollte er direkt zu Prinz Maurits von Oranien gehen, dem Statthalter der Niederlande, Generalkapitän und Admiral der Union? Jetzt, wo Spanien hier einbrechen wollte, waren diese Stützpunkte in den Händen seines Landes besser aufgehoben als in den seinen.

Die Rückfahrt war leicht. Das Kap der Guten Hoffnung zu passieren war gerade soviel wie eine Spazierfahrt nach dem Weg ums Südkap Amerikas. Die Winde waren zwar nicht ganz so günstig wie sonst, Barend mußte manches Stück kreuzen, kam jedoch langsam, aber sicher auf, begegnete dann und wann einem Schiff, auf dem sie staunen mochten, den Fliegenden Holländer schon auf Gegenkurs zu finden. Ende Juli passierte er den Kanal, steuerte Texel an und wollte dort um Kamele bitten, weil Niedrigwasser war. Den Hafen von Amsterdam anders zu erreichen war nicht möglich.

Das Schiff war mitgenommen von der langen Fahrt, so lange war es noch nie unterwegs gewesen, das Schiff noch nicht und auch nicht seine Besatzung. Die letzten Tage hatte Barend Fokke hier geguckt und dort untersucht, „Der weiße Schwan von Zwartewaal" hatte die Werft dringend nötig. Dennoch hatte er sich gut gehalten. Barend Fokke war stolz auf sein Schiff. Und er war stolz auf seine Leute, die die Fahrt ins Ungewisse gewagt, die sich ihm anvertraut hatten – sie hatten die Ruhe im Hafen sauer verdient. Und er war stolz auf das, was er geschafft hatte. Er sah sich schon als berühmten Weltumsegler empfangen. Er war in der besten Stimmung, er kam wie ein Sieger, hatte das Schiff voller Ladung und war nun neugierig, was sie sagen würden, wenn er im Hafen von Amsterdam festmachte: die Händler, die andern Seeleute, Stine. Seine frohe Stimmung übertrug sich auf seine Leute. Alle suchten ihre besten Röcke heraus, um Ehre einzulegen für Barend Fokke und für das Schiff.

Als er in Texel festmachte, wunderte er sich zunächst. Nicht, weil nicht viel Betrieb in dem kleinen Hafen war, sondern weil die Leute im Hafen plötzlich wie aufgeregt schienen. Sie machten sich auf das Schiff aufmerksam, auf das grise Schiff. Barend Fokke hatte das Gefühl, dahinter verstecke sich etwas. Ein ungutes Gefühl beschlich ihn, er glaubte Ablehnung zu finden, wo er eben noch einen großen Empfang erwartet hatte. Er sah zu seinen Leuten hinunter, die an Deck standen und zum Land hinüberwinkten, die hinüberriefen. An Land jedoch nahm man keine Notiz von ihnen, drückte sich hinter die Speicher und Lagerhäuser, verschwand in den Häusern am Hafen.

„Merkwürdig, was?" sagte Adriaen, „man sollte meinen, die sehen nicht uns, sondern unsern Geist." Und Hinlopen ergänzte: „Die scheinen nicht nur bloß unsern Geist, die scheinen ein Gespensterschiff zu sehen. Das kann ja heiter werden, wenn das so weitergeht. Die sagen nachher noch: Was denn, seit wann verlangen Geister etwas zu essen, wenn wir mal wieder so eine richtige Hammelkeule zwischen die Zähne nehmen wollen!" Und Cambys spuckte dreimal über die Schulter, was soviel heißen sollte wie: Laß gefälligst dein Unken sein, mir ist schon lange nach was anderem zumute als nach Zwieback mit Maden drin.

Dann wurde die Laufplanke ausgelegt, und Barend Fokke ging an Land. Der Hafenplatz schien wie leergefegt. Hinter den Fenstern im Haus des Hafenmeisters bewegte sich etwas. Barend Fokke schritt auf das kleine Haus zu, ein paar Schritte nur, aber sie fielen ihm merkwürdig schwer, er war voller Unruhe, er befürchtete etwas, und er wußte nicht zu sagen, was er befürchtete.

Das Kontor war leer. Barend Fokke stand unschlüssig. Er ging wieder in den Flur. Rief. Nichts. Er öffnete eine Tür nach der anderen. Der Hafenmeister war nirgendwo. Dann polterte er die steile Treppe hinauf.

Als er im Oberstock nach der Klinke fassen wollte, öffnete sich die Tür; der Hafenmeister, rot vor Zorn, trat heraus. „Was fällt Euch ein, in meinem Haus herumzuspionieren?"

Barend Fokkes Antwort war ebenfalls nicht leise: „Seit wann ist es denn üblich, daß sich der Hafenmeister verleugnen läßt, wenn man ihn braucht? Ich will ein paar Kamele haben, und ich habe keine Lust, noch länger zu warten!"

„Solange Ihr in meinem Haus herumschreit, gebe ich Euch überhaupt keine Antwort, merkt Euch das!" Der Hafenmeister wollte wieder in dem Zimmer verschwinden, aus dem er gekommen war, aber Barend Fokke hielt ihn am Ärmel fest. Er holte tief Luft, ruhiger sagte er: „Also, was denn nun. Seid Ihr der Hafenmeister, kriege ich die Kamele von Euch?"

„Kommt, Kapitän", sagte der Hafenmeister, „gehen wir in mein Kontor." Sie stiegen die Treppe wieder hinab, betraten das Kontor. Und nun begann der Hafenmeister herumzudrucksen, er könne Barend Fokke keine Kamele verschaffen, sie seien nicht in Ordnung, sie wären schon vergeben, er könne nicht darüber verfügen, er habe strenge Anweisungen, es ginge nicht, sie müßten erst repariert werden, er habe neuerdings überhaupt nichts mehr mit ihnen zu tun, draußen warteten schon andere Schiffe auf sie – kurzum: Für ihn habe er keine Kamele. Wenn der Kapitän wolle, möge er auf die nächste Hochflut warten, auf Kamele zu warten wäre reine Zeitverschwendung.

Barend Fokke schüttelte den Kopf. Er war eiskalt und voller Ruhe. Er hatte das Gefühl, als stünde er neben sich selbst und sähe sich abwartend zu. Da war er rund um die Welt gesegelt, und jetzt fand er sich wieder vor dem Hafenmeister als kläglichen Bittsteller. Sie verwehrten ihm den Hafen, so viel hörte er aus den Worten des Hafenmeisters heraus. Gerade jetzt, wo er den Niederlanden seine Stützpunkte antragen wollte! Sollte er sich mit diesem Mann herumstreiten? Der Hafenmeister konnte schließlich nichts dafür. Und auf einmal war alles wieder da, was er im vergangenen Jahr, als er aus Amsterdam ausgelaufen war, hinter sich zu lassen gehofft, was er in den vielen Monaten auf See vergessen hatte: die Drohungen van Beerstratens, die Verleumdungen, das Leck im Schiff.

„Gut", sagte Barend Fokke schließlich, „dann werde ich eben meine Ladung leichtern lassen."

Der Hafenmeister schüttelte den Kopf. „Ihr werdet auch keine Leichter erhalten, und wenn Ihr wartet, bis Ihr schwarz werdet."

270

Barend Fokke schlug mit der Faust auf den Tisch. „Dann werde ich mir die Kamele nehmen, die ich brauche!"

In den Augen des Hafenmeisters war plötzlich etwas wie Angst und Besorgnis. „Das werdet Ihr nicht tun, Kapitän, Ihr setzt damit Euer Schiff aufs Spiel!"

Barend Fokke verließ das Haus des Hafenmeisters. Sie verwehrten ihm die Einfahrt in den Hafen von Amsterdam, er sollte seine Ladung nicht an den Mann bringen. Ja, hatten sie denn vor, ihn ewig auf dem Meer kreuzen zu lassen?

Nun erst recht, sagte er sich, als er zum Schiff zurückging. Er war schon oft nach England weitergefahren, nach Deutschland, nach Dänemark sogar und Schweden. Er hätte es auch jetzt tun können. Aber er wollte es nicht. Er wollte einen Hafen in Holland finden und holländische Kaufleute, die ihm seine Ladung abnahmen. Ein Barend Fokke ließ sich von solchen jämmerlichen Krämern nicht in die Knie zwingen.

Er machte ein Gesicht, als er an Bord kam, als wolle er die ganze Welt zum Teufel jagen. „Leinen los!" befahl er, und als ihn Adriaen und die andern fragend anblickten, ergänzte er: „Wir versuchen's im nächsten Hafen." Und dann erzählte Barend Fokke, was geschehen war. Als das Schiff vom Bollwerk ablegte, zeigten sich wieder Menschen im Hafen. Sie starrten dem Schiff nach wie einem Gespenst. Der Hafenmeister mochte ihnen inzwischen berichtet haben, daß das Schiff rund um die Welt gesegelt war, und niemand würde es ihm glauben. Sie alle hatten es gesehen, das grise Schiff, wie es im vergangenen Winter ausgelaufen war. Und in dieser kurzen Zeit rund um die Welt? Nein, das konnte nicht sein, oder es war nicht mit rechten Dingen zugegangen.

Barend Fokke fuhr die holländische Küste entlang nach Süden. Er versuchte es in jedem Hafen. Und in jedem Hafen war es dasselbe: Sie ließen ihn gar nicht erst die Leinen festmachen, sie drohten ihm sogar mit der Polizei, mit Soldaten. In ihrem Hafen wäre kein Platz für das grise Schiff.

Nach jeder Absage wurde Barend Fokke verbissener, er zog sich in seine Kajüte zurück, fluchte in sich hinein. Willem kam wie verstört zu ihm, fragte ihn: „Vater, was haben die nur, warum lassen sie uns nicht in den Hafen?" Und Barend Fokke gab sich Mühe, es ihm zu erklären: Sie neideten ihm den Erfolg, sie hatten abergläubische Furcht vor dem Neuen, Ungewohnten.

Barend Fokke gab nicht auf. Er ließ sich mit dem Boot an Land bringen, während das Schiff draußen auf der Reede lag. Er ging von einem Kaufmann zum andern. Niemand jedoch nahm ihm seine Waren ab. Da holte er seine Leute zusammen, erklärte ihnen, worum es den Handelshäusern zu tun war, fragte sie, ob sie es nicht doch lieber in England oder in einem anderen Land probieren wollten.

Doch auf die Leute war etwas von der Verbissenheit Barend Fokkes übergegangen. Was er für richtig hielt, das hielten sie schon lange für richtig. Adriaen machte den Vorschlag, nach Zwartewaal zu fahren. Barend Fokke sagte nicht ja und nicht nein, aber er überlegte es sich. Und am Abend fragte er Adriaen: „Wirst du mir dabei helfen?" Adriaen versprach ihm alles zu tun, daß es diesmal nicht so enden würde wie bei der Hochzeitsfeier.

Je weiter sie an der holländischen Küste nach Süden gerieten, desto lebhafter wurde der Schiffsverkehr. Holländische Kriegsschiffe waren es und englische, Bojer, Vlieboote. Keins von ihnen kümmerte sich um Barend Fokkes Schiff, sie schienen alle einem festen Ziel zuzustreben. Irgend etwas mußte da im Gange sein, was sie an Bord des „Weißen Schwan von Zwartewaal" nicht wußten: Seit Tagen tobte die größte Seeschlacht, die je stattgefunden hatte, die Schlacht zwischen der Unbesiegbaren Armada Spaniens und der englischen Flotte. Am Westausgang des Kanals hatte es begonnen, und nun, Anfang August des Jahres 1588, hatte sich dieser Kampf hingezogen bis in die Gegend zwischen Calais und Ostende.

Bevor sie nach Zwartewaal fuhren, wollte sich Barend Fokke noch einmal in Oostvoorne bemühen, seine Ladung abzusetzen. Ein seltsames Gefühl – es war Wehmut und Trotz zugleich – beschlich ihn, als er vor der Westplaat stand. Aber er hatte nicht viel Zeit für diese Gedanken. Der Schiffsverkehr war hier so lebhaft, daß er alle Aufmerksamkeit brauchte, um mit niemandem zu kollidieren. Sie gingen an das Bollwerk heran und kümmerten sich nicht um den lamentierenden Hafenmeister, der sich anstellte wie alle anderen Hafenmeister zuvor.

Barend Fokke betrat das Land, und dann glaubte er seinen Augen nicht zu trauen: War das Govert Witsen, oder war er es nicht? Steingrau war dessen Haar geworden, die Züge eingefallen, die Gestalt krummgezogen vom Alter. Aber er war noch flink, er kümmerte sich nicht um Barend Fokke, vielleicht hatte er ihn auch nicht gesehen, und lief zum Ende des Bollwerks, auf das eben ein Vlieboot zu hielt. Barend Fokke stand ein wenig überrascht, sah sich hilfeheischend nach Adriaen um, der seinen Vater auch bemerkt haben mußte, denn er kam eilig die Laufplanke herunter und lief hinter Govert Witsen her.

Kapitel zwölf

Govert Witsen muß dich gesehen haben, sagte sich Barend Fokke; sein Schiff, das grise Schiff, war ja nicht zu übersehen; alle hatten sie es bemerkt, er spürte es an den Reaktionen. Verdammt noch mal, wie sie geschäftig tun. Als ob sie keine Sekunde Zeit hätten aufzublicken. Ja bist du denn aussätzig?

Es war keine neue Erfahrung, die er da machte, aber sie traf ihn immer wieder, wie beim erstenmal. Und dann der alte Witsen – die Begegnung hatte zu unverhofft stattgefunden. In Oostvoorne hatten sie noch einmal an Land gehen wollen, wie um Luft zu holen vor dieser Begegnung, und nun war er ihm gleich hier über den Weg gelaufen. Er sah, wie Adriaen seinen Vater begrüßte. Einer seiner Leute hatte mit dem Hafenmeister ein paar Worte gewechselt. Er lief zu Barend und sagte ihm, daß es doch anders sei in diesem Hafen. Sie hatten allen Grund, geschäftig zu sein.

Am 26. Juli 1588 war die Unbesiegbare Armada aus dem Kriegshafen La Coruña ausgelaufen. In der Kathedrale von Lissabon hatte der spanische Admiral Medina Sidonia die geweihte Standarte entgegengenommen, das Zeichen für den heiligen Krieg, den die gläubige Christenheit gegen die Ketzer in England und Holland zu führen gedachte. Der Papst hatte das Vorhaben von Anfang an mit größter Anteilnahme verfolgt und die Waffen gesegnet, die die Einheit des Christentums wiederherstellen sollten. Parmas Spione hatten gut gearbeitet: Parma hatte nach Spanien melden können, daß es fast zum Krieg zwischen den Holländern und den Engländern gekommen wäre, weil die Holländer mit den Herrschaftsansprüchen Leicesters nicht einverstanden waren; der Zeitpunkt für den Angriff war günstig. Aber auch den Engländern war es lieb, einen Zustand zu beenden, der nur ein Wartezustand gewesen war: England stellte Tuche her, führte sie nach den Niederlanden und nach Deutschland aus. Doch Spanien blockierte die Ausfuhr. Man mußte diesem Zustand ein Ende machen, wenn man nicht auf seinen Tuchen und auf anderem sitzenbleiben wollte. Nichts wünschte man in England sehnlicher, als daß Spanien angriffe. Man war gewappnet: Vorpostenboote beobachteten den Schiffsverkehr, an der Küste war ein System von Wachfeuern errichtet worden. Wenn der Angreifer endlich anrückte, würde der sofort gemeldet werden.

Um die gewaltige Flotte zu bemannen, hatte man in Spanien und Portugal die Gefängnisse und die Hospitäler nach Matrosen abgesucht, hatte man fremde Kauffahrer ihrer Leute beraubt, wenn man nicht gleich die Schiffe mitgenommen hatte. Portugiesische, genuesische, venezianische Schiffe beteiligten sich an dem Kampf. Rund hundertdreißig Schiffe mit 20 000 Soldaten und 3000 Geschützen an Bord waren es, die nach Norden fuhren, zum Kanal, um das Landungsheer Parmas aufzunehmen und in die Themsemündung einzubrechen. Bei den Scilly-Inseln wurde die riesige Armada von einem getarnten Vorpostenboot entdeckt; die Wachtfeuer an der Küste flammten auf, die englische Flotte lief aus. Medina Sidonia, der „Generalkapitän des Ozeanischen Meeres", hißte an seinem Großmast das heilige Banner, und der Lordadmiral von England schickte ihm mit seiner persönlichen Pinasse „Disdain" die Herausforderung zum Kampf.

Und dann begann die Schlacht, die Überlegenheit lag auf englischer Seite. Immer wieder stießen die englischen Schiffe in die spanischen Reihen hinein, in den Halbmond, den die Spanier formiert hatten. Von allen Seiten griffen sie an, und die Spanier, die mit viel zuwenig Munition ausgelaufen waren, litten bald unter Munitionsmangel; die Engländer dagegen konnten ihren Vorrat ergänzen, wenn er zur Neige ging. Panik brach unter den Spaniern aus, Sturm kam auf, trieb die Spanier auf die Sandbänke der flandrischen Küste zu, und dort lauerten die Bojer und Vlieboote des niederländischen Admirals Justin von Nassau. Brander setzten die spanischen Schiffe in Flammen. Aus dem Angriff wurde bald kopflose Flucht, Flucht rund um England herum und durch die Irische See zurück nach Spanien. Was die Engländer und die Niederländer nicht vernichtet hatten, das vernichtete der Sturm an der schottischen und an der irischen Küste. Nur die Hälfte der Unbesiegbaren Armada erreichte wieder den Hafen, alles andere ging auf den Grund des Meeres. Ein Wert von zweihundert Millionen Dukaten. Aber noch mehr war mit diesen zweihundert Millionen Dukaten auf den Grund des Meeres gesunken: die spanische Weltherrschaft, eine Herrschaft, die nun England antrat.

Als Barend Fokke im Hafen von Oostvoorne anlegte, war der Kampf noch nicht zu Ende, aber das unrühmliche Ende für Spanien war schon abzusehen, auch wenn sich die Galeonen und Galeassen und Galeeren noch wehrten. Er hörte es nur halb, ihn bewegte jetzt etwas anderes.

Er sah, wie mehrere seiner Leute von Bord gehen wollten, aber sie wurden daran gehindert. „Schert euch zum Teufel, dort gehört ihr hin!" riefen sie, und: „Mit euerm verdammten grisen Schiff wollen wir nichts zu tun haben, das bringt nur Unglück!" und: „Soll er doch dorthin, wo er seine Wilden hergeholt hat. Für seine Wilden ist uns unser Hafen zu gut!"

Barend Fokke stand einsam mitten in dem Treiben des Hafens, niemand kümmerte sich um ihn, niemand nahm mehr Notiz von ihm, alle schlugen sie um ihn einen Bogen. Sie sahen ihn, aber sie bemühten sich, ihn nicht zu sehen. Waren sie weit genug weg, drehten sie sich scheu um, wiesen mit Fingern auf ihn, flüsterten sich etwas zu, bemühten sich, noch mehr Abstand zwischen sich und den Kapitän des Gespensterschiffes zu bringen. Barend Fokke vermochte es nicht mehr zu fassen. Er schluckte, er holte tief Luft, er mußte etwas tun, um sich frei zu machen von dem, was ihn da gepackt hielt. Er wußte nicht, was er tun sollte. Er stand da, breitbeinig, wie er an Bord stand, wenn das Schiff im Seegang rollte, der Wind riß ihn am Haar und am Bart, wie schwarze Flammen wehte es um seinen Kopf. Er rührte sich nicht und hätte doch am liebsten davonstürzen mögen. Sie verachteten ihn; Angst und Grauen war es, was sein Schiff verbreitete und er selbst. Er war drauf und dran, seine Ladung hier in den Hafen zu schmeißen – da habt ihr sie, macht damit, was ihr wollt. Wieder davonsegeln, irgendwohin; auf dem Meer, da hatte er Ruhe, da war er zufrieden. Das, was ihn dort bedrängte, dem konnte er begegnen, das hatte seine festen Gesetze, da war er gerüstet. Was jedoch hier im Hafen auf ihn einstürmte, hier und in allen anderen niederländischen Häfen auch, das war nirgends recht greifbar, ließ sich nicht berechnen, entglitt seinen Fingern. Wie sollte er ihnen klarmachen, daß da weder Gefährliches noch Schlimmes, noch Teuflisches mit seinem Schiff war und mit ihm selbst?

Langsam schritt Barend Fokke auf sein Schiff zu. Es war, als schritte er durch den leeren Raum.

Und dann kehrte Adriaen zurück. Barend sah ihn fragend an, Adriaen hielt dem Blick nicht stand. Es hat also keinen Sinn gehabt. Wenn es Adriaen nicht geschafft hat, seinen Vater umzustimmen, wer sollte es dann sonst schaffen?

„Er ist so starrsinnig geworden, daß er nicht mehr weiß, was er sagt!" Adriaen war wütend und enttäuscht, daß er Barend Fokke keine andere Nachricht zu bringen vermochte. Er winkte ab, und nur, um etwas zu sagen, erzählte er, was er noch von seinem Vater erfahren hatte: Govert Witsen leitete von hier aus den Einsatz der Geusenboote der ganzen Gegend. Er ging nicht mehr selbst an Bord, er war zu alt dazu, aber er hatte alles vorbereitet. Sie hatten aufgeboten, was aufzubieten war. Seit Tagen waren sie draußen, zausten die Spanier, wo sie konnten, drängten die großen Schiffe, wenn diese den Anschluß an die Flotte verloren hatten, auf die Untiefen und fielen dann, wenn sich die Spanier nicht mehr wehren konnten, weil ihnen die Munition ausgegangen war, über sie her. „Und jetzt fahren wir nach Hause", schloß Adriaen, „mein Vater ist schließlich nicht Zwartewaal. Und Zwartewaal ist wichtiger für dich als Holland!"

Von draußen kam ein Vlieboot herein. Der Großmast war über Bord gegangen, das Focksegel war zerfetzt, nur zwei Mann waren an Bord. Es lag tief im Wasser, mußte also auch ein Leck haben. Jetzt machte es am Bollwerk fest. Sie sahen, wie Govert Witsen zur Anlegestelle lief. Sie sahen, wie sich der Schiffer des Bootes schwer auf den anderen Mann stützte, wie sie gemeinsam auf Govert Witsen einredeten, wie der ein bedenkliches Gesicht machte, die Schultern zuckte und hilflos dastand. „Was mag da geschehen sein?" fragte Barend Fokke, „die hat es übel erwischt. Kennst du einen der beiden?" Adriaen schüttelte den Kopf, sie waren zu lange weg gewesen.

„Ich werde sehen, was es gibt", sagte Adriaen und verließ das Schiff wieder. Wie von ungefähr schlenderte er auf seinen Vater und die beiden Männer zu. Barend Fokke hörte, wie seine Leute an Bord Mutmaßungen äußerten, was da wohl passiert sei. Und er registrierte, daß sie alles gelassen nahmen, daß sie geduldig warteten, was er tun würde. Es war etwas Selbstverständliches in dieser Haltung: Unser Kapitän wird schon zur rechten Zeit das Rechte tun. Und aus diesem Bewußtsein erwuchs ihm selbst neue Kraft, das alles durchzustehen, auch und gerade in Zwartewaal. Er mußte das, weil er das auch für seine Leute tat, nicht nur für sich.

Barend Fokke sah, wie Adriaen auf seinen Vater einredete. Der machte ein abweisendes Gesicht. Adriaen wurde immer heftiger, wandte sich jetzt an die beiden andern, die wiegten den Kopf. Adriaen redete weiter. Aus dem Kopfwiegen wurde allmählich ein Kopfnicken. Dann winkte Adriaen zu Barend Fokke hin, er solle herkommen. Barend Fokke sah es, aber er glaubte es nicht. Govert Witsen zumindest stimmte dem nicht zu, was Adriaen da vorgeschlagen hatte. Andere Seeleute aus dem Hafen gesellten sich zu den vier Männern.

Langsam und bedächtig schritt Barend Fokke die Laufplanke hinab, auf die Männer zu. Willem hatte mit ihm gehen wollen, aber Barend Fokke hatte ihm gesagt: „Bleib hier, Junge, du begreifst ja doch noch nicht, was zwischen mir ist und Govert Witsen!" Die Männer blickten erstaunt auf, als Barend Fokke sich ihnen näherte. Erstaunen lag in ihrem Blick und Ablehnung, bei allen, nur bei denen von dem Vlieboot nicht. Govert Witsen blickte weg, als Barend Fokke herantrat.

„Barend, sie brauchen Hilfe!" sagte Adriaen, und dann erzählte er, was geschehen war: Eine spanische Galeone war auf den Untiefen vor der Küste aufgelaufen, und die Geusenboote hatten sich sofort über sie hergemacht. Aber die Galeone, die kaum noch Pulver und Kugeln zu haben schien, hatte Hilfe erhalten: Eine Galeasse – ein Schiff halb Galeere und halb Galeone – und mehrere Galeeren machten den Geusenbooten schwer zu schaffen. Sie waren in Gefahr, und die beiden Männer waren mit ihrem Vlieboot erschienen, um Hilfe zu holen. Sie hatten dieses Boot geschickt, weil es kampfunfähig war. Die restlichen Männer der Besatzung waren auf andere Boote umgestiegen. Die beiden Sendboten hatten dringend um Hilfe gebeten, aber Govert Witsen hatte nichts mehr zur Verfügung, nicht einmal ein armseliges Ruderboot. In diesem Augenblick war Adriaen hinzugetreten und hatte seinem Vater angeboten, mit dem „Weißen Schwan von Zwartewaal" einzugreifen, der jedoch hatte das einfach abgelehnt in seinem Starrsinn. Die beiden Männer allerdings mochten sich diese Hilfe nicht entgehen lassen, obwohl auch sie nicht ganz frei waren von dem, was sich die Leute alles von dem grisen Schiff und seinem Kapitän erzählten. Aber sie wußten, in welcher Not ihre Kameraden schwebten, und sie würden die Hilfe nehmen, von wem auch immer. „Nun sag du, Barend", schloß Adriaen, „daß du ihnen mit dem ‚Weißen Schwan von Zwartewaal‘ helfen wirst. Sag etwas!"

Barend Fokke sah auf einmal einen Weg. Der Weg nach Zwartewaal führte über die spanischen Schiffe. Aber er sah auch, daß ihm Govert Witsen diesen Weg versperrte. Die Gedanken schossen ihm durch den Kopf, jedoch er wußte noch nicht, wie er beginnen sollte. Adriaen stieß ihn an, nickte ihm zu. Barend Fokke holte tief Luft, bevor er begann: „Govert Witsen", Barends Stimme klang belegt, er räusperte sich, mußte die Erregung bezwingen, „Govert Witsen, ich habe vor vielen Jahren etwas falsch gemacht." Govert Witsen starrte unverwandt aufs Meer, dorthin, wo irgendwo am Horizont die Geusenboote im aussichtslosen Kampf gegen die Spanier standen. „Jetzt will ich es wiedergutmachen, Govert Witsen. Dort draußen sind eure Boote" – er verbesserte sich –, „unsere Boote in Gefahr, und ich kann diese Gefahr abwenden von ihnen." Allmählich wurde Barend Fokke ruhiger, sprach sicherer und schneller. „Ich werde diese Gefahr von ihnen abwenden, oder ich werde nicht zurückkehren vom Meer. Ich werde das tun mit deiner Zustimmung oder ohne sie. Aber mit deiner Zustimmung wird die Aussicht auf Erfolg größer sein. Ich muß etwas Ladung an Land bringen, weil ich Platz brauche für mehr Pulver und Kanonenkugeln. Und ein paar Leute könnte ich auch gebrauchen für die Kanonen. Ein paar Leute, die mir beim Entladen helfen, damit es schneller geht. Du siehst ja, daß keine Zeit zu verlieren ist."

Govert Witsen rührte sich nicht, er starrte unverwandt aufs Meer. Adriaen sagte: „Vater, es ist keine Zeit mehr zu verlieren. Sag den Leuten, daß sie uns helfen sollen, etwas von der Ladung an Land zu bringen, sag ihnen, daß sie Munition für uns heranschaffen sollen. Wenn du es nicht tust, trägst du die Verantwortung für den Untergang unserer Boote. Dann bist du schuldig geworden."

Die andern hatten bis jetzt geschwiegen, nun mischten sie sich ein. „Wir werden die Spanier auch ohne Teufelskünste besiegen. Wir verzichten auf eure Hilfe. Wir sind selber Manns genug."

„Komm, Adriaen", sagte Barend Fokke, und nun resignierte er wirklich, „sie wollen eben nichts mit uns zu tun haben, aber wir werden sie nicht im Stich lassen!"

„Geh schon, Barend", antwortete Adriaen, „laß mich nur machen."

Barend Fokke wandte sich ab, ging zum Schiff. Bereits von weitem rief er: „Werft die Leinen los!" Er würde kämpfen, auch ohne Govert Witsens Zustimmung.

Sie warfen schon die Leinen los, als Adriaen heranlief. „Wartet noch!" schrie er. Und dann, zu Barend Fokke gewandt: „Du mußt es ihm nicht allzu übelnehmen, Barend, er ist ein alter Mann, er denkt, er vergibt sich was. Er hat es halb und halb eingesehen. Solange du dabeistandest, war er dazu nicht in der Lage. Er hat ihnen gesagt, daß sie uns beim Entladen helfen und uns Munition verschaffen sollen, soviel wir brauchen."

Barend Fokke atmete tief auf. „Los, Leute!" Er zog die Jacke aus. Seine Leute wußten, worum es ging. Ballen auf Ballen wurde hochgehievt, die Männer auf dem Bollwerk nahmen sie entgegen. So schnell war das noch nie gegangen. Barend Fokke rann der Schweiß über das Gesicht, aber er strahlte. Dann kletterte er in den Laderaum hinab, sah sich um. „Das wird reichen!" sagte er. Draußen auf dem Bollwerk stapelten sie Pulverfässer und Kanonenkugeln. Sie rissen Witze dabei, als sie das Schiff damit beluden.

„Wer kommt denn nun mit?" fragte Barend Fokke, als die Munition verstaut war. „Ich zahle den besten Sold, den ihr je erhalten habt!" Fünfzehn, zwanzig Mann stiegen an Bord. Es war so, als hätte es nie diese Teufelsgeschichten gegeben, auf einmal war „Der weiße Schwan von Zwartewaal" für diese Männer ein Schiff wie alle andern auch. Es war sicher nicht nur der gute Sold, den ihnen Barend Fokke versprochen hatte. Zwei, drei höchstens taten noch ein wenig beklommen.

Hochstimmung herrschte an Bord, als das Schiff auslief. Sie sahen Govert Witsen am Bollwerk stehen, er blickte ihnen nach. Die Starre in seinem Gesicht war einem nachdenklichen Ausdruck gewichen. „Und jetzt werden wir richtig gegen die Spanier kämpfen", sagte Willem, als sie das offene Meer erreicht hatten. Am Horizont zeichneten sich ein paar Schiffe ab, zwei große und eine ganze Reihe kleinerer. Es waren die Spanier und die Geusenboote. Manchmal stiegen Pulverqualmwolken auf, ein Weilchen später krachte es. Die Schiffe waren wie Schemen in der Spätnachmittagssonne. Dunst lag auf dem Wasser, Nebelschwaden zogen heran, vermischten sich mit dem Pulverqualm. Barend Fokke legte Willem die Hand auf die Schulter. „Du wirst schön unter Deck bleiben!" Willem protestierte: „Dann werde ich wenigstens Kugeln heranschleppen. Tatenlos zusehen werde ich nicht!"

Die Leute, die in Oostvoorne an Bord gekommen waren, machten mit den anderen die Kanonen feuerbereit. Dabei blickten sie sich immer wieder um, begutachteten das Schiff, stellten fest, daß es ein ganz gewöhnliches Schiff war, freilich anders gebaut als die Schiffe, die sie sonst kannten. Von Teufelswerk fanden sie keine Spur.

Mit vollen Segeln jagte „Der weiße Schwan von Zwartewaal" auf die kämpfenden Schiffe zu. Immer deutlicher wurde es, daß sie Hilfe in letzter Minute brachten: Die Galeeren bedrängten die Geusenboote hart; sie hatten Soldaten an Bord, bei einem Enterkampf waren sie eindeutig überlegen. Die Galeeren hatten nun die Geusenboote in die Zange genommen. „Dort müssen wir hin!" befahl Barend Fokke, und Adriaen legte das Ruder ein wenig nach steuerbord. Er richtete den Bug genau auf eine der Galeeren, als wolle er sie rammen.

„Haben wir noch genug Wasser unter dem Kiel?" fragte Barend Fokke. Er kannte diese Gewässer genau, er wußte, es müßte reichen, aber er ließ die Wassertiefe loten, jetzt durfte ihm kein Mißgeschick passieren.

Auf der Galeone stiegen ein paar Wimpel empor. „Da, sie haben uns erkannt!" riefen ein paar Mann. Willem tauchte neben einer der Kanonen auf, aber Barend Fokke schickte ihn wieder unter Deck. Schnell näherte sich „Der weiße Schwan von Zwartewaal" den Kämpfenden. Eine halbe Kabellänge noch, dann waren sie da. Noch immer war der Bug genau auf eine der Galeeren gerichtet.

Barend Fokke hätte gern sein Schiff noch schneller durch die Wellen gejagt, er sah, es kam auf jede Sekunde an: Die Spanier hatten das

Vlieboot geentert; die anderen Geusenboote waren mit sich selbst beschäftigt.

Jetzt vermochte Barend Fokke schon einzelne Gestalten auf dem Vlieboot zu unterscheiden. Er hielt die Hand über die Augen, die Sonne blendete ihn. War das nicht Frederik?

Der Angriff der Spanier geriet ins Stocken, sie sahen, wer da auf sie zu kam. „Los!" schrie Barend Fokke, „gleich haben wir sie!"

„Soll ich sie rammen?" fragte Adriaen, Barend Fokke nickte nur, er war in Gedanken schon mitten im Kampf. Und dann ein gewaltiger Stoß. Das Schiff erzitterte, bohrte seinen Bug in die Seite der Galeere. Deren Planken brachen. Sie sprangen hinüber. Die Galeere, die auf der anderen Seite des Vliebootes lag, versuchte zu fliehen, vermochte sich aber nicht schnell genug frei zu machen. Der Kampf Mann gegen Mann entbrannte. Barend Fokke schwang ein Enterbeil und fegte alles beiseite, was sich ihm in den Weg stellte. Die Spanier wurden ins Wasser getrieben. Der Weg zu Frederik war offen. Barend Fokke bemerkte, daß Frederik aus mehreren Wunden blutete. An Deck des Vliebootes sah es wüst aus. Verwundete lagen herum, Tote. Frederik lachte, als Barend Fokke auf ihn zu trat. „Wirst du es allein bis in den Hafen schaffen?" fragte Barend, und Frederik nickte. Es war so, als hätte es nie Streit zwischen ihnen gegeben.

Die Galeeren hatten sich zurückgezogen. „Macht das Schiff frei", befahl Barend Fokke. Mit ihren Enterbeilen hieben sie das Tauwerk durch, das sie an die Galeere fesselte; sie begann schon zu sinken. „Jetzt auf die Galeasse!"

Zusammen mit den noch kampffähigen Geusenbooten stürzten sie sich auf die Galeasse, drängten sie von der Galeone weg, kreisten sie ein. Breitseite auf Breitseite fetzte Splitter aus ihren Bordwänden. Die Galeasse wehrte sich, auch Barend Fokke mußte manchen Treffer einstecken. Ein Brand flackerte auf dem „Weißen Schwan von Zwartewaal" auf, Barend Fokke schickte ein paar Mann, ihn zu löschen. Rahen brachen herunter. Verwirrung entstand. Die Kanonen begannen zu glühen. Eine explodierte. Aber die Galeasse wurde bezwungen. Sie war nur noch ein treibendes Wrack.

Barend Fokke winkte die anderen Geusenboote heran. „Von allen Seiten auf die Galeone!" Dann zogen sie sich auseinander, um auf die Galeone zuzustoßen, die hilflos festsaß, aber immer noch über Munition verfügte. „Zuerst die Masten herunterschießen!" befahl Barend Fokke, als sie in Schußweite waren. Auf der Galeone wimmelte es von Soldaten,

280

Barend Fokke sah es, als sie dicht heran waren. Wenn die Segelfetzen auf dem Deck lagen, wollte er sie in Brand schießen, alles andere würden dann die Wellen und der Wind besorgen. Aber nun sah er noch etwas: Auf dem Achterkastell stand Kapitän Cabeza. Der Kapitän, der ihn jagen und vernichten wollte. Der Kapitän, der ihm die Inquisition auf den Hals gehetzt, der ihm seine Handelsstützpunkte streitig gemacht hatte. Und nun änderte Barend Fokke seinen Plan. Er würde die Galeone nicht nur in Brand schießen, er würde sie entern, koste es, was es wolle. Noch einmal durfte ihm dieser Mann nicht entwischen.

Kapitän Cabeza wehrte sich verbissen, er wußte, seine größte Chance war, den verhaßten Gegner auf den Grund zu schicken, bevor der ihn entern konnte. „Der weiße Schwan von Zwartewaal" erhielt einen Treffer unter der Wasserlinie, Wasser strömte ins Schiff. Der Besanbaum brach herunter. Das Schiff ließ sich nur noch schwer manövrieren. Aber auch die Galeone mußte Treffer um Treffer einstecken. Der Kampf zog sich hin. Es war schon Abend. Pulverqualmwolken und Nebelschwaden nahmen fast völlig die Sicht.

Dann hißte Barend Fokke die Geusenflagge, das Zeichen für den Enterangriff. Die Geusenboote hatten nur darauf gewartet. Der erste Angriff wurde abgeschlagen, die Geusen jedoch gaben nicht nach. Sie versuchten es zweimal, dreimal. Und dann faßten sie Fuß auf der Galeone, trieben die Spanier auf dem Vorderkastell und dem Achterkastell zusammen. „Der Kapitän gehört mir!" schrie Barend Fokke. Er blutete am Kopf und am Arm, er schien es nicht zu spüren. In der Rechten hielt er ein Enterbeil, in der Linken einen Degen, den er einem Spanier entwunden hatte. Schritt für Schritt näherte er sich dem Aufgang zum Achterkastell.

Und dann standen sie einander gegenüber, und Barend Fokke erinnerte sich des ersten Mals, daß sie sich gegenübergestanden hatten, auf der „Trijntje". Es war ihm, als lägen nicht viele Jahre dazwischen. Dann brach Kapitän Cabeza zusammen. Und nun spürte auch Barend Fokke seine Wunden. Er lehnte sich an die Galerie des Achterkastells, atmete tief, wischte sich das Blut vom Gesicht. „Legt Feuer an die Galeone!" befahl er müde, „und dann runter von dem Schiff. Aber wartet, bis es richtig brennt!"

Als er die Galeone verließ, sah er, wie sehr sein Schiff unter dem Kampf gelitten hatte. Es würde viel Mühe kosten, es wieder seetüchtig zu machen. Doch jetzt war ihm der Hafen sicher, jetzt würden sie ihn nicht mehr abweisen.

281

Mit ihm verließen die Geusen die brennende Galeone, stiegen auf ihre Boote über.

Barend Fokke wurden die Beine schwer, als er wieder auf seinem Schiff stand, er hielt sich fest, alles verschwamm wie im Nebel. Er bemühte sich festzustellen, wer von seinen Leuten den Kampf überlebt hatte und wer fehlte. Es fehlten viele.

Fast dunkel war es geworden. Die Geusenboote waren schon auf der Heimfahrt, als auch „Der weiße Schwan von Zwartewaal" mühsam Fahrt aufnahm. Um Barend Fokke war immer noch Nebel, Nebel und Dunkelheit. Sie nahm ihn auf und das Schiff.

Westlich von Oostvoorne befand sich ein kleiner Hügel mitten in den Dünen. Er war jedoch hoch genug, um einen weiten Überblick über das Meer zu bieten. Einer hatte es von dort aus gesehen, den Kampf der Geusenboote und des Fliegenden Holländers gegen die Spanier. Er war nach Oostvoorne gelaufen und hatte es den andern gesagt. In Scharen waren sie zu dem Hügel geeilt und hatten den Kampf verfolgt, hatten beobachtet, wie das grise Schiff, der Fliegende Holländer, auf die Spanier zu gejagt war. Noch nie hatten sie ein so schnelles Schiff gesehen. Manchmal hatten ihnen Pulverqualm und Nebel die Sicht genommen. Nur die Mastspitzen ragten aus dem Dunst. Wie Gewittergrollen hallte es über das Meer. Sie blieben auf dem Hügel, bis die Dunkelheit hereinbrach, bis sie nichts mehr sahen, nur einen gewaltigen Feuerschein.

Dann liefen die Geusenboote ein, sie wurden im Hafen von der wartenden Menge empfangen. Jubel kam auf, aber auch Trauer über die, die nicht mehr zurückkehrten. Die Geusen mußten berichten, wie es ausgegangen war. Ein Faß Bier wurde angesteckt, ein Fäßchen Branntwein. Selten war so ein Betrieb auf dem Hafenplatz gewesen wie an diesem Abend. Einer übertrumpfte den andern mit dem, was er zu berichten wußte von dem Kampf mit den Spaniern, von dem Eingreifen des Fliegenden Holländers. Govert Witsen war unter den Leuten, er war still. Er war genauso still wie Frederik, der ihn von dem unterrichtete, was er erlebt hatte.

„Hast du gesehen, wie sie sich bekreuzigt haben, als das grise Schiff auftauchte?" sagte einer von Frederiks Vlieboot. Und sofort bildete sich eine Menschentraube um ihn. „Weiß wie die Leichen waren sie auf einmal!" – „Er hätte gar nicht einzugreifen brauchen, es genügte schon, daß er überhaupt aufkreuzte", sagte ein anderer.

Irgendwo begannen sie zu singen, sie sangen das Geuselnlied, sie sangen von Wilhelmus von Nassauien.

„Wie der Teufel ist er unter sie gefahren, der Fliegende Holländer, wie von selbst sind sie gefallen, er brauchte sie nur anzugucken mit seinen Feueraugen!" Niemand mehr dachte daran, daß sie ihm noch vor ein paar Stunden den Hafen verwehrt hatten.

„Er hat aber auch ein paar tüchtige Hiebe einstecken müssen." Sofort wurde Widerspruch laut: „Was sagst du da? Er und Hiebe einstecken. Er ist genauso unverwundbar, wie sein Schiff unsinkbar ist. Wart's ab, er wird gleich kommen und dir zeigen, wer er ist!"

Fragen wurden laut: „Wo ist er denn, wo ist denn das grise Schiff, warum ist es noch nicht in den Hafen eingelaufen? Sein Schiff ist auch arg zerzaust worden, ich hab's mit meinen eigenen Augen gesehen!"

„Red nicht solchen Unsinn, kein Splitterchen hat er verloren, er räumt weiter auf unter den Spaniern, er wird sich schon noch zeigen. Ich bin mit ihm zusammen ausgefahren, ich habe an seiner Seite gefochten, ich habe seine Kanonen bedient. Jeder Schuß hat getroffen mit diesen Kanonen."

Ein anderer widersprach ihm: „Ihr habt ja alle nichts gesehen, aber ich, ich hab es ganz genau verfolgt. Wir lagen etwas seitab, wir waren manövrierunfähig." Irgend jemand lachte, dann sagte er: „Ihr und manövrierunfähig, ihr habt wohl die Hosen voll gehabt und habt euch deshalb nicht herangetraut?" Der andere wurde wütend. „Herein-schleppen haben sie uns müssen, sonst lägen wir immer noch draußen. Unsichtbar hat er sich ganz einfach gemacht. Unsichtbar ist er herange-flogen, war auf einmal da, ist mitten zwischen sie gefahren. Erst als er dicht neben ihnen lag, wurde er sichtbar, und dann kam das große Entsetzen bei den Spaniern. Wie gelähmt waren sie alle. Und dann hat er sich wieder unsichtbar gemacht und ist auf die Galeone los. Und dann ist er einfach im Nebel verschwunden, wie er erschienen ist. Auf den braucht ihr nicht zu warten. Ich habe ja gleich gesagt, daß es nicht richtig ist, auf die zu hören, die ihm den Hafen verwehrt haben. Dankbar müßtet ihr ihm sein, daß er euch geholfen hat. Aber ihr seid ja selbst daran schuld, wenn er jetzt auf dem Meer bleibt. So ein Kerl, und ihn so zu behandeln. Ich hab's gesehen, wie er im Nebel an uns vorbeigefahren ist. Wie ein Schemen, wie ein Gespenst. Mit großen Augen hat er mich angeguckt. Ganz durch und durch ist mir sein Blick gegangen. Es war so, als wollte er mir sagen: Ich bleibe hier draußen!" Dann ging er zu dem Branntweinfäßchen und ließ sich den Becher wieder randvoll füllen.

Sie warteten noch die ganze Nacht darauf, daß das grise Schiff in den Hafen einliefe. Aber sie warteten vergebens. Govert Witsen hatte sich ein wenig abseits gesetzt. Er hatte kaum etwas getrunken. Er stützte den Kopf in die Hände und saß reglos. Frederik fand ihn so, er redete ihm zu, auf seinem Boot mitzufahren nach Zwartewaal, aber Govert Witsen schüttelte den Kopf.

Am Vormittag meldete jemand, daß Schiffstrümmer auf den Strand gespült worden wären. Es waren ein paar Ruderbänke von den Galeeren. Ein paar Fässer wurden ebenfalls angetrieben, sie stammten von der Galeone. Nichts war dabei, was vom „Weißen Schwan von Zwartewaal" stammte.

Der Nachtkreuzer auf den sieben Meeren

Tage vergingen und Wochen, sie warteten auf den „Weißen Schwan von Zwartewaal" und auf Barend Fokke, aber der Fliegende Holländer zeigte sich nicht. Jahre vergingen, und er kehrte nicht zurück. Aber je mehr Zeit verstrich, desto sicherer wurden die Seeleute in den Niederlanden und in allen Häfen und auf allen Meeren der Welt, daß er über die Meere jagte. Wenn sie vom Fliegenden Holländer sprachen, vom Gespensterschiff, vom Nachtkreuzer, dann machten sie keinen Unterschied mehr zwischen Kapitän und Schiff. Die einen, die Spanier, sprachen voller Angst und Grauen von ihm, die andern erinnerten sich seiner, wenn sie von der großen Seeschlacht erzählten, und sie sagten: „Ja, wär er nicht im letzten Augenblick erschienen, wir lägen längst auf dem Grund des Meeres, und wer weiß, vielleicht wär der Spanier immer noch hier!"

Sie erinnerten sich seines Schiffes, sie bauten es nach, genauso, ähnlich, anders, sie nannten es erst Schmalschiff und später Fleute, sie bauten es bald in großer Zahl, verbesserten es weiter, fuhren damit in alle Richtungen über die Meere. Und wenn ein Spanier solch einem Schiff begegnete, dann verfluchte er den Fliegenden Holländer und änderte schleunigst den Kurs. Und erzählte wieder eine Geschichte von dem Gespensterschiff, wenn er endlich den sicheren Hafen erreicht hatte.

Auch in Amsterdam und in Oostvoorne und in Zwartewaal erzählten sie sich Geschichten über den Fliegenden Holländer. Am besten kannten sich die ganz alten Seeleute aus, die sich jahrzehntelang auf den Meeren herumgetrieben hatten. Nach sieben Jahren darf er wieder an Land, einmal in sieben Jahren, erzählten sie. Und sie warteten, daß sieben Jahre vergingen, und sie standen am Strand, und sie standen im Hafen und hielten Ausschau nach dem grisen Schiff, das nicht kam. Stine war darüber alt geworden und grau. Sie antwortete nicht, wenn sie nach Barend Fokke gefragt wurde, und das schien Antwort genug. Oft standen Leute vor dem Haus des Fliegenden Holländers, sie zeigten es Fremden, die es mit neugierigen Blicken maßen, mit Blicken, in denen neben der Neugier noch etwas anderes zu lesen war: ein bißchen Ungewißheit, ein bißchen Schaudern den Rücken hinab, ein bißchen Furcht manchmal sogar – was, wenn er plötzlich herausträte aus dem Haus, das Gesicht hohlwangig und eingefallen, von der Sonne verbrannt, vom Salzwind gezeichnet, Haar und Bart verwildert, wie schwarze Flammen um den Kopf züngelnd, der Blick durch und durch gehend, die gewaltige Gestalt hoch und stolz aufgerichtet trotz seines Alters. So wollte man ihn gesehen haben.

Manchmal, wenn sie so vor dem Haus standen, bemerkten sie, wie sich hinter den Fenstern etwas regte – war er das etwa, war er gar nicht mehr auf den sieben Meeren?

Eines Tages war auch Stine nicht mehr da, keiner wußte, wohin sie gegangen war. Das Haus verödete, die Türen knarrten im Wind, die zerbrochenen Fenster öffneten und schlossen sich, wie von Geisterhand bewegt. Keiner wagte es, das Haus zu kaufen, sie drückten sich schnell vorbei, wenn sie hier zu tun hatten. Auch die Nachbarn fühlten sich nicht mehr wohl in der Nähe dieses Hauses, in dem alle sieben Jahre der Teufel sein Unwesen trieb.

Mit jeder Geschichte, die sie sich in den Hafenschenken erzählten oder wenn sie ein Schiff entluden und Pause machten, wenn sie in dem dunklen Laderaum zusammensaßen oder auf ein paar Taurollen auf dem Vorschiff, mit jeder Geschichte nahm die Gestalt des Fliegenden Holländers neue Züge an. Eine Geschichte gebar die nächste, und jeder, der sie weitererzählte, verbürgte sich dafür, daß es so gewesen sei und keinen Deut anders. Die einen sagten, er jagt noch immer die Spanier, die andern behaupteten, der Teufel hat ihn geholt; der Teufel hat ihm jedoch noch eine Frist gelassen, und während dieser Zeit streift er friedlos auf dem Meer umher. Steinalt ist er darüber geworden, seine Mannschaft hat ihn verlassen, nur noch der Steuermann, der Koch und ein Matrose sind bei ihm, steinalt wie er selbst. Manchmal begegnet man ihm auf dem Meeren. Wie ein Schemen taucht das Schiff aus dem Nebel, jagt mit unvorstellbarer Geschwindigkeit heran, mit vollen Segeln, auch wenn nicht die geringste Brise weht. Flammen züngeln auf den Rahen und Masten. Es ist ein kaltes, grün-bleiches Feuer, ein unheimliches Feuer. Der Nachtkreuzer jagt heran, der Rumpf durchscheinend wie Spinnweb und Nebel, und fährt mitten durch das Schiff hindurch, das ihm begegnet, kein Laut ist dabei zu hören. Und wem der Fliegende Holländer in den Weg läuft, dem droht Sturm oder Schiffbruch.

Andere waren dabeigewesen, wie der Fliegende Holländer ein Boot aussetzte und zu ihrem Schiff ruderte, um einen Packen Briefe zu übergeben. Und sie beschworen hoch und teuer, man darf sich um Gottes willen nicht nach ihm umsehen, man muß ihn einfach übersehen, dann passiert einem nichts, dann löst er sich unter Stöhnen und Seufzen in ein Nebelnichts auf. Gewährt man ihm seine Bitte, dann ist es um das Schiff geschehen. Unter höllischem Lachen kehrt er zu seinem Schiff zurück, stellt sich vor den Besan, wo sein ewiger Platz ist, denn er ist mit einem Belegnagel mitten durch den Kopf an den Mast genagelt. Und fort geht die höllische Jagd. Nur eins gibt es, was vielleicht noch Rettung bringt, hat man sich verleiten lassen, die Briefe anzunehmen: Man muß sie ungelesen an den Großmast nageln, dann kann man noch Glück haben, dann verdirbt nur der Proviant; vielleicht wird auch der Kapitän toll, aber mit dem Schiff ist es nicht unbedingt vorbei.

Und die Jahre vergingen, bald lebte niemand mehr, der ihn noch kannte von den Tagen in Zwartewaal und in Burnham on Crouch, und es war vergessen, welche Schuld er vor Brielle auf sich nahm und wie er sich mühte, sie zu sühnen. Nicht vergessen ist sein grises Schiff, das als Fleute weiterfuhr, jahrhundertelang, und nicht vergessen haben ihn die Seeleute, die an ihn denken, wenn sie beim dampfenden Grog in der Hafenschenke sitzen und von den Gewürzinseln sprechen und vom Kap der Guten Hoffnung, vom Segelbergen im jaulenden Sturm, vom Klabautermann und von Schiffbruch.